读客

读客外国小说文库

熊猫君激发个人成长

放熊归山

[加] 约翰·欧文 著
陆汉臻 译

江苏凤凰文艺出版社
JIANGSU PHOENIX LITERATURE AND
ART PUBLISHING, LTD

图书在版编目（CIP）数据

放熊归山 / (加) 约翰·欧文 (John Irving) 著；
陆汉臻译. -- 南京：江苏凤凰文艺出版社, 2021.3
（读客外国小说文库）
书名原文: Setting Free the Bears
ISBN 978-7-5594-5455-3

Ⅰ. ①放… Ⅱ. ①约… ②陆… Ⅲ. ①长篇小说－加拿大－现代 Ⅳ. ①I711.45

中国版本图书馆CIP数据核字(2020)第238753号

放熊归山

［加］约翰·欧文 著　　陆汉臻 译

责任编辑	丁小卉
特约编辑	夏文彦　王　品　霍　伟
装帧设计	陈艳丽
责任印制	刘　巍
出版发行	江苏凤凰文艺出版社
	南京市中央路165号，邮编：210009
网　址	http://www.jswenyi.com
印　刷	北京中科印刷有限公司
开　本	890毫米 × 1270 毫米 1/32
印　张	13
字　数	315 千字
版　次	2021 年 3 月第 1 版
印　次	2021 年 3 月第 1 次印刷
书　号	ISBN 978-7-5594-5455-3
定　价	52.00 元

江苏凤凰文艺版图书凡印刷、装订错误，可向出版社调换，联系电话：010-87681002。

SETTING FREE THE BEARS

JOHN IRVING

为纪念乔治

谨以此书献给紫罗兰书店

目录

第一部

希基

PART ONE

SIGGY

一成不变的食谱

每天中午，我总是看到他坐在市政厅公园的长椅上，大腿上放着扁扁的一小袋温室萝卜，一只手拿着一瓶啤酒。他总是随身带着盐瓶。他一定有很多一模一样的盐瓶，因为我记不起其中的哪一个盐瓶与众不同。他的盐瓶从来就不是很花哨昂贵的那种，有一次他还扔掉了一只：他把它包在一个空萝卜袋里，扔进了公园的垃圾桶。

每天中午，他总是坐在那同一条椅子上——最不容易破裂的那一条，就在离大学最近的公园一角。他有时还随身带着一本笔记本。他总是穿一件灯芯绒的猎鸭夹克，夹克的边上有斜口袋，背后还有个长口袋。萝卜、啤酒、盐瓶，有时还有笔记本——这些东西都塞在背后的长口袋里，鼓鼓囊囊的。他走路的时候一般空着手。他把烟草和烟斗放在夹克的斜口袋里。他至少有三根不同的烟斗。

虽然我觉得他应该与我一样也是大学生，但我从没有在这所大学的任何一幢人楼里见过他。只有在市政厅公园，在开春不久的每天中午见到他。我常常在他吃饭的时候坐在他对面的长椅上。我会带上一些报纸到这里来看，不过这里好像更适合看来来往往的女孩子。你可以偷偷看一眼她们刚熬过冬天的苍白膝盖——那些女孩子，穿着透明的丝质长袜，骨架宽大，面颊绯红。可是他并不看女孩子。他好像一只松鼠，警觉地栖息在萝卜袋上。阳光穿过长椅的板条，在他的膝盖上投下斑马线似的阴影。

我就这样观察了他一个多星期，发现了他的另一个习惯。他喜欢在萝卜袋上写点什么，然后把萝卜袋撕成小片塞进口袋。更多的时候，他在笔记本上不停地写啊写。

有一天，我看到他在一小片萝卜袋上写了点什么，然后把写好的东西塞进口袋，起身离开了长椅，沿着小路走了几步，想再看一眼他写的东西。于是他把小纸片取出来，看了一眼，就把它扔了。纸片上写的是：

狂热地保持良好的习惯是必要的。

后来，等我读到他那本著名的笔记本——他说那是他写的诗——我才意识到这条笔记并没有被彻底扔掉。他只是做了一些小小的修改：

良好的习惯值得狂热追求。

在市政厅公园，当我看到他将萝卜袋撕成一张张小纸片的时候，我确实没有想到他是一个诗人、一个志存高远的人，只觉得他可能是一个非常有趣的人。

艰难时刻

在议会大厦后面的约瑟夫斯加塞街，有一个知名但令人生疑的二手摩托车快捷交易市场。我得感谢费希特博士，是他让我发现了这个地方。费希特博士的那一门课我没能通过，心情非常不好，于是决定今天中午不去市政厅公园了，换个地方散散心。

我穿过几道散发着泥潭气味的小拱门，走过几家在卖霉味衣服的地下店铺，就看到了好几个路边修理铺，有的在卖轮胎，有的在卖机动车零配件。几个穿着工装裤，浑身黑乎乎的工人在叮叮当当地干活，很多东西滚到了人行道上。我在一家修理铺看到一面脏兮兮的橱窗，橱窗的角落放着一个纸板做的招牌，上面写着“法贝尔修理铺”。这个招牌起到的广告效果还不如从那扇敞开的门里面不断传出的噗噗声。浓重的黑烟如乌云翻滚，轰鸣的机器回响不断。透过橱窗，我看到两个修理工正在高速调试两辆摩托车的风门。离橱窗最近的台子上静静地摆放着好多辆闪闪发亮的摩托车。门边的水泥地上散落着各式各样的工具和油箱盖，还有辐条、轮辋、挡泥板和电线，大多被废气熏得面目模糊。这两个修理工的所有心思都在摩托车上，他们反复调试着气门，一会儿调高一会儿调低。他们表情严肃，侧耳倾听，就像音乐家演出前认真严肃地对乐器进行调音一样。我站在门口，深深地吸了一口气。

里边，一个头发灰白的男人看着我，他那宽大的翻领油腻不堪，衣服上的那排纽扣非常土气。在他身旁的门框边，斜靠着一个很大的链轮，很像一个锯齿状的月亮落在地上，满是油污，吸收了所有的光亮，对着我闪着光芒。

“我是法贝尔。”那男人说，用大拇指戳着胸口。他领着我走出修理铺，来到街上，远离了叮当叮当的嘈杂声。他把我仔细端详了一番，露出金牙微微一笑。

“啊！”他说，“是大学生？”

“但愿一切顺利，”我说，“可那是不可能的。”

“学业不顺？”法贝尔先生问，“你想要什么样的摩托车？”

“我还没拿定主意。”我答道。

“噢，是这样，”法贝尔说，“做一个决定从来就不容易。”

“太难了。”我说。

“噢，一点不错！”他说，“有的摩托车你一坐上去，就感觉像骑上了一头野兽，真的——货真价实的野兽！有人买摩托车，要的就是这种感觉。他们费尽周折，就是为了找到这样的东西！”

“买什么样的好呢，想想就头晕。”我说。

“是的，是的。”法贝尔先生说，“我明白你的意思。你应该与加沃特尼克先生谈谈。他是大学生，与你一样！他吃完中饭就会过来。加沃特尼克先生真是一个神人，太会帮人做决定了。有决断，有眼光！”

“太好了。”我说。

“他给我快乐和安慰。”他说，“你马上就会见到他。”法贝尔先生把那光滑的脑袋歪向一边，满心喜欢地侧耳听着修理铺里传出来的摩托车声：啪嗒，啪嗒，啪嗒……

我身下的野兽

一个穿着灯芯绒猎鸭夹克，斜口袋里鼓鼓地塞着烟管的人走过来了，他就是加沃特尼克先生。这个年轻人看上去刚吃过中饭，嘴巴还有咸味，气味熏人。

法贝尔先生“啊”了一声，迈了两个小侧步，好像准备要为我们跳一支舞。“加沃特尼克先生，”他说，“这个年轻人拿不定主意。”

“原来你在这儿。”加沃特尼克说，“今天你为什么不到公园里来？”

“啊！啊？”法贝尔先生尖叫道，“你们认识？”

“认识。”加沃特尼克说，“何止认识，相当熟悉。我想与他说点私事，法贝尔先生。能否劳驾您走开一下？”

“好的。”法贝尔说，“很好，很好。”他转身走开，回到了满是废气的门口。

“那是一个老土。”加沃特尼克说，“你不会想买一辆摩托车吧？”

“不，”我说，“我只是路过。”

“今天我没有看到你来公园，觉得很奇怪。”

“我有点不顺。”我告诉他。

“谁的课？”他问。

“费希特的。”

“是他的啊。我可知道他的不少烂事。他的牙龈烂掉了，到了课间，他就从一个棕色罐子里掏出黏糊糊的东西抹在牙龈上，拿一把小刷子刷啊刷。他的口气真可以熏死野草。他自己也大事不好了。”

“这倒很有意思。”我说。

“你对摩托车不感兴趣吧？”他问，“我倒是很有兴趣，真想骑上摩托车，离开维也纳。要看春光不能待在维也纳，真的。当然，这里的任何一辆摩托车我都买不起，我所有的钱加在一起也只够买半辆。”

“我也是。”我说。

“是吗？”他说，“你叫什么名字？”

“格拉夫，”我告诉他，“汉内斯·格拉夫。”

“格拉夫，那边有一辆特别漂亮的摩托车，如果你想骑着摩托车出去旅行，那一辆是最好不过的了。”

“呃，”我说，“你知道，我最多只能付得起一半的钱。再说，我看你最近好像在忙着干一件事。”

“我从来不忙着干什么事。”加沃特尼克说。

“或许那是你的一个习惯。”我对他说，“习惯是不应该被嘲笑的，你知道。”他挺了挺身子，这一会儿把全身的重量都压在了后脚跟上，然后从夹克里掏出一根烟管，在牙龈上敲了一下。

“我也是一时心血来潮。”他说，“我叫希格弗里德·加沃特尼克。你叫我希基好了。”

当时他没有立刻拿出笔记下来，但日后他一定会把这个想法写到笔记本上，写在经过修改的那些关于习惯和狂想的句子下面——这个新的格言一定也是修改过的：

让内心真切的呼唤引导着你幸福地前进吧！

但是在我们站在人行道上说话的那个下午，他或许没有带笔记本，也没有带萝卜袋。他一定是受到了法贝尔先生的鼓动——那家伙正从那边朝我们看过来，一副非常焦急的模样。他的头从烟雾弥漫的修理铺里探出来，就像一条蛇吐出了舌信。

“跟我来，格拉夫。”希基说，“我要让你骑上一头野兽。”

我们穿过修理铺滑溜溜的地板，看到后墙有一扇挂着一个飞镖盘的小门。门歪斜地挂在墙上，飞镖盘歪斜地挂在门上。飞镖盘已经变得坑坑洼洼，靶心已经不可辨认，上面全是纠缠在一起的密密麻麻的小孔，这些小孔好像不是被飞镖扎的，而是用扳手砸出来的，或者是发疯的修理工用嘴巴咬出来的。

我们穿过小门，就到了修理铺后面的一个小巷里。

“噢，加沃特尼克先生。”法贝尔先生说，“你们真的想好了？”

“当然。”希格弗里德·加沃特尼克说。

修理铺的外墙上靠着一辆摩托车，车上盖着一块光滑的黑色防水布。露在外面的是一块很重的铬合金后挡泥板，有我的手指头那么厚，灰色的边缘带着些许内泥夹板的颜色，后轮胎的纹路很深——轮胎与挡泥板之间的间距相当完美。希基一把掀掉了防水布。

这是一辆很旧的摩托车，样子非常难看，没有柔和的线条，车身也不能严丝合缝，各个部件之间都有空隙，有一个空隙大得能放下一个小工具箱，发动机与油箱之间也有一个三角形空隙——这油箱像颗乌黑发亮的泪滴，又像放在一个巨大的身体上的小脑袋。你可以说这摩托车很可爱，就像你有时觉得一把枪非常可爱一样——把一个最明显的、最丑陋的功能放在最突出的位置上。没错，这辆摩托车非常笨重，但车身又似乎往里收着，活像一只躲在草丛里又瘦又驼背的狗。

“真有眼光，这孩子！”法贝尔先生说，“令人欣慰。”

“这是英国人造的。”希基说，“皇家恩菲尔德。几年前，他们造出这个车子，那样子真是不错。700cc 的汽缸。现在换上了新轮胎、新链条，离合器也是新的，就像新车一样。”

“这孩子，就喜欢这辆旧车！”法贝尔说，“这是他自己花时间修的。现在就像新车一样！”

“是像新车，不错。”希基低声说，“我从伦敦订购的——新离合器和链轮，新的活塞和活塞环。他还认为那些是其他摩托车用的配件。这老东西不知道这辆旧摩托车的价值。”

“坐上去！”法贝尔先生说，“啊，坐上去，亲身感受一下这头野兽！”

“我们各出一半。”希基低声说，“你现在先付上所有的钱，回头我发了工资还给你。”

“发动一下，我看看。”我说。

“啊，是这样的。”法贝尔说，“加沃特尼克先生，现在还无法发动，是吗？或许要加点油。”

“啊，不用。”希基说，“应该能马上发动起来的。”他走到我这一边，用力踩了一下启动杆，但是车子几乎没有动静，化油器有点抖动，出现了延迟的火花。接着他在我身边跳起来，把他的全部重量压在蹬杆上。发动机吸了一点气，喘着气，但那蹬杆弹了回来。他又踩了一脚，踩得很快，这一次成功了——发动机内部发出的不再是噗噗的响声，而是轻轻的、稳定的突突声，就像拖拉机那样。

“听到了吗？”法贝尔先生叫道。他突然侧耳听起来——他的头微微歪着，一只手捂着嘴——好像他等着听阀门的敲击声，但是没有听到。他等着听摩托车怠速时发出某种硬硬的声音，但是没有听到——至少，没有完全听到。他的头歪得更厉害了。

“真是一位鉴赏大师。”法贝尔说。他的话听起来好像他相信他听到那声音了。

法贝尔先生的野兽

法贝尔先生的办公室在修理铺的二楼。这个办公室看上去真不该有二楼。

“这地方阴森森的，像小便池似的。”希基说。他的态度使法贝尔先生感到紧张。

“那辆车的价钱我们谈定了吧？”法贝尔问。

“哦，是的。”希基说，“2100 先令[1]，法贝尔先生。”

“啊，价钱很公道。”法贝尔说，那声音听上去很不舒服。

我把钱付给他。

“法贝尔先生，我可以再麻烦您一件事吗？”希基问。

“什么事？”法贝尔先生嘀咕道。

“你能把我干到今天为止的工资发给我吗？”希基问。

“啊，加沃特尼克先生！”法贝尔先生说。

“啊，法贝尔先生。”希基说，“您能发给我吗？”

“你真是一个残忍的阴谋家，专坑老头的钱。”法贝尔说。

“我可是为你做了好几笔难得的生意。”希基说。

“你是一个肮脏的浑蛋，一个专门坑蒙拐骗的年轻人。”法贝尔先生说。

1 奥地利先令。——译注（本书中注释如无特殊说明，均为译注。）

“你看到了吧，格拉夫？”希基说。“啊，法贝尔先生，”他说，“我觉得，在你温柔的内心深处有一头极其凶残的野兽。”

“无耻之徒！”法贝尔先生喊道，“我每次转身你就偷！”

“如果您能发给我工资的话，”希基说，“如果你能发给我工资，我马上就和格拉夫一起离开这里。我们要调试一下这辆车子。”

“啊！”法贝尔喊起来，“你给摩托车洗个澡不就好了！”

试车

傍晚，我们坐在人民公园咖啡馆里，抬头看看岩石公园那边的树林，低头看看池塘里又红又绿的水——那是露台上一串串红的绿的电灯倒映在水中的缘故。姑娘们都出门了，从树林那边突然传来她们兴奋的声音，叽叽喳喳的像小鸟。城里的姑娘总是这样，不见其人，先闻其声——踢踏踢踏的脚步声，互诉衷肠的甜言蜜语。

“嘿，格拉夫，”希基说，“夜晚绽放。”

“是啊。”我赞同地说——这是春天第一个沉闷的晚上，空气是不多见的湿热，姑娘们开始露出了白嫩的胳膊。

“我们要出去玩，叫他们羡慕得哇哇叫！”希基说，“这件事我已经想了很久了，格拉夫。我想出了寻开心的好办法。不要什么计划，格拉夫——这是第一点。不要地图，不要想着哪天到哪里，不要想着哪天回来。就想着怎么玩！想想高山，想想海滩。想想富人的窗子，想想乡下的姑娘！你觉得哪里会有姑娘，我们就去哪里，我们就走哪条路。走弯弯曲曲的山路。第二点——走野兽出没的路。

“你觉得这辆摩托车怎么样，格拉夫？”他问道。

“太喜欢了。”我说——虽然他只带着我跑过一两个街区，从法贝尔的修理铺出发，绕过施默林广场，到人民公园咖啡馆。真是漂亮，突突的声音可真大，坐在上面一跳一跳的——一踩挡位就飞跳而起，就像一只警觉的大猫。即使怠速空转，都能引得那些讨厌的路人不住地看。

“以后你会更喜欢的。”希基说，“到了山上。我们去意大利！我们轻装出行——这是第三点，轻装出行。我只带一只帆布背包，所有的东西都塞在里面，睡袋挂在外边。别的什么都不带，带上钓竿。我们要在山间溪水里钓鱼，一直钓到意大利！

“让费希特博士见鬼去吧！”他大喊。

“让他见鬼去！”我说。

“让他的牙龈都掉光！”

“掉在歌剧院里。”

“让他彻底见鬼！”希基说。过了一会儿，他又说：“格拉夫，考试不及格，你不会难过吧？我的意思是，这没有什么大不了的。”

“这有什么。”我说。真的没什么——夜里的空气如此清新，香得好像年轻姑娘的秀发。大树的卷须耷拉下来，扫过花园的石头，嗖嗖作响，将池塘里的水流声都盖过了。

“明天一早，”希基说，“我们就打包，悄悄出发。你们等着我们的消息吧！还没等费希特这个老家伙刷完牙，我们就轰隆隆地开过大学了！还没等他拔去他那黏糊糊的罐子的塞子，我们就出城离开维也纳了！

“我们要沿着宫殿附近的街道走。我们要把他们都吵醒！他们还以为有轨电车失控了吧！——要不以为河马来了！”

“不停放屁的河马！”我说。

“不停放屁的河马大军！”希基说，“很快我们就要开到蜿蜒的山路上，两边是茂密的树林，蟋蟀纷纷摔死在我们的头盔上。”

“可我没有头盔。”我说。

“我给你准备好了。”希基说，他一直为这次旅行做着准备。

“我还得带什么？”我问。

“防风镜。”他说。“我也准备了。第一次世界大战的飞行员用的防风镜——青蛙眼，黄镜片。太漂亮了！还有靴子。”希基说，“我给你准备了一双货真价实的靴子。”

“我们快去收拾一下吧。”我说。

“别急，先喝完啤酒。”

“然后就走。”

“轰隆一声上路了！”希基说，“明天晚上我们就喝上了山间清冽的溪水，甘甜的湖水。睡在草丛里，让太阳叫醒我们。”

“嘴唇上满含甘露。”

“还有乡下姑娘陪着！”希基说，“除非天不遂人愿。”

我们举杯一饮而尽。露台上一阵低语声。周围桌子的一张张脸在我们的啤酒里游荡晃动。

脚一踩，嘭地发动了。活塞远距离的吸气声好像是从发动机下面很远的地方传来的。摩托车的轰轰声，以及引擎匀速空转时发出的缓慢的、顺畅的突突声，着实动听。希基就这样热着车。我的目光越过树篱，往露台上的那些桌子看过去。那些人并没有露出恼怒的神色。他们不再轻声耳语，而是转过头看着我们。摩托车发动机发出的缓慢节奏与这个春天最初的沉闷空气倒是十分合拍。

希基的猎鸭夹克背后的通风口袋里多了一个新的东西。我再转头看看我们的桌子：上面的盐瓶不见了。

上帝的第一个安排

希基开着摩托车前进。我们穿过一个拱门进入英雄广场。我仰起头，看到鸽子飞过大楼的屋顶，巴洛克风格的矮胖的丘比特们站在政府大楼上向外盯着我看。透过我那著名的一战飞行员护目镜的黄色调，今天早晨似乎比以往更显得金光灿灿。

一个老妇人嘴里嚼着东西，推着一辆装满鲜花的手推车，沿着玛丽亚希尔菲大街高声叫卖。我们在她旁边停下，买了些藏红花，然后把藏红花塞进头盔的气孔里。“这花男孩戴，不好。”牙龈松软的丑婆说。

我们继续往前开，把花抛向正在等公共汽车的姑娘们。姑娘们脱下了头巾，围在脖子上，围巾迎风飘动。大多数姑娘手里早已有花了。

我们出发得很早。我们碰到了不少拉着蔬菜、水果和鲜花去纳希菜市场赶集的马车。我们还看到一匹马被路上来来往往的车子吓坏了，看到我们的摩托车一下子跳了起来。坐在吱吱作响的车座上的马车夫们看起来兴高采烈，大喊大叫。一些马车夫还带着妻子和孩子。这是多么美好的一天。

美泉宫显得非常冷清，没有旅游巴士，没有带相机拍照的游客。凉爽的雾气笼罩着宫殿的庭院，一层薄雾弥漫在修剪过的树篱上，像乌龟一样慢慢穿过绿油油的草坪。我们眼前的大地滚滚而来，又立刻被我们抛在身后渐渐远去。

在席津的郊区，在宫殿地区的边缘，我们闻到了来自席津动物园的第一缕动物气息。

我们停车等红绿灯。一头大象叫起来，声音盖过了摩托车的怠速声。

“我们有的是时间，对吗？”希基说，“我的意思是，在我看来，这个世界的所有时间都属于我们。”

“我们不去看看维也纳动物园的春色就离开维也纳，未免太可惜了。”我说。

没错，是的——席津动物园，石头做的大门，把门的是一个癞蛤蟆一样的男人，脸部有赘肉，戴着赌徒常戴的绿色眼罩。希基把摩托车停在树液不会滴下的地方。这里远离树林，紧挨着赌徒的小屋——

就是检票员的圆顶小屋。望过屋顶，我们看到长颈鹿的头在长长的脖子上摇摇欲坠。脖子下面是大腹便便的身体，肚子鼓得像一个大水桶，腿十分吃力地支撑着。瘦削的下巴上有一块地方不长毛，它用这个部位擦着高高的防风栅栏。

长颈鹿低头往下看着栏杆下面的植物园温室，温室的玻璃板还结着露水。天色尚早，还没有多少阳光照下来，没有别的游客来看长颈鹿。沿着长长的鹅卵石小路往前走，在馆舍与铁笼之间，只见到一个拖着拖把的清洁工。

席津动物园刚建不久，但这里的建筑物早就在了，这里原本是美泉宫庭院的一部分，现在所有房屋都成了废墟：没有屋顶，只剩下三面墙壁，第四面就用栅栏或网格门围着。这些动物就住在废墟里。

动物们一个一个醒来了，发出了各种各样的声音。海象在阴暗的水池里打嗝；我们看到水池边上躺着几条不新鲜的鱼，这是海象从水池里推上来的，它的胡子上还挂着鱼鳞。鸭子在嘎嘎嘎地吃着早饭。小路那边，有一只动物在敲打铁笼。

稀有鸟类馆嘈杂非凡：体型或小或大的“女士们”头冠各异发出断断续续的合唱声；羽毛色彩单调的霸主秃鹰们盛气凌人，巨大的身体坐在倒塌的柱子上，或栖息在倒卧在地的哈布斯堡王朝王公的半身像上。它们把雕像的基座据为己有，抬眼怒视着罩在这些废墟上的大网。一具开了膛的羊尸躺在地面的杂草中，一只翼展大得令人毛骨悚然的南美大鸟飞来飞去，胸毛上还挂着羊肉；苍蝇嗡嗡地从羊尸的一侧快速地飞向大鸟，秃鹰用那有缺口的、骨色的喙狠狠地啄向苍蝇。

“我们这些长羽毛的朋友啊。”希基感叹道。我们继续往前走，去看看是哪一个家伙把铁笼敲得震山响。

原来是那头著名的亚洲黑熊，它蹲在铁笼的一个角落，使劲地向一边摇晃着身体，砰砰地撞击着栅栏，想把屁股塞进栅栏的间隔里。铁笼边上挂着一幅世界地图，上面印着亚洲黑熊的简要介绍，地图上黑色的部分是亚洲黑熊在全球的分布区域，一颗红星标记了这头黑熊被捕获的地点——喜马拉雅山脉，捕获者名叫辛利·高奇。这段文字还写道，这头亚洲黑熊的铁笼并不正面朝向其他的熊，因为它看到别的熊就要“勃然大怒”。这是一头极为凶猛的熊，三面破墙都被围上了铁栅栏，因为它竟然有本事将混凝土墙壁挖掉。

“我真不知道老高奇先生是怎么抓到它的。”希基说。

“也许是用了一张大网。”我说。

“也许是高奇把它哄骗到维也纳来的。”希基说。但我们认为辛利·高奇不是维也纳人，更有可能的是，他是误打误撞到了那里的英国人，和一百个力大无比的夏尔巴人一起，把熊赶到一个事先挖好的坑里。

“要是我们再将他与那头熊关在一起就有趣了。”希基说。我们没有去看别的熊。

现在有很多人从我们身后的小巷里走过来，一群人在看长颈鹿刮擦着下巴。我们面前的这个建筑是小型哺乳动物馆，这是在废墟上建起来的。原先有四面墙或不到四面，有一个屋顶和用木板钉着的窗户。走到里面，我们看到一块牌子上写着：这些是夜行动物，“在别的动物园里，它们总是睡着觉，没有什么特别的名声”。但在这个动物园，它们住在厚厚的玻璃笼子里，里面用红外线灯照明，动物们如同在夜间行动。我们可以看到玻璃笼里面的它们身处紫光中，但它们看到的玻璃外的世界是黑色的。所以，它们毫不觉察地做着夜间的习惯动作，从不怀疑外面有人看着它们。

一只土豚，出于夜间习性，正在一块粗糙的木板上擦着身子，去掉旧鬃毛。巨大的食蚁兽舔着玻璃上的虫子。一只墨西哥树栖鼠，一只蝙蝠耳狐狸，一只环尾狐猴。一只两趾树懒似乎倒着身子在捕捉玻璃另一边的我们的动作——它的黑色小眼睛比鼻孔大不了多少，似乎在跟踪我们的依稀身影，外面的世界在它看来，并不太黑暗。但对其他动物——无论是会飞的袋貂，还是行动迟缓的懒猴——来说，外面什么也没有，在红外光之外什么也没有。也许对树懒也是如此，它的眼睛看着我们转，也许是因为它倒挂过久而头晕的缘故吧。

铁笼与铁笼之间的过道里一片漆黑，但我们的手变成了紫色，嘴唇变成了绿色。关巨型食蚁兽的玻璃房上有一块特别的牌子：一个箭头指向了玻璃房底部一个角落的小槽，从那里通向食蚁兽的巢穴。它长长的舌头穿过迷宫伸过来，这迷宫又把外面的世界挡在外面。当它发现黑暗中的一根手指头时，眼睛就会露出异样的光。但它的舌头舔起来与别的动物没有两样，这样就让我们对夜行动物的习性有了亲近感。

“哦，上帝！”希基说。

现在很多人发现了小型哺乳动物馆。孩子们在红外线通道中尖叫：头发成了淡紫色，眼睛成了鲜艳的粉红色——绿色的舌头在卷动。

我们没走鹅卵石小道，而是走了一条泥路。我们已经看够了废墟。我们来到一个开阔的地带，这里有各种各样的牧场动物，包括各色羚羊。这里舒服多了。几匹斑马在围栏边蹭来蹭去，相互碰碰屁股，往对方的耳朵里吹气。它们身上的条纹与围栏上的六角形交叉着形成复杂的图案，把我们看得头晕目眩。

在围栏外面，一个头发蓬乱的小男孩朝我们跑来，一边气喘吁吁地跑，一边抓住裤裆。男孩从我们身边跑过去，停了下来，弯下腰，好像被人踢了一脚似的。他的两只手掌弯成杯状放在两膝之间。“上帝！蛋蛋！”他大声叫着。不一会儿，他又站直了身子，沿着泥路径直狂奔下去。

毫无疑问，他看见了长着尖角的大羚羊，那尖角很长，几乎是笔直的，靠近底部的一半呈螺旋状，在同一平面上倾斜地插到皱巴巴的前额和光滑的黑鼻子上；毫无疑问，他看见了在那棵树淡淡的阴凉之下的老羚羊，背上点缀着斑驳的光影——黑黑的大眼睛里是柔和低垂的神情。从它低垂的肥厚胸部和布满厚重皱纹的脖了看，这是一头公羚羊。它的脖子上有一块大隆肉，它巨大的身形从大隆肉一路下坡，到后背，再到尾巴的根部。屁股下面挂着的大蛋蛋一直垂到瘦削的、满是小节的膝盖上。

“上帝啊，希基。”我说，“你觉得这蛋蛋有多大？”

“是我见过的最大的了，格拉夫。”希基说。它的蛋蛋不得不歪斜地晃荡着，以适应站立的两条后腿之间狭窄的空间。

我们读到了东非羚羊的介绍：这是所有羚羊中带有最精良武器的一种。

“辛利·高奇从来没有胆量来抓这样的羚羊。”希基说。

确实如此。我们在介绍中读到——这头大羚羊就出生在席津动物园，这条说明当然使我们不是很开心。

我们沿着泥路走下去，回到了大门。我们走过了所有厚皮动物的标志牌，只稍微看了一眼大袋鼠。“著名的山地袋鼠，动作非常敏捷。”袋鼠侧卧着，一只胳膊肘撑着上身，用捏起的拳头挠着屁股。那张长长的脸非常无趣乏味，我们走过时它瞥了我们一眼。

接着我们路过了大型猫科动物馆，路过了赌徒的绿色眼罩发出的光芒——他的检票亭围了很多人——路过一堆看踉踉跄跄的狮子的人，它刚刚醒来，正低声叫着。路过一堆正抬头向长颈鹿打招呼的人。

动物园外，两个女孩正看着我们的摩托车，面露羡慕之情。一个女孩太喜欢这车了了，竟然坐到了车上，两个膝盖夹着油箱。这是一个丰满结实的女孩，身穿一件黑色的毛衣，露出小肚子。每当她两腿夹住那可爱的泪滴状油箱时，她的臀部肌肉就绷紧得厉害。

另一个女孩站在摩托车前面，用手指拨弄着离合器和前制动器的电线。她很瘦，只见胸脯上的肋条而不见胸。脸色有点发黄，嘴巴很宽，带着忧伤。她的眼睛像羚羊的眼睛那样温柔。

“希基，”我说，“这显然是上帝的安排。”

现在还不到早上十点呢。

上帝的安排方式很奇特

“格拉夫，”希基说，“那个胖妞肯定不适合我。”

我们走近了一点，看到那个瘦弱的女孩嘴唇有点发蓝，好像在水里泡了很久，浑身发冷的样子。

希基说：“那个瘦瘦的女孩看样子不太健康。格拉夫，或许你能把她改造过来。”

当我们接近她俩时，只听胖女孩对她的同伴说：“看到了吧？我说有两个男孩在骑车旅行。”她猛地跳上摩托车，两条大腿夹着油箱拍打着。

“好吧，”希基说，“你想过开着它走吗？”

“没想过。”胖女孩说，“但如果我想开，就可以开这玩意儿。”

“我打赌你一定能。”希基说。他拍了拍油箱，用手指敲了敲她的膝盖。

“要提防那家伙。”瘦女孩说。她的下巴奇怪地痉挛了一下。她一刻不停地玩弄着电线，车把下的那一圈圈电线被她拧得乱七八糟了。

“这样吧，格拉夫，”希基低声说，“你觉得那个瘦的得了传染病吗？你如果想要她，我不介意。我将就着对付这个胖妞吧。”

胖妞说：“喂，小子。你们请我们喝啤酒吗？”

“动物园里有个地方可以喝啤酒。”瘦妞说。

“我们刚才就在动物园里。”我说。

希基悄悄对我说：“狂犬病，格拉夫。她有狂犬病。”

“你在动物园还没有抱过女孩子！”胖妞说，“我想你一定没有去过蒂罗尔花园，那里有一条一英里长的地带，尽是苔藓和蕨类植物，你可以脱掉鞋子尽情玩。”

“哎，格拉夫，”希基说，“你说呢？”

“他喜欢死了！”胖妞大叫道。

“格拉夫？”希基说。

“没问题。”我说，“我们不赶时间。”

“上帝让我们改变行程。”希基说。

于是我们去了啤酒花园，那里周围都是熊——所有的熊都看着我们，但那著名的亚洲黑熊除外：它的铁笼不能面对啤酒花园，也不能面对别的熊。

北极熊坐在游泳池里喘着粗气，时不时地慢慢游上一圈，把水弄得哗啦哗啦响。棕熊踱来踱去，厚厚的皮毛蹭着栅栏；头低低地垂向地面，合着某种秘密仪式的节奏——这样的秘密仪式它们生来就知道，永远也不会忘记（真不可思议）——其实在这里保持如此警觉，是毫无意义的。

从我们的桌子和打着“仙山露”啤酒字样的大阳伞顺风往下，我们看到，在同一个铁笼里蹲着两头来自安第斯山的、浑身散发着臭气的稀有眼镜熊——“长着卡通脸的熊”。它们看上去像是因为遭人嘲笑，被迫离开了厄瓜多尔似的。

希基在啤酒花园没有找到萝卜，心里很不安。那个又黑又胖的姑娘叫卡洛塔，她边喝啤酒边吃饼。瘦女孩叫旺加，她只喝糖浆似的黑啤酒。希基手伸到桌子底下摸了摸他胖胖的卡洛塔；我呢，伸手摸了摸旺加，她的手又干又凉。

“啊，他们应该给北极熊准备更多的冰。”旺加说。你可不能再冰了，我想。

“希基可以要一点冰。”卡洛塔说。她把手伸到桌子底下，想摸他。又黑又亮的卷发小刘海，湿漉漉地贴在她的前额。

眼镜熊身上有一大块白斑，从前额一直延伸到鼻子和喉部。歪斜的眼睛像戴着强盗面具，眼睛周围蓬乱的黑毛与别处的毛没有两样。身上的厚毛像一绺一绺的头发，躺下来的感觉一定很怪异。它们长长的爪子不断敲打着水泥地。

可怜的旺加用舌头轻轻地舔了舔嘴唇，好像在努力找出嘴唇的哪个地方开裂了。

“这是你第一次出门旅行吗？”她问。

“哦，我哪里都去过了。”我说。

“去过东方？”她问。

“东方全去过了。”

“日本？”

“曼谷。”我说。

“曼谷在哪儿？”旺加问。我轻轻地向她靠过去。

“印度。”我说，“曼谷在印度。”

“啊，印度。”她说，“那里的人都很穷。”

“是的，很穷。”我表示同意。我看着她用苍白的手轻轻碰了碰宽大的嘴巴——遮住她那薄薄的嘴唇。

“嘿，你！”卡洛塔对我说，“别弄伤她。旺加，如果他弄伤了你，告诉我。”

“我们在说话。”旺加说。

“啊，他真不错。”卡洛塔说。她在桌子底下用尖尖的脚趾轻轻戳了一下我的屁股。

两头眼镜熊挤在一起，肩膀靠着肩膀。一头熊的脑袋抵着另一头熊的胸部。

“格拉夫，”希基说，“你不觉得卡洛塔会喜欢羚羊吗？”

“我想看河马。”卡洛塔说，“河马和犀牛。”

“卡洛塔想看大家伙。”希基说，“呃，卡洛塔，你可以去看看羚羊。”

“我们等会儿去河马馆找你们。”我说。因为不想让身体虚弱的旺加看到羚羊。于是，希基在笔记本里记下了这一句：

你得在某个地方划一条界线。

“卡洛塔，”希基说，“这头羚羊会让你震惊的。”卡洛塔用手掌揉了揉肚子。

“哈！”她说。

稀有眼镜熊坐直了身子，盯着他们看。

河马馆

犀牛场的四周挖了壕沟，壕沟外面还建了一道栅栏。如果犀牛想冲破栅栏，就会撞断腿，掉进壕沟里。犀牛一身厚甲，它的膝盖处已经裂开了，就像被晒裂的泥土一样。

犀牛场是一块平地，上面的草被踏平了。这块地也是凸起的——一片坚硬干燥的高地，周围是河马馆和蒂罗尔花园的几扇大铁门。如果平躺在蒂罗尔花园的草地上，你就可以从树丛的枝干下面看过去，穿过花园，一直看到马克辛公园。如果坐起来，坐在蕨类植物上，你就可以看到犀牛的后背，浮木一样的头，还有犀牛角的顶部。犀牛跑起来的时候，整个地面会震动。

旺加和我躺在蕨类植物里，偷偷寻找着希基和胖胖的卡洛塔。

“你这是要去哪里？”她问。

“去北极圈。”我说。

“哦！”她说，“我也很想去。我的意思是，假如你独自旅行，我就会要求与你同去的。”

“我也会答应你的。”我说。当我用鼻子蹭了蹭她手臂上的汗毛时，她坐了起来，又开始寻找希基和卡洛塔。

我们听到希基对着犀牛大声喊话。这会儿我看不见他，但我听出了希基诗一般的嗓音。他在犀牛场的周围大声喊着，我们听到卡洛塔在一旁傻笑。当我们看到他们的时候，他们正手挽手站在河马馆后面，向蒂罗尔花园的大门走去。

从卡洛塔不本分的眼神很容易看出，她马上就会成为我们的一员——她充满活力，会永远记得自己看见过羚羊。

“我们躲起来，不让他们发现。”我说，把旺加拖到蕨类植物丛里。

但是她的眼睛受到了惊吓，她仰面躺着，紧紧抱住自己的身体。“卡洛塔！”她叫道。

“你这小子！”卡洛塔喊道，“你弄伤她了？”

“我们在说话，”旺加说，“我们马上过来。”

他们沿着篱笆向我们走来。希基踢打着高高的蕨类植物走过来，一只手伸到卡洛塔的毛衣下面，扶着她隆起的侧腰。

“格拉夫，”希基说，“我的卡洛塔看了羚羊，真忘不掉了。”

“谁能忘得掉？”我说。

“什么？”旺加问，“忘不掉什么？”

“没你的事，亲爱的。”卡洛塔说，“你是个好小子，你……”她对我说，“对旺加来说，这里没什么可看的。”

“但这是给全世界看的！”希基说。

“叫你废话！”卡洛塔说，接着把他拖进了另一条蕨类植物小道。

当我们都躺下时，谁也看不见谁。离地面很近的地方有一个“气味陷阱”，某种动物的粪便味直向我们扑来。

“我觉得那是犀牛的粪便！”希基喊道。

“要不就是河马的。”我说。

“这是一种大型动物，而且特别能生。”希基说。

“河马永远离不开水。”卡洛塔说。

“啊，它们肯定不能！”希基说，“很难想象……”

旺加蜷曲着身体躺在我的臂弯里，两个膝盖高耸着紧紧合在一起，一只冰凉的手放在我的胸前。我们能听到希基和卡洛塔的动静：希基像野鸟一样叫了两声。

笔记本上又有了这样一句充满智慧的话：

时间流逝，赞美上帝。

接着我们听到了卡洛塔的声音。“你不总是那么风趣。”她说。我往那边望去，看到希基高高抬起一只手臂——在蕨类植物上方挥舞着一条宽大的黑色蕾丝灯笼短裤。

“你真是一个里面塞满东西的小丑。”卡洛塔说。我看见她那厚实的光脚，在蕨类植物丛上面摆动着。“你能不能正经一点，你这个流氓！”她说，“噢，你一定有毛病。”

接着，希基坐起身来，朝我们这个方向咧嘴笑了笑。他头上套着那条宽大的灯笼短裤，好像帽子一样。卡洛塔拔起一把杂草向希基扔去，希基朝我们这边手舞足蹈地走过来。

卡洛塔紧随其后。她把带着粉红色蝴蝶结的黑色蕾丝胸罩甩到一边——其中一个罩杯沾满了草皮。胸罩从她的手腕上垂下来，像一个打斗者的投石器。

“巨人杀手来了。”希基说。

卡洛塔的乳房下垂到松松垮垮的小肚子上。当她把毛衣拉上来的时候，我瞥见了她黑色的乳头。

这时旺加从我怀里逃脱开来，顺着篱笆往大门口跑去。她摇晃着身体，跑得很不稳，好像是一片被不同方向的风吹着的树叶——穿过大门，回到了动物园。

“嘿！”我喊道，“嘿，旺加！”

“我的！我的，格拉夫。”希基说，“我会找到她。”他把灯笼短裤扔给卡洛塔，跑走了。

“不！”我喊道，“希基，我去！”这时卡洛塔已经走到我身边。我想站起来，但她的大屁股一下子撞到了我，我跌进了蕨类植物丛中。

“啊，让他去当小丑吧。”她说，然后在我身边跪下了。“亲爱的，”卡洛塔说，“你还是有点德行的。你一点也不像他。”我挣扎着想坐起来。她用灯笼短裤罩住我的脸，把我闷得透不过气来，一下子抱住我往下拉。她偷看了一眼我华美的内裤下面，用她桃子一样甜美的嘴唇吻了我。“嘘，嘘。”她说，然后把我按到了潮湿的地上。

我们在这块隐蔽的、不透风的、粪气熏天的草地上打滚。动物园里各种动物的叫声混在一起，不一会儿便消失在我们的身体猛烈击打草地的声音中。犀牛在摇晃着大地。

当我们再次听到鸟叫时，我们觉得鸟儿的声音喧闹不安，好像在苛求着什么。大型猫科动物们纷纷咆哮起来，要吃肉，要闹事。

“是喂食时间了，”卡洛塔说，“但我还没见过河马呢。”

于是我站起身，走过去，她先是跟着我，后来引着我进了河马馆。绿色房子的中央有一个大池子，四周围着栏杆，以防孩子掉下水去。起初，水池里一片漆黑。

“啊，河马马上就来，随时都可能来。”卡洛塔说。

她挠了挠自己的身体，向我抛了一个媚眼。“我的左胸痒得很。”她低声对我说，“我的胸罩装了一卡车的土。”她不好意思地扭着身子，掐掐我的屁股。我站在那里，看着刺眼的水池，水面上漂浮着不少水果——还有大片沉浮不定的芹菜。突然水池里出现了泡泡。

我们首先看到的是两个鼻孔——两个敞开的大洞，深不见底——接着是眼皮厚重的大眼睛。它的头在不断抬升，长长的粉红色的嘴越张越大；我看见了树桩一般的不可思议的会厌；我从它潮湿、空洞的嘴里闻到了一整箱腐烂的天竺葵的气味。孩子们纷纷向它扔食物，它把下巴搁在水池边上；孩子们向它扔去花生、棉花糖和爆米花——还有纸袋和动物园的纪念品、一张老年报、一只粉红色的小运动鞋。河马吃饱了，把头滚到池子里，掀起了巨大的浪花。它朝我们喷水，然后一头扎进了池中。

“它马上会再次起来。”卡洛塔说，“上帝啊，它可以把我整个吞下！”

卡洛塔壮实的腿后侧，留下了一种蕨类植物的印记——一个清晰的化名印记留在了她黝黑、绷紧的小腿肚上。我趁卡洛塔不注意，悄悄地离开了河马馆，把她抛下了。

底线

“我真不明白你怎么能这样做。”希基说，“你的品位太差了。”

“旺加去哪儿了？”我问。

“不知在什么地方，我找不到她了，格拉夫。我只是想摆脱那个胖妞。”

“我们去了河马馆。”我说，“再过几个小时天就要黑了。”

“为此谢谢你自己吧，格拉夫。老实说，我不知道你怎么会这样！你知道，一个人在某个时刻，应该停下来好好想想。”

“如果我们现在出发，”我说，“天黑之前我们就能赶到乡下。”

“卡洛塔！”希基说，“我真是无法想象！厚重得像泥浆，是吗？我想你应该觉得被污染了吧。”

“你是个粗鲁的蠢货！”我说，“头戴着她的灯笼短裤当帽子，像小丑一样手舞足蹈。”

“但是我有底线的，格拉夫。啊，是的。”说完他就开始捣鼓摩托车。

“行吧，你真是他妈的了不起！”我说，“你也许会有兴趣知道，事情并不那么糟糕。一点也不糟糕！”

“我完全相信，格拉夫。”他说，“技巧比美貌更常见。”是，这句意义丰满、颐指气使的话经过修改，写到了他的笔记本上：

手腕代替不了爱情。

在动物园门口，他没有理睬我，只顾自己高高站在启动蹬杆上，把全身的重量都压了下去。

“你是一个死守教条的蠢货，希基。”我说。

引擎发动了。他上下调节着节流阀，随着轰鸣的节奏上下点着头。我忽地坐到他身后。我们戴上了防撞头盔。我戴上那副一战飞行员的护目镜，让我的世界变成黄色——让我的思想变得扭曲和混乱。

“希基？”我叫他。但他似乎没有听到。

我们从席津动物园前面的广场出发，将狮子和卡洛塔抛在了身后。狮子们在咆哮，它们要自由，要食物；卡洛塔呢，我可以轻松地想象，她笨手笨脚又兴奋的样子，一不小心就会掉下去喂河马。

夜行者

经过了好几个城镇，但我们没有看到一家旅馆亮着灯。经过几个农场，只看到一盏微弱的灯亮着，那很可能是阁楼上的一盏永不熄灭的灯——这灯光告诉路人：有人还没睡呢，谅你也不敢做什么鬼鬼祟祟的事。另外还有一只狗，也清醒得很。

但是所有的城镇一片漆黑，我们的摩托车咆哮着穿过，不见一个人影。只有一次，我们看见一个人在喷泉边撒尿。我们的车头灯突然把他照亮，引擎的轰鸣声突然将他吓坏，他一下子倒在了地上，手还在身上四处乱摸，好像我们是从黑夜中突然冒出的一颗大炸弹。那是在一个叫克鲁姆努斯鲍姆的地方，就在布林登市场前面。希基停了车，关掉引擎和车头灯。死一般寂静的树林把道路封住了。

“你看见后面那个人了吗？”他问，“你看见这些城镇了吗？停电的时候一定是这个样子。”我们想了一会儿。这时树林又小心翼翼地发出了夜间惯有的声响——有什么东西出来巡视了。

希基打开车头灯。树木似乎后退了，让出了一条路。几个世纪以来在此守夜的家伙急急忙忙躲了回去——雪貂、猫头鹰，还有查理曼大帝守卫者的鬼魂。

“有一次，”希基说，“我在树林里发现了一顶很古老的头盔，上面有一枚大钉子和一副护目镜。”他的说话声使得那些守夜的动物鸦雀无声。我们第一次听到河里的流水声。

“河就在我们前面吗？”我问。

于是，他就一脚发动了摩托车，慢慢前行。我们走过布林登市场不远，就到了伊布斯河边，过桥时希基将车身往一边倾斜。在没有被车头灯照着的地方，河水显得一片漆黑，和风吹皱了河面，但是在车头灯照耀之下，又似乎看不见河水。河水又浅又清，河底的鹅卵石一览无余，就像上面没有水一样。

河边有一条伐木工小道，冰冷的树林中残雪尚存。在我们车前灯的照耀下，一片雪地呈现出黄色，点缀着从冷杉上落下来的黑色松针。不少树木上标有一些明亮的粉笔记号——这是准备砍伐的标记。伐木工小道与河流一同蜿蜒前行。

河流在前面转了个弯，离我们远去了，于是堤岸就变宽了。我们颠簸着驶离中央路拱，滑过湿漉漉的草地，来到河岸的平坦地带。草地上有青蛙和老鼠。

我留心听着狗叫。如果附近有个农场，我们肯定能听到狗叫。但是这里只有河水，只有风吹过主干道上的那座桥发出的嘎吱嘎吱声，和风拂过密林发出的声音——就像默不作声的城里人爬着穿过衣橱一样。这不是士兵们手持铁家伙在树林里铿然作响的声音。

伊布斯河静静地流淌着，千条涓涓细流汇入其中。我们轻声细语地将东西从摩托车上卸下来，没有错过黑夜中的一个声音。我们把大布铺在地上，拍打着布面，把底下的老鼠赶出来。我们仍然能看见主路上的那座桥，但是在我们醒着的这段时间里，什么也没有从我们身边经过。天空中桥的轮廓成了河床上方唯一的几何形状。其他可见的形状是水中锯齿状的涟漪和映衬在明亮夜空中黑色不规则的树林线条。桥墩附近有一堆岩石，水流拍岸，将粼光抛向月亮。

希基坐在睡袋里。

“你看见了什么？”我问。

“长颈鹿，在桥下蹲着呢。”

“那太好了。”我说。

“真不错！”希基说，“还有大羚羊！你没看见羚羊正涉水过河，把神奇的蛋蛋泡在水里吗？”

“让它们站住别动。”我说。

“啊！”希基说，“什么也不能伤害那头羚羊！”

风餐露宿

桥下有一块大石头，河水冲到这里形成了一个小瀑布，在这里洗鳟鱼正好。我们让水流进鳟鱼翻滚的腹部的开裂处，冲刷可爱的肋骨，装满水，一直装到高高的有弹性的胸骨处。你可以夹住鳟鱼腹部的裂口，按住鼓起的腹部：水就从鳃部流出来，先流出的是粉红色的水，然后是清澈的水。

我们洗了十二条鳟鱼，将鳟鱼的内脏放在大石头顶上。然后我们就坐在摩托车旁，看着乌鸦从桥下俯冲过来，直扑内脏，不一会儿就把岩石上的所有东西吃得一干二净。太阳从水面上升起，与桥面齐平了。我们决定找一个农场，解决我们的早饭问题。

路很软，我们的摩托车从高高的路拱上滑下来，掉进了车辙里。希基开得很慢，我们的身体都往后靠，捕捉着空气中的所有气味：树林里的松脂味、远处的三叶草和甜干草味。树林变稀疏了，大片的田野出现了。河面蒙上了一层白白的雾气，水更深，流得更快了，把泛起的细细泡沫堆到了凹进去的河岸边。

接着，路面抬升了一点，河水往下流去，远离我们了。我们可以看到一个村镇了——一座矮矮的教堂，尖顶是洋葱形的；整个小镇只有一条街，结实的房子一个挨着一个。在这个小镇前面，还有一个农场，希基开进了这个农场。

这是一条泥道，路面像面团一样柔软。摩托车的后轮陷入泥潭，驱动链也没入其中；车子在泥里打滚，陷在海绵一样的泥路中。车道边上有一头山羊，我们打算抓它，把它放在脚踏板上。我们向边上冲的时候，山羊突然逃跑了；我们经过了一个猪圈，小猪像猫一样跳来跳去，大猪跑起来则像穿着高跟鞋的胖女人。摩托车的前挡泥板奋力挡住车道上的泥浆，我们的身后则泥巴乱飞。那头逃走的山羊把农夫和他的妻子惊醒了。

满心欢喜的吉佩尔先生和他的太太弗赖娜看样子非常想用咖啡——那咖啡是用黑咖啡豆烤磨的——和土豆来交换我们一半的鳟鱼。

弗赖娜夫人眨巴着浅色的眼睛，好像在说：啊，快来看看我的厨房有多漂亮！她那母性十足、无比自豪的胸脯鼓胀鼓胀的，活像松鸡肉。

这位吉佩尔先生看来是饲养方面的专家。

“你是吃鱼的好手。”希基对吉佩尔说。

“啊，我们吃很多鳟鱼。”吉佩尔说。他总是掐住鳟鱼的尾巴，把肉弄干净，把鱼骨架整整齐齐放在盘子的一边。

“啊，这么多鳟鱼！”弗赖娜说。

“我们这才刚刚开始。”希基说，“风餐露宿，格拉夫！回归简单的自然法则。”

“哦，是这样。”吉佩尔说，“你让我想起我们的法律[1]。”

“我们这顿饭真不错啊。”弗赖娜夫人说。

“但是出了一个法律问题，亲爱的。”吉佩尔说，“他抓了十二条鳟鱼。”

“哦，我知道。”弗赖娜说，“但如果只有十条的话，我们的这顿早餐就大不相同了。”

“每人五条。”吉佩尔说，“你当然只能吃这个数目。我的弗赖娜说得对，那样的话就会是另外一份不同的早餐了。”

“我觉得这太可怕了。”弗赖娜说，说完就走到门廊去了。

“希基先生，”吉佩尔说，“我真希望你没有说起这件事。”

“我说什么了？”希基说。

“法律！”吉佩尔说。“是你提醒了我。”弗赖娜又走到了屏风门这边，把一张绿色的纸片递给希基。纸片正面朝下。

“这是什么？”我问。

“是我们应缴的罚款！”希基说。

“啊！”吉佩尔叫起来，“我这成什么人了？”

“你到底是干什么的？”希基问。

“鱼类和动物的看护人。”吉佩尔说。

“太可怕了。”弗赖娜说，然后又走出去了。

“很好。”希基说，“我总说嘛，与当地的动物看护人交朋友是一件很不错的事。”

“哦，这是一件值得我们感激的事，”吉佩尔说，“所以只要缴50先令。”

---

1 自然法则的英文是laws of nature，law的另一个意思是法律。

“50先令？”我问。

吉佩尔说：“我只能做到这一步了。”他往屏风门边上走去。“请原谅我走开一会儿。”他说，“我真的感到羞愧难当。”他非常伤心地走到门廊上。

“他妈的小偷！”我说，“摩托车停得有多近？”

“好了，格拉夫。”希基说，“大约停在离吉佩尔的座位一英尺远的地方。这会儿他正在说体贴话安慰他温柔的妻子呢。”

“50先令，希基！”我说。

希基从夹克口袋里取出一张便条。“你把这个交给他们，安慰一下他们的心，格拉夫。”他说，“我在里面待一会儿。”

我走过去，去安慰这两个善良的人。我们坐在门廊上，看那头愚蠢的山羊摆出要与摩托车打斗的架势，正鼓起勇气向我们的这头“公羊”扑去。

希基从屋里走出来，心里很激动，似乎说不出话来，这足以使可怜的弗赖娜又难过起来。“噢，这两个可爱的孩子！”她哭了。

“啊，亲爱的，亲爱的。”吉佩尔说。“这些法律太卑鄙了！”他大声怒吼道，“像他们这样的男孩应该得到谅解。”

希基说：“好了，好了。”他前臂抚着肚子：“我们吃了这么多，值50个先令。”这话让我们所有人感到惊讶——让弗赖娜恢复了知觉，她那浅色的眼睛又警觉地眨巴起来。可怜的吉佩尔很兴奋，也没有什么别的话好说了。

他们看我们跨上摩托车。我们的摩托车立在山羊旁边。这次我们要小心地避开大马路。几只猪发疯似的追着我们跑。

“太有意思了，”我对希基说，“有人竟然利用早餐做生意。”我觉得他的肚子上有什么硬硬的东西，就在夹克里面。“你这里面是什么？”我问。

“弗赖娜·吉佩尔太太的煎锅，”希基说，“还有一块火石、一个啤酒起子、一个开瓶器和一个盐瓶。”

我们的车走在马路边上，被栅栏夹住，只好开到马路中间走了一会儿。这一次我们开得很慢，在泥泞的路上胡乱走着。我们看到吉佩尔使劲地挥舞着双手，像个疯子一样；弗赖娜夫人鼓起胸脯对着我们挥着手，抛飞吻，向我们道别。摩托车的轮胎滑进车辙里，又把马路的泥刮得干干净净。我们的身后泥巴飞扬。摩托车突突突地开上了下坡路。

“做些投资是非常必要的，”希基说，“如果一个人要风餐露宿的话。”他的夹克里面的煎锅还热乎乎的呢。

海象在哪里

笔记本上又有了这么一条：

> 做些投资是非常必要的。

骑到乌尔默费尔德的时候是午餐时间了，我们便买了两瓶啤酒。我们快骑出村子的时候，希基看见一家旅馆的二楼窗户上挂着一个花盆盒。

“萝卜！”希基说，“我看见萝卜的小绿叶正往外杵着。”

我们把摩托车开到窗子底下。我稳住车子，希基站在油箱上，踮起脚尖，双手刚好扒到花盆盒子的边缘。

“我能摸到萝卜。”他说，“刚刚浇过水，甘甜爽口的小萝卜！”

他把萝卜塞进夹克里。我们开着摩托车穿过乌尔默费尔德，仍然沿着伊布斯河开。出了村子大约一英里，我们来到了河岸的一片草地。“毕竟啊，格拉夫。”希基说，“今天他们还欠我们 50 先令。”

我们用弗赖娜夫人的开瓶器打开啤酒，从弗赖娜的盐瓶里撒出盐放到萝卜上。

弗赖娜的盐瓶出盐真顺畅。萝卜脆脆的，水分又足。希基将绿叶子插在地上。

“你觉得会长起来吗？”他问。

“希基，一切皆有可能。”

“是的，一切皆有可能。”他说。我啃光了萝卜，把萝卜根抛到河里，看着它们漂在水里游来游去，在水面上打转，活像溺水的孩子头上戴着的纸风车的帽子。

“上游一定有个水坝。”我说。

“啊，那一定有个山间大瀑布。”希基说，“想想在大坝上面钓鱼该多有趣！”

“我敢打赌那里一定有河鳟，希基。”

“还有海象，格拉夫。”

我们躺在草地上，拿着啤酒瓶大口大口地喝着。乌鸦顺流而下，又在萝卜根上盘旋起来。

“有什么东西乌鸦是不吃的，希基？”

“海象，”他说，“乌鸦不可能吃海象。”

“太神奇了。”我说。

地里还有春天的潮气，但密密的草丛似乎储存了太阳很多的热气，把我们的背烤得热乎乎的。我闭上了眼睛，感到浑身暖洋洋的。我能听到乌鸦在河面上叫，蟋蟀在田地里穿来穿去。希基用牙龈碰着啤酒瓶，叮当作响。

“格拉夫。”他说。

“嗯。”

“格拉夫？”

“我在啊。”我说。

“动物园里的场面太可怕了，”他说，“我想如果我们把它们带到这里来就好了。”

“你说的是那两个女孩吗？”我问。

“不是女孩！”他喊起来，“我说的是那些动物！它们有机会到这里来吗？”

我闭上眼睛就能看到它们。长颈鹿在咬树梢上的花蕾，食蚁兽在水池边细密的泡沫中吞食水虫。

“那两个女孩！”希基说，“上帝啊，格拉夫——你真是个糊涂蛋！”

阳光和啤酒使得我们安然入睡，稀有眼镜熊在悄悄地接吻，羚羊把所有的傻瓜都赶出了草地。在紫红色的伊布斯河上，海象用脚蹼划着船，晒着尖牙，漂白了胡子，但它没有注意到河马正在池边的深水中——以泡沫为掩护，狡猾的河马正张大嘴巴，准备把所有的东西都吞入大肚子里：海象、划船……

我醒来了，向海象发出警告。长颈鹿一刻不停地在啃着草地，直到它够着了太阳，把太阳拽了下来。落到草地上的太阳发着光芒，穿过草丛照到摩托车上，将车轮和发动机的影子投射到河面上。河流奔腾，像一条快速移动的坑坑洼洼的大路。

“希基，”我说，“我们该走了。”

“别动，格拉夫。”他说，“我正看着它们。它们从铁笼里出来了，与我们一样自由自在了。”

我让他看了一会儿。我看着太阳将草地涂成一片红色。太阳渐渐从河面落下去了。我往上游看了一眼，还看不到远山。

不知去哪里

出了山谷，也没有了夜虫，我们开上了柏油路，但不一会儿又变成了泥路，现在那条河总是藏在密密的杉树林后边，我们无法看见。

摩托车沉闷的喇叭声冲击着森林，传来阵阵轰隆的回声——好像有别的骑手向我们冲来，秘密地穿行在这密密的丛林中。

很快，我们穿出杉树林，夜幕黑得令我们的呼吸也要加倍小心。我们觉得又到了开阔地带。突然，面前隐隐约约出现了什么东西——一个摇摇晃晃的黑色谷仓，门被大风吹得摇摆不定，车头灯照过去，三角形窗户向我们投来断断续续的反光；有个什么东西拖着脚步在路上走着，从肩上闪射过来凶恶的眼光，弓背的样子像一头熊——要不就是一丛灌木；一家农舍沉睡梦中，瑟瑟发抖，一只狗狂吠着在我们身边狂奔——我转头回望，它的眼睛变得越来越小，对着跳动的红色尾灯不停地眨巴着。在我们脚下的山谷里，一个个小山峰似的树梢，又像安扎在路边的帐篷。

“我想我们再也见不到那条河了。”希基说。他正降挡减速，从3挡换成了2挡，拧足油门。我们身后飞起一片片柔软的黑土块。我的身子前倾着，胸膛紧贴着他的后背；我能感觉到他的身体在摩托车倾斜之前就倾斜了，我随着他的身体向各个角落倾斜，就像他身上的一个背包。

不一会儿，我们车子底下不见了路，车头灯直刺夜空。摩托车的冲力把我们稳稳地推向空中；等前轮再次碰到路面时，我们已经疯狂地下冲到了一座木桥上。希基换成了1挡，但他还得使用刹车，后轮在我们后边拱了起来：我们像螃蟹一样跳过了桥板。

“那就是河。”希基说，我们回过头看去。

他把车头灯拧低，灯光斜打着河面，但是河在哪里？他按了一下引擎上的“熄火”按钮。我们听到了潺潺流水声——听到了风吹桥板吱嘎呻吟——我们还感觉到桥上的栏杆被飞起的浪花打湿了。但是，在车头灯光中，我们只看到一团漆黑的峡谷，斜生的杉树死命地抓着峡谷壁，好像在伸手求救，但又不敢往下看一眼。

这条河抄了一条近路，它把面前的山锯成了两半。我们朝劈开的山两边看了一看。我们早餐是吃不到鱼了，除非我们敢沿着可怕的陡峭峡谷往下走。

我们找到了一块足够平坦的空地来铺开睡袋。我们尽量离峡谷边远一点。天太冷了，我们在睡袋里脱衣服都脱了好一阵子。

“格拉夫。”希基说，“如果你起来小便，千万不要走错路。”

后来，我们的膀胱一定记住了他说的话——要么一定是听惯了河水声。因为我们都得起来小便。啊，光着身子出来真冷。我们胆战心惊地穿过宿营地。

“羚羊是如何保暖的？”希基问。

“我也一直在想。”我说，“你不觉得它是不是得了什么病？”

“啊，格拉夫！”希基说，“这当然是过度健康的表现。”

“它一定觉得自己很脆弱。”我说。

我们咬紧牙关，颤颤巍巍地钻进了睡袋。睡袋还为我们保存着热气。我们蜷缩成一团，感到满地都是乱转的老鼠。夜里太冷了，我想老鼠都钻到了地面上，在我们身下睡得很暖和吧。

“格拉夫。”希基说，“我也一直在想。”

“很好，希基。”

“我一直在想一件事，格拉夫。”

“什么事？”我问。

“你觉得席津动物园里有夜间保安吗？整夜守在里面，到处查看？”

“与羚羊交谈？”我说，“打探它的秘密？”

“不，就住在里面。”希基说，“你觉得有人住在里面吗？”

“那肯定。”我说。

“我也这么想。”他说。

我见过动物园保安对熊咕哝，叫醒羚羊，并问它一个很难的问题；黎明时分，保安在园里各处走着，弓着背活像一头猿猴，从一个铁笼晃到另一个铁笼，用动物的语言来引诱它们。

“格拉夫？”希基说，“你还记得小型哺乳动物馆里那些紧闭的门吗？有看起来像壁橱的东西吗？”

“红外线壁橱？”

“保安总得有地方可去，格拉夫。坐着喝喝咖啡，墙上挂挂钥匙什么的。”

“哦，希基！”我说，“你在策划一场动物园大放生吗？”

“啊，那不是很有意思吗，格拉夫？那种情况可不多见吧？把动物都放出来！”

“太不可思议了！”我说。

一大群熊摇摇摆摆地走出大门，身上背着那个检票员的小屋，那个戴着赌徒绿眼罩的家伙在里面哭着求饶。

但是我说：“当然，回维也纳去，那可是一点也不好玩的事。这是我最不想做的一件事情。”

我睁开眼睛，看见头顶上可爱的浅白的星星在闪烁，那些绝望的矮小的冷杉正从峡谷里探出身子往上爬着。希基坐了起来。

“格拉夫，那你最想做的事情是什么？”

“你见过大海吗？”我问他。

“只在电影里见过。”

“你看过《乱世忠魂》吗？”我问，“这是一部美国电影，由黛博拉·蔻儿和伯特·兰卡斯特主演。伯特与黛博拉一起在海浪中翻滚。”

“你感兴趣的不是大海，格拉夫。”

“但那不是很有意思吗？”我说，“在某个海滩上露营——或许在意大利。”

“我也看过那部电影。”希基说，“我觉得他们的胯部一定满是沙子。”

“我想看看大海。”我说，“在山上小溪多钓些鱼。”

“与黛博拉·蔻儿一起在海浪打滚，格拉夫？”

“为什么不呢？”

“玩一大群乡下姑娘，格拉夫。”

“不是一大群。”我说。

“就一个漂亮姑娘，格拉夫？一个就足以成为你的全部世界了？”

“一个就够了。”我说。

“的确一个就够了，格拉夫。”他说，“你做梦都想着那个浪漫的没有头脑的浑蛋。”

“那你想怎样呢？”我问。

“我想玩多少就玩多少。”希基说。他躺了下来，双臂交叉着抱住睡袋。他的双臂裸露着，颜色苍白，就像刺骨的黑夜里苍白的星星。“那座动物园不会长久到哪里去。”他说。

我瞥了一眼峡谷里的杉树，但它们还没有爬出来。希基一动不动。他的头发散落在夹克叠成的枕头上，碰到了闪闪发亮的草地。我确信他睡着了，但就在我自己入睡之前，他咕咕哝哝地给我唱了一首昏昏沉沉的睡前小曲：

> 弗赖娜·吉佩尔丢了平底锅。
> 她永远也找不到了。
> 她的屁股长着牙龈，
> 但吉佩尔毫不在意。

到一个地方去

早晨起了霜，草地有上千种不同的棱柱反射着太阳光。河谷边上的草地就像舞厅的地板，满是枝形吊灯打下来的错综复杂的图案。

我侧身躺着，眯着眼睛，从长满霜的草地看过去，一直看到峡谷壁。帐篷底布冰凉地贴在我脸上，草的嫩枝长得似乎比树还要大；霜融化成水，积在嫩枝围成的小水潭里。有一只蟋蟀走了过来，它用草做高跷，想跨越这水滴——对它来说，这水滴大如湖了；蟋蟀的关节也结了霜，走起来这霜似乎在融化。

当你与一只蟋蟀处于同一高度时，它可能变成一只凶猛的动物——一只巨大的类人猿俯身看着丛林，弯下身子，一步跨过海洋。我对它吼了一声，它停下了脚步。

不一会儿，我听到不远处传来铃铛声。

“牛铃！”希基说，“我们要被牛践踏了！啊，还要被推下峡谷！”

“那是教堂的钟声。”我说，“我们一定离村庄不远。”

“操他妈的。”希基说，往睡袋外望去。

我的蟋蟀不见了。

“格拉夫，你在找什么？”

“蟋蟀。”

“蟋蟀是完全不伤害人的。”

“这只蟋蟀特别大。”我说。但它不在防潮布下面，所以我从睡袋里出来，脚踩在结了霜的硬硬的草地上。

露水让我想跳舞，附近是看着让人头晕的峡谷，我对跳舞的兴趣远远超过了找蟋蟀。希基冷眼看着我，但没看多久。他气呼呼地从睡袋里出来，在防潮布上踩来踩去——完全不像我手舞足蹈的那种。

“你不必起床啊。”我说。

“我不喜欢看你光着身子的样子。”他说。

“踩步小心点。”我说，“你会踩到我的蟋蟀的。”但我站在他面前，显得异常尴尬。

“咱们去喝点咖啡，在这条河上找一个更适合钓鱼的地方。”他说，活像个操蛋的童子军团长。我忘了我那只可能被踩坏的蟋蟀——

看着他骑上摩托车，就像一个操蛋的警官一样。

我们动身赶往下一个小镇。

希斯巴赫离这条路不到一英里了。这个小镇依山而建——古老的、圆形的、灰色的石头建筑堆积在一起，像一堆鸡蛋盒，还有那座小镇常见的、十分醒目的、矮矮的、带着洋葱头的教堂蜷缩在路边，活像一头牙龈全无的老狮子，再也无法发起攻击了。

我们到达这里的时候，弥撒已经结束。家人们三五成群，身体显得僵硬，衣服皱巴巴的，从教堂的台阶上下来，他们每星期只穿这么一次的鞋子在吱嘎作响。小一点的孩子们冲向“神圣的洋葱头”对面的小酒馆：埃特尔太太的老酒馆。

我们进去之前，希基敲了敲店牌。“格拉夫。”他小声说，“当心埃特尔太太。”我们高高兴兴地进去了。

“欢迎欢迎。”胖胖的埃特尔太太说。

“啊，谢谢。”希基说。

“有咖啡吗？”我问埃特尔太太，“热的吗？”

“有没有洗手的地方？”希基问。

“啊，当然有。”她说，指了指后门，“但是灯泡烧坏了——好像是。”

要是有一个灯泡就好了。小便处是小酒馆后面的一个小隔间，地面脏兮兮的，旁边就是一个狭长的羊圈。山羊们看着我们抽水上来。希基把水抽上来浇到后脑勺。然后甩了甩头，他一摇头，山羊咩咩叫起来，纷纷撞到羊圈的门上。

“我可怜的山羊。”希基说，走到羊圈边，使劲拽着山羊的下巴。啊，它们很爱他，这是很容易看出来的。“格拉夫，”他说，“快进来，看看谁来了。”

酒馆里已经坐满了人——一家一家地坐在一起，喝着咖啡，吃着香肠，孤单的男人们则坐在长桌旁喝着啤酒。

“啊。”埃特尔太太说，“我把你们的咖啡放在靠窗的桌子上了。”

希基进来了，我们一起走向咖啡桌。我们旁边坐着一家人，领头的老祖父看上去脾气暴躁。这一家最年幼的，是一个男孩，正在吃香肠和面包卷，边吃边看着我们，因为嘴巴里嚼着东西，所以下巴耷拉着。

“粗鄙的小男孩。”希基小声说，接着对他做了个鬼脸。小男孩的嘴巴停了下来，盯着他看，于是希基用叉子戳着空气，做了一个很吓人的姿势。小男孩拉了拉老祖父的耳朵。老人看过来的时候，我和希基喝了一口咖啡，举手向老人致意。老祖父掐了一把桌子底下的男孩。

“吃你的吧，孩子。”老祖父说。

男孩向窗外望去，第一个发现了山羊。

“山羊跑出来了！”他喊道。祖父又掐了他一下。“东看西看的男孩，应该闭上嘴！”他说。

但现在其他人也往外看。老祖父也看见了山羊。

“羊圈门我关得好好的啊。”埃特尔太太说，“在弥撒前我就把它们关起来了。”

大一点的几个男孩推推搡搡跑出了酒馆。这些山羊羞答答地集中在教堂边。爱掐人的老祖父向我们俯身靠过来。“埃特尔太太是个寡妇。”他说，“她需要有人帮她把羊圈关好。”接着他吃什么东西被噎住了，微微有些痉挛。

这些山羊在互相点头致意，咩咩叫着，在教堂的台阶上立不太稳，上下磕碰着。孩子们把山羊赶到教堂门口，但是没有一个大人敢上前去，怕弄脏了主日穿的这套最好的衣服。

我们走到酒馆外面看热闹，听到远处传来另一个村庄的钟声——在这礼拜日的早晨，钟声响起，匆匆的回声不断，将每个音符的尾声都变得柔和起来。

“那是圣莱昂哈德的钟声。”一个女人说，“我们的教堂也有钟，但不知为什么礼拜日总是敲不响。”另外一个声音接过话题，继续谈论这个问题。

“但是我们的敲钟人吃早餐去了。”

“你的意思是，他喝他的早餐酒去了。”

“老酒鬼。”

“连孩子们都不会出错的事他都干不好。”

“我们有自己的教堂，有自己的钟，为什么必须听别人的钟声？”

“宗教狂热分子。”希基小声说道——但他感兴趣的是山羊。不少人想吓唬山羊，把它们从台阶上赶下来。

“去把敲钟人找来。”这个女人说。但是敲钟人早就知道这件事了，他站在酒馆的门口，手里拿着一个啤酒瓶，对着阳光揉着他鼻子上的血管。

“嘿，女士们。”他说，“好心的女士们，我永远也无法得到——”他打了个嗝，眼泪都流了出来，“无法达到，”他说，“我那个在圣莱昂哈德的对手所具有的敲钟本事。”他又打了一个响亮的嗝。“无法达到。”他说。说完便走进了酒馆。

“得让别人去学会如何敲钟了。”女人说。

“啊，”爱掐人的老祖父说，“这不是什么大不了的事。”

“你是干不了的，”那女人说，“除非你做得很好。你不是死活要做点事嘛。”

一个板着面孔的姑娘用她那上翘又坚实的屁股轻轻碰了一下老祖父。她走到他前面，用胳臂的汗毛拂了拂他的下巴，然后朝后伸了一个懒腰，两条腿几乎原地不动——脚趾朝下，她的裙子扯到了大腿中部。她的腿肚子离脚踝很远，像拳头那样突出。

“你是干不了的。”她说，从他身边快速走开，来到外面的街上。

“快看那些山羊，那边！”希基说，“它们为什么不逃跑？它们应该跟着那些小孩跑掉。快跑！”他叫道。

老祖父看了我们一眼。他慢慢地走下一两个台阶，坐在楼梯上，坐到我们旁边。“你刚才在喊什么？”老祖父问。

“那是呼唤山羊的叫声。”希基说，“对有些山羊很管用。”

老祖父狠狠盯了他一眼。他的牙咬得咯咯响。“你真是个古怪的流氓。”他说，把希基的手拿了过来。“我见过你。”他低声说。希基猛地把手抽回来。

“圣莱昂哈德在哪里？那著名的钟在哪里？”我问。

“在山那边。”老祖父说，“其实也不是什么多大的山，但是听这个镇的人说起来，你还以为那是阿尔卑斯山呢。也不是什么大教堂，住在这里的人都没有什么能耐——不要光听他们说这说那。要敲响那只该死的钟有什么了不起的！”

“那你去敲啊。”希基说。

“我能敲！”祖父说。

“那就去敲吧。”希基说，“敲出他们的尿！敲得这里所有的人在街上打滚，敲得他们迫不及待地捂上耳朵！”

“可是我爬不上那么高的楼梯。”老祖父说，“爬到一半我就上气不接下气了。”

“我们把你抬上去。”

“你到底是谁？”老祖父问。他低声对我说：“我见过他。他拿走了桌上的盐瓶——埃特尔太太的盐瓶——塞进那个可笑的口袋里。”

“啊，它们为什么不逃跑呢，格拉夫？”希基问。一个小孩子抓住了山羊的一条腿。山羊叫着，踢着，从台阶上滑下来了。

“你自以为很了解山羊。”老祖父说，“是你把山羊都放出来了，对吗？你真是那种疯子。”

这时他们抓了一头山羊下来。

“我们走，格拉夫。”

“我要告诉你们一件事。”老祖父说，他的脸变红了，“寡妇埃特尔认为我只是个一无所知的老笨蛋。”

“如果他说了这件事，她会认为他更是一个笨蛋了——她不会那样想吗，格拉夫？”

“噢，”祖父说，“你们走吧，我不告发你们了。”

“啊，格拉夫，”希基说，“这老笨蛋要冒多大的险呀！”

我们出发的时候，他们又抓了一头山羊下来。第一头山羊站在那里，但是一个胖胖的女孩夹住了它的头，气呼呼地抓住了它的胡子。它张着粉红色的嘴巴咩咩叫着，但是我们坐在摩托车上，听不见它呼唤我们。

笔记本上又有了这一句：

山羊不想逃跑！它们不是野生动物。

振作起来，你们这些野生动物！

被仙女包围

我们来到圣莱昂哈德时，敲钟人还在敲钟。那钟声震得整个教堂在颤抖。

“吵死了！”希基说。“当！当！当！”他对着钟楼喊。

一个拿着一根甘草棒的瘦小的女孩看见他在喊叫。她抬头望着教堂，好像她希望那个铃锤从大钟上脱落下来，朝我们飞过来。

“当！”希基对她说。我们走进了一家酒馆。

弥撒已经结束好长一段时间了，小酒馆里几乎空无一人。一个衣着整洁、动作敏捷的男人站在窗口往外看着我们的摩托车。每次他抬起他的啤酒瓶，都好像要从肩膀往身后甩出去似的。他站在那里，一只脚放在另一只脚的上面。突然身子歪了一下，急忙跳了一步，走了两步，才重新站稳了。

一脸倦容的男招待沃特看着摊在吧台上的一张报纸。我们买了两瓶冰啤酒、一个面包和一块两先令的黄油。

一脸倦容的沃特问："都装在一个袋子里？"

"哦，当然。"我说。

"我得给你两个袋子。"他说，"一个袋子装不下，我没有那么大的袋子。"

窗边那个干脆利落的人转过身来，转得如此突然，把我们吓了一跳。

"把啤酒瓶放在你的屁股上！"他喊道，"把面包放在另一个袋子里！"

"上帝！"希基说，"操你！"

"哎哟？"那人叫起来，跳了一步，向我们走近两步。"操我，哎哟？哎哟！"他尖叫着，好像什么东西卡在了喉咙里。

"你最好提防着他。"沃特说。

"我当然会。"希基说。

"因为他可能会起诉你。"沃特说。

"起诉我们？"我问。

"这是他的职业。"

那个准备起诉我们的人说："把你的屁股放到一个袋子里！"

"你小心点。"希基说。

但沃特抓住了希基的胳膊。"最好你自己小心点。"他说，"他诱使你打他，然后他就起诉你。他会说，他的下巴疼，不能呼吸。他会说，他吃东西的时候头疼。噢，我们这儿很少有陌生人来，来一个他就要逮一个。"

"我要把你的小命撕碎！"这个起诉专家说。他又朝我们走了两步，手握啤酒杯，杯里的啤酒直往外洒。

"我要告诉你，他不打架。"沃特说，"他只起诉。"

“我真的无法想象。”我说。

“我知道，这真的不可思议。”疲惫不堪的沃特说，好像说话间他就能睡着似的。“他甚至总能得逞。”他说。

“他怎么能得逞？”希基问。

我们三个人站在一起看着他，只见他一只脚踩在另一只脚上，摇摆着扭动着膝盖，就像一个竭力不想尿湿裤子的孩子。可是他的脸上绝没有一丝孩子气。他打开裤裆前门，把啤酒倒进裤子里。

“他还有点古怪。”沃特说。

他又在我们前面跳了两步，但是早就没有了刚才的机敏劲。他一下子拉开裤子，又快速合上，啤酒泡沫顺着他的大腿往下流。他对希基眨眨眼。“你——你，”他流着口水说道，“你——你！”

“他会起诉的！”沃特喊道。这一次他没有抓住希基的胳膊。

希基已经抓起了放在吧台上的头盔，拽着下巴带子把头盔晃了两圈，然后转了一大圈胳膊，使劲向那个没有防备的利落家伙身上砸去，一下子砸到了他的胯部，他单腿站立的姿态立马崩塌。他屁股着地哇哇乱吼，两个膝盖抱在胸口。

“这下好了，”沃特说，“他真要起诉你了，我知道。”

“你真是个大白痴。”希基说，“你可以告诉他我们沿着另一条路走了。”

“行，我会告诉他的。”沃特有点不开心地说，“我无所谓的，朋友。”

我们快步走出酒馆，抓起买好的东西，什么袋子也不用。离开了沃特——在所有叫沃特的人当中，这是我见过的最傻的一个——和他的小酒馆，还有那个躺在地上吼叫的家伙，那叫声好像是一只被烧焦的老鼠在惨叫。

到了摩托车边，我把东西塞进了希基的通风口袋里。

“天哪，希基。”我说，“你打开了山羊圈门，打得那个怪胎满地打滚！”

“来啊，那来操我。”希基说。

“啊，我们真是天生一对。”我说，其实这话并没有什么意思。他坐在前面转过头来，盯着我看。

过了一会儿，他的声音突然又尖又高，好像连摩托车都要被吓到。“是吗，格拉夫？有了黄油就可以用上平底锅，有了面包屑，可以用面包屑包裹鳟鱼。有了啤酒，好倒进我的裤裆！或许我会被鱼骨卡住透不过气来，让你笨手笨脚忙乎一整天！”

“噢，操。”我说，“噢，天哪，希基。”

就在他准备发动摩托车的时候，不知从哪里冒出来的瘦小女孩，用甘草棒碰了一下希基的手——轻轻地，有魔力地碰了他一下，好像那甘草是仙女的魔杖一样。

笔记本上又有了这样一首诗，记录今天发生的事：

哦，你想要的东西
太私密——
私密，私密，
太私密。
哦，要得到它们，
这是唯一的办法
但是太公开——
公开，公开，
太丑陋，太公开。
上帝保佑我们，格拉夫。
大熊，北斗七星。
帮帮我们。

这一定是他写得最差的一首诗。

上帝的第二个甜蜜安排

从圣莱昂哈德开始，下坡路变得异常陡峭，切开河岸高地，到处都是铺满碎石的急转弯，直到伊布斯河冲出大山，到达魏德霍芬。河岸上碎石松软，我们尽量走在路中央：后轮使我们的身体前倾，我们的屁股离开了座位，两只脚立在踏板上，向下俯冲。

在离圣莱昂哈德镇不到一英里的地方出现了第一个果园，那是一个苹果园，苹果树排列在道路两旁，风吹幼树沙沙响，老树则盘根错节纹丝不动：苹果树之间的野草已割好，堆在那里，在阳光下散发出有点令人作呕的甜味。苹果花蕾就要开花。

我们站在脚踏板上，身下的摩托车就像马儿一样飞奔。这路一会儿下坡，一会儿转弯，两边的树在我们眼前闪过，一会儿左边，一会儿右边；焦躁不安的蚱蜢一下子从沟里跳出来，几只黑鹂俯冲下来，几乎要撞在一起。

这时一个女孩的辫子差不多要甩到我们——听到摩托车声音，她迅速转过头，一下子跳到路边。这是一根粗大的赤褐色辫子，长及腰，发梢在她高高的一晃一晃的屁股边甩打着，裙子被风吹得鼓鼓的，好像她的屁股更大了。碎石太松软，所以无法刹车，她的样子一闪而过——棕色的长腿，长长的手指在膝盖边紧紧抓着裙子不让它乱飞舞。等我回过头看她时，她正巧转过了脸——辫子甩到了一边，在阳光下像蛇一样舞动着，但风又把它吹了回来。我几乎要抓到这辫子了，但风把它吹回到她的肩上，她动作粗鲁地一把抓过辫子放到脸蛋旁。我看到的她就是这个样子。另外，她的一只胳膊还挎着一个洗衣袋。她使劲拉直棕色皮夹克，那动作与她抓辫子时一样粗鲁。接着，路一转弯，我们就见不到她了。

“你看见她的脸了吗，希基？”

“你也没有看见她的脸？”

“我转头看她的时候，她也正好转过头去，没看到。”

“啊。”希基说，“她可能不好意思吧。不好的征兆，格拉夫。”

在路上我真想看到更多像她那样的姑娘，仿佛扎着这样赤褐色大辫子的姑娘像苹果花蕾和蚱蜢那样遍地都是。

大熊，北斗七星，你们的方式真是怪异

苹果树底下有不少枯枝败叶和冬天修剪过的枝叶，捡拾柴火的人错过了。低低的树枝上有花朵有蓓蕾；蜜蜂箱架在苹果箱上，蜜蜂屋被漆成了白色，高高竖立，这样拖拉机和马车就不会把蜂箱撞翻在地。蜜蜂在果园里忙碌地工作着，它们正忙着打开苹果花蕾，从一个花蕾飞到另一个花蕾——噢，参与了花粉受精的朋友，忙于授粉的蜜蜂！

“花粉受精不是很伟大吗？”希基说。

树下的枯木很容易被折成小段——可以快速烧成我们需要的木炭，我们把水浇到木炭上将火熄灭。然后我们把锅支在烧过的岩石上，把黄油放进锅里。希基把面包弄成碎片放在油里煎。我们把湿湿的鳟鱼卷放在锅里翻动，直到鳟鱼外面包上了一层毛茸茸的面包屑。

一条小小的有鳟鱼的溪流穿过马路和苹果园，往山那边流去了——流到我们吃过中饭就要去的魏德霍芬。溪流实在太小，我们差点错过，溪流上的小桥桥面很薄，我们的车轮差点嵌在桥板的夹缝里。但溪流中的鳟鱼并不害羞，很活泼地跳起来。现在它们噼噼啪啪地在锅里煎着呢，那声音与果园里蜜蜂的嗡嗡声相映成趣。

一只蜜蜂从一朵苹果花那里飞来，飞在小溪上。它身下的气流下

降了，它的翅膀被打湿了。现在它正拍打着一片苹果花瓣。蜜蜂浮在空气中，要比浮在水中幸福多了。一条大鳟鱼从岸边游开，跳了起来，闻到了蜜蜂和花的香味，把这香味从喉咙咽到肚子里——它落入水中时只在水面留下一个小小的涟漪。

“还有一条我们没有捉到。”我说。

“那条鳟鱼会把你的整条渔竿都吃掉。”希基说。

我们吃得手忙脚乱。先用小刀剔出鳟鱼肉，等这鱼肉变凉，再用手抓起来吃。当然，我们在小溪里把啤酒冷却，等着午餐后一边抽烟斗，一边喝。

过了一会儿，我们仰面躺在果园里，任由蜜蜂在我们头顶嗡嗡地飞来飞去。我躺在这里看不见马路，只看见树梢下面的木桥栏杆，只看见绿叶衬托下的花朵和花蕾。这个世界对它自己是仁慈的，我想。蜜蜂为养蜂人酿蜜。蜜蜂使果园主人的苹果产量成倍增加，没有人因此而受到伤害。要是法贝尔先生是个养蜂人、吉佩尔是个果园主人就好了——他们也都会好吧？

我说：“希基，我躺在这里永远不会厌倦。”

“总有一天会下雨的，”他说，“总有一天会下雪的。”

笔记本里的文字将一切都变成了诗歌：

> 命运在等待。
> 不管你行色匆匆
> 还是耐心等待，
> 命运都不会改变。

过了一会儿，我看到她的头在木桥的栏杆上面轻轻地移动，她把一只手放在栏杆上。我觉得她踮脚走在桥上是为了不吵醒我们。红色的辫子盘过肩膀，辫尾塞进皮夹克的领子里。她把一绺浓密的头发像围巾一样围在喉咙上，上面就是她那长长的脸。栏杆正好位于她的腰部，所以从我们身边悄悄走过的只是她的上半身。

我半闭着眼睛，低声说："看那儿，希基，但是别紧张——别睁开眼睛。就在桥上，看啊。"

"操你妈的，格拉夫！"希基说，猛地坐了起来，"不睁开眼睛叫我看什么？怎么看？"

小女孩轻轻喊了一声，她几乎一跳一跳地走出了我的视线。我只好坐起来，看着她快步走下桥去，沿着马路走远了。她用洗衣袋护住她的腿。

"是那个女孩，希基。"

"噢，你这花花公子。"他说。

女孩继续往前走。

"喂！"我喊道，"要我们载你一程吗？"

"和我们一起坐车？"希基问，"三个人坐一辆摩托车？"

"你要上哪儿？"我喊道。现在我站起来才能看到她。

"她正要离家出走，格拉夫。我们不要与她掺和在一起。"

"我不是离家出走。"那女孩说，她没有回头看我们，但她停下了脚步。

"我不知道她竟然能听见我的话，格拉夫。不管怎样，"他小声说，"我知道她是在离家出走。"

女孩向我们转过头来，仍然用洗衣袋护着她的腿。

"你要上哪儿？"我问。

"我在魏德霍芬找到了一份新工作，"她说，"我现在就去那里。"

"那你以前的那份老工作是什么？"

"我以前在圣莱昂哈德照顾姑妈。"她说，"但我在魏德霍芬还有一个姑妈。她在那里开了一家酒馆，她答应给我一份工资和一间属于我自己的房间。"

“前一个姑妈死了吗？”希基问。

“我们正要去魏德霍芬。”我说。

“我们正要午睡呢，格拉夫。”希基说。

女孩往回走了几步。她用洗衣袋护着膝盖，低下脸去——我看到她睫毛下面的那双眼睛，看到她头发的阴影下的那双眼睛。她的脸似乎被辫子映得通红。她看了看摩托车。

“我没地方坐啊。”她说，“我能坐哪儿？”

“就坐我们中间。”我告诉她。

“谁开车？”她问。

“我。”希基说，“格拉夫抱住你，他会很开心的。”

“你可以戴上我的头盔。”我对她说。

“可以吗？”她问，“你不介意吗？”

“你得把辫子露在外面。”希基说，“是这样吧，格拉夫？”

但我催促他回去把钓鱼的器具拿回来，我们在小溪里将平底锅冷却了一下。女孩把洗衣袋的提绳系在腰间，让袋子垂在身体前面。

“我能把这个放在腿上吗？”她问。

“啊，可以，可以。”我说。希基用平底锅的锅柄戳了戳我的肚子。

“她只是个瘦小的孩子，格拉夫。她不可能占你很多地方的。”

“噢，别说了，希基。”我轻声说，“别说了。”

“命运在等待。”他咕哝道，“大熊，北斗七星，你们等着吧！”

我们都在等的东西

“我以前从来没有这样坐过。”她说。

她坐到了希基的后面，我想办法挤到她后面——把我们的背包往后推到后挡泥板上，这样我勉强可以把屁股搁到座位上了。

“你不用护着我。”她说，“我坐在这里已经够紧了。”

希基开着摩托车跳过小沟，开出了果园。他把前轮高高抬起，离开地面，然后又轻轻放下来，就像在亲吻马路似的。后轮滚动着，开出了软软的泥路。

“坐好了。”女孩说。她的身子被往后一推，靠住我的前面，她的辫子垂到我的膝盖上。我把她的身体夹在我的两个膝盖之间，把她牢牢固定在座位上。“好多了。”她说，“这就可以了。”我们下了坡，进入弯道。这条路实在太破了，路面的颜色像皮革一样——这路看起来就像磨剃刀的皮带。两边的树林似乎被天空压弯了腰。我们躬着身子——前倾着开过弯道，一个弯道还未结束又进入另一个。

“坐好了。”女孩说，“坐紧点。”我的两只脚没有地方搁了。女孩的凉鞋后跟钩住我的踏板，我只好把我的两只脚抬起来，这样就不会被排气管烫着了。我把手贴在她的屁股上，两只大拇指碰在一起，放在她的脊椎上。“好多了。”她说，“这就可以了。”

风儿吹起了她麦穗似的辫尾，向上拍打着我的下巴，但她的全部头发垂在我的胸前，那发辫的形状好似装了葡萄酒的高脚杯——从头盔松下来，一直到第一个辫子结。我的身子往前靠了一点，让她的辫子紧紧贴在我的胸前。她的身子往希基靠了一靠。

噢，女孩，我想，从脚踝到小腿，你可爱的肌腱绷得有多紧！

她的洗衣袋压住了膝盖上的裙子，她的双肘将裙子夹在大腿上，把手塞进希基那著名的猎鸭夹克的通风口袋里，好像那就是她用来挡风的暖手筒。

她头发的气味比干草堆更香甜，比挂在蜂巢外面的蜂蜜更浓郁。

我们滑行着经过一个个弯道，把带有碎石的泥团刨到河岸上。

“操他妈的。”希基说，“车上的负荷重，一直推着车子向前冲。”

“你头盔戴得不对。”我对着她的耳朵说。她的耳朵太软了，弄得我的鼻子痒痒的。

“不要紧。”她说，“抱住就好。”

我偷看了一下，那头盔几乎要遮住她的眼睛，她后脑勺部分的头盔抬得很高；她把绑下巴的带子咬在嘴里，因此说起话来咬字就不清了。

“那是伊布斯河，那边。”她说。透过长长的不断下坡的果园，我看了一眼宽阔的水面：在草地尽头的杉树的阴影里，那水面黑如石油。

在下一个弯道，我们又看见了河，只是现在它已经成了瀑布，哗哗落下。附近就是泥岩土质的小镇，盖着铁锈色的屋顶，黑色的河水在这里跌落成泡沫，跌落成咕咕冒泡的骨汤。这里有飘扬着地区旗帜的高塔。海边的城堡有窥镜和炮眼，有拱形的石桥。伊布斯河的支流流经小镇，小河上架着摇晃的小木桥。这里还有花园，小镇黯然失色的花卉市场。

希基只顾看两边的景色了，车子一下子冲到了弯道的高高的边上，回不到路的中央了。希基想竭力摆脱路边厚厚的碎石泥团。“噢，操！”他说，“噢，操操操！”

我的半边屁股摇晃着搁到了后挡泥板上，我的身子侧向一边，我可怜的脚没有地方可以搁下，因此我的两个大拇指在女孩的脊背处滑开了：我的两只手一下子伸到她的洗衣袋下面，放在她的膝盖上。

“你放开手！”她说。她的双肘在我的手臂下展开来，像一只受惊的松鸡展开翅膀；她的裙子啪啦啪啦飘起来，大腿露出来了。我至少瞥见了她那结实滚圆的大腿。接着我的另一半屁股也只好搁到后挡泥板的上面。我被挤在座位和背包之间，可怜的脚没地儿安放，我的身体也没有办法稳定下来。我身体的重量将后挡泥板压下去了，车轮的摩擦让我的屁股感到暖乎乎的。我的身体倾斜得更厉害了。先是我的左小腿处碰到了排气管——我别无选择，两只腿只能做剪式移动，以保持我在摩托车上的位置。

于是，我的小腿搁在排气管上，就像培根放在烤架上。

“噢，他烧起来了！”女孩说。

“是格拉夫吗？”希基问，“上帝啊，我还以为是刹车呢！”但车在下坡，又满是碎石泥团，所以无法很快停下来。当然，他必须开过这段难开的路。希基直接把车子开进了果园的沟里，把坐在背包上的我抱起来。但是我的腿粘到排气管上了，需要猛拉才行。

“噢，我们得用水泡一下你的裤子，才能把它拉下来。”他说。

“哎！”我说，“噢，哎，哎！”

“快闭嘴，格拉夫，”他说，“否则你会脸面全无。”

于是我竭力控制住在我喉咙里上下蹿动的哼哼声——我不让这声音跑出来——于是这哼哼声就下沉到我可怜的小腿里去了：我那黏糊糊的满是砂砾的小腿看上去与其说是烧焦了，不如说是熔化了。

“噢，别碰它！”女孩说，“噢，看看你！”

但我看着她，看她戴着那愚蠢的头盔，心想：我多想把你痛打一顿，再用你的操他妈的头发吊死你！

“噢，你啊。”她说，“你抓住我的身体的时候，我不知道你要掉下去了！”

“上帝啊，”希基说，“他不恶心人吗？”

“噢，操！”我说。

“我们得给他洗个澡，让他好好泡一泡。”希基说。

“我姑妈那里有浴缸。”女孩说，“噢，她的城堡酒店有各种各样的浴缸。”

“你受得了吗，格拉夫？各种各样的浴缸。”

“叫他坐上来。”她说，“我带你们去。”

噢，是风刺痛了我吗？——像是把冰块敷在我的烧伤处。我抱住了女孩，她从背后伸过来一只手，把我搂住。但是我身体里又有一个可怕的声音在升腾——我一定要闭上嘴巴，所以，我趴在她的脖子上闭上了嘴巴，为了我不发出声音，也为了我内心的狂喜。

“你——你叫什么名字？”她咬着绑下巴的带子问。在我的亲吻下，她的脖子变得红红的，热热的。

“别让他说话！”希基说，“他叫格拉夫。”

“我叫嘉伦。”女孩低声说，“我的名字是嘉伦。”

嘉伦·冯·圣莱昂哈德？我亲着她的脖子对自己说。

于是，我们三个人，都受伤了，骑着这头野兽穿过小镇，穿过矮矮的拱门，只听短促的回声响起，然后轰轰隆隆地开过两边是高墙的大桥。

“这是你的瀑布，格拉夫。”希基说，“这是伊布斯瀑布。”

我要在她的脖子上另外找一个地方亲吻。我们避开阳光，来到阴凉处。吹得人发痛的风先热后凉——呼呼地吹着我燃烧的双脚——我的身体想发出阵阵痛苦的喊叫声。

“你很疼，我很难过。”嘉伦说，“我会好好照顾你的。”

无论我怎么抱紧她，也止不了疼。我的眼睛任由她甩下来的头发摩擦着。

“噢，好了。”她说，“好了，没事了。”

鹅卵石马路在我眼里变得很模糊了。我们好像在空中飘了好几英里，还在不断地上升。熊在我下面奔跑，往不知哪个恶魔放在我小腿上的煤块上吹着气。

“这是一座城堡！”希基说，“哎呀，这家酒店是座城堡！”

但我没有表现得那么大惊小怪。有嘉伦·冯·圣莱昂哈德来照顾我，我完全可以期待有一座城堡。

“好吧。”嘉伦说，“它过去是一座城堡。”

“现在仍然是一座城堡！”希基说，他的声音似乎在几英里之外，被奔跑的熊的声音湮没了。从有四十个摩托车座位远的地方，他说：“城堡总是城堡。”

我最后看到的一样东西是连翘花瓣做成的几个小回旋镖，它们散落在我们的路上，像抛在我们身后的五彩纸屑，随着废气管排出的可怕废气而胡乱飞舞。

我闭上了眼睛，因为我被嘉伦可爱的头发弄得头晕目眩。

受到精心的照顾

“好了，好了，”希基说，“幸亏我们的格拉夫昏睡过去了，否则，我扒下他裤子的时候，他肯定会大闹一场的。”

“不过你的动作很轻，对吗？”嘉伦说。

“当然了，姑娘。”我听到他说，“我没脱他裤子就把他放到浴缸里，裤子是在水里脱的。然后我把浴缸的水放光，让他躺在那里。”

但我依然觉得，在水中我什么也看不见。我周围是高高的坚固的墙壁，我的双腿被泥浆包裹着。

“噢，救命。”我低声说，但没有一丝光线打破我的黑暗。

我只听到希基说：“然后我用你姑妈给我的黏糊糊的东西涂在毛巾上，把他包裹得结结实实的，就像耶稣。”

“可是他现在在哪里？”嘉伦问。

“噢，我现在在哪里？”我吼道。

“在浴缸里！”希基说。门开了，一道刺眼的光线向我射来，我低头看我自己的身体，看从小腿裹到肚子的毛巾。

“他正好打了一个盹。”希基说。

“你不必把他包裹得这么严实。”嘉伦说。

“我以为你想看他一眼，”希基说，“裹毛巾比给他穿衣服更容易。”

他们探头往浴缸里看，但一切都是模糊的——好像他们跪在地板上，因为他们的下巴几乎刚刚够着浴缸的边缘。

“站起来！”我喊道，“你为什么要跪着？”

“噢，上帝啊。”嘉伦说。

“他疯了。”希基对她说。

这浴缸真是一个怪物。我说：“说些好听的，你！”

“上帝啊，格拉夫。”希基说。他又对嘉伦说：“他是一个傻瓜。他还得睡觉。”

然后我看到他们两人的影子弯下来，在天花板和墙壁的顶部移动。他们沿着对角线走到门口，他们的影子变成锯齿状，变得越来越大。

“上帝！”我喊道。

“赞美他！”希基说。他们把我关在黑暗中。

不过，这里面还不算太黑。我可以用舌头舔舔凉凉的光滑的浴缸壁，我可以用双手抓住浴盆的边缘，我想去哪里就可以去哪里——什么时候想闭上眼睛就闭上眼睛。

我正在浴缸里发疯似的打着旋儿，这时从门口又向我射来一道光线，一个影子在移动，从天花板到墙壁——影子越来越小，自由地跑到另一堵墙壁下面去了。然后门口的光线就消失了。

“我看见你了。”我对着那个进来的身影说，“我很清楚你就在这里，你这个浑蛋！”

“别说话，格拉夫。”嘉伦说。

“好吧。”我说。我听到她走近了——听她的脚步声好像是从浴缸底下传来似的。然后，我感觉到她那件丝滑的小衬衫在我放在浴缸边缘的手边微微颤抖着。

“你好，嘉伦。”我说。

“你没事吧，格拉夫？”

“我看不见你。”我说。

“那很好。”嘉伦说，“因为我是来给你换绷带，把它们扎好的。”

“噢，希基会来换的。”

“他给你裹得太多了。”

“我感觉很好。”我说。

“你并不这样想吧。我来把这些旧毛巾撤下来，给你换上真正的绷带。”

“幸亏你在这儿工作。”我说。她的辫尾拂过我的胸膛。

“嘘。”她说。

“你为什么低我这么多，嘉伦？”

“我在你上面呢，傻瓜。”她说。

“呃，那这个浴缸一定很深。”

“浴缸放在一个台子上，所以看起来深。”她说。

然后我觉得她的手摸到了我的胸部，滑向我的屁股。

“弓起你的背，格拉夫。”

一条毛巾轻轻解开了，她的手没有碰到我。

“再解一条。”她说，我弓起背让她解下另一条。我觉得自己像浴缸那样冰凉，身体赤裸，一直到膝盖。当她俯身抓起我的大脚趾的时候，她的辫子打到了我的膝盖。

“你的头发让我发痒。”我说。

“哪里？”

“浑身发痒。”我说，用双手抓住那辫子。我使劲把辫子拉过来，但她又把辫子拉了回去。

“你住手，格拉夫。”

“我想看看你脖子的后面。”我说。

她从我的脚踝往上解开毛巾，当她解到我小腿上那个又热又粘的部位时，她的动作非常缓慢：那是凝固得最厉害的一块毛巾。

“你把辫子藏哪儿了？”

“别管那个。”她说。现在所有的毛巾都拿掉了。

“你在黑暗中也能看见东西，嘉伦？”

“我不能！”

“如果你能，”我说，“你就能看到我——”

“我会看见的，好吧。”

“——浑身粉红色，到处是毛，像只小猿猴。”

“很好，”她说，“别动。”

但我还是伸手摸到了她的头，用手轻轻拍了拍她的下巴，又用手背碰了一下她的喉咙，摸到她的辫子的第一个结——她的辫子塞在她的衬衣里面。

“我想看看你的脖子后面。”我说。

她现在正在给我换上新绷带，纱布卷得又轻又快。她只绑住了我的小腿，并没有把我的两条腿绑在一起——希基是那样干的。

“我有一条干净的浴巾，给你裹上。”她说。

“是一条大浴巾吗？”

“弓起背。”她说，飞快地转着毛巾把我裹了起来，速度之快，我都感觉阵阵微风吹来。

“给点光亮，让我看看你。”我说。

“我不该在这里的，格拉夫。我姑妈以为我在房间里铺床呢。”

“我只想看看你的脖子，嘉伦。”我说。

“你不会抓我的，对吗？”

“不会。”

“或者解下你的浴巾？”

“当然不会！”

“有一次有一个人这样做了——在大厅里，姑妈说。他就在她面前解开了浴巾！”

她舞动着走到门口，门开了一条缝，让一丝光线进来，照到我们身上，她俯身看着我。我扳过她的脸，让她的脸靠在我的肩膀上，提起她那厚重的辫子。我摸着她的耳朵背，看着。

啊，是的，那就是我给她做的柔软的记号。

给她的。

“你的那个记号还在呢。”我说，又在上面啄了一下。

“你没有抓它，”她说，“对吗？”我手撑着浴缸的底部，又在她的耳朵上啄了两下。她用手碰了碰我的胸膛，就用手指尖碰了碰：她不想让她的手掌发红。她的头靠在我的肩膀上，脸转过去。她轻轻地，尽可能轻地抚摸着我。她没有把她的身体压到我身上。她就像一条长长的鱼，被微微打昏了——冷冰冰地躺在那里抽动着，但她的手依然空灵。

“我要走了。”她说。

“为什么我必须待在浴缸里？”

“我想你不用。”

“希基呢？”我问。

“给你拿花去了。”

“给我拿花？”

“是的。”嘉伦说，“他端了一碗水，说要在碗里装满连翘花瓣。”

过了一会儿，木门吱嘎一声，震动了墙壁。这震感还传到了浴缸底下。我的嘉伦悄无声息地走出了房间，就像她的影子那样悄然而逝。明亮的长方形门框合上了，我的光线消失了，就像一滴水掉进了海绵里。

走出浴缸，生活继续

臭名昭著的格拉夫，
浴缸里的王者，
少女们来到他的身边。
贪婪的格拉夫，
鬼鬼祟祟躺在浴缸里，

引无数处女走向死路。
深不可测的格拉夫，
浴缸里的恶魔，
野兽和仙女的追求者。
骇人听闻的格拉夫，
隐身在浴缸，
把处女变婊子。

噢，格拉夫！
烂透了的格拉夫！
一根荆棘杖打向你的屁股，
教你做个好人。

诗人希格弗里德·加沃特尼克这样写道。他是一个乏味的、得了弹震症的诗人——他采来了连翘花瓣，放在一个借来的碗里。

从来没有人给我写过一首诗，所以我说："我觉得你的押韵不太出色。"

"你不该从浴缸里出来。"希基说，"你很可能晕过去，摔碎你愚蠢的脑袋。"

"这些花不错，希基。我要谢谢你。"

"这当然不是给你的。"他说，"这是采来放在我们的房间的。"

"这房间很漂亮。"我说。

我们的房间有一扇很大的窗户，格栅是铁的，外面有很深的壁架；窗户打开去，可以听到外面的瀑布声。这古堡有一个庭院，我们打开窗子就看到这个庭院。我们看到，我们的摩托车就停在茂盛的连翘花丛旁——一部可爱的实用机器，像武器一样笨重，不合时宜地放在黄色的花园中。

房间里有两张床，床与床之间用一个雕花杂志架隔开。有一张床已经整理过了。床单干脆利落地铺在上面，没有一丝褶皱。高高的枕头十分清爽地放在床头。

“你整理了我的床，希基？”

“不，格拉夫，不是我整理的。或许是你的那个仙女整理的，或许是她好心的姑妈。”

“她姑妈很和气，是吗？”

“一个可爱的老小孩，格拉夫——一个可爱的老家伙。哎，她借给我这个碗，叫我来装花！”

“好吧。”我说。

“但付出了一个小代价。”希基说，“小代价。”

“你说什么？”我问。

“我耐着性子回答了她的各种问题。”希基说，“问我从哪里来，怎么来的，为什么到这里来的。还问我干什么工作。”

“工作？“

“工作，格拉夫。就是我们怎么谋生的。”

“这确实是个问题，不是吗？”我问。

“但这不是她最重要的问题，格拉夫。她最想知道的是，我们当中谁看上了嘉伦。”

“呃，”我说，“她真是个好姑妈。”

“我说了一句话就让她放心了。”希基说，“我告诉她，我们俩都是十足的神经病，她不必担心。”

“操！”我说，“然后她怎么说？”

“没说什么，只把这只碗借给了我，”希基说，“所以，我就去给你采花去了。”

不明就里

“我是特拉特夫人。”嘉伦的姑妈说，“我们还没见过，因为你来的时候是被人抬着的。”

“真是丢人，特拉特夫人。”我说。

“你的腿怎么样了？”她问。

“得到了很好的护理。”我告诉她。

“我好好照顾了我的格拉夫。”希基说。

“哦，是的，我看得出来。”特拉特姑妈说。她递给我们一张菜单之后就走了。

施洛斯·瓦塞尔福旅馆的餐厅俯瞰着大坝，给这里增添了一种昏昏沉沉的、暴躁不安的气氛。大瀑布喷出的气雾落到了窗户上，在玻璃上留下了移动的三角形图案。我的胃在翻滚，让我想起了往日的味道。

“我有好一会儿没看见嘉伦了。”我说。

“她也许坐在我们的浴缸里等你呢，格拉夫。”

小镇上的街灯亮了起来，虽然这锈色的黄昏天再过一小时才会黑。街灯把溅在瀑布上面的水珠照得色彩斑驳，水珠弯成一道弧线，落入瀑布当中，而街灯的灯光穿过了这道弧线，照向远处。街灯映照在河面，河面呈现出各种颜色的无数小点。

希基说：“当然，除非她从姑妈那儿听说你对女孩子没有兴趣。”

“要是那样，我得感谢你。”我说，“我得把事情说清楚。”

“啊，格拉夫。你会发现这都乱了套了，你要说清楚都难。”

“反正她不会相信的。”我说。

几家商店在河对面闪烁着灯光，那些高塔在下游摇晃，在瀑布上方似乎摇摇欲坠。

“你不饿吗？”特拉特姑妈问。

“我很饱，只想坐一会儿。”我说。

"啊，特拉特太太。"希基说，"当一个人热恋的时候，其他的欲望都会受到影响。"

"好，好。"特拉特姑妈说，把我们的菜单拿走了。

"我觉得你没有必要扯得那么远，希基。"

"格拉夫！这样我们就一定能让老太太摸不清头脑的。"

"那也会让她把我们赶出旅馆的。"

"反正我们也付不起房钱。"他说，"你的宝贝嘉伦也付不起。"

床脚

我的嘉伦不在我们的浴缸里，所以希基想洗个澡了。

"如果你不介意的话。"他说。

"你洗澡我高兴。"我对他说。我坐在窗边。他在浴缸里扑腾着水，哼着歌。他用手掌拍打水面，那尖锐的拍水声犹如海狸在拍水。

外面，庭院里满眼是柔软的黄色和绿色。黄昏的时间越来越长，瀑布给城堡蒙上了一层薄雾。空气很潮湿，我的脸都是湿湿的。

"快下来，格拉夫。"嘉伦说。

"你在哪里？"我探出头往花园里看去。

"在你的摩托车上。"嘉伦说。但我只看到那辆冷冰冰脏兮兮的摩托车，就像连翘花下的一头老牛——脸色阴沉地潜伏在童话般的黄昏中，但并不见我的嘉伦的身影。

"你不在摩托车上。"我说，"我看不到你。"

"好吧，我就在你的窗户下面。我能看到你的下巴。"

"那么，你走出来一点。"我说。

"我全身赤裸着。"嘉伦说，"我什么也没穿。"

"是吗？"我说。

“你下来，格拉夫！”

“我也什么都没穿。”我说。

“哦，你最好那样。”嘉伦说。她走出来了，我看见她了。胸部鼓鼓的，长袖皱皱的，围着一条满是裙边的围裙。我想：上帝啊，她不可能超过十四岁。

“你姑妈和你在一起吗？”我问。

“当然不在一起。”她说，“你下来。”

我一路蹦跳着跑过恼人的大厅。那盏枝形吊灯在我头顶上摇晃着，朝我疲倦地眨着眼，仿佛它们已经看厌了黄昏时刻发生在眼皮底下的偷摸行径。大厅墙上挂着本地足球队员的照片，镜框里一动不动的人好像向我投来了指责的眼神：年复一年，他们的脸从来没有变过。有一年他们都剃掉了脸上的胡子。在战争岁月，还有一个女子足球队——这些女孩都是正儿八经的运动员面孔。这些面孔以前见过你，也见过无数的冒险家和情侣在大厅里偷偷摸摸地走过，都责备过他们。他们的脚趾有点不耐烦了，他们随时准备踢球的脚就要骚动起来。他们一定会走下照片来踢我——但愿他们没有看见我的这么多秘密就好了。

我安全地走出了城堡。嘉伦问：“是谁？”

“粉色的格拉夫，”我对她说，“像基督的孩子一样光彩照人，一丝不挂。”

“你出来吧。”她说。

我看见了她。她就在城堡墙边的藤蔓中，她躲在窗台下，向我招手。

“过来。”她说，“这里，格拉夫。”

我们转过了城堡的柱石，瀑布的水珠密密地喷到我们头上。湍急的水流声盖过了蟋蟀的叫声。魏德霍芬塔楼的炮眼点着灯，排列在河岸上，在大坝下的奶油状的泡沫中闪烁着灯影。

“我真是太久没见到你了，格拉夫。”嘉伦说。

我与她一起坐了下来，背靠着城堡，肩挨着肩。她的辫子盘在头顶，她拍了拍辫子，然后看着我。

“我把你的腿护理得怎么样？”她问。

“哦，我现在好了，嘉伦。我可以再看看你的脖子吗？”

“为什么你就不能说说话？”她说。

“我说不出话来。”我对她说。

“那你也得试试。”嘉伦说。

“我希望我们的房间挨着。”我努力地找话说。

“我永远不会告诉你我的房间在哪里。”她说。

“那我就挨个去找。”

“姑妈有一只狗睡在她的床脚。”

“那谁睡在你的床脚？”

“如果我觉得你会待久的话，我想让一头狮子睡在那里。你会待多久，格拉夫？”

“我们听命运安排。”我对她说。

“如果我觉得你会待久，我就告诉你我的房间在哪里。”

“你姑妈会给你置办嫁妆吗？”

“我相信你不会待到明天。”

“你结婚旅行要去哪里？”我问。

“你要带我去哪里？”

“在浴缸里航行！”我说，“在一个巨大的浴缸里。”

“希基会与我们一起去吗？”嘉伦问。

“呃，”我说，“我不会开摩托车。”

“看这里，”她说，“看到我的脖子吗？你做的印记就要退去了。”

但是天越来越黑，我看不见。我转过她的肩膀，让她的背对着我。哦，她从来不把她整个身体都压上来。当我吻她的脖子时，她的一部分身体坐起来，离我远一点。

“你会重新弄出印子来的，格拉夫。”

“你能让我看看你头发散落下来的样子吗？”我问。

她伸手解开辫子：她抬起胳膊时，我的手指底下感觉到她长长的坚硬的锁骨线一直延伸到肩膀两侧。

“你这么多骨头，嘉伦。”我说。

她把辫子披在肩上，解开了辫尾的结。然后解开编得密密的辫子，用手指头梳着头发，让头发彻底蓬松下来，在瀑布的阵阵水雾中飞舞着，就像赤褐色的马利筋。

“没有东西能包住我的骨头。”嘉伦说，“这么多年来我一直没有长肉。”

“哦，你以前很胖的，那是很久很久之前了。”我说。

“你这是在亲嘴还是在咬人？”她问。

“你还是有点肉的。”我说。我用双臂搂住她的腰，用指尖碰了碰她长长的小腹。她似乎要从我的手里抽身出来，而我觉得自己要掉入她的身体。

“你吓着我了，格拉夫。”她说，“你就想吓我。”

“我不想吓你。”

“还有你那个叫希基的老朋友，”她说，“他老是想吓唬姑妈。”

“他想吓唬你姑妈？”

“是的，他想故意吓唬她，”她说，“因为这肯定不是真的。如果你真的要吓唬她，我难道会不知道吗？”

“哦，你会知道的。”我说。

因为刚才编了发辫，她的头发现在变得皱巴巴的，耳后留下了一个空白。于是我在这个地方吻了吻，她往外挪开了一点，又挪回来一点，然后按住我的两只手往她的腰部压。“再摸一摸骨头。”她轻声说。

她放松了，然后又紧张起来。她猛地推开了我，站了起来。“噢，格拉夫。”她说，“你千万别以为我做什么事都是有意的。我根本不知道自己在做什么。”

“不要害怕我会有什么想法。”我说。

“你真的对我好吗，格拉夫？”她问，“你有点吓着我了，你真的对我好吗？”

“对你来说，我就是那个快乐的粉色的格拉夫。”我说。

突然，一道闪电划过河面，穿过黄色的花园。雷声干巴巴的，断断续续的，显得非常遥远，似乎不在我生活的这个世界里。嘉伦的头发被闪电照成了鲜红色。

她沿着墙壁快步走到城堡的一角。当她走到柱石旁边时，她让我走近她。我又用双臂搂住她的腰，她向后朝我靠过来，但她不肯转过身来。她只是抓着我的手按在她的屁股上。“噢，天哪，格拉夫。”她说。

“天哪，你的骨头。”我低声说。我们朝庭院里看。只有几扇窗户亮着灯，将方形和十字形格栅的影子投射到草地上。在十字形格栅的影子上，我看到希基双臂举过头顶的身影。

“那是什么？”嘉伦问。

“希基在摸他的脚趾。”我说。噢，不，不是那样。他抓住了窗户的格栅，他的手高高举过头顶，紧紧抓住了格栅，似乎要竭力向庭院探出身去——就像一到夜里就兴奋的动物，在测试铁笼的牢固度。

“他根本不是在摸脚趾。”嘉伦说。

“他是在做伸展运动。”我说。我催她快步走过窗台下，在巨大的城堡门口，我突然稀里糊涂地吻了她一下。

“我们得提防你姑妈。”我说，然后我先她一步，走进了城堡。

这些足球运动员是不是突然对我产生了兴趣？他们的眼睛是否放出了一道从他们被拍摄好、装进镜框、挂到墙上的那一天起从未有过的光芒？

我自己的房间门底下看不到一丝光亮。我在里面等了很长一段时间——等着听我的朋友希基假装的打鼾声，那节奏真是完美极了。

先知的吹嘘

你愿意和我一起出行吗？
锡巴里斯的监牢
依然固若金汤。

你总是那么容易
成为马屁精的猎物吗？

你永远不会承认
世上还有更大的虔诚？

你愿意和我一起出行吗？
当锡巴里斯人尚在昏睡，
我们就能把他们的监牢打开。

“你的鼾声比你写的诗好听多了。”我说，“我想你的心思更在打鼾上。”

“雷声把你吵醒了，格拉夫？”

“我在闪电中读你的诗。”

“啊，”他说，“一道真正的闪电照亮了你的路。”

“是你召唤的闪电吗？”我问。

“我太多管闲事了。”他承认。

“就在窗户那边，希基？你就挂在格栅上，唤来了反复无常的闪电？”

“起初并没有。”他说，“起初，我只是看着外面，这时古老的命运随着夜幕而来，第二次回过头来注视着我。”

“听外边就要下雨了，希基。那也是因为你吗？”

“那不关我的事，格拉夫。那场雨是个意外。格拉夫，一路走来，我们要对付的，就是这样的意外。”

“但愿我也见过命运。”我说，“命运一定会使人更明事理。”

“你搞了她吗，格拉夫？”

“没有。”我说。

“你对年轻人有一种天生的尊重。”他说。

“希基，我们什么时候走？”

“啊，眼泪汪汪的告别！你什么时候才能赶你自己？”

“你真是一个他妈的操货，希基。我现在想睡一会儿。”

“所以格拉夫想睡觉！”他喊道，抱着枕头坐起来。“那就睡吧。”他说。

“你自己睡吧。”我说。

“像火山一样，格拉夫。这老希基睡得像一座火山。”

“我不管你睡得像什么。”我说。

“是的，你确实不会管，格拉夫。你才不管这可爱的操货呢！”

“噢，老天！”我说。

“他在浴室里，格拉夫，”希基说，“他正在为你和我安排下一个行程呢。”

基督在浴室里安排的行程

房间里很早就亮了。雨水把院子打得坑坑洼洼的。我听到粗大的雨滴砸在摩托车的管子上发出砰砰的响声。我用胳膊肘支撑着自己的身体，透过格栅向窗外张望：车道上湿漉漉的鹅卵石看上去像一堆鸡蛋，我看见特拉特姑妈正准备迎接送奶工。

她好像是从城堡下面走到院子里来的。她脚上穿着软套鞋，使劲地踹着面前的两个牛奶罐，让它们滚起来。她罩袍的粉红色下摆露在麻袋似的雨衣下面；她的发网耷拉到眉毛上，让她的前额看起来像从海里捞上来的某个浮肿的东西。在她木底鞋的上部和罩袍的下摆之间露出了小腿肉，白得像猪油。

她把牛奶罐放在城堡门前的鹅卵石地面上，然后急忙跑到院子门口，为送奶工打开了大门。送奶工还没来。特拉特姑妈往街两边看了看，然后飞快地跑回城堡，甩了甩湿漉漉的下摆。大门口畅通无阻了。

雨水敲打着牛奶罐，发出的声音比摩托车管子更深沉。

突然，外面一阵骚乱，好似注定要来的厄运在冰上乱舞——送奶工来了。

我看见一匹歪脸的马步履蹒跚地走进大门。在摇摇晃晃的马车和马儿摇摇晃晃的身体的所有可能的冲力之下，它的眼罩倾斜了；马车上的悬挂杆倒向马儿松弛的脊梁，一堆皮革的马具和马饰歪倒一边，因为这匹蠢马正想抄个近路。我看见车夫勒住缰绳，拍拍马肚。整个马车的车身往前翘起，冲到了马身上，扭歪了悬挂杆，将整个重量尴尬地冲向马屁股的一边——好像骑手从飞奔的马背一跃而下，手持缰绳，用尽力气将奔马勒住。

车夫叫道："吉－苏斯！"马车跳起来，侧向一边的两个轮子，但这两个轮子一下子锁住了，不能转动了。

马儿正等着停下自己的脚步，也等着马车停下来。我看着那个愚蠢的赶马人，希望他不再将那可怜的马头拉得高高的，现在它只能看到连翘花丛的顶部，而看不到它自己的蹄子——踩在潮湿的、像鸡蛋一样光滑的鹅卵石上的蹄子。

马儿侧身倒了下来，悬挂杆随着它的脊梁倾斜了，敲到了它的耳朵；小小的马车停下来了，架到了它的屁股上。当它的海绵状的肋骨击打着鹅卵石的时候，马叫了一声："尼夫！"

愚蠢的车夫从座位上摔了下来，趴到了马脖子上，皮马套一片混乱，铁环叮当乱响。牛奶罐撞到马车两边的板条上，发出可怕的叮当声。马的屁股套往上翘，将马尾高高抬起，好像一面旗子一样。

“那是什么？”希基说。

送奶工蹲在马脖子上，像弹簧从旧床上蹦起来一样跳动着。

“吉－苏斯！马！”他喊道。

“上帝啊，格拉夫！”希基说，“这是怎么回事？”

送奶工抓住躺倒在地的马儿的耳朵，把马儿的头抬到他膝盖的位置。他摇晃着马头，在他的腰部前后摇晃着。“噢，圣母啊，吉－苏斯！马！”他喊着。

然后他用马的头敲打着鹅卵石地面，一会儿揪着马耳朵把马的头抬起来，一会儿又把头扔下去。他使尽全力拨弄着它的头。马的前蹄在雨水中剥落了。

车上所有的牛奶罐盖子都前倾着，看上去就像一张张湿漉漉的圆脸，从板条边上张望着。特拉特姑妈把后脚跟塞进套鞋里，踩脚走在通往大门口的门廊上。她歪着脚艰难地朝送奶工走去。

“哦，上帝啊！”她说，“你这是怎么回事？”

送奶工骑在马脖子上，紧紧抓住马耳朵不放，把他的脸放在马下颚的凹陷处，用他自己的头把马头压到地上。他现在做起这件事更得心应手了：他并不用抬起马头了，他让马自己抬起头——抬到刚好的位置，让送奶工正好能在马头上方紧紧抓住马耳朵。他有了一个杠杆：他可以突然抓起马头向下一顿，让马头重重敲在鹅卵石地上，弹回来一些，再压到地上——马嚼子上泛起了泡沫，马头摇晃着。马儿猛然弓起背，又想抬起头来。

“操他妈的格拉夫。”希基说，“如果你不告诉我发生了什么事——”他披上绸缎披风，跳到窗台上。

那匹马现在变得更加狂怒了，送奶工却变得平静得可怕。那辆送奶车架在马屁股上，悬挂杆弯了下来，像一张大弓挂在马背上。什么时候这马停止倒腾，这悬挂杆就会弹回来，令人难以置信地将马椎骨变得过分挺直。

但是送奶工都不管这些，他只是紧紧抓住马脖子和马耳朵，把他的脸放在凹陷的马下巴里。

“噢，我的天哪。”希基说。

“狂暴之至！”我说，“他的脑子一定被摔糊涂了。”

“啊啊啊！”希基喊。

特拉特姑妈小心翼翼地走到那边去，小心地注意着雨中的罩袍的粉红色下摆。

希基将披风披在肩上，扣住喉咙部位——从我身边走过，光着的一只脚弓了起来，就像湿草丛里猫的后背——咆哮着经过杂志架，出了门，跑了下去。他动作毫不优雅地跑下旋梯。那鼓鼓囊囊的披风在楼梯扶手上绊住了，他的身子不由得后仰，后退了几步。他解开了喉咙部位的扣子，扔掉了披风。他继续往下跑，并不回头拿披风。宽敞的大门口吹来一阵风，挂在扶手上的绸缎披风随风飞扬起来。

我跑回到窗前。

一瞬间，我看到：庭院里来了一个新人，一个大个子男人，穿着皮短裤，腿上没毛，膝盖粉红，睡衣领口处扎着一条敞开的宽领带，脚上穿着一双厚底凉鞋。他站在城堡正门与围着倒地的马打转的特拉特姑妈之间。他双手叉腰站在那里。突然，他的两只手猛地戳向胳膊的末端——因为他差不多是一个没有手腕的人。另外，他还没有脖子，没有脚踝。

他说：“特拉特太太，这吵得多么可怕啊——我昨晚上床时已经很晚了。”然后他转身向城堡走去，张开双臂，好像有人从门口扔给他一束花似的。

希基狠命地撞向他，像一个沙袋砸到他身上。在他倒下之前，或者说在希基将没穿鞋的那只光脚踏在他的睡衣胸口之前，这个男人没有一次弯曲过胳膊抱着身子。

特拉特姑妈转过身来，打了个手势，手心搓着什么。她很疲倦地说："这个赶马人真是一个傻瓜—— 一个发疯的醉汉。"她抬头一看，只见那个胖乎乎的粉红色男人枕在他的领带上，手指抽动着，头不怎么动。"看来要下一整天的雨了。"她说。她看到希基从她身边闪过；她转过身来，双手碰在了一起。

希基那令人眼花缭乱的屁股在雨中显得那么光滑。

那个没有关节的大个子男人在水坑里弄湿了他的领带，用它轻轻擦了擦嘴，然后就这样仰卧平躺着。

"不！"他喊道，"不！什么都没有！他全身上下什么也没有穿。"

希基骑在送奶工的身上，双手掐住了那个人的喉咙。然后他把头靠到送奶工的头旁边，咬着他乳白色的后颈。

我跑下恼人的楼梯，边跑边穿裤子。特拉特姑妈像鸽子一样快速穿过大厅。我看见她的头在我下面晃动着，从楼梯间的缝隙里飞进飞出。

嘉伦看到了披风。她身子斜靠在栏杆上，脸颊贴着那缎面。她从正门望到院子，那里传来了可怕的痛苦呻吟声——正在遭受剥皮之痛的马乱蹬着送奶车，刚才摔倒的那个人坐起来了，嘴里叼着领带，目瞪口呆地看着城堡的大门，好像在等一大群裸体男人来践踏他，把他踩进鹅卵石地面的凹槽里；希基骑着那个送奶工穿过花园，在连翘花丛中进进出出。

"格拉夫，"嘉伦说，"我姑妈在报警了。"

我从她手里接过披风，用胳膊肘轻轻碰了碰她那个不大但坚挺的奶子。"可爱的小奶子。"我说，"恐怕我们今天要与你告别了。"

"我昨晚怎么也睡不着，格拉夫。"她说。

我拿起披风，从她身边跑开，跑进了院子。

那个可怜的人歪着身子，用胳膊画着圈，抬起宽大的屁股想站起来，但又坐了下来。“他无处不在。”他说。“拿大网和绳子来。”他嘴巴咬着领带。“带狗来！”他噎住说不出话了，但双臂还在画圈。

于是，从连翘花丛进进出出——钟形的花瓣在雨水中耷拉着——一个奇怪的身影在连翘花丛进进出出，在密密的花丛后边俯着身，又起身，在摩托车边上向前冲，这里那里随处出现，四臂双头。一个吓人的高声，像狗一样的哀号，标记了那个我可以期待它下次可能出现的位置。

小针尖一样的雨点冰冷地落在我的后背，我像斗牛士那样披上披风，不让雨淋到我的脚上。

“希基！”我说。

一个男人穿着亮晶晶的雨衣和笨重的套鞋，眼光空洞，耳朵透明，正在两个浓密的连翘花丛之间蹒跚而行，将盛在花瓣里的满满的雨水碰了出来，洒落在回旋镖似的花朵上——他的背上还背着个赤身裸体的人，牙龈紧紧咬着那乳白色的脖子。

“巴拉拉啊——噜噜噜！”愚蠢的赶车人在尖叫。

我也穿行在花丛之中。在两个花丛之外，我又听到了一声呼叫——又看到了两人叠加在一起的身影，他们想努力站起来，跌跌撞撞着往前走。

不一会儿，他们就在花丛之外了。我越过低矮的花丛望去。我的手本来可以摸到他们的两个脑袋，如果我伸出的手没有被灌木上的刺扎中的话。

“希基！”我说。

庭院里，在通往城堡正门的门廊上，我听到那个跌倒的人在叫喊：“让狗咬他！为什么这里没有狗？”

现在我们在同一排花丛中奔跑。我跟着那湿湿的、绷紧的屁股，长长的脚趾向后弯着，被不停扭动的送奶工拖着。送奶工摇摇晃晃地走着，头压得更低了，速度更慢了。我能够赶上他们了。

接着，送奶工有了“三个头”：他不能跑了，他只能摇晃——他的肩膀向后一仰——他的膝盖没有了力量。

“噢，亲爱的上帝。”他呻吟道。我们挤成一堆，倒在花园的黑色粪堆上。送奶工趴在希基的身下，扭着屁股，甩着胳膊。我抓着希基的头，但他咬着送奶工的脖子不肯松口。我掰住他的下巴，想让他张开嘴，但他用下颚使劲往我的手里磨，磨得我的指关节都要裂开了。然后我拍拍他的耳朵，跪在他的脊背上，但他依然咬着送奶工。送奶工开始哼着哭起来，他的手抓着希基的头发。

“希基，起来。”我说，“放开他！”但是他依然咬紧牙，不让送奶工转动屁股。

于是我从花丛中折下一根连翘枝，打在希基的屁股上，他把身体扭向一边。但我还是能打着他，继续打他。等我在他屁股上打下第三下时，他滚了一下，放开了送奶工，疼痛不已的屁股一下子坐到了冰凉的泥里。

他把双手放在身下，把泥浆涂到屁股上，就好像他要用泥浆将自己包裹起来一样。他的嘴巴变成了一个小小的带点褶皱的圆圈。我把披风递给他，他发出了口哨一样的声音。

“警察就要来了，希基。”我说。

送奶工一点一点慢慢移开，离开了我们。他把一大块泥舀到脖子的淡紫色伤口上。他也发出了口哨一样的声音。

希基把自己裹在披风里。我抓起他胳膊的下部，推起他，让他走在我前面——把他推出花丛，推着他沿着城堡墙壁走。希基开始能走了。他的步子很大。脑袋上下摇晃着。他的脚在泥地里留下了很宽大很可怕的脚趾印。“我屁股里有一堆泥，格拉夫。”他说。他咯咯地笑着。

大厅里也有一堆泥。特拉特姑妈将那个胖胖的、晕头转向的男人抱到椅子上，用海绵擦洗着他的身体。她要把粘在他皮短裤上的泥擦掉，我的嘉伦拿着水桶去把海绵蘸湿。

“是这样，”这个男人说，“我听到有人过来了，便转过身去看。”希基从门廊那边走了过来，披风的上半部裹着一只肩膀，下半部被夹在两腿之间。

那个晕头转向的家伙坐在椅子里不断摇晃着，他发出了一阵奇怪的令人生疑的汩汩声。他猛地把拳头砸在膝盖上，那明亮的膝盖上盖着湿湿的宽领带，就像盖了一块餐巾一样；他的下唇紫紫的，肿得像一个甜菜根。

“特拉特太太。”希基说，“外面雨下得很大，大坝都要决堤了。地球的末日！”他起身从她身边走过。

他沿着楼梯走上去，扶着扶栏摇晃着身体，张开的披风飘舞起来——他一步跨上两级楼梯，步子很招摇，很有节奏感。

集结正义的力量

从连翘花丛下面不时有一团泥抛上来，接着是一连串碎泥片。总是笔直地抛上来，随后是一阵不可思议的跺脚声，花丛也猛烈地摇摆震动起来。送奶工正在花园里制造动静呢。

那匹可怜的马的情形更糟糕。它原先是侧身躺在那里，现在终于转过身来，这样就以垂直于悬挂杆的方向在底下躺着。它的屁股套扭得很紧，因此没法动弹了。眼眉骨上起了一个网球大小的肿块，一只眼睛睁不开了，另一只眼睛在雨中眨巴着。马只能躺在地上，喘着粗气——它的尾巴摇动着，拍打着地面。

“雨还在下吗，格拉夫？”希基问。

“更大了。”

“没有闪电打雷，对吧？”

“没有，”我说，“不再闪电打雷了。”

“那就好，”他说，“闪电打雷的时候洗澡可不好。”

“你会很安全的。”我说。

“这个浴缸可真大，格拉夫。我知道你真行。”

“那个送奶工还在花丛里。”我说。

“我洗完澡你再洗吗，格拉夫？”

“我身上没有泥巴。”我说。

“你太难说话了。”希基说。

“警察来了，希基。”我告诉他。

一辆闪着蓝色车灯的绿色大众警车艰难地通过大门，也经过了那辆送奶车。下来两个警察，穿着高筒靴，一身整洁光亮的制服，可笑的是，他们的雨衣领子卷得一模一样。也许还有第三个警察，没穿制服——穿一件长长的黑色皮衣，系着腰带，头戴一顶活泼的黑色贝雷帽。

“他们带来了一名刺客。”我说。

“警察？”

“带了一个特工。”

“可能是镇长。”希基说，“一个小镇，又是下雨天——镇长能有什么事可干？”

三个人进了城堡。我可以听到，那个被人用海绵擦洗身体的男人把椅子摇得嘎吱嘎吱乱响，提高嗓门向他们打招呼。

“希基？”我问，“要踢几次才能启动那辆摩托车？”

他没有回答我的问题，却在浴缸里为我唱了一首歌：

灾难，灾难，
我们就要遇着一个
灾难。
如果我们想

逃跑，
灾难
会跑得更快。

“噢，操你这该死的歌谣。”我说。

“你该洗个澡，格拉夫。”希基说。他在浴缸里向我泼水。

一个穿制服的警察走到院子里，手里拿着一把剪树篱的大剪刀。他跨立在马上，然后蹲在那可怜的畜生的背上，沿着悬挂杆剪了下去，将挽具剪开。但那马仍旧躺在那儿，头昏眼花，只有一只老眼眨巴着。警察发出一声嘘声，便转身向城堡走去。

就在这时，他看到一个泥块从连翘花丛中旋转着飞出来，听到花丛中传出送奶工跺脚、敲打的声音。

“你好！”警察说，“你——你好！”

送奶工往空中撒了一把泥巴和树枝。

“你！”警察喊道。他继续朝花园走去，把树篱剪刀拿在身前，就像浇水工拿着水枪一样。

我看见送奶工从一个花丛蹿到另一个花丛，蹲下来，铲起泥巴和树枝，抛到空中。他藏在花丛里，看着他的“小炸弹”纷纷落下，他像卡通人物那样鬼鬼祟祟地继续往前冲。

“希基，送奶工已经疯掉了。”我说。警察蹑手蹑脚地走进连翘花丛中，手里拿着的大剪刀张着险恶的大嘴。

接着我听见我们门外的走廊里有很多人聚集着，门底下缝隙里射进来的光线被悄悄走过的脚打断，弄得光影模糊，一个手肘、一个屁股或一个腹部擦着木门。很多人在外面转来转去，他们的说话声又细又轻——有时候一个单词，有时候一个词组，有时候很清晰，有时候被人嘘了一声，安静下来了。

“……赤身裸体……”

“……应该如此……”

“……一起生活……”

“……锄头……”

“……必须……”

“……法律……”

“……狗……”

“……不自然……”

“……上帝知道……”

好像有人在电扇底下说话，只有最快速的只言片语才能从两片扇叶之间穿过来，其他的话都被切断了，呼呼地成了一个声音，这声音与衣服的摩擦声，与人靠在墙上门上发出的摩擦声没有什么区别。

“希基。”我说，“他们就在外面的走廊了。”

“正义的力量在集结？”他问。

“你还要待在浴缸里吗？”

“哎，你好！”他喊道，“看这里！”他拍得水花四溅。“多么深的印子！”他说，“这鞭子抽的！像你的舌头一样粉红，格拉夫。你看，是你使劲把我拉的，是你干的好事。”

“我根本无法把你从他身上拉下来。”我说。

“我的屁股很了不起！”他说，“那沟槽是名副其实的！”我听见他在浴缸里扑通扑通地打着水，来回移动。

这时，有人在轻轻敲门，走廊里鸦雀无声。现在挡住门缝光线的，只有两只脚。

“格拉夫？”我的嘉伦说。

“他们让你做了我们的犹大吗？”我说。

“噢，格拉夫。”她说。

这时有人将身体靠在门上，有人在用钥匙开门。

“向后站！”特拉特姑妈说。

“门没锁。”我告诉他们。

一个穿制服的警察一脚踢开了门，扭掉了门把手。他侧身走进房间，在他身后的门口站满了人。特拉特姑妈焦急不安，双臂交叉抱在胸前。那个刚被海绵擦干了身体的男人走了进来，膝盖亮亮的。站在他们两人之间的是杀手，就是那个镇长。但是不见了我的嘉伦。

“另一个人呢？”被海绵擦干了身体的那个人说，双膝向前突着。

希基说：“你应该看看，格拉夫。”说完打开了浴室的门。

他向我们所有人亮出了他那洗得干干净净的刺痛人眼睛的屁股。粉红色的伤疤在他的屁股上闪闪发光，就像新月的歪嘴的微笑。

“在那里！”特拉特姑妈说，“你们看到了吗？”

是镇长，好吧——那个可怕的比格尔迈斯特，他见到特拉特姑妈没有摘掉贝雷帽，但是现在摘下了，对着站在浴室门口的屁股还十分精确地点了一下头。这脱帽动作真完美，真迅速，正赶上希基亮出他的屁股——他很快将屁股收回到浴室里面，“嘭”的一声关上了门。

“我看清楚了，特拉特太太。”镇长说，“我们都看到了，我敢肯定。”他说这话时音量并没有提高。“加沃特尼克先生？”他叫道，“希格弗里德·加沃特尼克先生。”

我们能听到希基啪嗒啪嗒走在浴室的地板上。他重重地踩到浴缸的台子上，猛地跳回到浴缸里。

揭露罪行

他不肯打开浴室的门，所以我们都只好在楼下的大厅里等着，只留下一个警察来搜查我们的房间。

那个粉红色男人非常生气地说："比格尔迈斯特先生，我真不明白，我们为什么不能把门砸开。"但是镇长正集中注意力看着另一个警察领着送奶工穿过庭院，朝城堡的门廊走来。

"又喝醉了，约瑟夫·克勒尔？"镇长说，"翻车了？打你的马了？"

送奶工满身是泥，很难看到他脖子上那个吓人的伤痕。但镇长走上前去检查了一下。

"得到一个小小的教训？"他说。他戳了一下伤口，送奶工的头像乌龟一样缩了回去。"或许你有点被打过头了。"镇长说。

"我的牛奶都完了。"特拉特姑妈说。

"那么，约瑟夫，"镇长说，"你会多留一个牛奶罐吗？"

送奶工想点头，但他的面颊僵住了，做出一副畏缩的表情。

"他疯了。"我对镇长说。

"脖子被咬了一口，"镇长说，"被狠狠咬了一口，咬破了皮肤，留下了一个拳头大小的伤疤！谁是疯子？在院子里裸奔！骑在别人身上！咬人！把自己锁在浴室里，在浴缸里撒野！一个露阴癖，一个鞭笞狂！"镇长大声吼道。

"比这还坏！"特拉特姑妈说，"变态狂！"

"一把螺丝刀！"那个粉红色的男人吼道，"只要一把螺丝刀就能让你打开浴室。如果你能把狗及时送到这里，现在也就不会有这么多麻烦了。"

这时，楼上的警察出现在楼梯上——他两只靴子的头挨得那么近，身体看上去好像就要跌倒了。

"他还在里面。"警察说，"他给我唱了一首歌。"

"你搜查到了什么？"镇长问。

"盐瓶。"警察说。

"盐瓶？"镇长说——他的声音听上去就像雨点落在城堡的空心

瓦片屋顶上发出的尖锐摩擦声。

“十四个。”警察说，“十四个盐瓶。”

“我的上帝。”镇长说，“真是个变态狂，百分之百的。”

获取细节

这是怎么回事？到处乱哄哄的！当你长时间站着不动，直到现实和不合理的世界追上你时，就会发生这样的事。听着，格拉夫——你站着不动的时间不够长。

我的父亲弗拉特诺，弗拉特诺·加沃特尼克，出生在耶森耶，那是南斯拉夫的一个地区，当时这里的人是见过轮子的。后来他搬到斯洛文尼格拉代茨，碰到了德国人——德国人在做着与轮子有关的事，这里的人可从没有见过轮子；他与他们一起来到了马里博尔，在这里，一条很好的马路带着他直接穿越国境，来到了奥地利。这一路他都是独自一人，因为他生性灵活。

年轻的弗拉特诺是沿着坦克踏过的路来到维也纳的，我的母亲正在这里忍饥挨饿，她非常坚忍，长相美丽，正等着与像他这样灵活的人相会——但我敢十分肯定地说，她并没想到她会参与孕育一个像我这样天生就要与轮子打交道的人。

年轻的弗拉特诺一边喝着汤，一边对我说：“现在你想独立做成一件事而不去向以前发生的事学习，去做它们的学徒——那越来越难了。但那样你是做不成事的，永远做不成：不能做成一件能让你快乐的事。”有人告诉过我，那就是那个可怜的蠢货说的话。

噢，我的父亲是一个出色的、做事夸张的巨怪，善于别出心裁地搞事。我也是如此。你也是如此，格拉夫。这样的话，这个世界可能就不会有那么冰冷的让人厌烦得要死的忙碌老人了。

别吵闹！别打岔。每次你让这个世界追上你，都是重复的死亡。

年轻的弗拉特诺，长柄勺子成了他嘴唇的一部分，汤成了他讲话的一部分——他说："听着，你必须在他们找到你和决定如何处理你之间的那一瞬的空当里赶紧行动。向前一跳，你就胜人一筹了！"人家告诉我，他就是这么说的。

以上是希基的笔记。他用别针别在我的底层床单里，我的屁股发现了它——淀粉状的碎片，我赶紧摸索着开灯来看。但我没看见他留什么话。

事实上，当镇长让我试着把他从浴室里弄出来的时候，当我再次走进房间的时候，希基浑身上下洗得干干净净，穿得整整齐齐——只有那件夹克没有穿在身上，他正拿着最后一块厚厚的洗皮革用的肥皂往夹克上擦着呢。

大厅里传来了镇长的声音："如果你不能把他弄出来，那么打破的门就得他赔！"

希基从帆布背包里拿出了雨具，准备包靴子用的塑料袋，要把塑料袋口紧紧地绑在小腿上用的橡皮筋，还不忘带上那块洗皮革的肥皂。夹克上涂了一层蜡，看上去他身上穿了一件融化了的衣服一样。

“别担心。”他低声说，“你把他们引开，我会去找你的。”

“他们就在楼下大厅里，希基。他们会听到你的动静的。”

“那就把他们带上来。我很快就会回来的，格拉夫——最多一天两夜。你拿着这个背包，还有这些钱，我现在用不着加油。”

“希基。”我说。

他打开窗户，一下跃上窗台。他戴上护目镜和头盔——一个伞兵正在收紧他的飞行装备。然后他把靴子套进塑料袋里，塑料袋像气球一样膨胀起来：他看上去就像一个把脚套在玻璃罐里的人。

“希基？”

“格拉夫，”他说，“我们需要细节！毕竟，格拉夫，我们并没有好好了解这个地方——你与那个像河马一样的女孩嬉戏个没完，而我们马上就要主动出击了——我们现在了解这里了吗？”

我想：什么？你的思维怎么跳到这个事情上了？这跳跃跨度我是无法理解的。

他一跃而下。

我想：这跳的！你本可以顺着藤蔓爬下去的。

他“啪”的一声跳进花园里的污泥堆里。

我听到镇长又喊了起来：“格拉夫先生，他还没有决定吗？”

“噢，我想他有话要说。”我喊了一声，走到走廊，“赶紧上来！”我大叫道。我听到他们咚咚地上了楼梯。

我还听到了又湿又冷的摩托车发动的声音，引擎发出短促的、结巴的轰隆声——气被噎住，声被呛住，就像一个声大如牛的人开始大叫，叫到一半却被堵住了嘴。那些绕着楼梯井往上跑来的人也听到了。我们面对面，隔着走廊这个安全的距离。

然后就我跑回我的房间，跑到窗户边。我听到楼梯噔噔响，他们跑到大厅去了。但是镇长来到了我旁边，他那焦虑的脸抽搐着，歪向了耳朵边。

希基紧紧坐在摩托车上，牢牢抓住车把。灰色的浓烟球从排气管里冒出来，就像一只只毫无分量的小流浪猫。这些烟球看起来又像一团团纠缠在一起的纤细头发，戴在花园里的连翘子的上面，就像混乱不堪的假发一样。

希基把控着油门，开大关小，一下子将引擎平稳运转起来。摩托车开到了大门口，那些翻落一地的牛奶罐将门口堵得窄窄的。

就这样，希基使劲蹬下换挡脚蹬，加速穿过了窄窄的大门口——这时警察还没有跑出城堡的门廊，这时那个乱推乱搡的送奶工、浑身粉红色的那个男人以及特拉特姑妈都还没来得及往城堡门外大声喊叫。希基弓着背冲进大雨中，我听到了他连蹬三脚换了 3 挡的声音，他身上那件涂了蜡似的夹克闪着亮光，好似甲壳虫亮晶晶的后背。

噢，一个喜欢恶劣天气和恶劣环境的人！这就是——是的，这就是一场开往维也纳的试验性马拉松——就是希基去席津动物园执行侦察任务的第一步。

不合理的现实世界

于是我把笔记看了好几遍，嘉伦看到了我房门下面缝隙中透出的灯光。我看到了她的两只脚的影子，脚步很轻，很静。

“是嘉伦吗？”我问，“门没上锁。”——因为还没有人把警察掰掉的门把修好。我盼望着她这会儿穿着睡衣，大胆的黑色蕾丝，很光滑，不带皱褶。

可是她身上系着围裙。她叮叮咚咚地走进我的房间，双手插在绣花的口袋里，握着里面的硬币。

“我知道。”我说，“你想和我上床。”

“闭嘴。”她说，“我在这里待不了一会儿。”

“那要好几个小时呢。”我对她说。

“噢，格拉夫。”她说，“他们都在谈论你。”

“他们喜欢我吗？”

“是你帮他逃走的。”她说，“没人知道下步该怎么办。”

“他们会想出办法的。”我说。

“格拉夫，他们说你口袋里没有多少钱。”

“这么说你不想嫁给我了，嘉伦？”

“格拉夫！他们真的想要抓你。”

“来，坐吧，嘉伦。”我说，“我也很想抓你。”

她坐在希基的床上。这床那么柔软，她坐下去就凹陷得很厉害，于是她的膝盖朝上翘着，正对着我——可爱的下巴一样大小的膝盖。

“别脸红了，嘉伦。”

“你在床上做什么？”她问。

“我在看书。”

“我敢打赌你身上什么也没有穿。”她说，“在被子下面，我敢打赌你睡觉的时候是一丝不挂的。”

“你是不是疯了，这样猜个没完？”我问。

“他们会抓到你的，格拉夫。”她说，“我刚才看到你的灯亮着，所以我知道你还没睡。我以为你穿着衣服呢。”

“我躲起来了。”我说，“过来，坐在我的床上。”

“格拉夫——镇长和我姑妈正谋划着什么。”

“什么？”我问。

“你知道，他们已经搜查过你的东西了。他们点过你有多少钱了。”

“我够付房费了。”我说。

“那之后就所剩无几了。格拉夫，他们可以以你没钱为由逮捕你。”

“我是个游手好闲的人。”我说，“我知道总会有人发现这一点的。”

“你还帮他逃跑，格拉夫。他们会为此来抓你。”

“我正迫不及待地想看看他们会对我怎么样。”我告诉她。

“他们会让你干活。”她说。

好吧，那真不错——他妈的干活。当然，我可以跑掉，跑到山里去钓鱼，告诉嘉伦我的去向，这样希基好回来找到我。我还可以把该付给旅馆的钱留给她。

我这样想着，而嘉伦一直在盯着我看——那条可爱的辫子使得她的下巴漂亮地向前突出，从她的肩膀上斜拉下来，一直延伸到她的手腕，她的手弯成一个角度，她的手指和盲文读者的手指一样敏感。还有她那深色的嘴唇，她那锈红的腮帮子，她那苍白的、布满雀斑的前额，整张脸就像一个桃子，不同部位有成熟程度不一的晒斑。

我问：“什么样的活儿？”

“只是个小活儿。”她说，“就是变相地监视你，这样他回来的时候他们就能知道了。”

“他们认为他还会回来？”

“我也这么想。”她说，“他还会回来吗，格拉夫？”

“你是犹大吗，嘉伦？”

“噢，格拉夫。”她说，“我只是给你提个醒，他们在谋划着如何去干。”她用辫子遮住了她的脸，“我必须知道你什么时候走，我想知道你要去哪里，这样我就可以给你写信。我要一直给你写信，这样你就会回来。”

“过来，坐这儿。”我说。但她摇了摇头：“他们认为他一定会回来的，格拉夫，因为姑妈说你们俩是情人。”

“我要干什么活？”我问。

“把蜜蜂收进蜂箱。”她说。

“什么蜂箱？”我问。

“就是苹果园里的蜂箱。”嘉伦说，“蜂巢里尽是蜂蜜了，可以把蜂箱收进来了。你得在晚上干。他们认为晚上你最有可能会与他一起逃跑。”

“如果我不想干呢，嘉伦？”

“他们就逮捕你。”她说，“他们会说你是个流浪汉，他们会把你关起来。你帮他逃跑，那就是你的罪名。”

“我今晚就可以逃跑。”我说。

“你能逃跑吗？”她说，走到希基的床的另一边，背对着我坐下。“如果你觉得你能逃跑，”她说，“我想我可以助你一臂之力。”

我想：是不是连翘花把月色染得如此之黄，然后让它透过我的窗户，染黄了你的秀发——把你可爱的小脑袋上方的空气变得鲜红？

“我跑不了，嘉伦。”我说。

她把口袋里的硬币弄得叮当响。“我得走了，格拉夫。”她说。

“你能过来帮我盖好被子吗？”我问。

她迅速转过身来，莞尔一笑。噢，是的。噢，天哪。

“你别乱抓。”她说。她走到我的床边，把我的灯关掉。“把你的胳膊放在被子下面。”她在黑暗中说道。

她盖好一边的被子，走到我的另一边。我伸出一只胳膊，但她盖得太快了。然后她把双手搭在我的肩膀上，她的辫子落下来打在我脸上。

“噢，我太笨手笨脚了。”她说。她的手没有放开我。

“你的房间在哪儿，嘉伦？”我问。

等我把被子掀开，她已经走出了房门。我从底下的门缝里看到她的脚影悄悄移走了，走廊什么动静也听不到了。

我起了床，微微打开门，从门缝里往外看。她就在那儿，等着我呢——她没有生气，没有脸红。

“格拉夫，别管我的房间在哪儿。”她说。

我回到了我那张松软的让人伤心的床上。我翻来覆去睡不着，好好想了想自己的处境。我想，蜜蜂已经授完粉了；蜂巢里装满蜂蜜了，可以收获了。噢，要小心啊。

小心

我醒来时闻到了枕头上太阳的味道。于是我想：希基现在要离开维也纳了。他有的是时间，可以获取动物园的详细资料；他有的是时间，可以整晚潜伏在动物园里。

我看到他向动物们道别，想给它们鼓劲。

“祝福你，希基！”忧心忡忡的长颈鹿说。

大袋鼠将一滴眼泪握在它的拳头里。

“格拉夫。”嘉伦隔着门对我说，“他们就在下面的餐厅里了。”

我对这一切有一种不祥之感：他们在下面密谋，那种紧张气氛已经弥漫在走廊，就好像他们打开了地牢的门。他们的计划在地牢里发霉发臭，我闻到了那恶臭。但我找不到那扇门，无法关上它。

在餐厅里，他们围坐在一张离我不远的桌子旁：狡诈的比格尔迈斯特，亲爱的特拉特姑妈，满身苹果酒味的温迪施先生——一个雇用了很多穷人的苹果园主。他裤子的翻边夹着枯萎的花朵。

还有一个人，他们没有让他与他们同桌而坐。他正瘫倒在餐厅门口——那人叫基夫，是一个拖拉机司机，温迪施的手下。这家伙身材魁梧，是爪哇人的纯正后裔，他的皮衣还散发着新鲜的山羊味。

他们想干什么？一个个瞪大眼睛看我在面包卷上涂黄油。基夫会拦在门口不让我逃跑吗？他会用他那厚重的膝盖肉捣碎我的脊梁骨吗？

但是，希基写过这样的话：

> 只要向前一跃，你就胜人一筹了！

于是我狼吞虎咽地吃完嘉伦给我准备的早餐，然后径直走到他们的桌前。

“请原谅，我要打扰你们一下。”我说，“我想你们都能帮我出主意。因为我在这里待一阵子，我想找个活干。最好是在晚上，我喜欢晚上干活。如果你们知道晚上有什么活可干的话。”我说。

我听得清清楚楚！地牢的门哐当一声关上了，那关门声真是可怕，叫人痛苦。在我的耳朵深处，响起了一路从维也纳传来的声音：稀有眼镜熊在疯狂跺脚摇头，气得面颊在不停地颤抖。

“噢，天哪。”特拉特姑妈说，“这想法真不错！”

这话引起了满桌子人的纳闷。

我的眼睛——我把眼睛弄得湿湿的——看到了骑在摩托车上的希基，他骑得越来越快，身下的摩托车在不断尖叫，活像一头痛苦不堪的野兽。

推测

我拿着几瓶啤酒来到花园，坐在能看到城堡周围的瀑布的地方。我找到了摩托车滴下油的地方，这里的草都结成了块。连翘花很快就会谢掉，花园就会变成棕色——热带的绿色杂草就会丛生。瀑布喷洒着水汽，使一切都变得潮湿，花园的花儿在生长，在风中发出不祥的声音。只有油渍在抵抗：在这黑色的小硬块上，水珠好像结成了一串串汗珠。

我这样想象：他刚刚停下车来吃午饭。排气管呼呼作响，热气熏人：他刚才开得一刻不停。如果你往排气管上吐口唾沫，唾沫就会卷起来，就像水珠从火热的煎锅里掉下来一样。他很早就出发了，一刻不停地开到现在。他开出多瑙河河谷很长一段路了，现在他甚至可能沿着伊布斯河在开了。当然，这一切他都会写到他的那个操蛋的笔记本里。笔记本里已经画满了各种动物铁笼的示意图，记满了各种你想知道的动物园细节。

从马克辛公园的灌木丛开到席津郊区需要十八分钟。在这十八分钟里，要换四次挡位，有两次滑行，穿过一个有轨电车的十字路口，经过一个闪烁着黄灯的交通灯。

在你身后，是逃离了动物园的几只土豚的喧闹声。

我想，他可能甚至不会停下来吃午饭。

特拉特姑妈走进我的房间，来给房间透透气，当她打开我的窗户，拍打我的枕头时，她突然朝我露了个笑脸。

你这老太婆，老姑妈——他不会把摩托车开到这儿，不会让你看到的。噢，满脸老年斑的姑妈——我朋友希基的眼睛可比你昏花的鱼眼清亮多了。

我的嘉伦也在我的房间里。她整理了我的床角，把它弄得——毫无疑问——像牛奶一样纯洁。

哪张床是格拉夫睡的？一脸狡黠的特拉特问。

我不知道，姑妈，但是这张床看起来刚刚有人睡过。

“格拉夫先生？”特拉特喊道，“你睡哪张床？”

“靠近浴缸的那张，特拉特太太。”我说。嘉伦像一阵风似的轻轻从窗边走过，并不朝我看一眼。

你说得对，亲爱的嘉伦——特拉特真是时时刻刻在说话，时时刻刻在思考。

好吧，我也在思考。特拉特太太在我房间里搜查。我在干活的时候，有人偷偷修好了门把手——这样他们就能把我锁在里面了？那些朦朦胧胧的云朵，从倒下的最后一朵连翘花窃取了黄色，像炸弹的烟雾一样散开在空中。

希基现在在哪里？已经离开乌尔默费尔德了？也许离开了希斯巴赫，也许甚至在去圣莱昂哈德的路上了？如果他走的是那条路的话。他有没有绕道而行？

希基离这里还有几个小时？嘉伦今晚来我房间的时候会穿什么？

瀑布将湿漉漉的水汽喷到空中——花园就这样他妈的继续生长着，完全失控了。就像命运这个老傻瓜——那个大傻瓜——会告诉你的那样：小心，小心。

对此，本来希基会在笔记本里写诗一首，以抒发其情怀。事实上，他已经开了这样的一个头：

啊，人生——一个就要破裂的大泡泡！
命运手里拿着一枚厉害的大头针。

但是这样写下去，本来也就是一首糟糕的诗。他写过的最糟糕的诗中的一首。

厉害的大头针来了

胖胖的太阳低挂在天边，把一切都变成了连翘花一样的颜色。染黄了昨晚那片区域，又透过窗户的格栅，在我的床上我正在休息的脚指头上投下光影。

“他就要到了，是吗？”嘉伦问。

“随时会到。”我告诉她。

“格拉夫，”她说，“如果他是从圣莱昂哈德那条路来的，他们就会发现他。格拉夫，如果他沿着果园的路来，温迪施和基夫就在那里等着他。”

“他不会就那么骑着摩托车过来吧？”

“我敢打赌他会开着摩托车进城的。”她说，“噢，他不会骑着摩托车直接到这个院子里来的，但他也不会从圣莱昂哈德一路步行过来——他不会那么傻，从圣莱昂哈德过来。他一定会挑选一条新的路。”

“那你好好琢磨琢磨。”我说，“你想想他会走哪条路。”

“格拉夫，你连再见都不打算说了吗？”

“来，坐在我旁边，嘉伦。”我说。但是她摇摇头，待在窗台上一动也不动。我躺在床上向上看，可以顺着她的膝盖偷看到她的大腿；她的大腿圆圆的，被窗台卡得有点痛。

“别再看我的裙子下面！”她说。她把腿抬起来，转过身来面对着我。她朝窗外看了一眼。“有一个人刚从花园里跑了出来。”她说。

然后她跪在窗台上，将头探出窗外。

“有人爬墙上来了。”她说，“有人在抓葡萄藤，但我看不清是谁。”

于是我爬上窗台，到了她身边。我们一起跪在那里。她拉过原来垂在后背的辫子绕到了她的肩膀前面，遮住了她的脸。我的一只胳膊搂住她的腰。她挺了挺身子。我们趴在窗台上。我把一只手搭在她的后背上。

“噢，你真该死，格拉夫！”她说，将胳膊肘一推，触到我的喉咙上。我一下子给呛住了，只得坐起来。我的眼睛流泪了。她盘腿坐在窗台上，坐在我对面。

“噢，你这个格拉夫！”她说，“再见了，你——你就这样一直看下去吧。”

她的眼睛有点湿润了。我只好不再看她——我向窗外看去，外面一个人也没有。我还有点透不过气来。就像在游泳似的，我的眼睛里都是水。

“噢，格拉夫，”她说，“你也别哭了。”她猛地朝我扑过来，双臂环抱着我。她的脸湿湿的，贴着我的脸：“我们会找个地方见见，对吗？我就要发工资了，我一般什么东西也不用买。”

我的喉结感到很厚重，说不出话来。我觉得她刚才猛击了一下我的喉结，将它转动了位置。

“可卡因。”我说。

她变得和气了。她咬着辫尾，靠在我身上，较小的身体在微微发抖。

“嘉伦，”我终于能说话了，“外面一个人也没有。”

但她并没有听我的话。她还在不停地颤抖。这时两个奇怪的胳膊肘和一个拳头形状的下巴蠕动着出现在窗台上，伴随着野兽的喘气声和呻吟声，接着就出现了一张伟大的希腊喜剧大师的脸，头上没有一根头发——除了头发以外，这张脸与我的朋友希基的那张脸一模一样。

“上帝啊，拉我一把！”他说，“我的一只脚被这操蛋的藤蔓缠住了。”

于是我不得不松开身上的嘉伦，将打扮得非常可怕的希基一把拖进房间。

“我回来了！”他说。

他扑倒在我的嘉伦堆在地板上的东西旁。

命运的伪装

可怜的嘉伦，瘫在那里，不忍看希基第二眼。看一眼足够了——我也这样想……我也这样想。

“希基？”我说。

“格拉夫，就是我！但我知道，你可能会认不出我。”

“不能一下子认出你了，你没穿那件夹克。”我说。但实际上我想说的是，没有头发！你没有头发，我怎么能认出你来？

“格拉夫，这是刚剃的头，”他说，“我得化装啊！”

“可是你把整个脑袋的头发都剃掉了吗，希基？”

“眉毛也剃掉了，格拉夫。你注意了吗？”

"你这样子真可怕。"我说。

"一个行走的教堂圆顶，格拉夫！从下巴到头顶都是光秃秃的。你知道头骨上有一道道的凹痕吗？"

"那是你的头骨。"我说，"我的头骨可不是这样的。"但也许是这样的：到处都是小凹槽和结节。就像漂白过的桃子的凹陷。

他说："我步行穿过了小镇，跨过了桥。没有人认识我，格拉夫。我看见了镇长，他从我身边经过都没看我一眼，好像我是战争的遗留物。"

他的头摸起来冷冰冰的，理发师的遗留物。我吓得跳了起来。这个遗留物上还沾着蚊子，以及更大的，差点撞进他疾驰中的圆顶的飞鸟的污渍。一只耳朵的上方有个羽毛样的东西，可能是乌鸦的翅膀。当然，他一路骑来并不戴头盔，听任风吹凉那理发师理坏了的头。

我说："希基，你的样子真可怕。"

"当然了，格拉夫。当然了，"他说，"我把摩托车停在镇子外边的隐蔽处。拿上你的东西。"

"希基。"

"收拾好行李，我们等天黑就走。"他说，"一切都安排好了，格拉夫。完美极了。"

神不守舍的嘉伦蜷缩在地板上，就像一个被裹在仆人衣服里的胎儿，被无理地扔到这个世界上。

"嘉伦？"我说。

"看来你把她弄到手了。"希基说。

"没有。"我说。

"赶紧收拾。"他说，"我找到那个地方了。"

"什么地方？"

"就是夜间保安藏身的地方。"

"希基。"

“我整晚都待在那儿，格拉夫。都计划好了。”

“我就知道会那样。”我说。

“我不知道你有这样的信念，格拉夫。”

“信念！”嘉伦说。

“她要尖叫吗？”希基说。

“信念。”嘉伦说，“他走的是果园边的那条路吗？”噢，她不愿看他。“那样的话，他们一定看到了他的摩托车！”她带着哭腔说，“噢，每个人都被命令去找它！”

“她为什么这么关心这事？”希基问。

“你是从圣莱昂哈德来的吗，希基？”我问他。

“格拉夫，”他说，“看着我，你说你眼前的是一个业余的生手吗？”

信念

我听到走廊里传来了木头楼梯的第一声嘎吱嘎吱响——接着是最高一级楼梯的吱吱声，以及有人靠着栏杆的声音。

“那是谁？”嘉伦小声问。

“这不关我的事。”希基说，“没有人看见我。”

于是我往走廊偷看。原来是特拉特夫人，爬了这么多楼梯，正靠在栏杆上喘着粗气呢。

“格拉夫先生！”她叫道，“格拉夫先生？”

我走到了走廊，她看见了我。

“是基夫。”她说，“基夫要带你去干活。”

“干活？”希基小声地说。

“他来得太早了，”我对特拉特说，“去告诉他，他来早了。”

“他知道他来早了，”她说，“他在等着。”可怕的特拉特和我这下相互都明白了，然后她飞快地走下楼梯。

但是秃头的希基正俯身看着我的嘉伦。他把她的辫子攥在拳头里，她则咬着自己的嘴唇。

“他找到工作了？”希基问，“他找到工作了吗，你这该死的娘们？”

“希基。”我说。

“信念！”他说，“你从没想过我还会回来，对吗？还给自己找一份工作，还把这操蛋的娘们搞到手！”

“他们就要来抓你。”嘉伦咬着嘴唇说。

“一切我都安排好了。”希基说，“你以为我会跑掉吗？”

“我知道你都安排好了。”我说，“希基，他们还以为我是一个流浪汉。他们也在安排事情。”

“基夫在等你。”嘉伦说，“噢，一切都安排好了，格拉夫！如果你不下去，他就会上来。”

“希基，”我说，“我干完活后我们在哪里相见？”

“噢，相见！”他说，“你是说你还没有操过这个可爱的烂布一样的小妞？”

“希基，不要这样说。”我说。

“你敢教训我！”他大叫，“你说你要与我见面？等你干完了那操蛋的活之后？噢，当然要见面。”

“那个叫基夫的家伙。”我说，“他在等我。”我听到走廊的木板在微微痉挛般抖动：有个胖子走上来了，一次跨两级楼梯。

“希基，快出去！”我说，“他们会抓住你。你会被抓住的。赶紧说一个地点，我们等会儿好见面。”

“说一个地点，等会儿来见我。”嘉伦对他喊道，“格拉夫得走了。”

“去见你？”希基说，“去见格拉夫邋遢的小婊子？见你干什么？”

走廊里响起很大的脚步声，拖拉机一样呼哧呼哧的喘息声搅动着门口的空气。

“快出去，希基。”我说。

“格拉夫，我想要我的睡袋和牙刷。我能拿走我的东西吗？”

“噢，上帝啊！”我说，“赶紧走！”

砰砰！基夫击打着门。砰砰。

“噢！人胖子快进来！”希基说，“脊椎粉碎机快进来！”

基夫砰砰击打着门。

“我会回来拿东西的。”希基说。

“噢，你疯了！”嘉伦说。“你这个秃头呆子。”她说，“你尽说怪话！”

“噢，格拉夫。”他说——他在两张床之间的过道里往后退着，“噢，格拉夫，我有一个极妙的计划。”

“希基，你听。”我说。

“噢，该死的格拉夫。”他的说话声如此轻柔——他已经站在窗台上，面对着夕阳。

“噢，基夫！”嘉伦说，“基夫。”他在使劲地捶门。

“希基，快说一个我们待会儿见面的地点。”

“我们是在什么地方见面的，格拉夫？你在市政厅公园里观察女孩子。”他说，“你也观察我。”

“希基。”我说。

“你们还狠狠嘲笑我。”他说，“你和这个稚嫩的小婊子，你们两个一起到这里来，就是为了这个。”

门上的铰链销脱落了。噢，看这个基夫捶的门！

“你还找到活儿了！”希基说。说完他跳了下去，啪的一下落到花园可怕的污泥堆里。

夕阳照在他那可怕的、没有一根毛的圆顶上。阴影使他头骨上的凹痕显得更深，他那张大的嘴巴使得他的眼睛生机全无。

“格拉夫？”嘉伦说。

“别说话。”我说，“他回来的时候告诉我一声，嘉伦——如果你要从果园走到圣莱昂哈德去，他回来的时候，你就来找我，通知我。”

“噢，该死，格拉夫！”她喊道。接着她说：“噢，基夫。”——这时铰链一边的门开了，基夫出现了，他还使劲摇动着门，直到门把手那边的门也突然从门框脱落了。他吃了一惊，扶着门不放手——不知道该把门放在哪里。

“噢，上帝啊！”我说。

再也没有人说话。

否认兽性

希基在笔记本上这样写道：

> 辛利·高奇痛恨那些没有被关入铁笼的动物。他一直自以为是地否认自己内心的兽性。

但基夫并不是一个想自我否认有这种兽性的人。当他把我的嘉伦——双脚乱踢的嘉伦——抱下楼去见她姑妈的时候，他可没有否认。当他提起铁板拖车的连接端，用基夫才有的巨力将它与拖拉机连上时，他没有否认。

基夫开着拖拉机，而我在拖车上努力保持着平衡。拖车在弯道上左右摇摆，铁板在我脚下轰隆作响。我们爬上果园边上的那条路，不一会儿天色更亮了，我们看到了最后的晚霞映照在群山上。

我们到达山间果园的最高处，这里离圣莱昂哈德已经不远。基夫等着天最终黑下来。

“你干养蜂这一行已经很久了，基夫？”我问。

“你真是个聪明人。”他说。

魏德霍芬街头稀疏的霓虹灯和河边苍白的灯光，远远地在向我们眨着眼睛，而蜂箱上刚刚漆上的白漆呈现出绿兮兮的奶酪色。蜂箱散落在果园各处，就像一顶顶吉卜赛帐篷——吉卜赛人在过神秘的生活。

基夫一屁股坐到拖拉机的座位上，窝在手制离合器、脚刹车、变速挡、仪表盘和铁器部件中间，两只手臂趴在大方向盘上，就像趴在大安乐椅的扶手上一样。

“天黑了，基夫。”我对他说。

“待会儿会更黑。”他说，“你的活儿就是把蜂箱搬上拖车。你不想让天更黑一点吗？”

“这样蜜蜂就会睡得更死？”

“就是这个意思，聪明人。”基夫说，“这样，你就可以偷偷靠近蜂箱，关上纱门。这样，即使你搬动蜂箱把它们弄醒的时候，它们也不能出来。”

于是我们等着，一直等到山顶与天空混为一色，一直等到天上只有月亮朗照，一直等到远处魏德霍芬街上闪烁不定的霓虹灯只照着那些夜不能寐的人。

我摇摇晃晃站在拖车上，基夫开着拖拉机穿过果园的一排排果树。他会在蜂箱前停下来，我就慢慢地爬过去。蜂箱上有一个小小的入口，大小跟门上的信槽差不多。入口外面有几只困倦的蜜蜂，我轻轻把它们推进去，动作特别轻柔，然后把纱门挡板拉下来，堵住这个唯一的入口（其实也是出口）。

当你搬起蜂箱的时候，里面的蜜蜂就会醒来。它们在里面嗡嗡作响，那感觉就像远处传来的电流打在你的手臂上。

蜂箱很重。当我把蜂箱搬上拖车时，蜂蜜从箱底的板条间流了出来。

基夫说："聪明人，如果你把蜂箱摔到地上，蜂箱肯定会裂开的。如果蜂箱裂开了，聪明人，我就开着拖拉机跑掉了，把你一个人留在后面。"

我搬得很稳，蜂箱一个也没有掉。我把这些蜂箱——大概有六箱——放到拖车的平板上之后，我必须用后背抵着它们，这样它们才不会滑动：否则，拖拉机下坡的时候，蜂箱会滑向拖拉机的方向；拖拉机上坡的时候，蜂箱又会滑向拖车的尾部。

"赶紧搬，聪明人。"基夫说。

现在有十四个蜂箱平铺在拖车的地板上，这是第一层。然后我往上叠。有了第二层之后，蜂箱就不那么容易滑动了：重量足够了，蜂箱就稳定了。但是我必须在第二层留出一点空位，这样我才能叠第三层。我不得不手里抱着一个蜂箱，站到另一个蜂箱上。然后我不得不爬过第二层去填满各个角落。

"三层就够了吧，基夫？"

"你的脚别踩空了，"基夫说，"否则你会被卡住的。"

"我当然会小心的，基夫。"在这个晚上，一个夜行者潜入了别人家，膝盖以下都粘满蜂蜜。

我努力撑住蜂箱，基夫开着拖拉机穿过马路，从这边开到那边，慢慢下山去。他一直开在果园的中央，这没有问题，但过马路确实是个麻烦。从一个沟槽里出来，又进入另一个沟槽，拖车就会倾斜得厉害，会将第二层的蜂箱都晃动起来。我使劲儿撑住蜂箱，而基夫会这么做：关掉引擎，关掉车头灯。让拖拉机的所有呻吟声和啪啦声一律停止，让一切都安静下来。然后他就会注意听路上有没有小车开过来：如果听到什么动静，他就等着。

拖拉机和拖车过马路花了很长时间，而且马路弯弯曲曲，无法安全地看到车头灯。所以基夫就注意听远方引擎的声音。

“那会是一辆小车吗，聪明人？”

“我什么也没有听见，基夫。”

“好好听。”他说，“你难道想在马路上胡乱开，让别人撞进蜂箱里吗？”

于是我仔细听。我听到了拖拉机呼呼的热气声。听到了蜜蜂的嗡嗡声。

我被蜜蜂蜇过一次。我把一只蜜蜂从入口赶走，但它没有进蜂巢，却跑到我的衬衫袖口上，蜇了一下我的手腕。我只是感到有点灼伤感，但我的手腕肿起来了。

要装满第三层，还需四到五个蜂箱。基夫停下拖拉机，下来检查拖车轮胎的气压。“我想他们现在已经抓到他了，聪明人。”他说。

“谁？”我说。

“你那位古怪的朋友，聪明人。他进来看你，但是他出不去了。”

“你听到的只是声音，基夫。刚才嘉伦和我就在那个房间里。”

“噢，聪明人。”他说，“花园里有脚印。所有人都听到那个喊声了。明白了吗？你真蠢，难怪是个怪人呢，聪明人。”

他看了看胎压表。一辆单轴拖车，每侧两个轮胎，承载着好几吨的蜜蜂和蜂蜜，这轮胎需要充多少气？

基夫在我在二层蜂箱留出的那个空间附近弯下腰。我可以跳到第二层蜂箱上，将第三层的几个蜂箱推下去压到他身上。我跳到了第二层蜂箱上。

“你把那个小嘉伦搞得怎么样了，聪明人？”他没有抬头看我。“我一直在等她长大。”他说，“长得再丰满一点。”我看不见他的脖子，只见他那胖胖的脑袋转向我，咧嘴笑着。

“你在上面干什么？”他问。只见他臀部下的脚在向后移动，就像一个短跑运动员准备好要起跑似的。

我问：“为什么我们不穿保护服，基夫？为什么我们不戴面具之类的东西？”

他的身子在往后退，但视线并未离开这第三层蜂箱。

“为什么我们没有什么？”他问。

“保护服。”我说，“如果发生什么意外，也好有个保护。”

“那是养蜂人的想法。”基夫说，他现在站了起来，“当你穿着保护服时，你就会粗心大意，聪明人。你一旦粗心大意，就会出意外。”

“为什么养蜂人自己不来搬蜂箱，基夫？”

他的眼睛依然看着第三层蜂箱。“第三层几乎就要满了。”他说，“我们再过一次马路，就可以回到谷仓了。”

“那就这么干吧。”我说。

“你想他还会在那儿吗，聪明人？装完这一车，我们还得再装一车。想入非非的人，你认为他还会在那里吗？”

“基夫。”我说，心想：基夫，你是不那么想入非非——你差点就不在那里了。蜂箱里有狂躁的蜜蜂，基夫，你就要陷在蜂蜜里了：蜜蜂会把你肥胖的脑袋蜇得更胖。

基夫一直在留意着什么动静。

当然不，我想。你一直在那里。什么事也没有，基夫。你不明白吗，希基，你看我是怎么划清界限的？你到底想要我干什么，希基？

“有人来了。”基夫说。他把引擎关掉。

就连蜜蜂也安静下来了，静静地听着。

“有人跑过来了。”基夫说。他打开了工具箱。

我听到了路那边的呼吸声、沙砾摩擦声和喘气声。

“是你认识的人吗，聪明人？”基夫问。手掌里抓着一把开口的扳手。

然后，他把车灯拧到一边，把灯面朝马路那边。但他并不开灯——他已经准备好了。

蜜蜂，别出声，我想。那人跑步的步幅很小，呼吸急促。

基夫突然把灯打开，照亮了我的嘉伦。她披头散发，在夜色中呼呼地奔跑。

你需要多少只蜜蜂?

她从魏德霍芬一路跑上山来，两腿都发软了——她是来为我们送希基的消息的。嘉伦说，希基竟然返回来取牙刷，他像猿猴一样从常青藤一下子荡到窗户的格栅上，再次进入房间，然后在走廊向着下面咩咩地叫，骑在扶手上一下子滑到大厅里，给每一个人说了一段墓志铭——给特拉特姑妈说了，姑妈坐在楼梯井下面的角落里，咯咯地叫着，像一只正在交配的母鸡；给我的嘉伦也说了，他尖叫着说着处女身破的隐喻。他也给我准备了一段谩骂之词——嘉伦告诉我——他预言我最终会被阉割。

“噢，疯了！”她气喘吁吁地说，“噢，他真的疯了，格拉夫。他用爪子扒开花园，往城堡的墙上扔泥巴！”

好吧，蜜蜂都听到了。她背靠在蜂箱上，蜜蜂在里面贴着她的身子嗡嗡地叫着——蜂箱支撑着她长长的、纤细的后背。

“别让她靠得太用力。”基夫说，“别让她压着蜂巢，聪明人。”

噢，够了，基夫。现在这一切还不够吗？我想。

“他们一定会抓住他的。”基夫说。

“噢，他疯了。”嘉伦说，“格拉夫，全城的人都在找他。我不知道他藏到哪里去了。”

“他们应该把他关进蜂箱里。”基夫说——在他身后的那条路上，那盏疯狂扭动的大灯冷不丁地照亮了蜷缩在弯道边上的那片树林。树丛似乎呈现凹陷形，又似浮雕，好像大球似的映衬在夜空下，树林的远处，是无声的小镇，在那里眨巴着眼睛。

“噢，格拉夫。”嘉伦说，“我很难过。真的，我太抱歉了，格拉夫——如果希基还是你的朋友。”

“听。”基夫说，但我什么也没听到。“听，聪明人。”——就在小镇方向，有一个低语声朝我们蜿蜒着飘来——“你听到小汽车声了吗？”

闪烁的蓝光照到树丛上，在道路上方闪亮着，不断地随着弯道改变着光束的方向。

“听，”基夫说，“那是一辆大众车。一定是警车。”

那是肯定的。没有拉响警笛，悄然而行的警车。

警车里有两个人，他们刚上车不久。

“我们要在山顶设个路障！”一个警察说，戴着黑手套的手指头打了个响指。

“在圣莱昂哈德！”另一个警察说，“如果他从这边来的话！”

这些话蜜蜂听到了，逐渐减弱的闪烁蓝光离开了蜂箱。蜜蜂在里面骚动，对着可怜的嘉伦的后背嗡嗡乱撞，今天晚上她第二次因为我的缘故，瘫倒了——这一次是背靠着蜂箱，瘫在拖车里。

我只能这样想了：他肯定不会想着骑摩托车出城的。噢，当然——至少是这样——他不会走这条路的。

基夫说：“聪明人，我们不能在这里傻待一个晚上。如果那女孩不会掉下来的话，我想开过马路去。”

“我没事。”嘉伦说，但她的声音在发抖，好像从山上吹来风，从去年1月就开始吹的风，从拉夏尔普一路吹来，把她温暖、珍贵、脆弱的身体吹倒了。她伤得很厉害，真的，我的脑子一片混乱了，什么都想不清楚了。

“我们来听听有什么动静。”基夫说。他登上带弹簧的后座，坐在他那些叮当作响的铁零件中间。我们仔细听着。他使劲扭动着车头灯的外壳，将车灯对着我们想要的方向，将马路的对面照亮。然后，他重重地踩下每个车轮的刹车，摇晃着，费劲地让拖拉机脱了挡。拖车在震动。蜜蜂在唱歌。

“我什么也没听到。”我说。

“什么动静也没有。”基夫说。他伸手去抓启动杆。

他正伸出手去。我说：“基夫？”

“聪明人？”他说，他的手停在空中。

“听。”我说，“你听到了吗？”

他一动不动，没有弄出拖拉机部件的响声，也屏住了呼吸——他本来是不断喘着粗气的。

“噢，是的。”他说。

他也许还没出城呢，但是已经出发了——他也许不走我们这条路。他也许穿过了那些低矮的拱门：也许声音就是从那里传出的，而突然之间那声音又消失了。过了一会儿又有了，又消失了。

“啊，聪明人。”基夫说，“那声音很真切。”摩托车已经出城了，它开上了我们的这条路。一个嗓音沙哑的男人在清嗓子，在很远的地方，闭门清嗓子——在清一个非常沙哑的嗓子，不是暂时的，而是永远的。他清个没完没了，就这样清着嗓子朝我们开来。

“噢，是的！”基夫说。

噢，是的。我早就听出来了，即使有别的无数的声音我也能听出来。噢，我的希基骑着的这头野兽有点喘不过气来，那声音真动听！

“哈！”基夫说，“是他，聪明人。是他，那个怪物！”

基夫，那么你也快完蛋了。这第三层蜂箱就是为你准备的。基夫，现在你那没有脖子的脑袋几乎与嗡嗡作响的这第三层蜂箱齐平。你现在坐在高高的座位上，基夫，一个蜂箱等着你。也许再来一个。也许一整排蜂箱会倒下去全部砸到你身上，胖胖的基夫——如果我胆子大一点，基夫，如果我觉得那样的话效果会更好，我就会那样做。

多少只蜜蜂你才够，基夫？像你这样的大家伙——多少只蜜蜂蜇你，你才够？你能受得了多少只蜜蜂的蜇，臭基夫？

上山下山，这里那里

是嘉伦冰冷的手让我清醒的吗？我蹲在拖车的尾部，心想：现在你怎么样了，希基？我要怎么做，才能阻止你来山顶，撞见那辆闪着蓝光的大众汽车，撞见戴着黑手套、噼啪打着响指的那只手呢？

我和基夫沿着崎岖的山路蜿蜒而上，这里的弯道转得更加急险。上面的三个S形弯道是这个山上最危险的弯道，与Z形弯道一样急险。我想，在这样的路段他必须减速——即使是希基，即使是那头野兽似的摩托车，也必须减1到2挡。也许只能开1挡，慢得可能会停下来，或者说，至少慢得可以让他有机会清楚地看到在他路前方的我。

我在路上跑着。我没有听到基夫的喊叫。不，我没有在意他含糊不清的声音。

你老以为晚上你跑得很快，即使是在上山的路上。你看不到脚下的路或者你旁边的树林后退得有多慢。古老的夜神若隐若现，在上方盘旋。我听到那头野兽的怒吼声更响了。

是不是事后回想起来我才明白这一切？是不是回想起来才让事实更鲜明？或者说，我那时真的听到了它们的声音——蜜蜂的声音？那数百万只蜜蜂，无数的蜜蜂嗡嗡的大合唱，焦虑的、不耐烦的大合唱？

但我可以完全肯定的一点是：在翻滚的山上有三条S形弯道，接下去是Z形弯道。是不是因为这些弯道建造得如此完美，所以在我转到Z形弯道的时候，正好看到车灯打在了树林上？或者那是在最后一个S弯道，但快接近Z形弯道的地方？或许我真的需要埋伏在这里，耐心地等着摩托车阀门的砰砰声传过来，等着摩托车的轮胎急转弯转进Z形弯道？

至少我当时是在那里：我看见他那骑车的身影从我下面的S弯道上穿出来——我能听到他开的挡位是3挡——看到他那晃动的车灯把我照成了月亮的颜色，将我永远固定在山路的那个位置上。

这时我听到他把挡位换成了1挡。进入了Z弯道的入口——他正要从我身边开过吗？那车灯是自己在路上慢跑吗？

“操蛋的格拉夫！”他说。那野兽咳了一声。

“噢，希基！”我说，我真想吻他那闪闪发光的头盔——可那不是头盔，那是他光秃秃的圆顶，像月亮一样光秃秃，为了他夜间的逃跑，弄成了这副光秃的模样。

“操蛋的格拉夫！”他说。他费劲地将摩托车踢成空挡。他提起脚准备发动。

“希基，他们在圣莱昂哈德设了一个障碍！”

“你的脑子里有个障碍。”他说，“让我走。”

“希基，你不能开车过去。你必须躲起来。”

他把脚缩回来了。我摇晃着他，他的身体失去了平衡，所以他撑开两条腿，把摩托车支起来。

“操蛋的格拉夫！你总把事情搞砸，你真是那个小妞的操蛋情人！”

他努力把摩托车立稳，用刚才那只脚使劲踩启动杆。但我不让他走。

“希基，他们在那里守着你。你不能去。”

“你有什么计划吗，格拉夫？”他说，“我想听听你的计划，操蛋的格拉夫！”

噢，没有任何计划，当然没有。

我说：“你必须把摩托车藏起来。开进果园里，藏起来，一直到明天早晨。”

“那是你的计划？”他说，“格拉夫，你脑子能想点好的计划吗？等到这地球上已经没有了处女，你还没想出一个有价值的计划吧？”

他努力推开我按着车把的手。但我把他的腿死死别在摩托车上，使他无法启动。

“你从来没有计划，操蛋的格拉夫！从来就没有出过了不起的点子——只要这个世界上还有挺立的少女奶子没有被人摸过，你就想不出！”

他把摩托车转了一圈，猛地抓住车把，脚后跟蹬了下去。但我还是把他那只想发动摩托车的右脚卡住了。

“你这胸无大志、只顾眼前的格拉夫！”他怒吼道，“你的脑子里想的净是世界上所有尚未发育的奶子！”

他转动前轮，对着下山的方向。他的野兽动起来了。我抓住他夹克的后背口袋，跟在他旁边跑着。

“对处女膜歇斯底里！”他喊道，“你这个格拉夫，格拉夫——你！”

噢，他这个少见的怪人，他走了，好吧。摩托车向前移动了。他在找挡位，他捏紧离合器，想让他的野兽一冲而出。

“你总是要把什么东西都扔掉的，格拉夫。”他说，语气异常温柔。

我跟不上他了。我在他后面跑着，摩托车摇晃着前进。我猛地向他后背冲去，但他收起了后座的踏板。他下定决心要独行了。

我觉得他用力找到了挡位。

我的做法是：我靠过去，越过他的肩膀，把我的手掌根按到了熄火按钮上。但摩托车从不会一下停下来。在我们身后它无声地放屁，但挡位的转换让我们一下子慢了下来。我猛地撞在他身上，他一下子跨坐在油箱上，膝盖卡在车把下面。他的双脚离开了踏板，再也够不着后面的挡位杆了。

我们不管用什么挡位，都无法控制这摩托车了。这头老野兽现在暴跳如雷，一心往前冲，现在滑入了空挡。我们自由自在地往前滑去，车灯照亮了我们前面的路。引擎熄火了，我就这样飘着，滑着——车轮喷出了砂砾和烂泥，轻柔的呼啸声在我们身边响起，轮胎摩擦着地面，嗡嗡地歌唱着带我们向前冲。

那些蜜蜂也听见我们来了吗？

这条和那条S形弯道，身影模糊地从我们身边飞过，比夜色后退的速度还要快些。

“赶紧回到座位上！”希基说，“我得换挡了。”

但是路面太陡了。我的重量向前压到他身上，压到油箱上。当我试着往后移时，另一条S弯道直向我们逼近。

“格拉夫，快换挡！”他大喊，“你够得着的，你这个笨蛋！”

他猛地捏住离合器把手。我的脚趾在那根陌生的小踏杆上踏着，但踏杆一动不动。

摇晃的车灯照亮了弯曲的道路的这一块那一块，照亮了树林和深不见底的沟渠的一角——照亮了寒冷宁静的夜空的一角，照亮了时隐时现的天使般的小镇的一角，也照亮了底下无数的弯道。在那块歪斜的不规则的后视镜里，我们看到什么东西都向我们扑来。

他说，几乎是漫不经心的口气：“格拉夫，你得换挡。”

我的脚趾磨得发痛，但变速杆突然发出了棘轮咬合的声音。发动机发出巨响，像大炮轰鸣，又像马儿嘶鸣。我感到自己的身体猛地冲到了希基的后背上，拼命地想爬下来。前震异常激烈，摩托车一下子向前冲去。

希基的身体过于靠前，无法再向前倾。我们随着摩托车笨重地向前进行着，摇摇晃晃地绕过无穷无尽的S形弯道的最上面的一个弯道。我们的摩托车确实放慢了速度。

“这是2挡。”希基说，“给我找到1挡，让车子慢下来。”

S形弯道的底部就在我们面前了。摩托车加快了速度，从路中间的高处跳到边上，但依然在路面上。我们苦撑着。希基说：“1挡，格拉夫。1挡。”我的脚趾又摸索起来，撬动着挡位杆，我想我能感觉到挡位杆开始动了。希基说：“格拉夫，别离开挡位杆，格拉夫。始终踩着它。”我想：现在差不多了，差不多完了——我们就要走完这疯狂的一小段旅程了。我们马上就要离开S形弯道了。我想：就这样，没事了，肯定没事了。

基夫在前面干什么？他的拖拉机和装满蜂箱的拖车横在路中间干什么？

他们看起来难道不令人惊讶吗？基夫握着巨大的方向盘，那样子就像一个世界从他的手中滑落了，而嘉伦待在拖车的尾部，在竭力稳住第三层的蜂箱。

基夫，那个伟大的倾听者，当然没有听到我们的摩托车在引擎熄火的情况下往下冲来的动静。你要干什么，基夫，横在路中间，占住道路上所有的求生机会？

“噢。”希基说，声音很轻。这要么是一句耳语，要么是直接抛向疾风的一声抱怨。

要多少只蜜蜂才好

摩托车车头灯在蜂箱上方跳跃着。这些矮胖的蜂箱，里面装满嗡嗡乱动的蜂箱，垒了三层高，在我们面前若隐若现，马上就到了我们的头顶上。拖车的铁底板在嗡嗡作响——在蜂蜜的重压下，底板有些下陷了，与我们的车头灯平齐了——反照出我们的样子：我们失魂落魄地冲来了。

希基的胳膊肘抽动了两下，一下重重地打在我的胸口上，另一下把我从他的肩膀上摇晃下来。我早已成了他的助手，我两只手紧紧抓住我们之间的座位和油箱。我撑起手腕，伸直双臂，感到自己从希基身边下来了，从那头野兽下来了，速度似乎很慢——在一百英里的下坡山路上，我在不停地上下支撑着自己。在一百英里的路程里，我在那头野兽的后面飘浮着——这野兽还是在2挡，永远找不到1挡了。

慢跑着的红色尾灯在我的身下和身前跳跃着。我想：我要坐在空中，沿着这条路一直飘到魏德霍芬。我要把这一英里的蜜蜂都赶走，我要飘这一百英里路，我绝不会下来。

尾灯离开了我，偏向一边，好像在想着该走哪条路——当然，没有路可走。

奇怪的是，我在空中飞了这长长的一百英里，竟然只是一瞬间。这一瞬间还不足以让不知疲倦的希基将他的膝盖从车把下解放出来，但足以让我看清他的努力——他的圆顶往后猛地一甩，捕捉到了所有奇怪的反光：车头灯，尾灯，蜂箱的边缘和正面，拖车底板，拖拉机笨重的挡泥板，以及基夫张开的大嘴里镶的铁牙。

尾灯跳着最可怕的舞，一下子倒在路上，画出一道道红光、白光组成的图案——跳完舞，熄灭了。希基——他的圆顶藏在阴影里，藏在他的夹克里——把这头老野兽放倒在一边。

车头灯从拖车底板下穿过，一直落到了远处安全的路面上。摩托车也朝那个方向冲去，排气管一路拖过去——踏板和支架一路拖过去，车把和轮毂一路拖过去——只见火花四溅，下坡的路面都被砸下去一大块。

基夫，当你看到我飞过这片该死的混乱场地，与从你那远处的可怕货物下面钻出来的希基落在一起的时候，见到他，你难道不感到惊讶？

你干了什么，基夫？你究竟以为你在干什么——当你踉跄向前时，基夫，又停下脚步；你停下脚步，又踉跄向前——不管是什么顺序吧。你想干什么，基夫？在你愚笨的大脑里，曾经闪过什么念头？基夫，你为什么觉得你可以让开路？

你为什么要动，基夫？你一动，希基就钻到了拖车下面，但再也没有出来。

噢，你没怎么动，基夫，但动得刚刚好，正好让希基的身体的一部分，或者是他的野兽的某个部位撞到了拖车的某个部位——擦着了车轴？轮胎？还是底板突出的部位？上帝啊，什么东西发出砰的一声！——铁器发出了空荡荡的一声巨响，震动了月亮。

你没怎么动，基夫，你只是踉跄了几步。

就在我将要飞过你那可怕的货物时，你踉跄了一下，基夫！希基，或者说是他的野兽的一部分，发出砰的一声巨响——就在拖车底板下面！而嘉伦——她两只长长的、毫无爱意的手臂，只是假装在稳住可怕的第三层蜂箱——跳开了！她知道游戏已经结束，蜂箱在移动，已经超出了她的控制能力。她跳开了；基夫，我正要嗡嗡地飞过你的蜜蜂——就在那个时候。你踉跄了一下，停下了，喘不过气了——不管你想干什么，干了什么，就在仪表盘、齿轮和不祥的铁件后面——事情就这样发生了。

我在空中飞行了一百英里的那个瞬间，第三层的蜂箱摇摇欲坠。它们慢慢地掉了下去，像羽毛一样飘落到面粉一样柔软的路面上，飘落到拖车的铁底板的边缘——铁底板正等着它们的飘落。蜜蜂和我都以很慢的动作落下了，基夫。

当我看到蜂箱掉下来的时候，我就决定落地了吗？我落到了泥泞的路上——但这路面比表面看上去的要硬得多，一下子啃掉了我手掌跟掉下的所有的皮。

蜂箱摔得比我还重。蜂箱与水球一样重，一样脆弱。脆弱的蜂箱边框裂开了，四处飞溅逃跑的、海绵状的蜜蜂群。

上帝啊，他们在说什么？蜜蜂们在说什么？是在说“谁半夜三更捣毁了我的房子”？还是在说“是谁把我吵醒的——是谁撞进巢脾，把我的安睡在蜂房里的小宝宝压坏！是谁照着这么亮的光把我的眼睛弄瞎”？

因为这野兽不会死，不会熄灭车头灯。这灯照亮了拖车下面，这美丽的琥珀色灯光照在巨大的蜂蜜凝块上，这凝块正从底板边缘流下来。

这灯光也照到了你，基夫——从大路那儿朝我走来，像熊一样轻快地跳着跑着，在你的头两边舞动着你的大胳膊，拍打着裤脚的翻边，跳跃着，基夫——是的，跳跃着——在空中转过身来抱着自己的身体。基夫弯下腰，接着又跳着跑着向我而来。

基夫，嘉伦比你先一步到了我的面前，是吗？或者是，我只是在那一秒想象她在我面前，而你一把将我抱起，就像抱一个球一样。你半抱半推地将我弄上山去，避开了照亮蜜蜂们前路的那束灯光。

蜜蜂是从那时开始蜇的吗？我什么感觉都不记得了。我记得又听到砰的一声，但这次比第一声要静得多，沉闷得多。这是那个野兽，或者别的东西，撞到拖车发出的声音。我记得这声音，砰——砰，砰——砰，从底板下面传来。

希基，你是在用尽力气要把拖车掀开吗——还是在设法想把可怜的膝盖从车把下面脱离开来吗？你的拳头，或者你的前臂——你的圆顶？——又砰砰、砰砰地响起来。你知道我听到了就会跑过去救你吗？

我听到了。我跑过去。要不是成群的蜜蜂糊住了我的双眼，堵住我的耳朵，让我慢下来，只能爬着过去，我早就到你身边了。即使是那样，我也本来就应该到了你那里，要不是基夫踉踉跄跄地走到我身边，一把将我抱起，将我掐在他屁股边上，笨手笨脚地将我弄到大路上。

如果我大喊起来，这人声一定会被什么东西听到：一定能盖过蜜蜂的嗡嗡声——它们在谈论什么？

“这就是我们家庭的破坏者，我们宝贝的杀手！如果我们追随他的灯光，他就无处可逃！”

在那之后，事情发生的真正顺序是什么？

基夫告诉我事情的经过——其实这些我都已经知道：“噢，聪明人，我听着。我听着！我听到你的引擎熄火了，我听着它什么时候会发动，但它没有发动。我没听见引擎声，聪明人！我对嘉伦说：‘你把那些箱子稳住，我们终于要过这条路了。’噢，聪明人，你去问她！我们两个人都竖起耳朵听着，你没有过来。没人过来。可你怎么这么快就来了，我一点动静都没听见？”

在那之前，在那期间，甚至在那之后，那辆闪着蓝光的大众汽车从圣莱昂哈德开过来了。他们说，他们听到了砰的一声——甚至还在路上的时候。

在上面提到的这些时间中的某个时候，我努力想睁开眼睛，但就是睁不开。嘉伦把嘴巴贴到我的眼睛上，让它们湿润，让它们凉下来。但它们就是睁不开，嘉伦把嘴凑到它们旁边，帮我把它们弄凉。

基夫又一次向我保证，他一直在听动静来着。

然后我真的不确定我要听什么，听到了什么。是不是还有一两声砰砰响？或者，我是否问过基夫：“你猜猜，一共有多少只蜜蜂？”基夫和我是否就每箱蜜蜂的数量和掉下来的箱子的数量进行了高技术性的讨论——是不是只是拖车尾端的第三排掉下来了，或者还有别的？掉了多少箱，还有关系吗？

我也无法确定：基夫是否回答了我的问题，或者只是猜的。所有这一切是不是当场发生的，或者，我数蜜蜂这件事是否真的不是在后来，在半迷半醒之间，在泻盐水浴里做的？所有这一切是不是在我真的听到最后砰的一声的三分钟之后发生的，或者，是不是在三天之后，在洗了三次泻盐水浴之后发生的？

在那个蜜蜂密谋的夜晚，在那条下坡的路上，真正的哀悼者的脸就蹲伏在我的周围吗？这些动物指责了我，哀悼了他吗？或者，我的这些记忆也被泻盐浴浸透洗掉了？

哭泣的大袋鼠，颤抖的羚羊，绝望的稀有眼镜熊。我什么时候看见它们为他哀哭？

是不是在那里，在我的眼睛还闭着无法睁开的时候？还是在我洗了数不清的泻盐浴之后？在希基被超量的蜜蜂蜇了很久之后？

第二部

希基的笔记

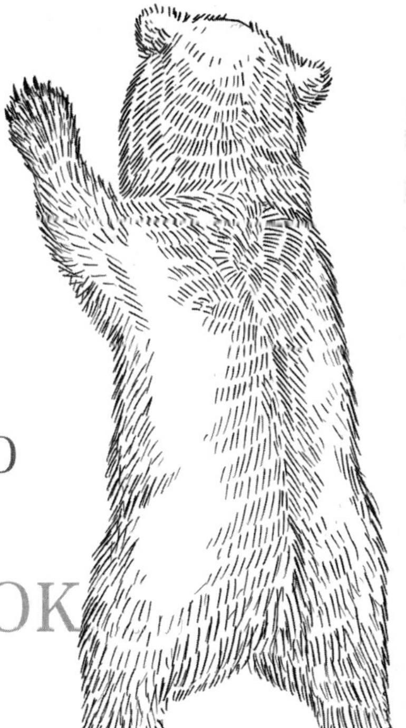

PART TWO

THE NOTEBOOK

第一次动物园侦察

1967年6月5日，星期一，下午1:20

下午 3 点左右，我才会进入动物园。在这样的阳光底下再待上一小时左右，不会对我造成什么伤害——我甚至可以将身体晒干。格拉夫，你当然知道，我离开魏德霍芬的时候，大雨正倾盆而下。尽管我一骑出大山雨就停了，但到席津这一路还是非常湿滑的。

我实在无法确定，我离开城堡旅馆是什么时候，送奶工最初到达是什么时候，一切都发生得太快太早。我敢肯定我 9 点就走了，现在我要在这家咖啡馆待一会儿，让我好好喝一杯朗姆酒茶，因为我淋了雨，身体觉得有点冷。如果我是 9 点离开的，那么现在应该是 12 点 20 分，我估计从魏德霍芬到席津动物园要开四小时。而且这一路还这么湿滑。

你知道我现在所在的这家咖啡馆吗？就在广场上，离马克辛大街不远，在动物园大门的对面。我只是在此休息一下，把身体弄干。到下午 3 点左右，我就会慢慢逛到动物园去，大致看一下，等他们开始引游客出大门，准备关门过夜时，我就找个地方躲起来。这样，我就可以看到夜间保安换岗的情形——如果他们有换岗这回事，我还可以趁机观察夜间保安的习性。我希望我也能有机会与一些动物交谈，让它们知道用不着怕我。我会一直待到动物园第二天开门。当游客进来得足够多的时候，我就悠然地走出去，就像我是一个很早就进了园的付费游客。

这家咖啡馆真不错。侍应生替我把雨棚卷了起来，于是我的桌子上洒满阳光。我刚才走了一路，脚也感觉很暖和。一个很不错的侍应生，与别的地方的侍应生没有两样。他的长相有点像巴尔干人，口音很轻，轻得像葡萄酒杯的叮当声。

“是战后来这里的？”我问他。

“哦，我什么都错过了。”他说。

“你错过了什么？”我问。

“整个该死的战争。”他说。

我说不清他对此是真失望，还是假失望。你真的是错过了，对吗，格拉夫？你们都是萨尔茨堡人，对吧？战前你们搬到苏黎世以西的地方去了。我猜想，瑞士的富裕绝不亚于欧洲大陆的任何地方，而且，你还可以回到萨尔茨堡来。美国人占领了萨尔茨堡，对吗？据我所闻，他们把萨尔茨堡收拾得干干净净。

侍应生给我端来了朗姆酒茶。我问他：“美国人是一个非常干净的民族，不是吗？”

“我从来没见过美国人。”他说。

太狡猾了，这些巴尔干人。他正处于适合参战的年龄，我敢打赌他什么也没错过。但是要说我，我就是生不逢时。我所处的地方正是一个战场，但是战争与我擦肩而过，因为我那时还在娘胎里，正准备出生——从娘胎里出来之后，因为太小，也无法参加战后的验尸工作。如果你生长在奥地利，到 1967 年你年满 21 岁，那么这就是你的生活：你没有历史，确实没有，而且你也无法看到眼前的未来。

我的意思是，我们恰巧活在一个过渡时期：我们活在人类做出荒谬决定的两个时代之间——一个过去了，另一个就要来了。我们正在填补历史的空当，谁知道那是多久。我的意思是，我只有一段前史——一个重大年代的子宫和前子宫的历史，在那个时代，和大众有关的具有可怕后果的重大决策正在制定。当这样的事情再次发生时，我们可能就到50岁了：无论如何，科学业已证明，荒谬的决定不需要大众的支持。你看到了，格拉夫，对我们来说，是前史造就了我们的现在，也影响了我们的未来。我的生活，从我的外祖父母开始，在我出生的那一天就基本结束了。

侍应生为我拿来了一份法兰克福的报纸。他特意把报纸翻到第三页，报纸的一边垂下来，落到我的膝盖上。上面登了一张来自美国的照片，照片上一只德国牧羊犬在啃一个黑女人的衣服。可以很清楚看到，一个白人警察站在她旁边，举着警棍，只要那只狗不啃衣服，他就要打那个黑女人。照片的背景相当模糊，好像是一个消防水管对着一排黑人喷着大量的水，将他们逼到一家商店前面。我不是说过这些巴尔干人有多狡猾吗？侍应生走了，就把这个放在了我腿上。多么干净的美国人。他们用消防水龙头冲洗黑人。

我猜想，如果你生活在美国，到1967年你满21岁，你就不用给自己塞满前史的东西了。我知道，在美国，每天都像是在十字军东征，但我并不活在美国。我活在旧世界，它之所以是旧世界，并不是因为它抢先了一步。任何一个地方，只要它落后了，正等着再次发生全国性危机——它就是一个旧世界。在这个旧世界里做一个年轻人，往往是令人遗憾的。

我想，如果我真的看不惯这样的事，我就会去美国，加入极端黑人的行列中，用消防水管给白人洗澡。但这只是偶尔蹦到我脑子里的一个想法，我真的没有认真思索过。

侍应生过来将报纸拿走。

“看完了吧，先生？”他问。他伸出手。他缺了一根食指——整个都没有。我把报纸还给他，用我的拇指在白人警察的脸上压了一下。

“这是一份德国报纸。”我说，“你觉得一些德国老人看到美国发生种族主义事件一定会兴奋不已吧？”我说这话只是为了激他一下。

“我不敢妄加猜测。”他说。这话真够圆滑。这些巴尔干人，做起侍应生来干脆利落，他们中有一半人以前似乎是堂堂的教授，后来才做这卑微的行当。

维也纳就是这样让你产生迷惑。这一切都是因为它的前史——盛气凌人、神秘兮兮的前史。每次都把我排除在外。但如果我们理应成为从前辈的错误中获益的一代，那么我觉得我应该了解每个人的错误。

我的茶很凉，朗姆酒过多了。尽管我对他别的方面颇有微词，但他作为侍应生是很出色的。他是怎么失去那根手指的？如果你问他，他会告诉你——小时候，被电车碾过。只不过那时候，在遥远的南斯拉夫的一个东部小镇并没有电车——甚至到今天都没有。我想，假如你在美国，问一个没有手指的人是怎么失去这根手指头的，他会告诉你，当年在满洲，在向敌人射击时，烫得火红的扳机把手指头烧断了——事实或许是，那根手指被瓶颈切到了骨头，断掉了。

有些人非常自豪，有些人则疑虑重重。

我可以想想我是如何感到被排除在这些时代之外的——我是如何依靠前史来获得意义和影响的，我可以将以上提到的断章取义之说加以简化。我可以说：任何人所拥有的都是一个前史。你活在一段临时的时间中的感觉，就是你出生的本质所在，你出生之后什么事也不发生了。

有时候，极其罕见的是，出现一个宏大的计划，将一切都改变。

所以我要给这个侍应生一大笔小费，然后准备走到街对面去。我想与许多动物说说话。

（开始）

精选版希格弗里德·加沃特尼克自传：前史 I

1935年5月30日，希尔克·梅尔特在庆祝她15岁的生日，未来她会成为我的母亲。她背靠在一个光秃秃的棚架上，懒洋洋地躺在维也纳郊外格瑞金小镇的一个葡萄酒庄里；在她下面几英里的地方，稀薄的阳光正融化隐藏在维也纳市中心巴洛克风格的建筑中最后的冬雪；在她上面，融化的雪水形成涓涓细流，穿过维也纳森林，树梢在从地面升腾的雾气中摇曳不定——这雾气就像市中心内衣店里华服上的蕾丝花边一样细腻。日子说，融化吧，于是我的母亲就融化了。

察恩·格兰茨，是希尔克的第一个男朋友，他的目光非常柔和，模糊而浑浊。我母亲最喜欢他的地方是他明亮下巴上的几绺玉米须一样的胡子。他还有这样的本事：用舌头在葡萄酒杯杯沿舔一圈，让酒杯嗡嗡作响；用力抓着高脚酒杯的杯脚，把音阶提高一个八度。在1935年，这种在玻璃器皿上表演的艺术已经很常见，甚至在公共场合也是如此，但像察恩这样优雅的才能，可以说，已经发展到伟大的程度。

察恩觉得他会成为记者，或政治家。而且他永远不会带希尔克去这样的地方：收音机无法收听到节目，或者，收音机不是总开着，或是音量开得不够大。他必须时刻与这个世界保持同步。

“当心，别把棚架弄得吱嘎吱嘎响。”察恩说。于是我妈妈向前倾着身子，用手摸着桌子，回头看了看她头顶上嵌在格子里的音箱。

侍应生也很小心，他不会打扰察恩接触酒庄外面的世界；他走路蹑手蹑脚——像一个姜饼人[1]在露台上轻柔地碎成粉末。

约翰内斯大街电台倒配合察恩的急切意愿。电台援引希特勒的话说，德国既无意企图也无欲望干涉奥地利内政，也无意吞并或合并奥

1 这是西方家喻户晓的童话人物。刚烤出的姜饼小人为避免被吃的命运，一路逃跑，但最后还是被狡猾的狐狸吃掉了。

地利。

“如果他的话有一句是真的，”察恩·格兰茨说，“我就把我的鸡巴割下来。”

噢，你的什么？希尔克想。不，你不能那样。噢，别那样。

第二次动物园侦察

1967年6月5日，星期一，下午4:30

我进动物园后不久，看到他们在喂大型猫科动物，动物园里的每个人似乎都为此等了一整天。

同时，我看了一眼班纳特的食火鸡，这是一种没有翅膀的鸟，与鸸鹋和鸵鸟有亲缘关系。它长着一双巨大的脚，据说那双脚非常危险。有趣的是，这鸟的头顶上有一个骨冠，动物园的说明手册说这大概是为了保护鸟的头——“它常常以惊人的速度穿行于茂密的灌木丛”。食火鸡为什么要以惊人的速度穿行于茂密的灌木丛？它们看起来并不特别愚蠢。我自己有一套关于这个头冠进化的理论：食火鸡之所以长出这种头盔，是因为人们把它们放在浓密的灌木丛中，以惊人的速度追赶它们。也许这是由忧虑腺分泌而成的。如果没人追赶它们，它们当然不会需要这样的头盔。

不知怎的，我在看班纳特的食火鸡时，大型猫科动物开始吼叫起来。我周围的人们欢呼雀跃，相互推搡，迫不及待地想去看那壮观的场面。

在大型动物馆里，气味极其难闻。人们对此颇有微词。我在这里看到两件可怕的事。

首先，一个饲养员走过来，把一块马排骨透过栅栏扔给了母狮：正好扔进它的尿坑里。大家都窃笑着，等着母狮做出嘲笑的表情。

其次，饲养员喂猎豹时表现得更为专业。他把肉放在一个小托盘里，摇晃着托盘把肉抖下来，猎豹扑上来，用嘴咬住肉，就像家猫咬断老鼠的脖子一样。大家发出了巨大的叫声。但是猎豹咬着肉甩动得过于猛烈，一大块肉飞了出去，扑通一声落到了栏杆外面的窗台上。大家都变得歇斯底里起来。你看，猎豹够不到这肉，又害怕别的动物偷走它，这可怜的家伙发出了怒吼。当所有其他大型猫科动物也开始咆哮时，大人们只得将孩子带到外面去了。你看，这些吼叫的家伙以为这只猎豹在威胁它们的食物。它们都蹲在自己的肉块上，呼哧呼哧吃得很快。你可以看到，在每个铁笼里，这些大家伙的尾巴在嗖嗖地摆动——身体弯曲着、抽搐着。很自然的是，所有人也开始大叫起来。有人在猎豹面前蹦蹦跳跳，假装要去抓窗台上的肉。猎豹一定是发疯了，拼命想把脑袋塞进栅栏里。饲养员拿着一根长杆过来了，长杆的末端带着一个鱼叉那样的钩子。饲养员叉起肉，像扔回力球一样把肉扔进栅栏。猎豹蹒跚地走到笼的后部，用嘴巴叼起肉。上帝啊，太可怕了，它只用两口，就把肉全吃光，吞下了——都没有好好咀嚼——果然，它噎住了，最后又把肉吐了出来。

当我离开大型猫科动物馆的时候，猎豹正把呕吐物往嘴里塞。其他的大型猫科动物围成一圈，很羡慕它还有东西吃。

现在4点半了，但我没有看到动物园一丝关门的迹象。我站在啤酒花园的大伞底下。你还记得吗？那两头稀有眼镜熊。从我们上次来这里的时候到现在，它们肯定没有洗过澡：它们身上的臭味比以前更难闻了，不过它们看起来情况很好。它们彼此之间温柔相待。我们应该做出决定：要么把它们两个都放出去，要么把它们两个都留下。我们一定不能拆散它们。拆散它们就是罪过。

当然，我想我们无法为大型猫科动物做些什么。我想它们只得留下。虽然我不愿意承认，但我只得承认：我们对这个世界的人确实负有一种责任。

（继续）

精选版希格弗里德·加沃特尼克自传：前史 I

1938 年 2 月 22 日，上午，市政厅公园。希尔克·梅尔特和察恩·格兰茨正在一起享用一袋西班牙什锦坚果。他们在寒风中低头散步，好几只不同种类的松鼠跟随着他们，向他们讨吃坚果，他们数了一数，一共有四只松鼠讨到了坚果吃：一只脸瘦瘦的，一只掉了一颗牙齿，一只的耳朵被咬了，还有一只走路一瘸一拐的。察恩发出了召唤松鼠的声音。希尔克对那个瘦脸松鼠说："好了，你已经得到你那份了。每只松鼠一个。还有别的松鼠吗？"

"整个公园就四只松鼠。"察恩说。但我母亲认为她发现了第五只：他们又数了一遍。

"只有四只。"察恩说。"不，"希尔克说，"跛足的那只不见了。"但察恩相信它就是那第四只，它现在走路不再一瘸一拐，而改成一跳一蹦了。

"那是另外一只。"希尔克坚持自己的观点。他们走近了一只正在追逐自己影子的松鼠。但影子追逐者根本不是在追逐它自己的影子。察恩跪下来，挡住松鼠的阳光。希尔克递给它一颗杏仁。松鼠依然不可理喻地转着圈跳着。

"这是一种健美操。"察恩说。希尔克拿着杏仁，递到更靠近松鼠的地方。松鼠打着转，后退了，又跳起来——就这样没有方向地打转，就像野马打着转抛下它的骑手。

"这可能是一只训练有素的松鼠。"希尔克说。她看到它头上有一块地方是粉红色的。

"这是秃斑。"察恩说，伸手去摸。松鼠依然在旋转：它就是在打着转前进。察恩把松鼠放到膝盖上时，他看到秃斑有一个形状：松鼠的头上有一个蚀刻的东西。松鼠闭上眼睛，咬着空气。察恩屏住呼吸，好好看看这只松鼠。这只松鼠头上的秃斑原来是一个完美的粉红色纳粹党“卐”字记号。

“我的上帝。”察恩说。

“可怜的小家伙。”我母亲说，又向松鼠递去杏仁，但松鼠似乎头晕目眩，几乎要昏倒。也许这是以前遇到过杏仁陷阱的缘故。伤疤边缘是蓝色的：这伤疤一跳一跳的——这是松鼠不想再吃坚果的信号。察恩放开手，松鼠接着又转了起来。

接着我妈妈想要与察恩靠在一起。察恩把她的头围进他的骑兵大衣的大皮草领子里，这种大衣在政治学和新闻学学生中间非常流行。在下雪天，各个教室就会弥漫一股湿毛的臭味，整个校园的气味简直就像一个养兔场。

一辆有轨电车倾斜着慢慢开往体育场大街的方向，不少小轿车赶紧避让，倾斜着前进，就像一个大块头的人双脚冰冷，步履沉重。可以看到电车里很多人用手擦着窗户上的水汽，有几个人在挥舞几顶鲜艳的帽子；有几个人展开手指，贴在玻璃上，指着市政厅公园里的这对相互偎依的情侣。

一阵风吹来。松鼠的毛被吹起，它们蹲下了身子。第五只松鼠不管这风，也不管别的什么，继续做着它的事：转圈——跳跃，也许是为了去追赶被风吹走的帽子，或许是为了恢复皮毛的感觉。

“感觉暖和点了吗？”察恩问。他感到她靠着他的脖子，呼吸很急促。我母亲点点头，撞到了察恩·格兰茨那光滑发亮的下巴。

第三次动物园侦察

1967年6月5日，星期一，下午7:30

我承认，我没有发现这些动物受到了虐待的任何证据，不管是保安还是游客，都没有虐待它们。我看到了令动物不快的安排，但没有见到事实上的虐待。我当然会继续观察，但现在最好继续躲在暗处。天很快就要黑了，我可以进行更彻底的调查了。

我有足够的时间把自己隐藏起来。快到5点的时候，一个看门的家伙穿过啤酒花园，用一把大扫帚清扫石板路。我站起来，开始溜达。我听到整个动物园上上下下的清扫声。你每走过一个清扫工，他就会告诉你："动物园要关门了。"

我甚至看到一些人一路小跑向大门奔去——他们非常惊慌，好像很担心被关在动物园过夜似的。

我想最好不要与任何动物躲在一起。也就是说，我觉得如果我爬进围栏里，与那些不那么危险的动物待在一起的话，我可能会被上夜班的保安发现，因为他们的工作就是来给这些动物洗澡，或者来查铺——给它们读一个睡前故事，或许打它们一顿。

我确实考虑过躲进高大的羊棚，与育空多尔大角羊待在一起。这羊棚建在一座假山的顶上，这假山实际上是一座人造的废墟堆，用水泥黏合固定在一起。这个羊棚的视野是动物园里最好的，但我还是担心被夜班保安发现，另外我觉得这些动物身上可能安装了警报系统。

我躲在高高的树篱与围住各色羚羊的围栏之间。这是一个又长又高的灌木篱笆墙，但在灌木丛底部，我能找到缝隙，可以往外观察。我往下可以看到一条小路那边的大型猫科动物馆，我也可以看到小型哺乳动物馆和厚皮动物馆的屋顶。我往上朝另一条路看去，可以看到大羚羊的私密棚屋和院子，一直可以看到澳大利亚动物馆。我还可以躲在树篱后面移动，前后可以移动大约五十码。

至于保安，那不会有任何问题的。在动物园正式关门之后，清扫工在我身边经过了好几次。他们一边扫，一边喊："动物园关门了！还有人在里面吗？"他们把清扫当作一种游戏。

在清扫工过去之后，我看到了所谓的正式保安——可能是两个，也可能是一个，我看到了两次。保安花了一个多小时检查了各个铁笼，这里拉一下，那里碰一下，手里一个很大的钥匙圈叮当作响，然后好像从大门出去了。也就是说，我从这里不能看到大门，但在我最后一次看到人之后的一小时，我听到大门打开了，又啪的一下关上了。

此后我再也没有看到什么人。我听到大门的声音是在 6 点 45 分。动物都安静下来了。有一个家伙嗓门很大，应该是得了感冒吧。我要在这树篱后面待上一会儿。我想今天夜里天不会太黑。虽然我最后一次看到或听到人的动静是在一小时之前，但我知道动物园里还是有人的。

（继续）

精选版希格弗里德·加沃特尼克自传：前史 I

1938 年 2 月 22 日，下午，肖夫勒大街的一家咖啡馆。我母亲和察恩擦去窗户上的雾气，向外眺望巴尔豪斯广场上的总理府。但是总理库尔特·冯·舒施尼格今天不会站在敞开的窗户前。

总理府的卫兵跺着靴子，瞥了一眼咖啡馆，不知想看到什么——咖啡馆屋顶的积雪似乎在融化。连卫兵的胡子都积起了雪，他的刺刀都成了蓝色的。察恩觉得步枪孔里也全是雪，这枪根本没有防卫作用。

毕竟，这卫兵只是礼仪性的。1934 年发生了一起事件，使这礼仪性的卫兵闻名天下：奥托·普拉内塔经过那支无比荣耀的、没有子弹的枪，用他自己那个不光彩的武器击毙了前任总理恩格尔伯特·陶尔斐斯。

但奥托选择继任者的工作并不顺利。纳粹林特伦博士在帝国酒店的一间房间里开枪自杀，但他击中的身体部位并不准确。陶尔斐斯的朋友库尔特·冯·舒施尼格慢吞吞地移动着脚步来补上这个空缺。

“礼仪卫兵的枪现在装子弹了吗？”察恩问。

希尔克用手套擦着窗户，吱吱作响。她的鼻子贴到了玻璃上。“看起来应该是装了子弹的。”她说。

“枪理应装上子弹。”察恩说，“但那支枪只是看上去很沉的样子。”

“同学，”侍应生说，“你为什么不问问卫兵弄个明白？”

“我听不到你的收音机了。”察恩说。他觉得这里很不自在——他以前没有来过这个地方，这里的收音机的音量没有调试好，但这是离市政厅公园最近的避寒之地了。

收音机的音量开得很大，引起了卫兵的注意，他的靴子开始跳华尔兹了。

一辆出租车停在了总理府的外面。且不管从这车里下来的这个人是谁，只见他步履匆匆地走进总理府，向卫兵做了个手势。司机走过来了，他的脸撞到了咖啡馆的窗户上，长着鱼一样的鼻孔，似乎已经游过了一个积雪的大海，游到了他的水族馆世界的最远的那个玻璃壁边上。他走进咖啡馆。

“今天很不一样。”他说。

侍应生只问了一句：“一杯白兰地？一杯朗姆酒茶？”

“我今天接到客人了。”司机说，走到察恩的桌子前。他把我母亲头顶上方的那片窗户玻璃的雾气擦了擦，作为他的观察口。

“白兰地更快。”侍应生说。

司机向察恩点了点头，向他称赞我妈妈脖子真漂亮。

“我不是每天都接到这样的客人的。”他说。

察恩和希尔克透过窗户玻璃向外边看了一眼。出租车停在那里，排气管突突地响着；挡风玻璃结冰了，雨刷刮起来发出刺耳的声音。

“伦霍夫。”司机说，“他来去匆匆。”

“你现在该喝完一杯白兰地了。”侍应生说。

“是那个编辑伦霍夫？”察恩问。

“《电讯报》的编辑。”司机说。他在窗户玻璃上哈了一口气，用手擦了一擦——顺着希尔克的领口偷偷往下看。

“伦霍夫是最好的编辑。”察恩说。

“他仗义执言。”司机说。

“他敢出头。”侍应生说。

司机的呼吸声就像外面的那辆出租车，急促，厚重。“我还要一杯白兰地。”他说。

“你来不及喝了。”侍应生说。他已经把酒倒好了。

希尔克问司机：“你常常接到很多重要的客人吗？”

“这个嘛，”他说，“重要人物都喜欢坐出租车。你过一段时间就会习惯接待他们了。你要学会如何让他们感到舒适。”

“怎么做？”侍应生问，把司机的白兰地放在察恩的桌子上。

司机的眼睛和心思都在我母亲的领口的下方，他过了一段时间才回过神来。他越过希尔克的肩膀去拿他的白兰地，倾斜着杯子，旋即捏紧杯沿转着。“首先你自己得放松。与他们在一起你必须放松。让他们知道你也是见过不少世面的。比如说，这个伦霍夫——你不会想对他说：‘噢，我把你所有的社论都剪下来，好好保存起来了！’但是你想让他知道你很聪明，居然认出他来了。比如，我刚才对他说：‘下午好，伦霍夫先生。天很冷，不是吗？’你看，我叫出了他的名字。他说：‘天很冷，没有关系。但是这里很暖和。’这样，他马上就与你很融洽了。”

“他们与普通人没有什么两样。”侍应生说。

与普通人一样，伦霍夫在寒冷中弯着腰，他的围巾飘舞着，差点让他失去平衡：他慌忙走出总理府，一头撞见了礼仪卫兵，卫兵一脸惊讶，因为他把步枪倒置在头的上方，用刺刀挠着他的背。他像乐队的指挥棒那样挥舞着这武器，以免刺伤自己。伦霍夫在这舞动的步枪前退缩了一下。卫兵慢慢抬起手开始敬礼，敬到一半停下了——想起了他无须给报纸编辑敬礼，于是主动伸手去握他的手。伦霍夫走上前去握住了他的手，这时想起这不是他应做的礼仪。两个人都拖着脚走过去，伦霍夫任由卫兵推着走到路边：他穿过巴尔豪斯广场，走向抖动着的出租车。

司机猛地喝下了那杯白兰地，大部分是从鼻子灌下去的；他的眼睛一团模糊。他的心思回到了希尔克的领口，清醒了一下头脑，轻轻碰了一下希尔克的肩膀，让自己镇定下来。“噢，告辞了。”他说，又对察恩点点头，表示赞许。察恩擦了擦窗户玻璃。

伦霍夫在出租车顶上重重捶了一下。他打开驾驶座的车门，按响了喇叭。

司机在口袋里摸索了一番，掏出钱来——神奇的是，正好是应该付给侍应生的确切数额——然后他又碰了一下妈妈的肩膀，用围巾围住下巴。侍应生为他扶着门，雪被司机的靴子踢开，飞上他的裤子。他的双膝摩擦着，竭力紧缩身子——那身形就像小刀插进雪地。一看见他，伦霍夫又按响了喇叭。

伦霍夫一定还有急事要办。出租车绕着巴尔豪斯广场转了一圈，转到路边，开走了。大雪使出租车本来顺畅的旅程显得如此缓慢和拖沓。

“我想开出租车。”察恩说。

“这很容易做到。”侍应生说，“你只要学会怎么开车就行了。”

察恩点了一碗热酒汤。一个碗，两个勺子。希尔克对香料很挑剔，察恩放的肉桂不够，丁香太多。侍应生看着两个勺子忙个不停。

“我本来该用两个碗来盛汤的。”他说。

这时，察恩听到了他非常熟悉的电台信号——约翰内斯大街电台的新闻节目时间。他用自己的勺子压住妈妈的勺子，希望汤里的浪花平静下来。

“世界新闻：据传，法国驻罗马临时代办布隆德尔先生受到了查诺伯爵无法形容的侮辱；安东尼·伊登已经辞去了他担任的职位。

“国内新闻：库尔特·冯·舒施尼格总理确认了对新内阁成员的任命：赛斯－英夸特，以及其他四名来自纳粹党的成员。

“本地新闻：第一区发生了一起电车事故，事发古姆潘多夫费尔大街和尼伯龙根大街的交叉口。市内轻轨57号线的一名司机克拉格·勃拉姆斯说，他正沿着古姆潘多夫费尔大街往下开，这时有一个人突然从尼伯龙根大街跑出来。电车轨道上当然是结了冰的，而司机不想冒出轨的风险。这个人跑得很快，或者说是被大风吹来的。但是，坐在第二辆电车里的一名妇女说，这个男人当时正在被一群年轻人穷追不舍。坐在同一辆电车里的另一位乘客反驳了这位女士的说法。一个没有表明身份的知情人士说，这位女士总是看到一群相貌类似的青年人。受害者的身份尚未弄清。如果有谁认识这个人，请致电约翰内斯大街电台。这个人的外表可以描述为年长、矮小。”

“已经死亡。”侍应生加了一句。希尔克在努力回忆她认识的所有个子矮小的老人。她所能想到的老人，没有一个是喜欢在尼伯龙根大街奔跑的。

察恩正掰着手指头数着。“舒施尼格去贝希特斯加登拜访希特勒，那是多少天以前的事了？”他问。侍应生也掰起手指头开始数。

“十天以前。”察恩说，他的手指头刚刚够数，“只过了十天，我们的内阁中就有五名纳粹分子。”

“一天就多半个纳粹。”侍应生说，伸开一把手指头。

“鲍姆先生，那个小老头，”我妈妈说，“他的鞋店不就开在尼伯龙根街上吗？”

侍应生问察恩：“你难道不觉得那些青年在追他吗？我最近在附近见过这些家伙。”

希尔克想起来了，她也见过他们。在有轨电车里，或者在剧院里，他们伸开双腿挡着过道；他们走起路来手挽着手，把你从人行道上赶下去。有时他们的步调非常一致，喜欢跟踪你回家。

“察恩？”我妈妈问，“你愿意回家吃晚饭吗？”

察恩正望着窗外。风停的时候，就可以清清楚楚地看到一动不动的礼仪卫兵。过一会儿，一阵大雪卷过。一个图腾一样的士兵，变成了一个冰柱——如果你撞到他的脸，他毫无血色的脸颊会一下子脱落到雪地里。

“他毫无守卫之力。”察恩说，接着加了一句，“现在开始有麻烦了。”

“现在？”侍应生问，“麻烦四年前就开始了。四年前的 7 月，那时你还没有上大学。他进店喝了一杯摩卡咖啡。他就坐在你现在坐的位置。我永远忘不了他。”

“谁？”察恩问。

“奥托·普拉内塔。”侍应生说，“他喝着摩卡咖啡，望着窗外，这只自以为是的猪。然后总理府外面下来整整一卡车的人。是党卫军第 89 旗队队员，但他们看起来像正规军。这个奥托·普拉内塔——他把我的钱数了一遍，说：‘哎呀，我的兄弟来了。’他走出咖啡馆，和这些人一道冲进总理府，杀死了可怜的陶尔斐斯：他连开两枪。”

“这不管用。”察恩说。

“要是我知道他的身份，”侍应生说，“我就会让他坐在那里——就你现在坐的座位。”侍应生在围裙口袋里摸索着，拿出一把强力剪。“不用说，这一下就能结果了他。”他说。

“舒施尼格接任了。”我母亲说，“陶尔斐斯不是希望舒施尼格接任吗？”

“事实是这样的，”察恩说，“当陶尔斐斯剩最后一口气时，他要求舒施尼格担任新总理。”

“他要求请一个牧师，”侍应生说，“但他们没答应，他死的时候身边没有牧师。”

我母亲想起了更多的事，那是有关他那个可怜的家庭的历史片段。“他的妻子和孩子都在意大利。在他被杀的那天，他的孩子们给他送来了鲜花，但他永远不可能收到了。”母亲说。

“舒施尼格只及陶尔斐斯的一半，”侍应生说，“你知道这该有多神奇吗？陶尔斐斯真是一个小个子男人。我过去常常看他进进出出，你知道的。我的意思是，他个子很小，所有的衣服对他来说都太大。真的，他几乎是个精灵。但这不是问题的要点，是吗？”

察恩问：“你怎么知道进店的这个人就是奥托·普拉内塔？”这时，察恩注意到侍应生的个头。他的个头很小很小，他那握着强力剪的手还不如我妈妈的手有力。

第四次动物园侦察

1967年6月5日，星期一，晚上9:00

动物园是有一个夜间保安。据我所知，只有一个。

天黑之后，我守候了一小时，没有看到一个人。尽管如此，我对自己许诺，在我弄清楚保安身在何处之前，我不能从树篱后面走出来。半小时前我看到了一盏灯，我知道那是动物园里的灯。那束光是从小型哺乳动物馆射出来的。那盏灯可能从天黑起就点亮了，但开始我并没有注意这灯实际上是动物园里的灯——不是外面街灯的反光。起初我很害怕，以为那个小型哺乳动物馆着火了。但是看到那光并不闪烁，我就放心了。我沿着树篱走到篱笆的尽头，这里的视野最好。虽然树林挡着我的视线，但我还是能看到一个铁笼在那里若隐若现：我看不见小型哺乳动物馆的门口，但我能看到那个瓦片屋顶下的屋檐，上面有来自前边地面的反光。情况应该如此，毕竟小型哺乳动物馆是没有窗户的。

我应该说很有自信的，但我还是小心行事。我弯着腰一点一点向前走去——有时还慢慢爬着过去——最后将身子靠到铁笼和围栏上。我惊吓到了什么东西。有只动物，就在我旁边，一咕噜起了身，一下子跑动起来；又是哼哼，又是啊啊，又是嘶叫，叫个没完。我沿着多种类水禽馆的池塘往下走——所有的水禽池塘的边沿都很高，到处竖着各种标牌，介绍各种水禽的历史和传说。在池塘这一带我能将自己很好地藏起来，我还找到了一个地方，可以清楚地看到小型哺乳动物馆的门口。门开着，有一道光亮从长长的大厅里照下来，落在门面，又反射到这个建筑物上。我认为这道光亮是从大厅尽头拐角处的一个开着门的房间里照出来的。你还记得小型哺乳动物馆吗？——这里的走廊都是曲里拐弯的，在白天的时候老开着红外线灯为动物们营造着夜晚的氛围。

我一边等一边想，这可能不是夜间保安住的房间。这里开着灯可能是为了给夜行动物一个睡觉的机会——就像把白天改造成梦幻的红外线之夜一样。

我躺在灌木丛中，双臂倚在水禽池边。我在月光下读着离我最近那个标牌上写的水禽故事。上面说的是海雀。席津动物园只有一只海雀。这是体形最小的一种海雀，脸部干瘪，相当愚蠢。人人都知道，它喜欢在小路上漫步，很容易被人踩到脚下。事实上，海雀王国的国王极其愚蠢，现已灭绝。人们最后一次见到大海雀的时间是1844年，而人们发现最后一只大海雀的尸体在1853年被冲到爱尔兰的三一湾海岸上。标牌上说，大海雀既好奇又容易上当。如果你悄悄地走近，它会站在那里一动不动。它成了渔民可以配备给渔船的最佳给养：渔民们悄悄地靠近海岸线，悄悄地接近海雀，用棍棒击打它们。

这海雀的故事写得矫揉造作！这是在说大海雀很愚蠢呢，还是在说愚蠢的人类灭绝了大海雀？

我四下搜寻着这幸存的大海雀的后代，但没有找到这个愚蠢的小家伙——它没有在小路上游荡，也没有傻呵呵地被踩在脚下。

我被一种动物注意了好一会儿。一个长蹼的家伙在池塘边沿摇晃着身体向我走来，在离我几英尺远的地方停了下来，轻声地叫着——想知道我在这么奇怪的时间来这里要见谁。然后它扑通一声落到水里，划着水经过我的旁边，咯咯地叫着，也许是在抱怨什么——从它凸出的后脑勺看，我觉得这是长着耳朵的鸊鷉——但我更愿意相信它是在给我鼓劲。

我在池塘周围待久了，感到身体有点僵硬和潮湿，但我还得去找夜间保安。他出现了——我看到他走在露出一点光线的大厅里，走到门口，斜着眼往外看。他穿着制服，腰上别着手枪套——手枪套里当然是有枪的——虽然我看得不是很清楚：他拿着手电筒走下昏暗的大厅，穿过黑暗的动物园。夜色不像我希望的那么黑，月光太明亮了。

噢，噢，
侦察
夜间保安
真是太容易了！

（继续）

精选版希格弗里德·加沃特尼克自传：前史 I

1938 年 3 月 9 日——其实每星期三的下午茶时间都这样，我的外祖母都会把叉子尖头扳直。外祖父对李子蛋糕总是很不耐烦。李子皮在烤箱里烤得起了泡，人人都能看出来这蛋糕太热了，还不能吃。但是我外祖父常常迫不及待，总把舌头烫伤，然后在厨房里踱来踱去，往茶里加更多的朗姆酒。

“我讨厌等着这该死的蛋糕凉下来，”他说，“如果蛋糕早点做，我们喝茶的时候它就凉了正好吃。”

外祖母拿着叉子指着他。“那样的话，你就会想早点喝茶，”她说，“那样的话，你又要等不及，把什么都往前赶，这样我们就要在午餐之前喝茶了。”

察恩把茶杯放在膝盖上，所以当外祖父偷偷拿着朗姆酒来到桌子旁边时，察恩已经准备好了。外祖父的屁股口袋里倾斜地装着瓶子。

“你要提防我的希尔克，察恩，”他说，“注意看她是不是与她妈妈一样无所不知。”

“妈妈说得对，”希尔克说，“不管蛋糕是什么时候从烤箱里取出来的，你上手就要吃，把你自己烫伤。”

“看到了吧，察恩？”外祖父说。

“叉子都扳直了。”外祖母大声对大家说。

“这下谁也不会扎到嘴唇了！”她叫道，“真正的银器——你要知道，察恩——太软了，很容易弯曲。”

“妈妈，”希尔克说，“察恩找到了一份工作。”

“但你还在上学，察恩。”外祖父说。

“他在开出租车，”希尔克说，“他可以开车带我到处兜风。”

“这只是一份兼职工作，”察恩说，“我还在上学。”

“我喜欢坐出租车。”外祖母说。

“你是什么时候开上出租车的？”外祖父问，“你与我一起出门的时候，总是坐有轨电车的啊。”

外祖母用叉子戳了一下李子蛋糕。“现在已经凉透了。”她宣布。

“无所不知的家伙，”外祖父说，“今天谁都成了万事通。”在他把椅子拉到餐桌前坐下来之前，他觉得必须将收音机里的静电声消掉——这让察恩很开心。

察恩确实很开心。这里有约翰内斯大街电台，茶也准备好了，他等着新闻节目时间的信号响起。每周三的时间都是那么可靠：叉子扳直了，蛋糕凉下来了，现在是新闻节目时间了。

“世界新闻：比利时斯蒂诺克齐尔城堡，哈布斯堡王朝的觊觎者居住于此。正统王朝派领导人弗赖赫尔·冯·威斯纳呼吁所有奥地利君主主义者抵制纳粹德国不断施加的将奥地利并入第三帝国的压力。冯·威斯纳向总理舒施尼格呼吁，恢复君主制将成为抵制德国吞并的最好办法。

“国内新闻：出生于蒂罗尔的库尔特·冯·舒施尼格在因斯布鲁克的一次群众集会上向他的家乡和全世界宣布，再过四天时间，在周日，奥地利将举行全民公投。选民们将用自己手中的票决定，是建立一个独立的奥地利国，还是德奥合并。总理舒施尼格在演讲结束时用蒂罗尔方言对聚集在玛丽亚－特雷西娅广场的两万名群众喊道：‘同胞们！伟大的时刻来了！’在因斯布鲁克，这句话当然有着特殊的意义，因为在一百三十年前，农民英雄安德烈亚斯·霍费尔也用同样的话向他的同胞们呼喊，激励他们反抗拿破仑的入侵。

“本地新闻：今天早上，维也纳国家歌剧院发现一名年轻女子的尸体。该女子身穿大衣，悬挂于歌剧院第二层阳台的衣橱挂钩上，其身份被证实是玛拉·马多夫，服装商西吉斯蒙德·马多夫的女儿。发现该尸体的剧院管理员奥迪罗·林茨说，他确信这个衣橱从来没有被使用过，至少在昨晚演出《罗恩格林》时没有使用过。奥迪罗在序幕演出期间检查过这个衣橱，他说他发现里面空空荡荡，什么也没有。当局将她的死亡原因归结为心脏部位所受到的一系列星形尖刺，估计死亡时间是在歌剧接近尾声的时候。当局表示，这名年轻女子没有受到任何侵犯；然而，她的长筒袜不见了，她的鞋子被重新穿上了。昨夜晚些时候，有人声称在哈尔霍夫凯勒看到了一群年轻人，据称，其中一人脖子里围了一双长筒袜做围巾。在如今的年轻人当中，脖子里围长筒袜也是一种常见的炫耀方式。

“另一条本地新闻：几家反纳粹组织的发言人已经承诺支持舒施

尼格提议的全民公投计划。卡尔·米特勒承诺地下社会主义者将支持这项计划；沃尔夫上校代表君主主义者表示支持；弗赖德曼博士代表犹太人社区表示支持；红衣主教因尼策尔代表天主教徒表示支持。德国总理舒施尼格将乘坐夜间火车从阿尔卑斯山出发，计划于次日清晨抵达维也纳。预计不少人士将前往迎接。”

“当然会有人欢迎他的！”察恩说，“他毕竟做了一些事情，表明我们奥地利不是希特勒的后院。”

“你这个万事通，”外祖父说，“他以为他是谁？是敢于对抗拿破仑的安德烈亚斯·霍费尔再世？在蒂罗尔，那是群情激愤的——我相信。但柏林人是怎么说舒施尼格的？这次我们面对的不是一个法国人。”

“上帝，”察恩说，“我们要信任他。全民公投肯定会有好结果。没人想让德国人待在奥地利。”

“你现在考虑起问题来真像一个出租车司机了，真行啊，”外祖父说，“你说没人想——这能说明问题吗？你说的是：想。我来告诉你我想要什么，但那又有什么用？我想要能履行他的诺言的人。这个人就是陶尔斐斯，但是他被你所说的无名小辈谋杀了。现在我们有了舒施尼格，我们所能有的也就是他了。”

“他呼吁进行公投。”察恩说。

“还有四天呢。”外祖父不无轻蔑地说——发现自己把蛋糕屑撒了一桌子。他变得有点哼哼唧唧，耳朵都红了。“我要告诉你，大学生也好，出租车司机也好，或者别的什么人也好，”他说，吃起蛋糕来更加小心了，“这个世界幸亏不是扁平的，否则舒施尼格早就退缩了。”

“你真是个悲观的老人。”希尔克说。

“是的。”外祖母一边说，一边用叉子把桌布上的面包屑拢在一起，“你也是世上最厉害的万事通。吃相还这么糟糕，都这么一把年纪了。”

“这么一把什么？”外祖父喊起来，把蛋糕屑弄得到处都是，“你这些混账话都是从哪里学来的？”

外祖母非常傲慢地弄湿了手指头，沾起一点蛋糕屑，贴到了外祖父的领带上。“我是从一本你带回家的书里读到的，”她自豪地说，“我觉得这本书写得很有诗意。你老是说我读书太少，你这个万事通。”

“哪本书？给我看看，”外祖父说，“省得我以后犯傻去读它。”

察恩对外祖父做了个鬼脸，表示他的茶朗姆酒味不够浓。“明天将会举办不少庆祝活动，”他说，“我会拉到很多客人，赚很多钱的。”

而希尔克正在考虑她明天穿什么衣服。就那件大翻领的红色羊毛连体运动衫吧——如果明天不下雪的话。

第五次动物园侦察

1967年6月5日，星期一，晚上11:45

夜间保安9点差一刻开始第一轮巡查，9点一刻回到小型哺乳动物馆。11点差一刻又巡查了一轮，一直到11点一刻。每次都是半小时。

他第二次巡查的时候，我躲在树篱后面，看他从我身边很近的地方走过。我可以告诉你他腰部以下长什么样。一种扣式军用枪套，别在只能装十二发子弹的细弹带上。我不知道他的短管左轮手枪能装几发子弹。了弹带还挂着钥匙圈，钥匙圈对皮带环来说可能太重了。他的手电带一条金属外壳的腕带：这可以弥补他不带警棍的不足。穿一条灰色斜纹制服裤，脚踝边很宽大，裤脚没有翻边。袜子非常可笑：很别扭的设计，一只袜子不断滑向鞋跟，他总是得蹲下来把袜子拉上来。黑色的鞋子，很普通的那种。他并不觉得穿上制服有多么了不起。

我没有被他发现的危险。他的手电往树篱照了照，但树篱很密，是不可能照透的。假如他趴在地上，从树篱的底部照起——假如他的眼光一开始就那么敏锐——或许他早就发现我了。你看，我找到了多么理想的藏身之地啊。

这个守夜的家伙看起来没那么可怕。他也就举起手电筒例行公事地照照，哪里有轻微的咳嗽或什么动静，他的手电就往哪里闪一下。到现在你该知道，他早就熟悉他手下的这些动物的梦中胡话，他不会为每一个小鼾声前去查看。还是那句话，他似乎并不那么凶恶。他也许很紧张，或者很无聊吧——为了打发时间，尽可能到各处查看一下。

我发现他似乎特别喜欢某些动物。我看到他对着一匹斑马叫着，想叫它到围栏边上来。"真漂亮，"他说，"过来，漂亮的马儿。"一匹斑马一定是醒着，在那里等着，这下便走到他旁边，从栅栏上方伸过嘴巴去。夜间保安喂它吃了一些东西——这当然是违反规定的，用力拽了拽它的耳朵。一个喜欢斑马的人应该坏不到哪里去。

有趣的是，他与一只小袋鼠的关系好像也非同一般。我觉得是小袋鼠，或许是大袋鼠也说不准：我离它们很远，它们看起来差别不大。我当然知道，那不是灰色的大家伙：那个怪物的块头我还是能看出来的——即使隔了整条小道的距离。我听到夜间保安在叫着谁。

"嘿，你这个澳大利亚种，"他说，"嘿，你这个花花公子，过来挨我两拳。"不知什么动物步履沉重砰砰地走过来，一只又长又尖的耳朵突然竖了起来，一条僵硬的尾巴重重地打在地上。也许夜间保安的喊声有嘲讽的意味，这个时候叫醒这些澳大利亚伙伴或许是失礼的。我觉得，这个夜间保安属于非常温和的一类人——如果最后我们要抓要关的夜间保安就是他的话，我想尽可能把事情办得彬彬有礼一些。

奇怪的事情发生了。小型哺乳动物馆响起了一阵小铃声，我听得十分真切。动物们也听到了。于是出现了普遍的骚动：翻身的翻身，转动的转动，还有咳嗽，咕哝，被惊醒时发出的喊声，短促、警觉的呼吸声。这是这些动物试图保持安静的时候发出的声响：关节的咯咯声，肚子咕咕声，不小的吞咽声。

先是听到铃声响起，然后只见夜间保安走出小型哺乳动物馆的小房子。我看见他的手电光一抖一抖的，然后我看到灯光照亮了一条小道。我想这光亮来自动物园大门，我觉得夜间保安打着手电回照过去。

就在围栏那边，在我的树篱后面，各色羚羊的蹄子活动起来了。有动物起来了。我不开玩笑。午夜时分，整个动物园醒来了。

（继续）

精选版希格弗里德·加沃特尼克自传：前史 I

1938 年 3 月 10 日：这是一个温暖无雪的星期四，今天对希尔克来说，穿一件大翻领的红色羊毛连体运动衫是最合适不过的了。

大清早，大约是总理舒施尼格的火车从因斯布鲁克到达维也纳西站的时候——也就是察恩·格兰茨刚刚用粉笔在出租车的引擎盖上写上“是的！舒施尼格！”之后——一位住在维也纳郊外哈金村养鸡场的农民恩斯特·沃特泽克－特鲁默开始盛装打扮，准备参加城里的庆祝活动。今天早上，这位农民没有去收集鸡蛋，而是收集了一大堆鸡毛。更为奇怪的是，昨夜他未合一眼，忙乎了一整夜——他在锡盘上穿孔，将很多饼盘连在一起，做成了一套仿制的锁子甲，然后在锁子甲上涂上猪油，使其表面黏性十足，他把收集到的鸡毛都粘在上面。要是有人看到恩斯特·沃特泽克－特鲁默如此卖力地准备这盛装，那么这个人以后再也不会买他的鸡蛋了。好在没有一个看到他弄鸡毛的这个场景，只有那些老母鸡看到了，老母鸡们看到他在鸡场地上的鸡毛堆上滚来滚去，都咯咯地叫着躲开他。此外，没有人能指责恩斯特·沃特泽克－特鲁默挥霍无度，因为他做这套服装没有花一分钱。他有很多锡盘，以后他还可以用这些锡盘装鸡蛋，而这些鸡毛又派上了以前从来没有过的新用场。啊，甚至连这身锁子甲的头盔都是锡盘做的，用两个锡盘做耳盖，一个锡盘盖着头，再将一个锡盘弯成脸的轮廓当面具——有两个眼洞和一个呼吸孔，再打两个孔，用铁丝绑住用锡打造的喙。这喙尖锐异常，足以刺穿他人。两个眼洞之间是一个奥地利雄鹰的贴花图案。这个图案是从他卡车的保险杠上借着热气撕下来的，用猪油粘到了这里，所以也没花钱。不可否认，这身雄鹰装非常逼真，非常可怕——即使不是那么逼真，那也是非常坚实的。这身带鸡毛的锁子甲长及膝盖，袖子做得很宽松，可以随意舞动。头盔上没有粘上鸡毛，但依然涂了猪油——不仅是为了贴上雄鹰图案，也能使整个圆顶闪闪发亮。恩斯特·沃特泽克－特鲁默今天在鸡舍里穿上了这身雄鹰装——奥地利雄鹰装——叮叮当当地、很有气势地走向郊外，希望能被允许搭乘有轨电车。

察恩·格兰茨开着出租车在去我母亲大街的路上停了一次，他给轮胎放了一点气，以使轮胎发出吱吱的尖叫声，现在他已经熟悉了在技术高中与卡尔教堂之间的环形交叉路口转弯时发出的噪声了。

外祖父决定今天早上不去上班，因为今天不会有人到国际学生之家的外文阅览室看书的，所以没有人会想念这个图书馆馆长。外祖父一直在盯着察恩的出租车看，因为他至少可以让年轻人沉浸在乐观主义中——外祖母说过——他当然可以在这欢庆的一天尽情地喝酒。

在察恩围着环形交叉路口转到第四圈的时候，他看到参加完早弥撒的人从卡尔教堂中走出来。察恩不是一心想着赚钱，他只是想，在他到达我母亲家前拉一个客人倒也不错。他把出租车停在卡尔教堂前面的路边，把《电讯报》铺在方向盘上边读边等客人。伦霍夫的社论赞扬了舒施尼格提议的全民公投，委婉嘲讽了德国会作出的反应。

在 49 号线电车的哈特多夫－哈金站，脾气暴躁的电车司机拒绝让一名身穿鹰形服装的男子上车。恩斯特·沃特泽克－特鲁默调整了一下自己的喙，拍了拍胸前的羽毛，昂首挺胸地走上了车。

在巴尔豪斯广场，总理库尔特·冯·舒施尼格从总理府的窗口望出去，发现在米夏埃尔广场对面的圣米夏埃尔教堂的栏杆与霍夫堡展览厅的栏杆之间，挂了一条由几条床单缝制而成的横幅，上面的字很大，很干净：舒施尼格，为了自由的奥地利。总理心想，为了让他能站在总理府的窗口远远地看清楚，那个逗号的大小几乎与人头一样大。他心头暖洋洋的，因为他知道，在比这条幅更远的地方，从奥古斯丁大街一直到阿尔贝蒂娜广场，甚至更远的地方——在整个内城——人们正在举杯为他祝福。

如果他看到一身鹰装的恩斯特·沃特泽克－特鲁默对他表示坚定的支持，他会更加感到暖心的。恩斯特·沃特泽克－特鲁默遭受了羞辱：他当着从哈金站起沿途各站上车的孩子们的面，在圣法伊特站被赶下电车，这些孩子带着嘲讽的神情与他保持着固定的距离。老鹰身上掉下来几根凌乱的沾了猪油的羽毛，他依然昂首阔步地向前走着。但是库尔特·冯·舒施尼格总理的视力不可能越过五个城区，来见证这场难得一见的爱国主义游行。

外祖父总是说，总理的视力从来没有那么好。我的外祖父以为只有他自己才具有独特的远视能力。比如，他常对我母亲希尔克说："快去穿上外套，察恩来了。"而事实上，察恩还在三个街区之外的地方。察恩认定这些参加早弥撒的人一定是只习惯于步行的一类人，于是决定不在卡尔教堂的路边等客人了。不管是因为外祖父的远视，还是因为没有耐心，外祖父和希尔克早早地穿上外套等待察恩的到来了，而此时他刚刚转到他们的街角上。

"别手忙脚乱的。"我外祖母说。

"你就去读一本好书吧。"外祖父告诉她。下午 3 点左右，外祖父梅尔特透过奥古斯都·凯勒饭店脏兮兮的窗户看到了一个景象。他的啤酒杯溅出了酒，把脸藏到了察恩的衣领里。他咯咯地笑起来。

"父亲！"希尔克叫道，神情极为尴尬。

“你要呕吐吗？”察恩问道。外祖父一下子又把脸转向窗户，仍然紧紧抓住察恩的衣领不放。如果他看到的那个东西再次出现，他还是要躲进他的衣领中去。

“那是我见过的最大的鸟。”他嘟囔着。这时他所说的那东西就出现在了旋转门——摇摇晃晃地一下子飞进了凯勒饭店，拍打着锡翅膀，让坐在柜台前正在吃香肠的一排客人惊慌失措。他们像一阵波浪一样跌跌撞撞地向后退去：一片厚厚的肉块啪地掉到地板上，人人都瞪大眼睛看着这块肉，好像这是某人的心脏或者手一样。

“上帝啊！”外祖父再次钻进察恩的衣领里。

这个带着可怕的翼展的东西再次拍打着满是鸡毛的锡盘胸脯。“啁啁！”这东西叫道，“啁啁！啁啁！奥地利是自由的！”在一阵可怕的沉默之后，刚才饮酒的人一个一个慢慢地上前拥抱这个奥地利的象征。

“啁啁！”外祖父说，恢复了原来的尊严。察恩抓住了老鹰的锁子甲，把他拖到他们的桌子前。他的嘴几乎刺伤了外祖父，外祖父像熊一样拥抱了这只大鸟。

“噢，看看你，”外祖父说，“多么漂亮的鹰啊！”

“我是一路走到欧罗巴广场的，”老鹰说，“后来他们让我上了电车。”

“谁把你赶下车的？”外祖父说，一脸的愤怒。

“那些司机，这里的，那里的。”恩斯特·沃特泽克－特鲁默说。

“郊区几乎没有爱国主义精神。”我外祖父告诉他。

“这都是我自己做的，”老鹰说，“我实际上只是个卖鸡蛋的。我养了很多鸡。”他摸摸鸡毛，拍拍鸡毛下面的锡盘。“我用锡盘做了这身衣服，这些锡盘原本是用来装鸡蛋的。”老鹰说。

“太不可思议了！”察恩说。

“你很漂亮。”希尔克对老鹰说，摸了摸他毛茸茸的身体。鸡毛都卷起来了，厚厚地堆积在这些地方：突出的锡下巴底下，乱糟糟的胸前，还有翼窝里。

“把你的头盔摘掉，”察恩说，“戴着头盔你没法喝酒。”

在老鹰身后，一大群人推推搡搡着拥上来。

“是啊！把你的头盔摘掉！”他们大叫着，伸着手，摇摇晃晃地朝那只大鸟走去。

“不要拥挤！大家要对老鹰表现出一些尊重！”外祖父说。

一位小提琴手飞快地跑到他们桌子上方的阳台上，一位大提琴手耷拉着身体跟在后面，嘴里咕哝着什么。他们将手帕重新折好。

“音乐！”外祖父说。他现在成了凯勒饭店的主人。

小提琴手扳了扳他的弓。大提琴家在手指一样粗的琴弦上吱吱嘎嘎地拉着；每个人紧抓着各自的脊椎骨，好像大提琴手的弓打在他们的脊椎骨上一样。

“大家安静！”外祖父说。他依然掌管着这里的一切。老鹰展开了翅膀。

“把你的头盔摘下来。”察恩低声说道。音乐开始了——一首民歌，足以让强者动容。

希尔克帮助老鹰取下了头盔。恩斯特·沃特泽克－特鲁默那张苍老的小精灵一般的脸皱皱巴巴的，下巴有一个深深的凹陷。我妈妈想吻他。我外祖父吻了他——也许是出于第二次的欣喜，这一次他发现老鹰耳边有这么多白发。只有与我外祖父的同代人才能成为奥地利的雄鹰。

恩斯特·沃特泽克－特鲁默激动不已——他知道，他得到了一个受过一定教育的男人的轻吻，受到了他的举杯祝福。他痛苦地跟着这首民歌打着节拍。他的头盔被人们虔诚地传来传去：从一只手传到另一只手，上面的猪油渐渐褪去，不像原先那么光亮了。

玻璃窗结了霜。有人建议说，他们应该想办法让这只老鹰飞起来。把他吊在圣米夏埃尔教堂的栏杆上，让他飞扬起来。这样的话，总理舒施尼格就能看到了。有不少人解下了吊裤带。老鹰似乎有点心动，但我的外祖父一脸严肃。

“先生们，”外祖父看着那些用大拇指托着裤子的男人的困惑而模糊的脸说，“和我们一起在这里的，还有我的女儿。”他轻轻地扶着我母亲的脸转向人群。大家温和地责备了几句，就退下了。于是老鹰用不着飞了——那可能是一次最有伸缩性的飞行了，那些结实的、脆脆的吊裤带连在一起，可不是闹着玩的。

恩斯特·沃特泽克－特鲁默顺利地坐上了察恩的出租车。在外祖父的建议下，老鹰的嘴套上了软木塞，这样，在穿过人群到门口这一路上就不会刺伤人。他嘴上套着软木塞，微微弯着腰，钻进出租车。他坐在后座的中间，一只翅膀卷着我的母亲，另一只翅膀卷着我的外祖父。察恩开车带着他们穿过了米夏埃尔广场，穿过上面写着给舒施尼格的祝福语的那些床单，向离格拉本不远的咖啡馆巷子开去。

察恩一边大喊，一边按着喇叭，宣布奥地利得救了。“啁啁！”他喊道，“奥地利自由了！”咖啡馆里那些疲惫不堪的旁观者，冷静地喝着咖啡，坐在用手擦过的满是雾气的窗户前，几乎没有理会外面的动静。他们已经厌倦了奇迹：那只是一只坐在一辆飞驰的出租车后座的大鸟而已。

等待他们的，只有我外祖母——书翻开着，茶已经凉了。当她看到厨房进来一只老鹰的时候，她转向外祖父，那眼神就好像在说，你带回来了一只宠物，一只家里养不起的宠物。“上帝啊，看看你！”她对他说，“你女儿还一直跟着你。”

“啁啁！”老鹰叫道。

“他想要什么，察恩？”外祖母问。她转头对外祖父说：“你还没买下，是吗？你还没签字吧？”

“这是奥地利雄鹰！”外祖父说，“应该表现出一些尊重！”

外祖母看了一眼，表情不怎么恭敬。她看了看套着软木塞的嘴巴，朝眼洞里看。

“梅尔特太太，”老鹰说，“我是恩斯特·沃特泽克－特鲁默，从哈金来。”

“一个爱国者！”外祖父喊道，拍了拍老鹰的肩膀。一片鸡毛落了下来：鸡毛似乎在不断地落下。

“妈妈，”希尔克说，“这身衣服是他自己做的。”

外祖母小心翼翼地伸出手，摸了摸鹰胸口的鸡毛。

外祖父轻声地说：“这只是我最后一次开心，孩子他妈。我们的女儿得到了很好的照顾。”

“的确如此！”察恩说，拍了拍老鹰。

外祖父伤心地说：“哦，这也是奥地利的最后一次开心了，孩子他妈。”他向老鹰屈膝行礼。

恩斯特·沃特泽克－特鲁默捂住眼睛，颤动着鸡毛，开始哭泣——嘴巴发出一声刺耳的呜咽声。

“啁啁！啁啁！”察恩叫道。他仍然很高兴。但老鹰在呜咽，那头盔在咯咯地震颤。

“噢，你啊，”外祖父说，“你是个很优秀的爱国者，不是吗？好了，好了，我们今晚上不是过得很开心吗？你放心好了，察恩会开车送你回家的。”

“噢，可怜的人。”外祖母说。

然后他们一起把老鹰弄到了出租车上。“这次你一个人坐后座。”察恩说。

“把他的头盔摘下来，”外祖父说，“否则他可能会窒息的。”

希尔克对她父亲说：“都是你的错，你这个悲观者。”

“你这个万事通。”外祖母说。

外祖父砰地关上房门，指挥着他想象中的空荡荡的街道上的交通。他向察恩挥挥手，意思是他可以安全开走了。

察恩驾车穿过郊外哈迪克、圣法伊特和哈特多夫－哈金这几个小镇静静的墓园。察恩无法猜测，这里的鬼魂和居民是不是准备好了，要像欢迎神圣罗马帝国那样欢迎希特勒。

坐在后座的老鹰脱下了那身锁子甲。察恩找到了那个黑暗的农场，这里夜色浓重，只有鸡舍有一丝光亮。这时他从后视镜看到了一个头发蓬乱衣衫不整的老人，坐在那里哭泣——出租车上鸡毛乱飞。

“好了。”察恩说。恩斯特·沃特泽克－特鲁默正在拆散那套老鹰盔甲，将盔甲的肩膀顶着前座的后背。他努力想要折断盔甲的后背。但这盔甲出奇地牢固。老鹰落下来，成了半坐的姿势；锡盘编织得很结实，比脊椎还结实。

“好了，好了，”察恩说，“看你把你这身衣服弄成什么样了。”恩斯特·沃特泽克－特鲁默乱拳打着盔甲，接着抓起一大把羽毛，脚在地板上乱踢，想找到那个头盔，将它捣碎。

察恩爬进后座，扭住恩斯特·沃特泽克－特鲁默，将他拉了出来。他挥舞着双臂。察恩关上车门，扶着这个卖鸡蛋的人往前走。

“噢，好了，”察恩说，“你好好睡一觉，好吗？投票那天我会来开车接你，送你到投票站。”

卖鸡蛋的人佝偻着身子。察恩让他踉踉跄跄地向前走了几步，但马上走到他前面，扶起他的头。他们都跪下了，面对着面。

“你记住了吗？”察恩说，“我会来接你去参加公民投票的。我开车送你去投票站。记住了？”

恩斯特·沃特泽克－特鲁默瞪大了眼睛，抬起了屁股，就像短跑运动员脚蹬着起跑木块准备起跑一样。他猛地抬起头，好像要往前冲，放开察恩的手，在他周围蹦蹦跳跳——随即又趴到了地上，但又挣扎着站起来，向前跑去。他停下来，回头看了一眼察恩。察恩打算上前一步。

“好了，”察恩说，“你上床好好睡一觉，好吗？你不会惹麻烦的，知道吗？”

恩斯特·沃特泽克－特鲁默垂下了双臂。“不会有什么公民投票的，”他说，“他们绝不会让我们投成的，你这个年轻傻瓜。”他向鸡舍走去。察恩跟着他走了几步，然后停了下来。察恩远远地看到一道光亮的门打开了，接着恩斯特·沃特泽克－特鲁默进去了，关上了门。鸡舍在屋顶下弯着腰呻吟着。在这一刻，察恩确信，那只母鸡下蛋正下到一半，就被恩斯特·沃特泽克－特鲁默看到了。然后是一阵鸡叫声，察恩看到一只母鸡从窗户边飞过。电灯摇摆不定，光线舞动起来。另一只母鸡，也可能是同一只，尖叫起来，接着灯就熄灭了。今晚不会有母鸡下蛋了。察恩等待着，直到他确定恩斯特·沃特泽克－特鲁默找到床了——把一只鸡赶出了窝。不管被赶出来的鸡是哪一只，它至少是忍气吞声的，没有发出任何反抗的响动。

察恩摇摇晃晃地回到出租车边，坐在踏板上。他拿起外祖父留给他的白兰地酒瓶喝了一口。他想吸支烟，但他怎么也点不着火。他坐到方向盘后面，准备开车时，发现了恩斯特·沃特泽克－特鲁默脱下的那身老鹰盔甲，斜靠在前座后背。察恩让盔甲立在他旁边的座位上，但立不稳，老往下落。察恩找到了头盔，把它放在老鹰的膝盖上，把外祖父的白兰地递给它。

“你明天早上就清醒了。”察恩对着它说，然后咯咯地笑了起来，接着打起一阵喷嚏，没完没了，声音之大，足以引发鸡舍里母鸡们咯咯地骚动。察恩的喷嚏停不了。他变得歇斯底里，他看到自己穿着那身鹰服走进了鸡舍，打开灯，啁啁乱叫，直到发疯的母鸡开始疯狂地下蛋——或者再也无法下蛋；啁啁的叫声如此之大，结果让恩斯特·沃特泽克－特鲁默下了一个最大的蛋。

察恩又给头盔递过去酒，但头盔没有反应，于是他就直接将酒倒进了头盔的洞里。

察恩觉得，他们俩一直聊了好几个钟头，相互传递着酒瓶，看护着漆黑的鸡舍，守护着睡在高贵的鸡窝里的恩斯特·沃特泽克－特鲁默的梦乡。

“喝，英勇的鹰！”察恩说。他颠倒着酒瓶，把酒都倒进头盔的洞里了。

第六次动物园侦察

1967年6月6日，星期二，凌晨1:30

夜间保安换班了。从那以后这里的情形就不一样了。所有动物依然醒着。真的——动物园里乱哄哄的，不少动物拖着脚在走动，摩擦到了什么东西。半夜时分，动物们失眠。

起初，我以为这都是因我而起。我觉得头班的夜间保安告诉二班夜间保安，说有一个人在周围活动。或者是动物们在传话：它们在地上拍打着蹄子，或吱吱地叫着，或哼哼着，互相谈论着我的事，现在它们等着看我下一步要干什么。

但我认为这不是整个动物园都无法入睡的原因。原因是新来的夜间保安。为每一只动物准备的小铃铛丁零丁零响起来，大家都在等着他的到来。我可以告诉你，这个夜间保安有些不同。

他从我身边走过。他只带着一根短棍，短棍塞进缝在左脚靴子的那个护套里；他穿着一双改造过的高过脚踝的战斗靴，在小腿处绑着宽松的带子，灰色的斜纹裤子塞进靴子里；他别着一把牛仔式的开膛枪，那夹弹枪的枪管至少有六英寸长；他拿钥匙圈的方法很有意思，他把胳膊伸进钥匙圈，把钥匙圈高高挂在肩上，扣在肩章下面固定住——这样，他的制服上的两个肩章依然清晰可见。所有的钥匙垂下来，夹在他的腋下，丁零当啷发出刺耳的声音。我觉得这动作特别扭：如果一大串钥匙夹在你腋下，你的手臂摆动起来就很可笑。钥匙夹在他右臂腋下，这样或许使得他更容易拔出那把枪，因为这枪就高高地别在他右边屁股的上面。我想，尽管他看起来有点失去平衡，但这样一来，他身上的这些家伙什都可以很好地掌控呢。当然，他还拿着一只手电筒。手电筒在左手，挂在左手腕带上——这样，他想用左手去拿短棍，就不会碍事。这样的安排是很有道理的：如果坏人离你很近，你就直接上短棍了，无须再费事拿手电筒去照明了；如果那家伙很远，你要举枪射击，那就可以用另一只手不费力气地拿起手电筒来看个究竟。我觉得这个夜间保安很敬业。

他从树篱的一头走到那一头。他经过我身边的时候，我紧靠着一个树根，透过树篱的间隙，我看到他腰部以上的身体：钥匙圈、肩章、弯曲的右胳膊。但我只看到了他的背部，而且还是很迅速的一瞥。他突然会用手电筒照一照。他会照照他的靴子前面，然后围着自己转一圈，用手电筒画出一个光线的圈。

他已经在动物园里转了一个半小时了，打着手电筒各处照着。他也许觉得头班夜间保安是个粗心大意的家伙。也许，他觉得，在坐下来做常规守夜之前，他必须保证这动物园是安全的。

每天晚上他这么一番折腾，一定让这些动物都紧张异常。我观察了他照手电的方式：他一般在同一个地方要照三到四次。他检查各个铁笼的锁的时候特别细致。他不只是拉一下就完了，他还要摇晃整个铁笼。

难怪所有的动物都睡不成了。

（继续）

精选版希格弗里德·加沃特尼克自传：前史 I

1938 年 3 月 11 日，黑色的星期五：5 点半刚过，早起的牧师们就在圣斯蒂芬教堂的侧坛上布置起圣物，库尔特·冯·舒施尼格正低头做着一个简短而清晰的祷告。接到安全部长斯库布打来的电话——说德国关闭了萨尔茨堡的边境，撤走了所有海关官员——之后，舒施尼格就起身赶往总理府。斯库布还提到，德国军队正在从赖兴哈尔到帕绍一线集结。到了总理府，舒施尼格发现了一封来自奥地利驻慕尼黑总领事馆发来的令人不快的电报：狮子准备出发了。这一切都发生在外面天亮之前，发生在德国所有早报的内容还没有电传到维也纳供库尔特·冯·舒施尼格阅读之前。这些消息都带有持续的德国情绪，但应该到此为止了。纳粹通讯社 D.N.B. 声称，维也纳升起铁锤和镰刀的旗帜，狂乱的市民们一直在齐声呼喊："舒施尼格万岁！莫斯科万岁！" D.N.B. 说，为了奥地利的利益，希特勒可能会在迫不得已的情况下发动一场"反布尔什维克圣战"。可怜的库尔特·冯·舒施尼格只得承认，这是对他的公民投票活动所做的最有创意的报道。他给英国公使打了一个紧急电话，后者随后给伦敦的哈利法克斯勋爵拍了电报——询问英国是否会选边站队。然后舒施尼格看了一眼窗外的第一缕阳光，透过霍夫堡陈列室乌黑的窗户，寻找里面陈列的稀有的古老珠宝和黄金。

在昏昏欲睡的圣法伊特，3 月的阳光慢慢地爬上了窗帘，察恩·格兰茨欢呼着黎明的到来。时间还早，街上也没有什么车，这对察恩来说是件好事，因为他不想总等在十字路口。鹅卵石路面让他头疼，所以他一有可能就在有轨电车轨道上行驶：他一般不会让轮胎陷入轨道，也能想办法不让一侧车轮刮坏。

他快到内城的瓦林格大街时，停下来接了一位乘客。一个人低着头，刚从还愿教堂的早弥撒出来。他坐到了后座。他还没来得及把门关上，察恩就开车走了。

"啁啁！啁啁！"察恩说，"去哪儿？"

那人拍着裤子上的鸡毛，问："这是出租车还是谷仓？"他抬头看到后视镜里的察恩脸上弯曲的尖嘴，看到耷拉在方向盘上的肩膀满是鸡毛。他从没有关上的车门里滚下车来。

“你最好将门关好。”察恩说。他看到空空的后座鸡毛乱飞。

察恩开到了科林大街，停了车。他摇摇晃晃地下了出租车，趾高气扬地走回到瓦林格大街的拐角处。他看见一个男人一瘸一拐地在路边走着。这人一定以为他看到了一个六翼天使，因为他刚从弥撒出来。

察恩很快回到出租车边。他的样子让咖啡馆老板吓了一跳，他卷起遮阳篷，靠到外面看是什么让阳光变弱了。他放开了遮阳篷的曲柄。遮阳篷轰隆而下，盖到了他身上，而曲柄疯狂地旋转着，打坏了他的手背。

“噢，我想我今天起得太早了。”察恩说。他坐在出租车的侧踏板上，发出一声公鸡叫，十分刺耳。察恩身上有鸡毛，会像公鸡那样叫，还有老鹰的打扮，这样子有点混杂。

察恩觉得还缺样东西，他仔细一想，原来是缺少爪子。不管他是什么鸟，都应该有爪子。于是他在科尔市场的一家肉店前停了下来，买了一整只鸡。然后他把鸡腿卸下来，牢牢地固定在他的锁子甲上——就固定在前臂长袖的宽大袖口下面。爪子蜷曲在他自己的手上面，他开车的时候，这爪子老抓挠他。

屠夫缺乏想象力是出了名的，科尔市场的屠夫也不例外。他打电话给约翰内斯大街电台，报告有一个男人，穿着鸟装，不太稳当地开着一辆出租车。

屠夫说：“你想想，什么样的人会买一整只鸡，但又卸下鸡腿，扔掉鸡肉呢？他一下开车门，一下关车门，就为把鸡腿夹下来，这可怜的鸡腿！”屠夫认为全城的人都应该注意这家伙。

约翰内斯大街电台早就得到有关这个身披鸡毛的家伙的消息了——一个忧心忡忡的出租车公司职员打来电话，报告有人在瓦林格大街上因亵渎神灵的喊叫和与六翼天使有关的骚乱而被捕，所以大家都知道察恩。从收音机里听到这个消息但不感兴趣的唯一一个人是库尔特·冯·舒施尼格，他今天有太多的事要处理。

可怜的库尔特下一步要对付的人是纳粹内阁成员赛斯－英夸特，此人收到了动不动就骂人的戈培尔从慕尼黑打来的一个最不可思议的电话。戈培尔要求赛斯控制住奥地利内阁，确保舒施尼格取消公投计划。赛斯－英夸特几乎对此表示歉意：也许他没有想到事态发展得这么快。他和舒施尼格一起去找米克拉斯总统，在此之前，舒施尼格——或者他身边的人，已经派了一个总理府的听差去收拾好落到地上的那些床单，因为这些床单妨碍了米夏埃尔广场的交通。

外祖父决定今天还是待在家里，不去图书馆上班。从收音机里听到关于那个穿鸟服的出租车司机的报道之后，他就没有离开过窗户一步。外祖母给他端来咖啡，希尔克与他一起观察施温德街。太阳还没有落到街面上。这里不常出太阳，即使有太阳，也只能照到街对面最高的楼层和屋顶——阳光照到保加利亚大使馆屋顶上的丘比特手掌里的那个铜球，闪亮夺目，令人难忘。在城里，丘比特到处都是，但只有保加利亚人让他们的丘比特手里握了一个铜球，或者这个铜球是别人安上的，目的是为了侮辱保加利亚人。不管怎么说，这是施温德街上唯一的使馆建筑，外祖父在等待察恩的时候，正好有这个东西可看。外祖父注意到，保加利亚人今天也是打电话接电话，忙得不可开交。一个矮矮胖胖的男人，一定是全身长满了毛，在那里弯着腰，站在办公室前窗边上的电话机旁。外祖父站在那里看着。

当外祖父听到有关科尔市场屠夫的经历的最新报道时，他向外祖母要了一杯朗姆酒茶。科尔市场的屠夫观察细节的眼力真好。约翰内斯大街广播电台描述了这个疯子的模样：穿着鸟装，一身白兰地酒气，开着一辆引擎盖上用粉笔写着“是的！舒施尼格！”字样的出租车。

如果说舒施尼格现在关注起这条本地新闻了，那是因为他有足够的想象力，想到了纳粹通讯社如何利用这样一条新闻大做文章：一个秘密的布尔什维克恐怖社团，伪装成鸟类，接管了城市的公共交通系统，以阻止选民参加舒施尼格操纵的公投活动。但现在对舒施尼格来说，当地的骚乱似乎没有那么要紧。当务之急是要让老总统米克拉斯相信，德国对赛斯－英夸特下达的要求可能是会得到执行的。长期不问国事的老米克拉斯正准备利用这个机会来抵抗德国。

清晨，在镶着深色木板的总理府办公室踱步的时候，舒施尼格也许就已经看到了不祥之兆。玛丽亚·特雷西娅[1]和埃伦塔尔，还有圣母玛利亚小木雕——代表被谋杀了的陶尔斐斯：这些都是决定奥地利命运的人——要么支持德国，要么反对德国，他们必须做出选择。

察恩·格兰茨的心头可没有这么沉重的思想负担。他是一只鸟，一只正在飞翔的鸟。他朝歌德街开去，电车绕过歌剧院开过来了，他几乎也没有停下来。察恩做出最后一分钟停车的举动是很不好的。电车里的尖叫声引起了一些举止粗鲁的街头工人的注意，他们因为等着更换钻头，放下了手中的活儿。其中一个工人的耳边一定放着一个收音机，所以他知道引擎盖上的“是的！舒施尼格！”字样有着非同一般的意义。对察恩来说很幸运的是，这些工人并没有掩饰他们的兴奋之情，也没有悄悄地走近出租车。相反，他们可怕地喊叫着冲过来，而察恩有足够的时间感受来自他们的威胁。有一个工人快步登上了侧踏板，察恩带着他飞速冲过了十字路口。如果说这个工人对自己的表现非常满意的话——他一直斜视着车窗里的察恩——那么他感到不满意的是，察恩开到席勒广场的时候惊起了一群鸽子，惊恐万状的鸽子飞向空中，鸽屎纷纷掉落下来。

“啁啁！”察恩对着鸽子大喊，这是他的长羽毛的同类。待在侧踏板上的这个工人确信他应该与朋友们一起等钻头，而不是抓着紧锁的车门的把手，用头敲打摇起的车窗——而他得到的是一身盔甲的老

---

1 玛丽亚·特雷西娅（1717—1780），奥地利大公和国母。她奠定了奥地利大公国成为现代国家奥地利帝国的基础。

鹰从空洞的眼洞里投来的短暂可怕的一瞥。

出租车经过了席勒广场，通过了绘画艺术学院紧凑的小拱门，工人将自己紧贴在出租车上，这时他听到了一阵可怕的哀号的回声——他听出这哀号不是他自己发出的。

察恩·格兰茨这一会儿开到了开阔的地带，好心好意地放慢车速，朝绘画艺术学院的最后一道拱门开去。他打开车门。他开车门的动作不是很猛：他轻轻地推开门，将那个吃惊的、紧抓车门把手站在侧踏板的工人推到地上。那工人摇晃了一下，看着拱门就在眼前。然后他松开车门把手，察恩于是就关上了门。从后视镜里，察恩可以看到那个工人在向后退去，几乎重重地摔到了地上。他倒在地上的样子有点愚蠢，翻了个跟头，跌出了察恩的后视镜。

察恩觉得走小巷是很明智的，因为说不定有谁在追他。他开到阿特利尔剧院旁边的小巷里车就没油了。他将车停在黑眼睛的卡特里娜·马雷克的广告牌画像下面，在过去两周她是轰动一时的安提戈涅式的人物。

“对不起。”察恩说，因为他打开车门时撞到了卡特里娜。即使他看到女演员卡特里娜·马雷克竟然披着床单站在路边招呼出租车，他也不会多想一下。他自己身上穿得也不怎么样。

我的外祖父又一次被他所说的远视能力所困扰了。

“希尔克，”他说，“请把我的大衣拿来好吗？我打算出门。”想进入施温德街，有两个可能的入口，但外祖父一直盯着其中的一个。

与此同时，老鹰走在小巷里。他沿着垃圾车的路线快速走着，一直走到里尔克广场，他才意识到他到了我母亲居住的街区。察恩身披重重的锁子甲一路疾走之后感到有点累了。他登上了一辆开往古斯豪斯大街的有轨电车的最后面的台子上，电车刚刚从技术高中的后面开过来。察恩觉得还是待在电车车厢外面好。电车加快了速度，锁了甲的锡盘开始啪啦啪啦响。售票员眯起眼看了看过道：他觉得电车的什么地方松动了，什么东西在响。察恩拉着扶手，沿台子的台阶走下去一步。一家糕饼店的橱窗里有人在指着他。察恩就这样一个人站在台子的台阶上，锁子甲尾巴上的鸡毛飞了起来。

要不是技术高中的一群学生，他站在那里没有问题的——至少可以再过一两个街区。坐在最后一节车厢的这几个学生想到后面的台子上吸口烟。

“小伙子们，早上好。”老鹰对他们说，但他们没有回应。于是察恩问：“今天早上你们没看到卡特里娜·马雷克吗？她身上披着床单呢。”

一个学生机械师问：“你不会是那个鸟人吧？”

“什么鸟人？”另一个学生问。

“什么鸟人？”察恩问。

学生说：“就是那个吓得别人失魂落魄的人。”他往前走近一步，另一个学生想起了什么，他也往前走近了一些。

察恩想，他要是摘掉头盔就好了，这样就能看清楚周围——如果要跳下去，他也就能分清他是撞上了一根柱子，还是跳进了一个垃圾筐。

“看起来我就要到站了。”察恩说。他一只脚踩着台子的下一个台阶，另一只脚跨过扶手跳了出去。

“抓住他！”离他最近的一个学生叫道，将一桶午餐砸到察恩的手上。老鹰飞快地后退了，他的一个爪子掉了。

察恩落到地上，发出可怕的撞击声。锡盘在人行道上闪闪发光：几根连接锡盘的小铁丝让老鹰的背拱了起来。他离我妈妈的家不到一个街区了。不少锡盘在人行道和路边自由地翻滚着，他没有时间为此伤心了。

我的外祖父说：“赶紧关掉该死的电台，希尔克。”他刚刚听到新闻报道说，鸟人残暴地绑架了在欧普恩瑞大街上干活的一个工人。

希尔克已经穿上了外套，围上了围巾——松松地围在脖子上。她跟着外祖父走到公寓外的楼梯平台上。外祖父望着用大理石和铁器打造的螺旋形楼梯，把耳朵贴在信槽和门上。然后他带着希尔克下楼，穿过长长的走廊，来到一扇大门前，门把手是一英尺长的曲柄。希尔克在大街上东张西望，但我的外祖父只看左边——阿根廷大街的拐角处。他注视着一个背对着他站在阿根廷大街上的男人，那人正用拇指压着烟斗里的烟丝。

过了一会儿，这个人转身走向街角，低下头，以为听到了一百只鸽子拍打翅膀的声音。躲在街角的察恩一跃而起，掀翻了这个男人，让自己也失去了平衡，滚下了一小段台阶，靠在了一家地窖的门上。所以，察恩就落到人行道的地面以下了。难怪那人站起来，拍拍落到头发上的烟丝，在大街上左右看了看，没发现察恩——他什么也没看到，于是拍拍身子，往阿根廷大街跑去。

外祖父挥挥手。察恩正往人行道上爬，这时，一个忙碌的小洗衣女工打开了地窖门。她用一只拉长的袜子与老鹰格斗，快活地跑上人行道。她想猛击那只鸟。察恩把他那只尚存的软弱无力、冰冷的爪子扔到她愤怒的胸膛上。洗衣女工一下子跪了下来，确信这爪子是货真价实的。

察恩对着我妈妈扑闪着翅膀。他飞了最后几码，几乎要擦到一辆停着的小车，他的嘴被汽车的天线钩住，整个头盔被扯了下来。外祖父抓着锡盘的下面，拽着察恩咔嗒咔嗒地穿过大厅的大门。希尔克把老鹰的头盔夹在她腋下，用围巾盖住。在街那边，洗衣女工仍然跪在人行道上，双手捂着脸，屁股高高抬起，好像等着上帝的粗鲁来访。

我母亲从地上捡起鸡毛和绒毛碎片：她不厌其烦地捡得干干净净，从停着的小车一路捡到外祖母的厨房。到了厨房的察恩瘫倒在烤炉旁——他成了一只几乎被拔光了毛的小鸟，裹在锡纸里，准备进烤炉烘烤。

“察恩，”外祖父说，“你把出租车停在哪儿了？”

“与卡特里娜·马雷克在一起。”察恩说。

“哪里？”外祖父问。

“我开到她的鼻子底下就没油了。”察恩说。

“离这儿有多远，察恩？”外祖父问。

“她披着被单呢。”察恩说。

“你从出租车出来时有人看见你了吗？”外祖父问。

“有，无产者，”他说，“他们正打算摧毁这座城市。”

“有人看见你把出租车停在那里了吗，察恩？”外祖父喊了起来。

“卡特里娜·马雷克，”察恩说，“我要回去找她。”

“把这可怜的孩子弄到床上去。”外祖母说，“他完全糊涂了。脱掉这身衣服，把他放到床上去。”

“上帝啊，”察恩说，“真是漫长的一天。”我母亲心地善良，她不忍心告诉他现在已经是早晨了。

虽然我相信舒施尼格早就猜到了事态最后的结果，但在他看来，这一天似乎也太长了。刚到9点半，希特勒就打来电话，亲自向可怜的舒施尼格下达了最后通牒：公投必须至少推迟两周，否则德国就在今晚入侵奥地利。因此，舒施尼格和忠心耿耿的斯库布一起商议，决定征召1915年入伍的奥地利预备役军人成为现役军人，在即将到来的选举日维持秩序；要求奥地利索科尼真空石油公司提供额外的燃料，以备可能的部队调动之需。街上到处飞着公民投票的传单。正午的太阳温暖明亮。人们似乎并没有注意到在每一次小型庆祝集会的外围都增加了民兵的戒备。民兵们跟着华尔兹舞曲和爱国进行曲的节奏踏着靴子。

舒施尼格给墨索里尼打了第三个电话，但元首还是不在办公室。有人给法国传递了另一条消息。

约翰内斯大街电台的午间新闻节目对世界新闻的报道并不翔实，只提到萨尔茨堡边境被关闭，不计其数的军队在集结，犀牛一样多的坦克趁着夜色缓慢前行，前灯闪烁，照穿边境。早晨，德国森林上空升起熏天的烟雾——一百万支香烟同时点起，同时吐出烟雾，发出了信号。还说，柏林广播电台是如何报道昨天和今天发生在维也纳的布尔什维克暴动的——自从1934年施林格霍夫宫被围和占领以来，维也纳再也没有发生过布尔什维克暴动。

本地新闻更为翔实。被绑架的工人已经找到：他被鸟人的那辆疾驰的出租车撞倒，奇迹般地脱险了，只留下几处划伤的痕迹。据这位工人估计，这个鸟人至少有七英尺高。事发席勒广场。随后，有人在古斯豪斯大街的有轨电车上发现了这个鸟人，一群勇敢的技术高中学生想抓住他，但他力气很大，逃脱了。最后，在施温德街，鸟人袭击了德拉克夏·内夫女士，她是个洗衣妇。内夫女士一再说，这只动物当然不是人类，她没有看清它攻击她之后往哪个方向去了。附近的美景宫的管理当局正在灌木丛和树林里搜查鸟人。那辆被遗弃的引擎盖上写着“是的！舒施尼格！”的出租车依然不见踪迹。

但我外祖父知道到哪里去找出租车。他查了查各大剧院的地址，发现阿特利尔剧院——就是卡特里娜·马雷克扮演的令人震惊的安提戈涅轰动了全城的那个剧场——恰好位于席勒广场（就是那个工人被出租车抛下的地方）与老鹰丢开出租车之后现身于古斯豪斯大街的电车的那个地区之间。于是外祖父倒空还有一半饼干的罐子，弄湿一块海绵，把一个漏斗藏到大衣口袋里。察恩身上没有车钥匙，于是外祖父只能寄希望于车钥匙留在车里没有拔出来。过了一会儿，希尔克把海绵放进她的小钱包里，外祖父拿起饼干罐，夹到自己的腋下，看那样子好像这罐子里装满了东西似的。他们离开了施温德街的公寓，相信我的外祖母能照顾察恩好好睡一觉——此刻他正躺在希尔克的床上呢。

不幸的是，库尔特·冯·舒施尼格天生比我外祖父更容易妥协。刚过2点半，舒施尼格向德国的一项最后通牒屈服了。他让赛斯－英夸特给柏林的戈林打电话，传达总理推迟公投的决定；赛斯－英夸特还告诉戈林，舒施尼格尚未辞去总理职务。外祖父当然可以告诉库尔特，从本性来说，戈林元帅的胃口是永远得不到满足的。

但是即使有人找我外祖父商讨国事，他这会儿也没空。他正带着我妈从卡尔斯广场的加油站走出来，胳膊下夹着装了汽油的一个饼干罐——只装了四分之三满，这样他走起路来就不会把汽油晃出来。我母亲的笑容比全家出游时的笑容还要灿烂，因为外祖父告诉加油站的人，这饼干罐将送给叔叔，要给他一个惊喜，因为他喜欢吃饼干，汽油又总是不够用。

他们穿过粮食广场，低声谈论着家庭秘闻；他们渐渐放慢脚步，抬头看着阿特利尔剧院的广告牌。

“噢，看哪。”外祖父说。他正在看日场安排表。

希尔克说：“我想另一边还有更多可看的。”拐进小巷里，看到卡特里娜·马雷克鼻子底下窝着的出租车，强忍着心中的吃惊之情。“啊，”她对外祖父说，“这是我所见过的她最美的一张照片了。”

“等一下。”外祖父说，他仍然盯着日场的时间表看。但他一边走，一边看着时间表，在街上左右张望；他伸出手指了指巷子的拐角处，对我妈妈摇了摇手指头。她从皮夹里拿出潮湿的海绵，擦掉了出租车引擎盖上的“是的！舒施尼格！”然后她又退后一步站在那里看卡特里娜·马雷克，若无其事地绕着出租车走着，将粉笔灰抹得干干净净。然后她从小巷走出来，拉住我外祖父的手臂。

“来吧，快来看看，”她说，“她的照片真美！”

“你看看这个。”外祖父说，“你能读读这个吗？这简直太神奇了！”他转过街角，指着日场的时间表。希尔克转了转头，朝左右看了看。她向外祖父摇了摇她的手镯。

站在小巷里的外祖父说：“真是个大美人，你说得对。”他第一次靠近出租车的时候，将油箱盖去掉，身子靠在挡泥板上，将漏斗插入油箱口，一边深情地凝视着卡特里娜·马雷克。“你觉得那个日场安排怎么样？”他喊道，我母亲又把手镯弄得叮当作响。外祖父把饼干罐里的汽油全部倒进了油箱。在他离开小巷时，他往驾驶室的窗户里面一看，很高兴地看到车钥匙就挂在点火孔里。

“真是令人难以置信。”希尔克指着时间表说。她挽起外祖父的胳膊，他们一起往前走去，经过小巷，走过了一个街区。外祖父向她鞠了一躬，亲吻她的脸颊，把饼干罐递给她。我母亲回吻了外祖父一下，然后径直往前走，而外祖父则转身到街区的另一边去了。他从剧院后面走出来，快步走进小巷，正面对着出租车。

我母亲甩着头往前走着，把头发甩到后面，让店里窗边的人看；她把饼干罐抱在前面，贴着高耸的小胸脯；她看到自己成了一个透明的人，穿过一排排的衣服架子、一排排的鞋子、一排排旋转着的蛋糕和糕点；也穿过咖啡馆的窗户，她看到自己从杯子的边缘抬起脸来——即使是个透明的人，我母亲往里看时，他们在往外看，她在每一个人的脑海中留下不可磨灭的印象。她想象着察恩·格兰茨也在注视着她，在梦中看着她——那张散发着少女香气的床让他做了好梦。但她并没有神情恍惚到忘记要去哪个街角的地步：她在福尔芒街和米尔路口放慢脚步。她犹豫了一会儿，不知朝哪里走好，这时她认出了司机，就挥手招呼出租车过来。

“去哪里？”外祖父问。他把下巴抵在胸前，等着。等车子开动时，他说：“你的父亲真是高明，是不是？在伊丽莎白大街走了一路，去取满满一罐汽油，就在你刚刚走到这儿的时候，就把你接上。你来了，我看得见。你甚至用不着等。我还是有时间感的吧？”

希尔克将头发拉到耳后。她发出爽朗迷人的笑声，外祖父点着头，也跟着笑起来：“非常高明，非常高明——我必须说，天衣无缝。”

看到他们在这辆逃亡的出租车上笑着前仰后合的人，一定在想：像这样的一个老头子能说些什么话，让这么一个漂亮的女孩大笑不已呢？

我的外祖父就这么把事情办成了——既把握分寸，又大张旗鼓。

戈林也是这样——但他的声势要小得多，而且一点分寸都没有。

收到舒施尼格表示愿意做出第一个让步的电话后仅仅二十分钟，他就打来了电话。他告诉赛斯－英夸特，舒施尼格的做法是不可接受的，这位总理及其内阁必须辞职，米克拉斯总统必须提名赛斯－英夸特担任总理。戈林的表达方式极为奇怪。他说，如果舒施尼格政府不能迅速改组，奥地利将得到德国的军事援助。

极为尴尬的赛斯－英夸特向库尔特·冯·舒施尼格转告了这个消息。舒施尼格采取了他的倒数第二个办法。3点30分，也就是戈林打来电话之后的半小时，舒施尼格直接把他的全部政府成员的辞职报告交给了米克拉斯总统。这个决定说来有些任性：如果舒施尼格再坚持一小时，在战后来看，那情形就会好看得多——到那时，哈利法克斯勋爵的消息就会从英国驻维也纳的大使馆传来：英国国王陛下的政府不愿意承担建议奥地利总理让国家处于危险的境地的责任，而英国国王陛下的政府将无法保证能为奥地利提供任何保护。

如果你被人抛弃了，那就只有屈服了，或者说，如果你知道你将要被人抛弃，那就只有放纵你自己了。但是在事后看来，在小事上确实花费过多的精力了。

在3点半，舒施尼格不必经过正式渠道，就知道他被人抛弃了。他有预见的能力：哈利法克斯勋爵逃避了；法国驻罗马的临时代办布隆德尔先生得到查诺伯爵的私人秘书的通知：如果他来访的原因是奥地利，那他就不必来了；而墨索里尼永远不会接电话——他藏在某个地方，任由铃声一遍又一遍响起。

舒施尼格让联邦总统米克拉斯来决定新总理的人选。老米克拉斯以前就做过这样的事。在四年前的纳粹政变中——可怜的陶尔斐斯在他神圣的总理府被谋杀，下面一个院子的恶棍等待着把人们引向任何一个不确定的方向，米克拉斯向库尔特·冯·舒施尼格求助。现在米克拉斯必须在7点半之前选定新的总理。老总统于是开始寻找新总统人选。

首先是忠诚可靠的警察局局长斯库布，但斯库布拒绝了：他在柏林很有威名，提名他就会进一步激怒希特勒。其次有宪法权威的安德博士，他认为，作为上届政府的领导人，他无须再去争取成为总理，满足权力的欲望。再有就是席尔霍斯基将军，武装部队总督察，他说他是个军人，不是政客，所以米克拉斯找不到总理的合适人选。

遗憾的是，老总统不认识我外祖父，我外祖父可能会喜欢再发动一场阴谋。

外祖父把出租车停在卡尔教堂的停车场，锁上车门，然后带着希尔克和饼干罐走回家。他们不顾外祖母的抗议，偷偷看了一眼察恩·格兰茨。他脱去了那身锡盘服装，最后一只爪子也不见了，只见那鹰脚从小女孩的床边伸出来。一根鸡毛缠在他的耳朵上，一个粉红色的圆靠垫使他舒舒服服的；他睡在我母亲房间里——这可是一个充满各种小摆设和奇形怪状的物品的小王国。希尔克给他盖好被子，他睡过了晚饭时间，一直睡到约翰内斯大街电台 7 点的新闻报道开始。外祖父不能让察恩错过这个节目。

有人宣布推迟全民投票，内阁全体成员辞职，只有赛斯 – 英夸特是例外——他将继续担任内政部长。

察恩的身体尚未完全恢复。当他一声不吭地回到床上时，老米克拉斯正独自坐在他的联邦总统办公室里，看着钟走到 7 点 30 分。戈林元帅的最后通牒的时间已过。赛斯 – 英夸特还没有成为奥地利总理。米克拉斯拒绝任命他为总理。

接着，库尔特·冯·舒施尼格做出了他职业生涯中最后一次，也是最重要的退让决定——他发出一项行政命令，要求席尔霍斯基将军将奥地利军队撤离德国边境。不要抵抗：从恩斯河后面观看德军，或者向他们挥手致意。奥地利军队只有四十八小时的稳定弹药供应。流这么多血有什么意义？有人从萨尔茨堡打来电话，说德国人正在越过边境。这不是真的，这是一个假警报，但这又是一桩需要耗费精力的小事：舒施尼格不会等待消息得到证实，他退让了。

8点，他向约翰内斯大街广播电台申请向全国人民发表广播讲话。麦克风线绕在了巴尔豪斯广场的很大的楼梯扶手上。外祖父再次唤醒了察恩。

舒施尼格讲话了，满腔的悲伤，不责备任何人。他讲到了屈从于武力，他不求反抗。他确实说到，柏林广播关于工人革命使奥地利陷入白色恐怖的报道是捏造的。库尔特·冯·舒施尼格的奥地利没有笼罩在白色恐怖中；奥地利被迫感到悲伤。在这整个讲话过程中，唯一能触动外祖父摇摆不定的心的是文化宣传专员突然粗鲁地喊出的口号——总理刚讲完，老瘸子哈默施泰因－埃克沃德就一把抓住麦克风，技术人员还没有来得及拔下插头，他嘟嘟囔囔地喊：“奥地利万岁！今天我为自己是德意志人而感到羞愧。”

外祖父听到这里感到很悲哀。即使像哈默施泰因－埃克沃德这样的老瘸子，都把德意志看作是流淌在血脉中的东西了，把德意志看作奥地利必须归属的一个族类，这是一件令人悲哀的事情。

但是我的外祖父从来不这样看。“收拾一下东西，孩子他妈。”他说，“出租车就停在拐角处，汽油灌得满满的。”

我母亲紧紧抓住了察恩·格兰茨的胳膊——她抓住活物的力度从来没有现在这样大——等着察恩抬眼看她，她抓着他胳膊的手指在说话。在这只老鹰能够清醒地做出决定，能把他自己的想法说清楚之前，希尔克·梅尔特不会松开手，不会收拾任何东西。

与此同时，独立无援的米克拉斯主意已定，他拒绝接受舒施尼格的辞职，依然谈论着该如何抵抗——可是，在德国边境和恩斯河之间的地带，没有奥地利军队的一兵一卒。在联邦总统办公室里，德国驻维也纳的武官穆夫中将解释说，有关德国军队越过边境的报道是假消息。但是穆夫说，部队以后将会越过边境——如果米克拉斯不让赛斯－英夸特担任总理的话。也许老米克拉斯的抵抗并不像表面上那么徒劳：他甚至可能意识到希特勒显然想把接管奥地利合法化。但是很有耐心的穆夫一直在问他：联邦总统知道所有州的权力眼下都在奥地利纳粹官员手中吗？总统知道萨尔茨堡和林茨把官印交给了那里的纳粹党成员吗？总统看到他办公室外的走廊里有维也纳纳粹青年点起香烟，在大楼梯的阳台上相互嘲讽吗？他们朝木雕的圣母——她在哀悼可怜的陶尔斐斯——吐着烟圈。

11时，很有耐心的穆夫依然在为总统构想各种画面。赛斯－英夸特已经修改了他所提议的内阁成员名单。米克拉斯，在他抵抗的第十个小时，正在说着玛丽亚·特雷西娅的趣事。

11时，我外祖父正在银器和瓷器之间做出抉择。瓷器易碎，不那么好卖的。留在维也纳，就是瓷器；走，就是银器。察恩·格兰茨是去还是留，依然靠我母亲的触摸来决定。

“这并不一定意味着他们会大举入侵。”察恩说，“再说了，你坐我的出租车能去哪里？”

“这确实意味着他们会大举入侵。”外祖父说，“我们开着你的出租车去我哥哥家。他是卡普伦的邮政局局长。”

“那还是奥地利的地界。”察恩说。

“不安全的是城市。”外祖父说，“基茨比阿尔阿尔卑斯山区是偏僻乡村。”

“乡村里吃不饱肚子，是吗？”察恩问。

“图书管理员存了一点钱。”外祖父告诉他。

“你怎么把钱从银行取出来？”察恩问，“这深更半夜的？”

外祖父说：“如果你决定多待一会儿，察恩，我可以在我的存折上背书，然后寄一张汇票给你。”

“寄给你的邮政局局长兄弟。”察恩说，“当然寄给他了。”

“我们为什么不能等到明天早上再走呢？”希尔克问，“为什么察恩不能和我们一起走？”

“如果他愿意，他可以与我们一起走。”外祖父说，“那样的话，我就一直等到明天早上，察恩可以开车送你。”

“为什么我们所有人不能在明天早上一起走呢？”外祖母问，“也许到了明天早上，我们发现一切都好了呢。”

“很多人都会在明天早上走。”外祖父说，“察恩已经有一段时间没有开他的出租车了。你觉得他们开始想念你的出租车了吧？”

察恩说：“出租车最好今晚开走。”

“如果察恩留下来，”希尔克说，“那他怎么去卡普伦呢？”

“如果察恩不愿意，他不必留下来。”外祖父说。

“他为什么想留下来呢？”希尔克问。

“噢，我不知道。”察恩说，“也许想看看这一两天会发生什么事。”

我妈妈一直在把着他的脉。她又通过她的手指说话了：噢，察恩，外面没有人，一个人也没有。

就在午夜前，在巴尔豪斯舞厅的院子里，出现了四十名来自党卫军第 89 旗队的强壮士兵。杀手奥托·普拉内塔就是其中一员。也许就在那个时刻——当米克拉斯看到他们的那一刻——这位老总统可能认同了舒施尼格的看法：维也纳大屠杀可能就要发生了。也许就在那一刻，米克拉斯向中间调停人垂下了下巴。

察恩·格兰茨现在口袋里装着我外祖父的存折，一定觉得他自己像个中间人。他从施温德街走到卡尔教堂，我的母亲仍然紧紧地挽着他的手臂。在古斯豪斯街角，他们被迫跳下路边。

刚参加完维也纳纳粹青年团的一次按字母顺序命名的会议的五个男孩手挽着手，步调一致地朝他们走了过来。那一定是第四区的 S 会议。他们的名字刚刚缝上衣服，正闪闪发光：P. 施内尔（也许是吧）、G. 施里特、F. 萨姆特、J. 施帕尔特、R. 施特格、O. 施鲁特[1]——就说几个普通的名字吧。

---

1 原文如此。

察恩没有对他们说一句话，我母亲已经停止为他把脉。他发动了停在卡尔教堂停车场的出租车，要从另一条路将车开到施温德街去。让那些巡游的青年看到他们突然开车走了是不行的。察恩熄灭车灯，向施温德街开去。我的外祖父打开了大厅的两扇大门，这大门上装着杠杆把手。察恩从人行道退回来，进入了公寓大楼。

夜已深，但是住在楼上公寓的人们今晚不可能睡个好觉了。他们一定听到了发动机声。垃圾车——他们以为是垃圾车？——这么晚了还在收垃圾？他们就不能等到天明再来？没有人去楼下倒垃圾啊。盘旋式的楼梯扶手上没有出现惊恐不安的面孔——只有从信槽和半开的门里透出些许光。外祖父等着最后一道隐秘的光线离开楼梯，然后把我外祖母叫到栏杆旁边，让她注意听电话铃响。

星期六凌晨1点，他们开始往出租车里装东西。

第七次动物园侦察

1967年6月6日，星期二，凌晨2:15

不少动物不知不觉睡着了。动物园里还是有一些紧张气氛。但夜间保安回到了小型哺乳动物馆。我也想睡觉了。

当夜间保安第一次走进里面时，我也想打个盹。我听到各种各样的羚羊慢慢倒下来，躺在了地上。我真想睡一会儿，于是就蜷伏在树篱底下，这时小型哺乳动物馆变了颜色。事情是这样的：各个铁笼顶上的光原先是白色的，现在变成了血紫色。夜间保安打开了红外线光。

小型哺乳动物们又看到一种灯光熄灭了，另一种它们不可能看见的灯光打开了，于是它们看到了很快降临的夜色——其实，它们看到的是扭曲的景象。

我从地上爬起来，沿着树篱悄悄地走过去，有一会儿我没有任何树篱的掩护，很快，我走到了能看见小型哺乳动物馆的门的地方。

夜间保安为什么这样做？他喜欢看它们醒着的样子吗？为了取悦自己而不让它们睡觉，这未免太自私了：如果他想看它们清醒的样子，那等到白天动物园正常开放的时间再来看啊。我认为其中的理由不会这么简单。

特别是在我更好地观察了这个夜间保安之后，我觉得那根本不是他的理由。我的意思是，我上前近距离地好好看了看。我想看看他的那个小房间。

我躲在一个铁笼的后面。我看不到铁笼里面很远的地方，月光只照到铁笼的边缘。但我确信这是猴子们室内和户外活动场所的一部分。我正朝小型哺乳动物馆蓝紫色的走廊里张望的时候，突然两只粗糙的手抓住了我的头，猛地把我拉到铁笼的栅栏上。我无法脱身，在这家伙抓着我的头的情况下只能将头转过去。我看到了面前的这只雄性狒狒，鲜红胸膛上没有一根毛——这是来自阿比西尼亚高原[1]的强壮野蛮的强盗。

“我是来帮你的。”我低声说。但它只是冷笑。

“不要弄出声音来。”我恳求道。它的两只大拇指插进了我耳后的凹洞里。它紧紧抓住我，想让我睡觉。我把手伸进夹克，掏出我的海泡石烟斗递给它。

“你想尝尝烟斗的味道吗？”我问。它抬头看着烟斗。抓着我肩膀的一只前臂有点变软了。

“来吧，拿去吧。”我轻声说。我想我不至于强行将烟管塞进它展开的一个鼻孔里。

它看了看，一只手放开了我的脖子，一把握住了我的拳头和烟斗，然后它的另一只手灵巧地从我的手指间取出烟斗。我猛地往后一

1 即埃塞俄比亚高原。

甩头，但我的拳头依然无法从它的手里挣脱开来。狒狒把烟斗塞进嘴里，两只手抓住了我的胳膊。我不是它的对手。我的脚抵在栏杆上，用尽全力往下踩。我终于挣脱开了，赶紧逃离铁笼。狒狒知道它自己被愚弄了，大口咬着我的海泡石烟斗，然后把它摔到铁笼的地板上，对它乱吐唾沫。它弄出了巨大的响动。

狒狒在铁笼里又是叫又是跑，从栅栏上跳下来，在水槽里跺着脚。猴馆内外的猴子们都明白是怎么回事了：一只狒狒被一种低等动物智胜了。

如果在这之前真有什么动物睡着了，我只好说声对不起了。这时它们被灵长类动物发出的嘈杂声响惊醒了：大型猫科动物咆哮起来，熊哼哼着，动物园里到处都是跑动的蹄子，从栅栏这一头跑到另一头。我跌跌撞撞地沿着小径往回跑，快到我的树篱时，我看到夜间保安已经走到淡紫色的走廊的尽头了。

我大吃一惊。我以为红外线灯会灭掉。我以为那个穿着迷彩服、一身战斗姿态的夜间保安，会匍匐着悄然前行，突然用他的短棍从背后袭击我。但实际的情形是：他站在那里一动不动，目瞪口呆地朝血色的过道看过去。这个时候他倒成了一个很容易受到攻击的目标。

我已经安全地躲到树篱后面了。这时，他的手电筒旋转着光线朝小径照过来。当他的手电光开始旋转的时候，动物园突然安静下来。他从一个灌木丛照到另一个灌木丛，从一个铁笼照到另一个铁笼。当他照到我被狒狒袭击的那个地方时，我心想，这下坏了。不过还是没事：聪明的狒狒一定把我的烟斗碎片收拾干净了，然后从后门溜出来，躲进猴区的护墙和错层通道里不见了。

但夜间保安似乎知道这就是骚乱开始的地方。他停下脚步，闪着手电，从铁笼的各个角落，照到他周围的树梢。他胆怯地踢了踢狒狒待过的那个铁笼。“是你吗？”他叫道，声音很高，但又含混不清。

所有动物都彻底醒来了，但毫无声息。它们都屏住了呼吸，化成了无形。

夜间保安的手电光掠过猴群活动区——他再次在我躲藏的树篱的那个角落停下脚步，从小型哺乳动物馆射出来的暗淡灯光正好打在小径上，打在他身上。他对着我和所有动物摇动着手电光。“出了什么事？”他喊道。

有只带蹄子的动物一脚踩空，吓了自己一跳，落到了地上。夜间保安的手电一下子扫向澳大利亚动物区，划过天空。随后夜间保安照了照他附近的一棵树，照出了潜伏其中的豹子或美洲豹猫，它们正准备猛扑过来。“你们！”他尖叫，“你们都去睡觉！”

他的手电筒歪斜地贴在屁股边，灯头朝上，把他自己照得透亮，让我看得清清楚楚。夜间保安照亮了自己。

他现在就站在我面前，脸对着我，我看到他的那张老脸微微泛着一些红外光——一道鲜明的紫红色伤疤，细长但不深，从剪成平头的灰色头顶，经过耳边到左鼻孔，一直拉到牙龈。他的一部分的上唇由于这伤疤而打着褶，看上去好像有一块肉微微隆起——露出了他的猩红色左上颚牙龈。这并不是一场正常的决斗造成的伤疤：或许是对手的那把剑狂怒了，失控了。

我看见了他的正面，看到了那张脸，看到了那件引人注目的制服的正面——他的制服上不仅肩章齐全，还有一个姓名牌。欧·施鲁特——这是他的名字，或以前是。如果穿着这件旧制服的人不是欧·施鲁特，那他为什么不去掉这个姓名牌？欧·施鲁特，欧后边的那个小点已经很模糊了。戴着这个姓名牌似乎给你一个好处——别人还没看清你的脸，就知道你叫什么名字了。这个夜间保安叫欧·施鲁特。

奇怪啊，我以前使用过这个名字；以前这个名字总挂在我嘴边。也许我认识一个叫欧·施鲁特的人，我这辈子肯定认识这个或那个欧·施鲁特。维也纳有无数的施鲁特家族。我也相信我在一些小说里用过这个名字。是的，我相信我以前杜撰过一个叫欧·施鲁特的人。

但这个欧·施鲁特是真实存在的，他拿着手电筒在树梢上寻找美洲豹。当欧·施鲁特在动物园巡视时，动物们就无法睡觉，我也无法睡觉。

我现在也睡不着，即使欧·施鲁特已经回到小型哺乳动物馆。他从我的树篱旁走开，假装对我毫无兴趣，然后他会突然回头，转着圈子，拿手电一一照出潜藏在他周围黑暗之中的每一只动物。欧·施鲁特旋转着手电光的时候还发出响亮的元音。“啊！”他叫道，“噢！”——把躲在他的手电光之外的动物们吓得够呛。

现在有的动物昏昏欲睡，有的在呻吟，伸胳膊伸腿，唉声叹气，突然倒地。在猴子区出现了一场简短、尖声的争论，一只猴子将秋千上的另一只猴子推向墙壁，墙壁发出阵阵回声。我无法入睡。

当欧·施鲁特再次巡逻时，我想进入他那血色灯光中的巢穴，去探究那个老东西为什么打开红外线灯。我猜想有一个原因：欧·施鲁特不喜欢被人看见。甚至不喜欢被动物看见。

（继续）

精选版希格弗里德·加沃特尼克自传：前史 I

1938 年 3 月 12 日，星期六，凌晨 1 点。在巴尔豪斯广场的总理府。米克拉斯屈服了。赛斯－英夸特成了奥地利总理。

赛斯正与穆夫中将商谈。他们必须让柏林知道，奥地利的一切都在掌控之中，德国边境部队无须考虑越过边境。

可怜的赛斯－英夸特应该明白这样的道理：

如果你把狮子带回家，
它们就会赖在你家吃晚饭。

大约2点，穆夫中将给柏林打电话，试图拖延德国军队越过边境的时间。也许他是这样说的："没关系，您可以把您的军队带回家了；没关系，我们现在这里的政治形势与您那边的一样了；您现在不必在我们的边境徘徊了，因为这里真的一切都好。"

2点半，陆军部、外交部和帝国总理府经过一番激烈的争吵之后，他们要求希特勒的贴身副官叫醒元首。

外祖父说，凌晨2点半叫醒一个男人——即使是一个有理智的男人——看你能得到什么好果子。

2点半的时候，察恩·格兰茨把我母亲按在大厅的大门上，而外祖母还没有听到任何人打来电话。外祖父现在拿出了一些小东西：一箱厨具，一盒食物和酒，一盒冬天的围巾和帽子，还有那一卷卷的床罩。

"如果不是带上所有的瓷器，"外祖母说，"但是这个船形盘也许应该带上？"

"不带了，玛蒂，"外祖父说，"只带我们急需的。"他最后检查了一遍希尔克的房间。他把那套鹰装压在了冬季军用粗呢行李袋的底部。

在厨房里，外祖父清空了香料架，把所有装香料的小罐子都放进了行李袋——他认为，只要有足够的香料，所有食物就会有好味道。最后他收进了收音机。

外祖母在楼梯上小声说："我刚刚检查了一下车子，你应该把座位都清空才好。"

"我知道。"外祖父说，心想，今天早上天亮前谁还想离开维也纳？我们的车里还可以再坐下一个人呢。

这个人不会是舒施尼格。他离开了巴尔豪斯广场，与一个泪流满面的卫兵握了手，不理会戴着纳粹"卐"字臂章的一队公民的敬礼。

满怀歉意的赛斯－英夸特把舒施尼格送回家——后者将被软禁十个星期，在盖世太保的监狱关押七年。所有这一切都是因为库尔特·冯·舒施尼格声称他没有犯下任何罪行，拒绝匈牙利大使馆的保护——没有加入君主主义者、犹太人和一些天主教徒的队伍中，而那些人从午夜时分就开始堵塞了捷克和匈牙利的海关口岸。

外祖父发现所有的车辆都在往相反的方向开：东方。但外祖父似乎觉得捷克和匈牙利将是下一个，他不想再次搬家了。特别是，到了那时，就没有东迁或西迁的选择，只有再次向东迁移——那就是迁往俄罗斯。我的外祖父老做噩梦，梦到自己被赶到黑海边，被哥萨克人和头发狂乱的土耳其人穷追不舍。

于是他往西开，这一路上没有其他的车。圣法伊特一片漆黑，哈金一片漆黑。只有灯火通明的电车还在与我外祖父同向而行：售票员挥舞着万字旗；在各个车站，戴着臂章和名牌的人在唱歌；有一个人吹着只有一个音符的大号。

“这是往西去最快的路线吗？”我的外祖母问。

外祖父找到了路。他在哈金郊外的一个唯一没有亮灯的鸡舍前停了车。

恩斯特·沃特泽克–特鲁默在鸡舍地上升起一堆小小的煤火，在上面烤了三只拔了毛的鸡。他啃着一根鸡骨头。外祖父和这个爱国者收集了一桶鸡蛋，取来水，把鸡蛋都煮熟了。沃特泽克–特鲁默宰杀了最好的一只阉鸡，拔好毛，扔进水桶里煮了。然后他们绑住了四只优质母鸡和一只漂亮的大公鸡的腿。希尔克将它们紧紧裹在毯子里，它们在出租车后座底下发狂似的乱动。后座中间是一只长长的行李袋，将我母亲和外祖母分开。恩斯特·沃特泽克–特鲁默坐在外祖父旁边的前座上，各人靠着厨具箱的一侧，他们中间的地板上放着鸡蛋桶。离开之前，沃特泽克–特鲁默放走了他所有的鸡，一把火烧掉了鸡舍。他把最好的杀鸡刀放在手套盒里。

外祖父开着车。沃特泽克–特鲁默用刀砍开三只烤得焦焦的鸡和一只刚煮的但欠点火候的阉鸡，把鸡肉撕开来分给大家，他还分发煮好的鸡蛋。外祖父朝南开去，经过格洛格尼茨和布鲁克安德莫尔，然后向西，甚至有点偏北——开到了山边。他径直往西来到圣马丁。

他们现在离维也纳已经很远了：几乎已经到了林茨的南面，汽油也差不多没了。这辆跑惯了出租车生意的梅赛德斯，冷却液却沸腾了——这还是3月呢，恩斯特·沃特泽克－特鲁默赶紧用鸡蛋桶里的温水把它冷却下来。

坐在后座的妈妈一言不发。她觉得自己的两个膝盖还夹着察恩·格兰茨的膝盖，感受到了察恩的令人绝望的体重——让她的后背深深印上了大厅大门上的木纹。

外祖母说："那几只活鸡的味道真难闻。"

"我们得加油了。"外祖父说。在普鲁格恩，他们发现这里仍然在举行庆祝活动。外祖父看到了警察，摇下车窗，放慢车速——这警察身上的制服外套敞开着，露出胸口，而那纳粹臂章拉伸得足够长，可以绕过头去，围住了脖子。很难说清楚的是，这是他自己戴上的，还是别人扶着他的头给戴上去的。

沃特泽克－特鲁默把手套打开一半，用刀子撑着，这把杀鸡刀对着他眨眼。外祖父向窗外行了个纳粹礼。"我很高兴整个国家在这样一个夜晚无人入眠！"他说。警察往车里看了看，对鸡蛋桶和乱动的鸡产生了怀疑。

恩斯特·沃特泽克－特鲁默拍了拍我外祖父的后背。"他哥哥现在执掌萨尔茨堡的官印了！"他说，"你应该去维也纳看看，看看我们一路上遇到的所有的布尔什维克——他们都向东跑了。"

"你哥哥执掌官印？"警察问。

"我可能被派到慕尼黑！"外祖父快活地说。

"上帝保佑你。"警察说。特鲁默递给他一只煮熟的鸡蛋。

"都不要睡觉！"外祖父说，"让全城的人不要睡觉，一直到天亮！"

“但愿我能知道出了什么事。”警察说，“我的意思是，你们知道。”

“不要睡觉！”外祖父说，把车子开到前面，然后停了下来。“你能给车子加点汽油吗？”他问。

“有，可以用虹吸的办法。”警察说，“你有水管吗？”

“正好有。”特鲁默说。

他们在一个漆黑的邮局停车场的楼后发现了一辆邮车。警察甚至用嘴巴吸吮了一下来启动虹吸管，于是他们给了他一只鸡腿作为感谢。

我母亲想象着：她跪在她双腿夹着的那个膝盖上。她用手掌根擦着窗户，就好像在擦一个水晶球——这个水晶球可以告诉她察恩为了离开维也纳将采取的每一种安全的、不那么愚蠢的手段。

以下这些大多是道听途说的：希尔克以为察恩很快发现——稀里糊涂的穆夫中将也很快发现了——德国边境部队正越过奥地利边境；察恩确实将外祖父背书的存折汇票交给了卡普伦的邮政局局长；察恩可能到中午才读到伦霍夫写的有关德国政变的这篇社论，然后就听到了希特勒在林茨受到热烈欢迎的报道——在林茨，元首带着士兵和坦克从边境城市帕绍进入奥地利，目的是“为了祭扫他母亲的坟墓”。另外还有：察恩，或者是长得很像察恩的一个人，借了或偷了一辆出租车，送犯了罪的编辑伦霍夫到基特塞越过边境——但被捷克人遣返了。如果那个司机不是察恩·格兰茨，那他为什么会在卡普伦见到我妈妈？所以那个司机一定是他。他当时带着有关我的半个想法，因为那时我顶多也只是我母亲的一个想法，或者说只是她的半个想法——如果这个想法没有在基特塞越过匈牙利边界，去了察恩去的地方。

接下来的故事就很简单了：他们在我外祖父的哥哥——卡普伦的邮政局局长——的保护下生活了七年，他能保住他的职位是因为他加入纳粹党。因为卡普伦当时实在太小了，他发现这个职位无足轻重，身上的这身纳粹伪装很容易维持，不过在他所监视的一个青年俱乐部面前有点困难——他们当中不少人怀疑这位邮政局局长的忠诚度，一次在希特勒青年团的军营的一间隔音不好的厕所里将他逮个正着，用党卫军的一个轻量级喷火器烧他——这个喷火器那天早上这位邮政局局长已经演示过。那时，战争即将结束，我认为我的母亲或外祖父母没有遭受太多不幸，也没有太挨饿。尤其是因为有恩斯特·沃特泽克－特鲁默这个囤积食物的天才，还有我外祖父在维也纳明智地把香料收进那最后一个行李袋里。

其余的故事都写在戈林给林茨的希特勒的电报里，因为戈林在柏林收听广播，听到元首在那第一个城市受到了凯旋式欢迎。戈林问："如果民众的热情如此高涨，为什么不一干到底呢？"希特勒当然乘胜追击，一干到底了。仅在维也纳一地，盖世太保的第一波逮捕行动就逮捕了 7.6 万人。（如果察恩·格兰茨不是带着那个编辑逃亡的出租车司机，他就不会成为这 7.6 万个被捕者中的一个了吧？所以他一定是那个司机。）

其余的故事，就我而言，只得等待我母亲的第二个追求者了。我不想说他不如第一个追求者，我真的不想这样说——也不想说我谴责了我的母亲，因为她不让察恩·格兰茨做我的父亲。因为即使我的身体里没有察恩·格兰茨的基因，但是肯定有察恩·格兰茨的某些影响。我只想说，察恩·格兰茨将我作为一个概念放进了我母亲的身体里。即使他没有在她身体里放进别的东西。

第八次动物园侦察

1967年6月6日，星期二，凌晨3:00

几乎每只动物都倒头睡去了。水禽馆中有一只水禽在吱哇乱叫，好像在发布什么预言，或者在说它消化不良。我当然睡意全无，我也不相信欧·施鲁特会有什么睡意。但其他动物都呼呼睡着了。

我一直在想：他们是怎么知道最后一只大海雀已经死了？那些三一湾的爱尔兰人——他们听到大海雀最后的喃喃低语了？它真的说过“我是最后一只大海雀，从此世上再无大海雀了”吗？

我听说，爱尔兰人总是喝得醉醺醺的。他们怎么能确定那只被冲上岸的大海雀是世上最后一只？这可能是个阴谋。大海雀可能已经预料到了自己这个物种将要灭绝，于是派了一位殉道者——它受到指令，必须让自己被人认作最后一只大海雀。在世上的某个地方，也许是威尔士废弃的沿海别墅里，一个大海雀部落还静静地生活着，繁殖着后代，并教导它们孩子牢记那个为了它们种族的生存而把自己冲上岸去的殉道者的故事——我们可不要上当受骗。

我不知道大海雀是不是一种记仇的鸟。我不知道它们的后代是否好战，它们是否组成了潜水队，破坏小渔船，散布像海蛇和美人鱼这样古老而令人难以置信的谣言——直到伟大的海雀海军统治世界水道的那一天。人类历史就是这样发展的。我在想，幸存下来的大海雀会记人类的仇吗？

我也一直在想欧·施鲁特这个人。真奇怪，我竟会杜撰出与他同名同姓的一个人。我翻阅了一下我以前写的各种小说，真小说也好，假小说也好，找到了另一个欧·施鲁特。这个欧·施鲁特肯定比这个夜间保安的年纪更小。很有意思的是，我杜撰的这个欧·施鲁特应该是一个小角色，一个跑堂的角色，维也纳纳粹青年团一个用字母表示的成员。这很有意思，不是吗？

想象一下：如果我杜撰的欧·施鲁特经历了所有我期待他扮演的跑堂角色，那么欧·施鲁特现在会怎么做？还有什么比席津动物园的第二班夜间保安更完美的欧·施鲁特吗？

（继续）

精选版希格弗里德·加沃特尼克自传：前史Ⅱ

我无法为我父亲在南斯拉夫的民族地图上找到一个合适的位置。1919年他出生于耶森耶，这至少使他成为克罗地亚人，也可能是斯洛文尼亚人。他当然不是一个塞尔维亚人，尽管弗拉特诺·加沃特尼克是个非常世俗的南斯拉夫人，我相信他是持有这样看法的唯一的南斯拉夫人：做塞尔维亚人而不是克罗地亚人，其实没有任何差别。区分一个人是克罗地亚人，还是斯洛文尼亚人，这是非常荒谬的行为。他的政见完全属于他个人。

我的意思是他不属于任何党派。如果他出生在耶森耶，他很可能就成为一个受洗的罗马天主教徒。如果不是这样，那至少可以肯定的是，他离塞尔维亚的距离很远，不会成为东正教徒。但不管怎么说，对弗拉特诺来说，这些都是无关紧要的。

不过，似乎有一件事很重要。我父亲是语言学家，耶森耶离我父亲学习语言的萨格勒布大学不到五十英里。这对他来说可能是个预兆——幼年时就有悲观主义思想：在占领军前来占领之前就掌握几支占领军的语言。

不管动机如何，1941年3月20日，弗拉特诺来到了萨格勒布。此日，外交部长钦萨－马尔科维奇离开柏林前往维也纳，贝尔格莱德大学的学生在塞尔维亚校园示威，焚烧德语课本，并在所有德语课上设置了警戒，不让学生进入课堂。

在萨格勒布的克罗地亚人的反应可能是阴沉的，他们认为塞尔维亚人一定会因为他们对德国的疯狂反抗而被杀得一个不剩。弗拉特诺认为他们想错了。你站在哪一边并不重要：德国人来到南斯拉夫的那一天，说一口德语可以救你的命。烧课本当然是不明智的行为。所以，第二天我父亲离开萨格勒布去了耶森耶。我相信他是简装前行的。

那一天，三方协议在维也纳签署。弗拉特诺听到这个消息的时候，或许正在前往耶森耶的途中。我敢肯定他猜到了，对德国人的欢迎，许多塞尔维亚狂热分子是不会接受的。我相信弗拉特诺一直在练习他的德语成语。

我可以听见他去耶森耶的一路都在练习他的德语。

事实上，第二天晚上，在贝尔格莱德，革命总参谋部正在进行最后的决定性会议，而此时的弗拉特诺或许在进一步熟悉他的不规则动词。当时，大胆的兼并正在进行中，对德国进行不自量力的抵抗方案也在制订中，而弗拉特诺正在进行元音变音练习。

在贝尔格莱德，卖国贼政府被推翻，总理茨维特科维奇于凌晨2点30分被捕。晚些时候，保罗王子在萨格勒布的火车上被抓，他被流放到希腊。在贝尔格莱德出现了很多英雄：达尼洛·佐贝尼察中校，坦克部队指挥官，救出了年轻的彼得国王；拉多耶·克内泽维奇教授，彼得国王的前导师；伊利亚·特里富诺维奇·伯查宁，切特尼克的指挥官——切特尼克就是一战中英勇的塞尔维亚游击队员，人们说他们是唯一能与土耳其进行肉搏战的勇士。

而在耶森耶，我的父亲的德语已经相当流利，为他日后灵活的生存做好了准备。

第九次动物园侦察

1967年6月6日，星期二，凌晨3:15

几分钟前，我产生了一种强烈的冲动，很想去检查一下大象的睡眠情况。我相信每个人都曾经听说过大象从不睡觉，就像我一样。所以我决定去看看大象，甚至冒着打扰其他现在终于睡着了的动物的危险——或甚至冒着引起失眠专家欧·施鲁特注意的危险。毕竟，在这个世界上，检验传说的机会并不多。我经常认为大象不睡觉的传说是需要检验的。

我要对你说的是，我早就对这个传说产生了怀疑。我原以为在厚皮动物馆会发现一片巨石场，成群的大象在那里沉睡——大象的土丘铁笼。我想象大象一个连着一个，像西方常见的马车车队围成一圈——大象的鼻子互相缠在一起，就像巨蟒，在巨石上晒着太阳。

但你如果以今晚为例，这个传说可以说得到了证实。大象区的所有大象都不可思议地醒着。大象们站成非常标准的一排，像普通的谷仓里不安分的马儿一样，它们的巨头悬在栅栏的前面。它们点着头，挥动着象鼻，慢条斯理地喘着气。

当我走到栅栏前面时，它们把象鼻伸给我——鼻孔一张一合的。象鼻亲吻我的手。其中有一头大象感冒了——象鼻流着鼻涕，呼呼作响。

“等我下次回来办正事的时候，”我低声说，“我会给你带止咳药水。”

大象点点头：好的，如果你能记住你所说的话。我以前常感冒。

百无聊赖的大象们点着头：多带点止咳药水来，说不定到那时我们可能都会感冒。这里所有动物都很能传染。

我深感困惑。也许它们的失眠与寿命有某种联系。七十年都不打一个盹？这似乎是太不可能了，但也许这就是大象们象鼻对着象鼻在哼哼的一个传说：你睡着，你就死。

应该想办法告诉它们，睡眠是完全有助于健康的。

我敢打赌，没有人能让欧·施鲁特相信这个道理。

当我从厚皮动物馆里大步走回树篱时，我听到了他的声音。我听见他正在拿那些动物的睡眠做冒险。小型哺乳动物馆的门吱吱作响，可以滑动的玻璃也在滑动。

欧·施鲁特，在残留的红外线灯光中爬行。

我敢打赌，欧·施鲁特肯定不好对付。但只要他待在小型哺乳动物馆里，我只能等机会。

或者，回去问问那些对睡眠持怀疑态度的大象，它们一定非常聪明：是什么使得欧·施鲁特沉迷于红外灯光中不能自拔？另外，二十多年前，老施鲁特是怎么干的？

（继续）

精选版希格弗里德·加沃特尼克自传：前史Ⅱ

当纳粹德国空军不经宣战就轰炸了贝尔格莱德这座不设防的城市时，我不知道我那鬼鬼祟祟的父亲在哪里。我敢肯定，他也不会遵守任何协议。

1941 年 4 月 6 日，海因克尔双翼战斗轰炸机和斯图卡俯冲轰炸机同时出动。纳粹德国的国防军共三十三个师一举进犯南斯拉夫，其中六个师是装甲部队，四个师是摩托化部队。他们的目标是在 5 月中旬向俄罗斯进军，那时是旱季，道路仍然很坚硬。所以德国人对这场新兴革命发起了进攻。进攻如此激烈，到 5 月 4 日，德国宣布南斯拉夫这个国家已不复存在。但在 5 月 10 日，德拉扎·米哈伊洛维奇上校带着狂野的切特尼克在拉夫纳戈拉山上升起南斯拉夫国旗。米哈伊洛维奇和他的狂热的自由战士整个夏天都在做这种事情。

噢，你们都知道，有故事在流传：克罗地亚的卖国贼和其他南斯拉夫的投降者是如何和德国人一起追捕切特尼克的；切特尼克如何将自己伪装成克罗地亚卖国贼，也做出到处寻找切特尼克的样子；米哈伊洛维奇是如何成为一个山地魔术师的——在塞尔维亚各地射杀德国人，事实上，在不断关注事态的美国，《时代》杂志评选德拉扎·米哈伊洛维奇为当年年度人物。共产主义媒体也是非常值得赞许的。毕竟，德国人并没有在 5 月中旬进军俄罗斯。他们被耽搁了五个星期，他们在泥泞的俄罗斯道路上打滚。他们也不能派出三十三个师了；十到二十个师作为占领军被留在了后方——他们仍然在追捕狂热的切特尼克。

他们都是英雄。但我想知道的是，我的父亲现在身在何处。我怀疑他在耶森耶度过夏天，忙于学习可能到来的造访者的语言——甚至学习了各种外国葡萄酒和汤的名字，香烟牌子和电影明星的名字。不管怎么样，对他的下落，我一直不明了——直到1941年秋天，他突然出现在斯洛文尼格拉代茨。

斯洛文尼格拉代茨到处都是屈膝投降了的斯洛文尼亚人和克罗地亚人，他们觉得，在德国占领之下他们是颇为安全的。他们憎恨那些在东南部疯狂抵抗的塞尔维亚人。在斯洛文尼格拉代茨，我父亲唯一恐惧的人是那些居无定所的塞尔维亚人。1941年10月21日，他们公开抗议发生在克拉古耶瓦茨的大屠杀，由此引起了世人的注意。关于大屠杀的各种报道说法不一。一个电台说，二千三百个塞尔维亚男人和男孩被机关枪扫射而死，以报复切特尼克杀死了十个德国士兵，另有二十六个德国人也受到狙击手的射击，但只受了点伤；另一个电台说，至少有三千四百名塞尔维亚人被枪杀，这个数字大大超出了德国人的许诺：为打击切特尼克的狙击手进攻，他们要进行严厉报复，每死一个德国人，就杀一百个塞尔维亚人；每伤一个德国人，就杀五十个塞尔维亚人。

不管哪种报道是正确的，反正从星期三到星期日，克拉古耶瓦茨的女人们一直在挖坟墓，而得知德国人向克拉古耶瓦茨镇议会向穷人赠送了三十八万第纳尔的款项时，整个斯洛文尼格拉代茨至少平静下来了。大屠杀后，人人都成了穷人。吊诡的是，德国的这笔捐款数估计比被德国人杀死的二千至三千名塞尔维亚男子和男孩的一半人的口袋里可能装着的钱加起来还要少一些。

克拉古耶瓦茨大屠杀让所有斯洛文尼格拉代茨人都跑到了户外，就是为了听一听相互冲突的电台报道，并从人们的街谈巷议中捕捉这个城市的情绪。事实上，这场大屠杀使得不少本来置身事外足不出户的人都公开抛头露面了。

这其中就有我的父亲——他出门去听他的母语塞尔维亚－克罗地亚语的各种方言，从一个咖啡馆到另一个咖啡馆学习着各种各样的德语口语。

这其中就有整个斯里夫尼察家族成员——他们被称为可怕的恶魔，他们所有人都被招募进入了乌斯塔沙恐怖组织，该组织的头目被认为是法西斯分子安特·帕韦利奇。我们都知道，1934 年在马赛刺杀亚历山大国王和法国外长巴尔都的，就是帕韦利奇手下的一个雇员。

据报道，意大利法西斯是这个乌斯塔沙组织的幕后操纵者。众所周知，南斯拉夫的各个邻国利用了塞尔维亚人和克罗地亚人之间无休止的纷争，但斯里夫尼察家族成员是乌斯塔沙特殊组织的特殊成员。噢，他们发动恐怖并不只是出于政治目的。他们有工作，生活富足。事实上，当我父亲遇到他们的时候，他们正在吃饭——尽管只有可爱的达布林卡首先看到了我父亲的眼神。

斯里夫尼察一家正坐在米斯利尼亚河上方一家露天餐厅的长桌旁。美丽的达布林卡正在为她的两个姐姐和四个哥哥斟酒。她的姐妹们与我父亲眼中的达布林卡相比，简直不值一提。一个是矮胖的、嘴巴圆圆的芭芭，另一个是闷闷不乐的、身材像圆瓜一样的朱尔卡。达布林卡的身体线条优美、骨骼清秀——她的五官比肉体更漂亮，我父亲总是喜欢这样说。达布林卡是一股清凉的细流——与其说她是一朵花，还不如说她是一根绿茎。我父亲起初还以为她是一名女招待呢，从来没想到她就是这个厉害家庭的一员。

隔着一张桌子，我父亲朝着她举起空杯子。“我的姑娘。”他说，“你能帮我倒满吗？”达布林卡抱着醒酒器，她转身到另一边去了。斯里夫尼察家的男人们转向作为语言学家的我的父亲，他们操起了塞尔维亚语和克罗地亚语。我父亲感觉到了他们的愤怒。噢，是的。四个男人：壮实的双胞胎兄弟加夫罗和卢特沃；最年长的，也是他们的头领比杰罗，还有恐怖的托多，他的身体让人望而生畏。

“我们拿什么来倒满你的杯子？”比杰罗问。

“指甲吗？”托比说，“还是磨砂玻璃？”

“噢，你们真是一家人。”父亲大声说，“噢，是的，我看出来了。”

他们这几个兄弟姐妹的外貌都非常相像，但达布林卡显然是个例外。他们身上的橄榄黑和绿色只出现在她的眼睛里，她没有他们突出的额头，没有他们的黑色皮肤。她也没有他们那扁平的、好像被别人打得坑坑洼洼的脸颊——就连芭芭和朱尔卡都是这样——也没有那对双胞胎那样小的眼缝。她没有比杰罗那样夸张的酒窝，更不要说托多那样高大的块头了，也没有他那开裂的下巴——那简直好像是老鼠尾巴那样的锉刀锉了好几个小时的结果。

“你们七个人！”我父亲说，“噢，真是个大家庭！”他心里在想：究竟是哪两个不可思议的人结合生出了他们？

“你认识我们吗？”比杰罗问。双胞胎兄弟一言不发地坐在那里，摇晃着脑袋；芭芭和朱尔卡舔着嘴唇，努力在想着什么；穿着罩衫的达布林卡脸涨得通红；托多晃着笨重的身体。

“这将是我的荣幸。”我父亲用塞尔维亚－克罗地亚语说。他摇摇晃晃地站起来，然后他用德语说：“这将是我的荣幸。”再用英语说：“我当然很高兴认识你们。”然后他用母语俄语说，希望引起泛斯拉夫式的同情：“极其高兴！”

“他是语言学家！”托多说。

“语言学家。”比杰罗说。

“真有意思。”芭芭说。

“只不过是一个毛头小孩。”朱尔卡不屑一顾地说，而卢特沃和加夫罗坐在那里不说话。

“你不认识我们吗？”他们当中的那个头目比杰罗说。

“但是我很想认识你们。”父亲用最纯正的塞尔维亚－克罗地亚语说。

“把你的酒杯拿过来。”比杰罗命令道。

“或许，”托多说，“我们可以把你玻璃杯的边缘磨成尽可能细的粉末，然后让你就着玻璃粉吃下去。”

“你很幽默，托多。”比杰罗说。

“我只是想知道，”托多说，“他喉咙里含着玻璃粉的时候，会说什么语言。”

比杰罗轻轻拍了一下双胞胎中的一个。“把你的椅子让给语言学家，你自己再去拿一把。”他说。加夫罗和卢特沃都去找椅子了。

我的父亲坐下后，芭芭说：“噢，给他一把椅子！”

“你继续去找，如果你愿意。”朱尔卡说。

加夫罗和卢特沃各拿了一把椅子回来。

“他们是哑巴。”芭芭说。

“是笨蛋。”朱尔卡说。

“他们两个人只有一个大脑，”托多说，“这是一笔小小的生活费。”

“你真够幽默，托多。”比杰罗说。托多和双胞胎默不作声地坐着，双胞胎满脸疑惑地坐在那多出来的一把椅子上。

当年轻的达布林卡转过身，我的父亲感到他的葡萄酒杯重得端不起了。

这就是弗拉特诺·加沃特尼克与斯里夫尼察家族成员相遇的情形，他们是乌斯塔沙恐怖组织的临时工作艺术家——他们很需要一个语言学家。

乌斯塔沙有一个十分微妙的计划。事实上，这项工作如此微妙，以至于斯里夫尼察一家在过去两个星期里对此一筹莫展——这是非常让人吃惊的事。他们需要找到合适的人。斯里夫尼察这家人对工作总是有焦躁不安感——或者说，对语言学家看来随机性没有那么大的工作感到焦躁不安。他们的上一份工作让全家人都出动了，这使每个人都感到了满足。一名未经授权的在南斯拉夫工作的法国新闻记者曾到一个典型的斯洛文尼格拉代茨家庭寻求家庭体验，以便亲自了解一般斯洛文尼亚人或克罗地亚人的法西斯主义情绪和意大利、德国间的情感深度。乌斯塔沙对这种宣传不感兴趣，觉得法国人对巴尔都部长被暗杀很恼火，所以乌斯塔沙选择了斯里夫尼察家作为法国记者的典型体验家庭。

但是这位佩西勒先生认为斯里夫尼察家不够典型，或者说，他至少想体验这样一个家庭：没有哑巴的双胞胎兄弟，父母有一位健在。也许他在怀疑，与我父亲一样在怀疑，他们是否为同一父母所生；或许他对达布林卡还看得顺眼，而芭芭和朱尔卡又过分主动。因此，斯里夫尼察一家的感情受到了伤害。不管怎么样，这对快乐的双胞胎兄弟：加夫罗和卢特沃，在这位法国人满是灰尘的汽车引擎盖上画着画，画中非常精彩地将佩西勒先生像石头一样推到了米斯利尼亚河里。

现在有了这份需要他们人人参与的工作——一个真正的家庭项目。但寻找语言学家不是那样。托多承认那是如此乏味，以至于他担心自己的幽默感都没有了。

噢，是的，乌斯塔沙恐怖分子为我父亲布置的工作确实比处置一个未经授权的法国记者要微妙得多。这个新课题是一个名叫戈特洛布·伍特的德国人。他在南斯拉夫是合法的，正如他的部队一样。我父亲的任务是——至少在目前，不是处置他。戈特洛布·伍特是巴尔干第四摩托部队的首领，穿戴着一身童子军装备。乌斯塔沙并不想与德国人发生什么麻烦。他们主要是想让我父亲和戈特洛布·伍特交个好朋友。

斯里夫尼察家族要让我父亲做好准备，来完成这项艰巨的任务。据了解，戈特洛布·伍特从未交过一个朋友。

可怜的伍特被战争连根拔起，居无定所——并非所有德国人都是这样。戈特洛布原来是从事艺术工作的，后来参了军。而乌斯塔沙感兴趣的是他的神秘过去，这个一向低调、喜欢怀旧的戈特洛布·伍特可能会向一位朋友透露自己的过往。

不知道乌斯塔沙与戈特洛布有什么过节，但我怀疑这是自尊心受伤的问题。戈特洛布·伍特战前是内卡苏尔姆NSU摩托车厂的一名赛车机械师。摩托车界总是说伍特有一种神秘的魔法。乌斯塔沙还认为他有暴力的魔法，甚至某种犯罪的魔法——因为新型号的NSU赛车出人意料地赢得了1930年的意大利大奖赛。赛车手虽然是英国人弗雷迪·哈勒尔，但乌斯塔沙认为，这次胜利，戈特洛布在当中起到了很大作用，这作用不仅仅来自他的精准、天才的阀门控制。乌斯塔沙的意大利同行提供了一些证据，证明戈特洛布·伍特不单单有效修补了发夹结构的阀门弹簧。据称，戈特洛布·伍特还修补了意大利最受欢迎的赛车手圭多·马贾科莫的头部。赛后，在赛车车身修理店，人们发现马贾科莫的尸体静静地躺在他大为吹捧的维洛塞特牌摩托车旁边，这辆赛车就错过了这场比赛。当局称，在案发现场发现，圭多·马贾科莫的太阳穴被阿迈勒赛车的化油器严重砸陷了。据说，戈特洛布·伍特，在那些日子里，有充足的阿迈勒赛车用的化油器。将化油器的下降气流角稍作倾斜，这辆新型号的NSU赛车就达到了一个新的速度。

不幸的是，乌斯塔沙在意大利的对等组织所支持的一些财团把钱投给了圭多·马贾科莫和他大加吹捧的维洛塞特牌摩托车。当博彩营业额一公布，人们发现由英国人弗雷迪·哈勒尔和德国人克劳斯·沃弗组成的NSU车队大赚了一笔，但记录显示，他们的这笔赌注是由神秘的机械师戈特洛布·伍特投下的。是伍特拿走了所有的钱。

那是1930年的事了，如果乌斯塔沙向伍特的纳粹上级揭露这一罪行，德国人肯定不会在意。戈特洛布·伍特是巴尔干第四摩托车巡逻队的一名有价值的队长。

摩托车队在眼下似乎没有多大价值了。德国人发现摩托车巡逻在南斯拉夫战场上已经过时。在塞尔维亚山区，他们很容易成为被袭击的目标：切特尼克在山上打游击，而摩托车很容易被发现。把戈特洛布·伍特的部队部署在斯洛文尼格拉代茨也不那么重要。在斯洛文尼亚和克罗地亚，并没有发生真正的战争——这只是一场简单的占领。对于警察工作来说，还有比摩托车更好的工具。

在一个安静的城市里，戈特洛布手下粗野的摩托车手看起来有点傻笨。

当然，对于戈特洛布，乌斯塔沙不仅仅关注以往的金钱恩怨，还有比这更要紧的事。他们认为，如果能发现这个神秘的老家伙犯下了新的犯罪活动就好了，而这个犯罪活动是可以被描述成反德国的。他们已经探到了他的一桩小丑闻。戈特洛布·伍特没有朋友，但他有女人——一个塞尔维亚女人，一个斯洛文尼格拉代茨的政治流放者。从这个事情也许可以看出，戈特洛布·伍特对自己的德国血统并不在意。事实上，他似乎对整个战争都他妈的不在乎。

这场名为“抓住伍特的罪证”的运动就这样开始了。我父亲在斯里夫尼察家的厨房餐桌上研究起摩托车赛车的历史。他了解了各场比赛赛手的名字和比赛的日期。他知道了汽缸口径和冲程以及重要的压缩比等概念：他能够区分侧阀型与增压双顶凸轮型这两种车型了，后者有 350cc 和 500cc 的区分。我父亲从未骑过摩托车，所以斯里夫尼察家人尽可能地帮助他。

身休宽大的托多趴在地上，我父亲骑在他上边。托多把两只手肘当车把。他演示了转弯的动作。比杰罗大声喊着路况。

“右急转弯。”比杰罗说。

“脊背上往后靠。”托多说，“不要移动两个肘部，你永远不要想着把控摩托车的方向，车把只是用来握的。你得斜着开摩托车，屁股和头都斜着。现在稍微向右偏一点。”

“左急转弯。”比杰罗说。他看着我父亲小心翼翼地在宽阔的后背上往左倾，膝盖在滑动。

“你不能那样转弯。”托多说，“你疯了，弗拉特诺，我的孩子。现在让我们感觉一下膝盖。使劲挤压我。”

芭芭咯咯笑了。“我想当摩托车。”她说，“让我当吧。”

“托多当摩托车当得真好。”老大比杰罗说。他对摩托车是很有眼光的。他从前偷过一辆意大利诺顿牌摩托车，在塔尔维西奥越过边境——噢，那是在他成为一个负责任的家族首领之前——骑着这呼呼作响的大家伙翻山越岭回到南斯拉夫，在没有海关检查站的地方越过边境，因为他没有走正经的路。他一心想着要骑着摩托车回家乡，最后骑在了大道上，他一下子开进了布雷德郊外的萨瓦河，浑身湿漉漉地从河里爬出来，但快乐异常，因为他知道，如果有机会，他想再来一次。他就这样一路颠簸，终于开到了斯洛文尼格拉代茨——他是这么说的。

至少，他是我父亲的好老师。我父亲骑在托多·斯里夫尼察的身上，每天晚上要骑好几个小时，比杰罗以挑剔的眼光注视着他。芭芭自告奋勇地要当摩托车，她的后背也是很宽大的，如果托多答应，她就可以心想事成。朱尔卡说她要紧紧夹住油箱——哥哥的胸腔，要比弗拉特诺夹得更紧。

我父亲在晚间厨房里骑摩托车的这几个小时里，也许能看到他那害羞的达布林卡一两次。她倒了酒，端上咖啡，身体的某个部位被她的姐妹们捏一下。她从来没有与我父亲的眼睛对视过。有一次，在一个左急转弯时，弗拉特诺对达布林卡展开微笑，他会永远保持这个微笑，等着被她的目光捕捉到。可是托多转过头来——他的后脑勺通常还当作车头灯和必要的仪表盘。在这个急转弯的过程中，托多把我父亲摔了下来。

“你的车倾斜得太厉害了，弗拉特诺。”他说，然后朝我父亲坐的地方靠过去。“我觉得应该让一个成熟女人来给你骑。”他说，“你不用出去找这样的女人，你也不用冒着被人杀死的风险去找。”托多用食指和中指比画出一把剪刀，就像园丁用的大剪刀，这把剪刀在我父亲的膝盖上方咔嚓剪了一下。

噢，既然搜寻语言学家的工作已经结束了，你可以看出，托多·斯里夫尼察的幽默正变得越来越有意思了。

第十次动物园侦察

1967年6月6日，星期二，凌晨3:45

一看到那些大象，我就昏昏欲睡，但如果它们能坚持七十年或更长时间不睡觉，那我想我也可以再坚持几个小时不睡。只是这里太安静，有那么一会儿，我觉得极其无聊。

当我从厚皮动物馆回来的时候，四周太安静了，我沿着树篱一直往前走。我沿着小路走到羚羊的围栏边。我意识到，不知为什么，我一直没来看羚羊。

围栏很容易就爬过去了，但我一踏进围栏，羚羊就跑到棚子里去了。它的后蹄向棚门外张开，就露在斜坡上面，球节上都是丝一样的白毛。它看上去就像一个刚进家门就被雪橇撞倒的人——在门口遭到了伏击。但当我小心翼翼地走到它的身后时，它抬起头，把脸从门口伸出，沐浴在月光下。我摸了摸它湿漉漉的黑色鼻子，它哼哼着。这有点令人失望，它太温驯了。我原以为它会向我发起挑战。只见它背靠着棚屋墙，竖着犄角，伸出蹄子，感到害怕。直到我向它证明我是值得它信任的，它才安定下来。但羚羊不需要证明。它又躺在地上，伸直身子，抬起一只脚，露出了大屁股——实际上跪着了！它的大屁股撞击着斜坡的木板。它十分疲倦地站起来，好像在说：好吧，我带你去看我的卧室，你自己恐怕找不着。

它邀请我进到它的小屋。它退回去，完全离开斜坡，点着头，领我看它的房间：这是天冷的时候我睡觉的地方，天热的时候，你也看到了，我就把身体的一部分挂在门外；这是我吃早中饭的地方，就靠在一个没有玻璃的窗口边，我也坐在这里读书。

它在棚子的各处敲打着（我想，它一定盼着我给它吃东西），当我向它表明我没有什么东西可以给它吃的时候，它好像很生气，走出了它的屋子。月光照在斜坡上反射回来，这反射的月光就像闪光灯似的，将它的蛋蛋照得通透发亮。

应该确切描写一下它的蛋蛋的大小。不像篮球那么大——那肯定是夸张了。但比垒球要大——真的！比大象的蛋蛋要大，刚才大象站立在那里的时候我看到大象的蛋蛋了。羚羊的蛋蛋的大小与排球差不多，只是重量太大，所以无法保持完美的圆形。是立在地上的排球，或者说是放了气的排球——上面有很多的凹陷，就是因为没有了空气。这是我最接近真相的描述了——我不想说，它的蛋蛋挂在长长的松松垮垮的钱包里，在下面晃荡；另外，这蛋蛋像包着一层硬壳似的——这原因无外乎可怜的羚羊住的这破烂屋子里烂泥满地。

想象一下：这头羚羊就出生在席津动物园！完全被洗脑了！它以为蛋蛋只是用来晃着到处走的呢。从没有谁告诉过它蛋蛋的真正用途，它可能连雌性是怎么回事都不知道。

于是我开始这样想：为什么没有其他的羚羊、山羊或经验丰富的角马来教教这儿的羚羊，这蛋蛋能干什么用？

我相信：正是禁欲，才使得它的蛋蛋如此巨大！

于是我查看了一下周围的羚羊场，想找一头雌性羚羊给这头天真的、性冷淡的羚羊开开窍。白纹牛羚太小了，太容易受惊，只会让我们的羚羊感到沮丧。我觉得那只白尾巴的角马身上的毛实在太多；格雷夫人的那头非洲大羚羊看上去像一个可笑的处女；捻角羚也不能做老师；麋羚的背部太单薄，而唯一的雌性黑尾牛羚居然长着胡须。在席津动物园里，没有什么比一头温柔的老母牛更合适做羚羊的引路者了。

我就这样决定了。我不想让淫荡的美洲驼坏了这羚羊的身子，我希望把最好的一切都放在大逃亡的那一天；我希望我的羚羊能一劳永逸地逃到多瑙河岸边的瓦豪牧场，在那里它可以尽情追赶女皇一般高贵的母牛，去统治那些胆小怕事的牛群。

我这样想着，心里备受鼓舞，悄悄地走过了小型哺乳动物馆。欧·施鲁特就在这个小型哺乳动物迷宫的小巷子里走着——我听到嘎吱嘎吱的开门声，玻璃滑门移动的声音。

除了欧·施鲁特笨手笨脚弄出的声响之外，我站在敞开的门外还听到了新的声音。欧·施鲁特已经吵醒了他身旁的这些动物：到处可以听到脚步声、刮擦声，以及爪子拍打玻璃的噼啪声。我正想，动物被吵醒，正是欧·施鲁特本人出现在过道的前奏，这时他突然拉门而出——我赶紧快步沿小路走下去，迅速退回到我的灌木篱笆丛里。我听到小型哺乳动物馆迷宫一样的过道里传来哀号声。一声尖叫被强力打断了，好像是欧·施鲁特突然开门惊醒了哪只可怜的动物的噩梦，然后又猛地关上门，关门的速度与开门的速度一样迅速——或许，他害怕落入那野兽的噩梦中。

那哀号声是会传染的。小型哺乳动物馆里呜咽声不断。噢，尖叫声响起，旋即被打断，虽然很有些沉闷，但没有完全消失。就好像一列装满动物的火车从你身边经过，开得很快，那些受到惊吓的动物的叫声突然向你扑来，就像疾驰的马车甩过来的鞭子。哭声到处都是，就像鞭子抽打过你的脖子，马车已经飞奔而去，而那疼痛依然留在脖子上久久不去。

我从最近的树根间隔中爬了进去，爬到我的树篱后面。我屏住呼吸，一动不动。

直到我呼出一口气，听到一千个呼气声的时候，我才意识到整个动物园又都醒来了。

（继续）

精选版希格弗里德·加沃特尼克自传：前史Ⅱ

1941 年 10 月 26 日，星期日，斯里夫尼察家人断定，弗拉特诺·加沃特尼克可以与戈特洛布·伍特见面了，伍特有星期天与人见面的习惯。

摩托车巡逻队每星期日休息。位于斯玛廷街上的巴尔干第四军营不设卫兵，位于附近街区、靠近米斯利尼亚河岸的摩托车队车库也不设卫兵。

星期日早上，伍特与他的塞尔维亚情妇悠闲地共进早餐，他已经把她公开地安置到斯玛廷街的一套公寓里，公寓位于巴尔干军营和摩托车车库的中间。每个星期天早晨，伍特都会脚步轻快地走出军营，穿过斯玛廷街。他身穿着浴袍，皮鞋也不系鞋带，腋下夹着制服，这是他一个星期中不戴安全帽（或不随身携带安全帽）的唯一一天。伍特自己带着房间钥匙，可以打开塞尔维亚情妇的公寓。他进房间时，街上所有的人都看着他。

有时，一名巡逻队员会在星期日临时担任送信员。在这种情况下，一辆 600cc 的 NSU 侧阀三轮摩托车就会停在营房前面。除此之外，所有的摩托车都会锁在车库里。

伍特也有车库的钥匙。他会在傍晚时分离开他的情妇，去车库检查摩托车。他走进车库的时候，穿着笔挺的制服，腋下夹着他的浴袍。他在里面捣鼓摩托车一直到天黑。他发动摩托车，调试摩托车，紧固摩托车的部件，跳上摩托车，在好几个车把上拴上校纸条——上面写着他发现的故障的性质，说明故障不加以排除会产生的后果，有时还会想想该对粗心的摩托车手处以什么样的惩罚。

他在检查摩托车的时候，开着车库的门，以便让尾气排出去——同时也让人来参观：参观者大多是孩子，他们站在门口，嘴里发出呼呼声。伍特让孩子们坐在带侧轮的摩托车上，绝不让他们坐到二轮摩托车上：二轮摩托车的支架一旦被掀翻，会把孩子压死的。伍特还带来了塞尔维亚情妇做的糕点，与孩子们一起分享。但是有些孩子会偷东西——哪怕是一个徽章——这样的孩子下次他就绝不让他进来了。谁偷了他什么东西，伍特知道得清清楚楚。

他长得很瘦长，屁股上没什么肉，弓着背，身体抽搐，动作僵硬；他走起路来畏畏缩缩，好像关节一动就疼似的。可能真的很疼。戈特洛布·伍特摔断过所有的手指和一半的脚趾，摔断过两个手腕和两个脚踝，摔断过一条腿和一条胳膊肘，摔断过除了左边最上面的一根肋骨之外的所有肋骨。他摔坏过下巴一次，鼻子两次，凹陷的左脸颊三次——但从未摔坏过凹陷的右脸颊。伍特从未参加过任何摩托车比赛，但他测试了所有比赛用摩托车，以查出故障。NSU靠戈特洛布·伍特来发现摩托车故障。可怜的伍特，被固定在一台或另一台测试摩托车下面，手被一个前刹车手柄刺穿，燃油在他的胸部上面晃动，一个图伦跑车的老旧手动变速器卡在他的大腿上——测试结束时，要靠雇工把怪物从他身上拉开。伍特说："对了，我想说的是，我们没有后悬架。如果有哪怕一个悬架，我们就可以将主梁叉放在前面。因为我没有任何的悬架，我就看不到那个角落。"

现在他开始写条子了，这是一个很枯燥的活儿。布朗斯基，你的轮胎永远是软软的；戈茨，纸巾是堵不住漏油的，你的变速器缺了一个密封圈，你再也不要把纸巾之类的东西塞进去了；沃尔纳，你转弯的时候倾斜得太厉害了，刮伤排气管，弄弯了支架——你这样的胡闹不会给你带来任何好处，到头来只好给你装上一个侧座，叫你的速度慢下来，你这个傻瓜；瓦奇，车尾的挡泥板上的铁十字架不见了，你别告诉我这是我的那些小孩子拿走了，我一直看着他们，我知道有一个小女孩拿走了，或者是你把它拿回家，对别人说这是你得到的一个奖牌——其实你从来没有得到过奖牌——上面有螺丝孔，你不要欺骗别人了，把它放回到车尾的挡泥板上吧；梅茨，你的火花塞很脏了，而我不会给任何人刮炭，那是像你这样不熟练的工人干的活——星期一，你不能吃中饭了。

是的，戈特洛布·伍特现在的工作非常无聊——经历了各种冒险活动之后，现在干的活真要把人无聊死。他本想对手下最好的摩托车手沃尔纳说，当年他是怎样将排气管磨成灰的，他转弯的时候是斜到什么地步的，以至于将排气管磨到一点不剩的——你只要当心支架就行，因为支架会突然将你掀翻，所以摩托车赛车不装支架，也不装排气管。在星期天，戈特洛布要写很多小条子，他不得不写，这样才能保证他的摩托车巡逻队的装备完好——即使这些装备已经过时。在斯洛文尼格拉代茨，零部件和摩托车手都是稀缺货，不像在内卡苏尔姆老工厂的时候那么容易更换。

当然，1941 年 10 月 26 日的这个星期日是斯里夫尼察家为我父亲选定的一个好日子。在这天，我父亲要想办法为戈特洛布·伍特单调沉闷的生活带去一些新鲜的刺激。

这也是克拉古耶瓦茨的寡妇们挖坟墓的第五天，也是最后一天，她们天天抡铁锹不停，已经疲惫不堪了。

对米哈伊洛维奇的切特尼克和共产党的游击队来说，这或许是隐蔽战斗的一天。现在，共产党的游击队站在了切特尼克一边，打击德国侵略者。共产党游击队的领导人是克拉尼耶茨村一个克罗地亚铁匠的鲜为人知的儿子。铁匠的儿子加入奥匈帝国军队去了俄国前线。他投靠了俄国人，在内战中与红军并肩作战，然后作为南斯拉夫共产党的领导人回国；1928 年，他以共产党员的身份被捕，并入狱服刑五年；据称，他在南斯拉夫共产党还是非法组织的那个时期担任了这个组织的负责人——尽管当时与维也纳的巴尔干地下抵抗组织的有关人发誓说，他们从未听说过这个铁匠的儿子。

巴尔干地下抵抗组织的某些成员声称，这个铁匠的儿子实际上是俄罗斯情报部门的一名特工，他一直待在苏联，直到德国人执行了这个推迟了的入侵南斯拉夫的计划。不管他的真实历史是什么，铁匠的儿子成了共产党游击队的神秘领袖，他们现在不再与切特尼克战斗，而是与切特尼克并肩作战，对抗德国人。他是一个共产主义者：他有一个很大的、英俊的斯拉夫脑袋；他曾与米哈伊洛维奇并肩战斗，后来与米哈伊洛维奇交恶。他真的是一个非常神秘的人物。

在我父亲将要与戈特洛布·伍特见面的那个时候，很少有人听说过这个名字：铁匠的儿子约瑟普·布罗兹·铁托。

我父亲肯定没听说过他，正如我所说，弗拉特诺很不关心政治。他更关心那些恒定不变的细节：阿迈勒牌化油器的各种用途、双顶置凸轮的各种优点、元音变音和动词词尾。事实上，到 1941 年 10 月 26 日的这个星期天，我父亲已经把他的开场白背得滚瓜烂熟了。

弗拉特诺对着自己轻声说着德语，他甚至还练习了为伍特编写的几句台词。然后，他走进摩托车队车库敞开的大门。他头戴着一顶靛蓝色的摩托车赛车手头盔，头盔上的红色护目面罩略微向后翘起，下巴上的皮带松了，显得很神气；在头盔的耳洞上方，有一对交叉在一起的方格赛车旗，上面印着一个光环，还写着：阿迈勒化油器第一名——最后一次！

“司令先生。”他说，“呃，是的，我还认得你。你当然比我大，我当时才 11 岁，所以我当然也长大了。那个神奇的伍特！”弗拉特诺叫道，“要是我可怜的叔叔能活着见到你就好了。”

“什么？”伍特说。他把工具扔在地上，推开了孩子们。“谁？”伍特说。他那胖鼓鼓的手里攥着一把套筒扳手——这是我父亲有生以来见过的一双最脏、最关节嶙峋的手。

“我是加沃特尼克。”我父亲说，“弗拉特诺·加沃特尼克。”

“你会说德语。”伍特说，“你穿这一身皮衣干什么？”

“伍特，”弗拉特诺说，“我来加入你的队伍。”

“我的什么？”伍特说。

“我找到师父了，伍特，我到这里是要从头学起的。”

“我没有任何队伍。”伍特说，“我不认识任何一个姓加沃特尼克的人。”

“还记得1930年意大利大奖赛吗？”弗拉特诺说，“啊，伍特，你真了不起。”

戈特洛布·伍特解下了他的手枪套。

弗拉特诺说：“我那已经死去的可怜的叔叔把我带过去的，伍特。那时我才11岁。叔叔说你是最棒的。”

“什么？”伍特说，打开枪套。

“当然是摩托车，伍特。修理、驾驶、测试，样样都行，还指导赛车手。叔叔说，你是一个天才。当然，后来政治出了问题，否则我叔叔早就加入你的队伍了。”

“但是我没有任何队伍。”伍特说。

“噢。”我父亲说，“我遇上了一个大问题。”

“我很抱歉。”戈特洛布·伍特说，态度非常诚恳。

“我叔叔死的时候，我也是一个摩托车手。他把他的诺顿摩托车开进布雷德郊外的萨瓦河里淹死了。”弗拉特诺说，“那件事把我毁了，伍特。从那以后我再也没有骑过摩托车。”

“我不知道你想要什么。”伍特说。

“你能教我，伍特。我得从头学起——怎么骑摩托车。我以前骑得很好，但是可怜的叔叔淹死在萨瓦河之后，我失去了勇气。叔叔说你是最棒的。”

“你叔叔是怎么认识我的？”

“全世界都认识你，伍特！1930年意大利大奖赛，太棒了！”

“这话你说过了。”伍特有点不高兴了。

“是我叔叔教我骑摩托车的，伍特。我叔叔说我是那块料。但是我失去了勇气，你要知道。要想让我再骑上摩托车，我得找一个好师父。”

“但现在打仗了，你这个傻瓜。”伍特说，“你到底是什么人？”

“克罗地亚人，我想——如果那有关系的话。但摩托车是国际性的！”

“可是现在打仗了。”伍特说，“我是巴尔干第四摩托车巡逻队的队长。”

“这就是我想要的队伍！”我父亲说。

“这不是一个队伍！”伍特说，“这是一场战争！”

“你真的在打仗吗，伍特？”弗拉特诺问道，“战争会对 NSU 造成什么影响？”

“让我们倒退十年。”伍特说，“再不会生产出一辆新的赛车，旧的赛车也不会有任何改进，可能没有一家可以维修的工厂，我所有的车手都可能失去双腿。一切都会回来的，带着涂抹的伪装漆。”

“噢，你说得对，那样的政治形势下不可能有摩托车的位置。”我父亲说，“伍特，有什么办法可以克服我的恐惧吗？”

“我的上帝！”伍特说，“你不能与德国军队发生任何瓜葛。”

“你能帮助我，伍特，我知道你能。你可以再次让我骑上摩托车。”

“你为什么说德语？”伍特问。

“那你说塞尔维亚语吗？”父亲问。

“当然不说。”戈特洛布说。

“那我最好还是说德语，你说呢？你要知道，我当时开着摩托车走遍欧洲大陆——当然参加的主要是业余比赛。在 1939 年大奖赛中，我是替补摩托车手。遗憾的是，NSU 没有赢得 1939 年的冠军——那一年您的赛车有点笨重，是吗？在旅途中，我学会了不少语言。”

“那是在你失去勇气之前？”伍特说，他有点迷糊了。

“是的，在可怜的叔叔开着诺顿淹死之前。”

“1930年意大利大奖赛的时候你才11岁？”

“是的，11岁，伍特。还只不过是一个满心喜欢赛车的孩子。”

“你发现我在这里？”

“我发现了，伍特。”

“你是怎么发现的？”伍特说。

“全世界都知道你，伍特——整个摩托车世界。”

“这话你前面说过了。”伍特说。

“那你是怎么克服这种恐惧的？”我的父亲问。

“你疯了。”伍特说，“你会吓着孩子们的。”

“求求你，伍特。”我的父亲说，“我以前有过很多冲动，那是对的，但是现在我僵住了。”

“你一定疯了。”伍特说。我的父亲毫无顾忌地朝车库四周看去。

“很多三轮摩托车，”他说，“但它们不是真正的摩托车，真的不是。还有侧阀门摩托车，还有很多是低速扭矩的，我想打起仗来这些很有用，但是你不能靠这些赢得比赛，对吗？”

“等一下。”伍特说，“我有两辆600cc顶盖阀门摩托车。它们跑起来都不错。”

“不过没有后悬架。”弗拉特诺说，“重心太高了，很不好开——我记得1938年的赛事。”

“你记得很清楚。”伍特说，“那时你多大了，孩子？”

“只有两辆1938年的摩托车，侧阀门的，三轮摩托车油箱。”我父亲数着，露出非常轻蔑的表情。“对不起，伍特，”他说，“我弄错了。你这里没有任何我需要的东西。”他向门口走去。“到战争结束的时候，”他说，“NSU将回到老路上去——只会生产轻便摩托车，其他什么也生产不了。”

“他们甚至不会把我送到真正的摩托车赛场上！”伍特说。

我的父亲走出车库，来到斯玛廷大街上，戈特洛布·伍特畏畏缩缩地跟在后面，套筒扳手卡在靴子里。

“也许，”我的父亲说，“他们认为你太老了，不能上前线了。也许他们觉得你别有动机。你盛年已过，活力不再，知道吗？”

“你没有发现那里的赛车。”伍特说，有点不好意思，“我把它藏在防水布下面了。”

“什么赛车？”弗拉特诺问。

“1939 年大奖赛赛车。”伍特说，他站得很不稳，因为两只脚靠得太近——他的手在背后一会儿背着，一会儿松开。

“那辆太笨重的赛车？”弗拉特诺说。

“我可以把它改造得轻便一点。”伍特说，“当然，我必须给它修饰一下，这样就可以让他们以为这就是一辆军用摩托车，与其他的军用摩托车完全一样。我偶尔会骑着它出来跑一跑。你要知道，我必须塞满这些东西：支架、工具箱、背包架、无线电台和马鞍包之类的东西，我必须这样做，这样它才有军用摩托车的样子，但实际上它仍然是 1939 年大奖赛赛车，500cc 汽缸的赛车。”

父亲满心狐疑地回到车库门口。“这是双胞胎摩托车中的一辆，对吧？”他说，“是超级动力的双顶置式凸轮轴摩托车吧？双座车身和盒式柱塞后悬架？”

“想看吗？”伍特说，脸涨得红红的。

伍特掀开了防水布。父亲的眼前是一辆伪装成军用摩托车的赛车，伪装漆的色调显得有些深，因为下面有一层黑色珐琅层。

“它能跑多快？”弗拉特诺问。

“把多余的部件去掉，它就能跑到每小时 150 英里。它的重量高达 486 磅，其中燃料的重量占了很大的部分——这车很吃油。油箱空的时候，它的重量不到 400 磅。”

“上路性能怎样？”弗拉特诺问。他的身体很明显地往车前端扑过去，好像他都明白车子震动颠簸起来是怎么样的。

“噢，上路还是有点难。”伍特说，“把手很难控制，但是动力强劲，不会让你失望。”

“我能想象得到。”弗拉特诺说。戈特洛布·伍特看到我父亲的耳洞上插着赛车旗，就叫一个孩子到军营去取他的头盔。

“你叫加沃特尼克，是吗？”他问。

“弗拉特诺。弗拉特诺·加沃特尼克。”

戈特洛布说：“弗拉特诺，关于你的恐惧……”

“如何克服恐惧，才是问题所在，伍特。”

“弗拉特诺，”戈特洛布说，“我认为，好的赛车手必须有本事转移恐惧。”

“转移到什么地方，伍特？”

戈特洛布说：“孩子，你要假装这是另一种恐惧。假装这就像你第一次学骑摩托车时所感到的恐惧一样。”

“假装？”弗拉特诺说。

“这不太难，”伍特说，“你应该努力假装你从来没有开过摩托车。”

“这应该不会太难。”弗拉特诺说，看着戈特洛布·伍特做膝盖弯曲运动——在登上这辆1939年大奖赛的怪兽之前，他得先运动一下黏糊糊的老关节。

如果你对点火延迟这一性能稍不注意的话，脚踏启动器会一下子把你的脚踝关节弹到你的膝关节附近，让你整个大腿骨尖叫着冲向肺部。

这是戈特洛布·伍特的说法。这位摩托车大师，1939年大奖赛赛车的秘密收藏者，与我父亲一样对政治不感兴趣，也从没听说过约瑟普·布罗兹·铁托这个名字。

第十一次动物园侦察

1967年6月6日，星期二，凌晨4:15

我无法想象欧·施鲁特会怎么对待这些动物。我听到它们在嚎叫——整个动物园都在听。时不时会有一扇门打开，不知什么动物的一阵可怕的喊叫声突然传来，然后门又猛地关上——这喊叫声就被关在里面了。

我只能猜测：欧·施鲁特正在打它们，一个接着一个地打。

这显然是痛苦的时刻。每当一只动物发出大声的呼叫，动物园的其他动物就会做出回应。一只猴子骂骂咧咧，一只大猫会咳嗽起来，各种水禽练习起飞和降落的动作，熊来回踱步，灰色的雄性大袋鼠阴险地打起空拳。更奇妙的是，在爬行动物馆，大蛇一会儿缠绕身体，一会儿解开。似乎所有的动物都感到了愤怒，在为那些置于红外线灯下的同伴哀伤。

我只能猜测：欧·施鲁特正在和它们交配，一个接着一个地干。

在树篱后面有一群杂七杂八的放养动物，它们互相挤成一团，在密谋着什么。我能猜到它们说什么。它们用奇怪的食草牙龈相互咬着对方的耳朵：施鲁特又来了。你听到最后一个叫声了吗？布兰尼克的巨鼠。我知道哪里都有它可怕的叫声。

噢，动物园里到处都是流言蜚语。

刚才，我蹑手蹑脚地从树篱里爬了出来，朝空荡荡的啤酒花园走去，想与那些熊说说话。它们都很紧张不安。在我匆匆经过那头最凶猛的、最有名的亚洲黑熊的铁笼时，它蹲着的身体一下子直立起来，咆哮着冲向栅栏。当我已经走到半个动物园街区远的地方时，我看到它伸出毛茸茸的胳膊还想抓我呢。这头著名的亚洲黑熊一定想起了捕获它的人辛利·高奇——它觉得，欧·施鲁特之所以凶暴得如此不可名状，只不过是因为它是另一个狡诈成性的辛利·高奇罢了。对于可怕的亚洲黑熊来说，所有男人都是辛利·高奇——欧·施鲁特尤其如此。

我想让它们安静下来，但是亚洲黑熊并不听劝。我确实向北极熊低声说，你们不应该相互拿对方出气，后来它们好不容易走开了。我确实恳求灰熊坐下来，好好整理自己的思绪，它却眼睛半睁半闭地向我冲来，但后来还是不太情愿地坐了下来。我的那一对温驯的稀有眼镜熊好像心事重重，站立在那里相互拥抱着。

噢，我只能这样想：欧·施鲁特——你这个发疯的恋物狂——你的什么样的邪恶放纵使得整个动物园陷入疯狂的境地？

但是没有人能够告诉我。我闯入了一个闹鬼的集市，这个地方比伊斯坦布尔更为阴险。在铁笼里，在栅栏后面，动物们在闲言碎语，它们的语言比土耳其语更加暴力和陌生。

我曾想着用塞尔维亚－克罗地亚语与一头斯拉夫模样的大棕熊交谈。但没有哪头动物能告诉我真相。

我只能这样猜想那最后一声尖叫的意义：欧·施鲁特，这个向来慢吞吞的家伙，正在勒死长鼻浣熊。那喊叫声从薰衣草迷宫那边厚重地传来，现在已听不见了，就像整个动物园已鸦雀无声了一样。

现在，只听到可滑动的玻璃门在滑动。所有动物给了我一个土耳其式的解释。

（继续）

精选版希格弗里德·加沃特尼克自传：前史Ⅱ

弗拉特诺学习驾驶1939年大奖赛赛车的时间只限于星期日。我父亲站在斯玛廷街的人行道上，在塞尔维亚女人的房间门口等戈特洛布·伍特。伍特是一个非常守时的人，他身穿浴衣，头戴头盔，脚上的皮鞋不系鞋带，腋下夹着制服。我父亲身穿比杰罗·斯里夫尼察的皮衣，在等待伍特的间歇，顺便把他深蓝色的头盔擦亮。

星期天早上，戈特洛布·伍特要洗两小时的澡。浴缸上放了一个横架，上面放着他的糕点和咖啡。我父亲在盖着盖子的漏斗上吃早饭。他们会闲聊，伍特的塞尔维亚情妇不时地走过来，添上咖啡，给浴缸加上热水——她有时就干脆蹲在浴缸和漏斗之间，看着伍特的伤疤在水下不断改变颜色。

齐万娜·斯洛博德是轻易就能得手的一个情妇。这是个中年女人，下颚很宽，屁股很大。一头秀发乌黑发亮，力气大如吉卜赛女人。她从不与伍特说一句话。当我父亲用塞维尔亚－克罗地亚语赞美她的勤快时，她就微微抬起头，给他看她的脖子上凸起的漂亮血管和明亮的大牙龈。

伍特洗完澡，齐万娜就把他带走了，半小时之后她把他还给我父亲。那半小时是按摩时间，洗了澡后伍特完全成了一个瘸子，他全身裹上毛巾，由粗壮的齐万娜陪着离开了浴室。弗拉特诺把收音机的音量调高，将浴缸的水放光的时候也弄出很大的声响，这样他就不会听到伍特的关节在放松的时候发出的难以想象的声音。齐万娜只有一个房间，现在房间紧闭，伍特就躺在这个房间里的一大堆密不透风的被子上。弗拉特诺有一次看到过这个小山一样的被子——当时他跟着伍特来到浴室的时候，那个房间的门半开着。那会给你睡在一个大球上的感觉，因为齐万娜的床——如果那可以被称作床的话——铺满了丝绸和毛皮，还有毛皮枕头和闪着亮光的大围巾；在这小山似的被子上还放上 碗美味的水果。

戈特洛布·伍特能享受这么奢华放纵的星期日，真是得到了上帝的保佑。这个人知道如何享受日子。

他对他的这辆 1939 年大奖赛赛车同样了如指掌。他十分钟之内就可以将它从防护布下取出，做好上路的所有准备。令他无限悲伤的是，他没有时间去处理伪装漆，他只好保持它原来的样子。很幸运的是，他的手下是非常通情达理的人，他们从来没有向这支德国摩托车巡逻队的上司报告过这辆赛车的事。为感谢他们，让他们高兴，他让每一个人都有机会骑上这辆赛车，当然这样做是非常令他心痛的。沃尔纳骑上它太趾高气扬了——对这赛车根本没有一丝敬意；瓦奇骑上后很害怕，从来没有进过 2 挡；戈茨磨着了齿轮；布朗斯基转弯的时候太飘，挡位高了一挡；梅茨完全是一个傻瓜，刹车用得太多——他开回来的时候赛车都冒烟了。即使出了斯洛文尼格拉代茨，到了宽阔的大路上，别人骑上这辆赛车，戈特洛布也是很担心的。当然，必要的牺牲是无可避免的。

对于我父亲，伍特教得非常用心。开始的时候，他们两个人一起骑——当然是伍特驾驶，把动作要领一一讲给身后的我的父亲听。“明白了吧？”伍特问。他转弯的时候干净利落，发动机轻声响着，在进入弯道的当口，退回一挡，动作毫无瑕疵。我的父亲眼睛紧闭，任凭大风在他的耳洞里尖叫，吹得他的头盔上下摇晃。“进入弯道之后你甚至可以加一挡。”伍特说，“明白了吗？”他的摩托车开得很稳，加了一挡之后，车速加快了。他从来没有弄错过挡位。“绝不能弄错挡位。”伍特说，“你身后的重量太大，不能弄错挡位，否则车子就要跳起来。”他做了一个示范动作：他捏住离合器，让赛车自由滑行。“你感觉到了吗？”伍特问，“你转弯时绝不敢空挡滑行，对吗？”

“噢，上帝啊！”我父亲回应道。他非常迅速地让伍特知道，他有一种非常肯定的感觉：他们就要被弯道甩掉了。伍特慢慢放开离合器，他们感到那温馨的离合器咬住了变速器，他们的车子又重新回到了路的中央。

如果你的耳朵不太灵，你就不会听到戈特洛布换挡的声音，他换起挡来比自动变速器还要平稳。

“你感觉到了吗，弗拉特诺？”伍特总是这样问。

“一个条件反射。”我父亲这样回答，“伍特，你真是一个纯粹的巴甫洛夫。”

1941年，刚进入11月，天就下雪了，所以，我父亲要想从乘客转身变为驾驶员，还得等上一段时间。伍特先让弗拉特诺在侧阀气门的600cc三轮摩托车上体会挡位的变化，他不让我父亲在路上的冰雪还没化去之前直接开二轮摩托车。

但是伍特自己不那么谨慎了。1942年2月的一个星期天，他骑上1938年造的600cc二轮摩托车，带上弗拉特诺，穿越斯洛文尼格拉代茨北上，来到布科夫斯卡村。据说在这一带的米斯利尼亚河，冰结得最厚。我父亲站在河岸边的松树林里，身体冻得瑟瑟发抖，看着伍特小心翼翼地将1938年造的摩托车开到冰面上去。“看到了？”伍特说。他慢慢地将摩托车从我父亲的左边开到右边——非常慢，始终用1挡，然后转了个弯，往回开，从右边到左边——这次换成了2挡。他第二次转弯时，后轮打滑了，车身倾斜，一个排气管碰到了冰面。他想把摩托车扶正，但车子又侧向另一边，冰面碰到了另一个排气管，他再次将车扶正，又骑了过来，从左边到右边——这次他换成了3挡。“看到了？”他大声喊叫着。车子还在前行，他的一条腿从摩托车那边甩过来，跨过后轮。他的两只脚同时站在一个踏板上，两只手紧握着车把，而摩托车不见一丝的歪斜。接着他将那只脚放了回去，骑了回来。他越骑越远，我父亲只好从松树林里跑出来，气喘吁吁的，踮着脚尖站在河里的冰块上，看远处的伍特表演神奇的转弯动作。一次又一次，冰面碰到了排气管和后轮毂，伍特甩动一只脚来保持摩托车的稳定。“看到了？”伍特大叫起来。他骑得冰面下的水晃荡作响。来来回回，一次比一次快，一次比一次远，半径越来越大——摩托车几乎贴着冰面了，轮毂切着冰面前进着，几乎要切到下面的河水。以一个非常花哨的动作，伍特轻轻地捏住了后刹车，他甩动一只脚，让他自己的身子与车子脱开，让车子自行向前滑去。车子最后停了下来，轻轻地躺倒在冰面上——油箱贴着冰面，轮子也停止了转动。

唯一让伍特感到吃力的是，把这辆笨重的1938年的老摩托车扶起来。他努力扶车的时候，双脚在不断地打滑。我父亲从河岸上走下来，他们两个人一起用力，将车子扶了起来。有一点油溅出来了，他们将油箱擦干净。

“当然，”伍特说，“你得有那种感觉才对，摩托车就得这么开。”

“在冰上开？”我父亲问。

“不，你这傻瓜。”伍特说，“关键是如何处理柏油或浮油路面。你要稳住油门，不要让你的腿被车子压住。另外，如果你不踩刹车，车子会自己倒溜。”

然后他们推着这辆1938年的老摩托车在冰面上走着，将它推到河岸上最宽阔的地带。在远处另一边的河岸上，四个冰上捕鱼人在大喊，他们坐在一辆雪橇上，雪橇的滑板在嗡嗡作响；他们刚才看了伍特的摩托车表演，现在戴着手套鼓起掌来，样子十分奇怪。

戈特洛布·伍特或许从来没有见过这样的观众，他似乎完全惊呆了。他取下头盔，把它夹在一个胳膊底下，等待他们献上花环或奖杯，或者等着一个长着胡子的冰上渔夫献上一个吻。他感到害羞了，浑身不自在起来。等雪橇上的这四个渔夫来到跟前，我父亲看清了，他们原来是四个喝得酩酊大醉的无可救药的斯洛文尼亚人，对伍特的一身军装都毫无知觉。他们慢慢地将雪橇开到戈特洛布的左靴前。一个渔夫把他的手套当作扩音器，用塞尔维亚-克罗地亚语对伍特喊道：“你一定是全世界最疯狂的人！”这几个人大笑起来，拍着戴着手套的手。伍特微笑了，他用慈祥的眼神恳求我父亲为他翻译一下。

“他说你一定是全世界最棒的人。”弗拉特诺对戈特洛布·伍特说。他马上用欢快的塞尔维亚-克罗地亚语对雪橇上的几个醉汉说：“保持微笑，你们这几个傻瓜，走的时候鞠个躬。这是一个德国军官。如果你们胆敢再多说一句话，他就会将你们的膀胱打碎。”

渔夫们吓得赶紧后退，脚跟在冰上打起滑。弗拉特诺让他们坐在雪橇上对着伍特傻傻地微笑。他们当中长得最结实的那一个跪在冰面上，对着滑板咕哝着。他们跨坐在雪橇上，相互拥抱着，从屁股拍到大腿，那表情就像一群傻孩子驾着雪橇闯进了这样一个地方：在这里雪橇被认为是荒唐之物，或者被认为是不许存在的。

我父亲为伍特扶着摩托车，伍特挥手向他的拥趸告别。可怜的伍特，你太容易上当了。你站在吱嘎作响的冰面上，腋下夹着头盔，扬起下巴，是多么不堪一击。

“真了不起，伍特。”我父亲说，“你真的太厉害了。”

第十二次动物园侦察

1967年6月6日，星期二，凌晨4:30

当欧·施鲁特拿着一串钥匙叮叮当当地走过正门过道的时候，我的身体彻底冷透了，赶紧埋到树篱的底部；有那么一小会儿，我蹲着身子沿树篱走过去，看着他顺着小道走下去。他踉踉跄跄地走出小型哺乳动物馆，走下洒满血色光芒的楼梯。

欧·施鲁特居然在上班时间喝酒！还抽大麻、吃迷幻药或兴奋剂。或许，欧·施鲁特还把海洛因分给动物们。

上帝啊，他太可怕了。他看上去浑身脏兮兮的。一条裤腿没有塞进作战靴里，一块肩章由于扣子没有扣好而歪斜在肩膀上，手电筒胡乱晃动着，手里的那个钥匙串活像一个大狼牙棒。

或许他的脑子被某种黑暗的潮汐力量——几乎是月亮般的力量——拉扯坏了，然后又变回原来的形状。或许，欧·施鲁特平均一个晚上要经历三次这样的变化。

不管他的疯狂要经历什么样的周期，无论现在处在什么阶段，他对我产生的影响都是催眠性的。我在小道上蹲得太久了，要不是他突然对着猴区的大叫声把我吓醒，使得我赶紧爬回我的树篱掩体，我恐怕就要被他的两只脚踢得目瞪口呆了。

“拉乌夫！”他叫起来——或许他还记得那只狒狒，“拉——乌——夫！”但是所有的灵长类动物都一动不动——它们要么在恨他，要么在可怜他。

当他再次沿小道走下去的时候，他发出了咆哮声。

“啊啊啊啊。”他轻轻地叫着，“呜呜呜呜。”

这个时候，那些散养的各种各样的动物正在开会呢，它们受到他的吼声的惊吓，乱跑着挤在一起，但神情是闲淡的。欧·施鲁特沿着我的树篱走过来，眼睛也紧盯着树篱。当他转向通往啤酒花园的小道时，我蹲着身子飞快地跑到树篱的尽头，看着他继续往前走。他现在慢悠悠地走着，完全变了一个人似的——趾高气扬，我可以这么说。他旋即转回身，面对着散养的各种各样的动物。

“都醒来了？”他喊道——这喊声如此尖厉，那头小小的西藏野驴，一下子吓得冲出了兽群。

现在欧·施鲁特昂首阔步地向啤酒花园走去——我能看到的就是这些了。他在那头著名的亚洲黑熊前面几英尺远的地方停下脚步，然后身子朝它的铁笼斜靠过去，用那个钥匙圈敲打着栅栏，就像敲着大锣似的。

“你骗不了我，”欧·施鲁特大叫道，“你蹲在那里似乎睡着了，其实是在密谋伏击我！”亚洲黑熊不断地用身子往铁笼上撞——那吼叫声之大，是我从来没有听到过的，把别的大猫都吓到了。它们不敢对着它回叫，只是在那里不断咳嗽，发出与它们的身份不相称的喵喵声：噢，快来喂我，不要忘了——我可要吃欧·施鲁特或别的什么人了。上帝啊，不管怎么样，你千万不要把那头东方熊放出来。噢，求求你，不要放它出来。

欧·施鲁特大胆地奚落着亚洲黑熊。亚洲黑熊筋疲力尽，瘫倒在铁笼前部，它那巨大的前爪死命地抓着铁笼边上的安全绳和小道上的花生壳——它竭力伸出爪子，但还是够不到欧·施鲁特，离他还有六英寸。

欧·施鲁特继续往前走，依然放肆地做出挑衅动物们的种种举动。我听到他向北极熊区域扔了一块石头。

他现在离我还不够远；我猜他现在还在多种类水禽馆的池子边。我相信我听到了他朝池子扔石头的声音——不时地惊起一只愤怒的稀有水禽。

让欧·施鲁特继续放肆。让他走到厚皮动物馆去，让他惊醒犀牛，让他的钥匙串的叮当声在河马馆回响。当他走到动物园尽头的时候，我就要去小型哺乳动物馆的迷宫，去看看那里到底是怎么个情形。

如果有时间，我心想还得干点别的事。那件事很容易做：将安全绳往著名的亚洲黑熊的铁笼靠近六英寸或一英尺，移动起来应该不难的。柱子之间绑着的就是这样一根绳，这些柱子底下是难看的混凝土柱基，这些柱基当然不是不能移动的。

欧·施鲁特，那样会把你怎么样？把安全绳缩短一英尺左右——那样的话你就靠黑熊更近了，而你自己并不知道。等你再摇头晃脑地经过这里的时候，我们就看你愚蠢的头被黑熊一下子掰下来。

现在，如果我听到的就是他的声音的话，那么他现在正对着大象嚷嚷，对它们不睡觉的偏执行为表示同情。他现在走远了。

（继续）

精选版希格弗里德·加沃特尼克自传：前史Ⅱ

参加过 1939 年大奖赛的这辆 500cc 摩托车可以达到每小时 90 英里的速度，可以达到每分钟 8000 转的转速，如果去掉不必要的部件，速度甚至可以达到每小时 150 英里。我父亲在 1942 年春天开上了这辆赛车，但他被允许的最高速度是80英里每小时。我父亲的摩托车上有一个必不可少的“部件”，就是坐在后座的戈特洛布·伍特——他对着我父亲靛蓝色的头盔的耳洞不断发出驾驶指令，纠正我父亲的动作。

“你现在应该换成3挡。你刚才2挡的时候车子倾斜得太厉害了。你太紧张了，你握得太紧了，两只手会抽筋的。下坡的时候绝不能使用后刹车。如果要刹车，就用前刹。如果你再刹后刹车，我就要把它拔掉。你太紧张了，你知道吗？”

对于我父亲这么善于伪装他以前没有开过摩托车这件事，戈特洛布·伍特从来没有说过一句话。只是在伍特被迫拔去后刹车之后，他才问起我父亲住在哪里，靠什么为生。“做些文书工作”，我父亲告诉他——有时也为在地方政府任职的亲德国的斯洛文尼亚人和克罗地亚人做点翻译工作。伍特以后再也没有问起。管他怎么理解呢。

说乌斯塔沙亲德，可能是不完全公平的，但他们是倾向于胜利者的，这样说是没错的——在1942年春天，德国人依然所向披靡。这时甚至出现了一支穿上了德国国防军制服的乌斯塔沙民兵。事实上，斯里夫尼察家的双胞胎兄弟是有国防军制服的，但他们只在重大场合或夜间出门时才穿。双胞胎兄弟不属于我父亲所知的任何一支部队。比杰罗又一次训斥他们居然弄到了这身制服，他们还对制服做了些改动。领导斯里夫尼察家的乌斯塔沙成员对此十分震惊，把双胞胎兄弟称为“关系的破坏者”。

“我们家，”托多说，“从来不怕破坏任何一种关系。”

在1942年春天，托多非常焦躁粗暴。在所有的任务完成之后，乌斯塔沙不是对伍特失去了兴趣，就是放弃了这样的希望：伍特会出卖足够重要的情报以获取高身价。至少，只要德国还是胜利者——只要乌斯塔沙还是倾心于胜利者——伍特似乎是很安全的，不会招致报复。伍特唯一感到心中不安的事是，他在摩托车巡逻队藏着一辆大奖赛赛车——本来这个巡逻队只能拥有慢速的、不那么精致的军用摩托车。还有齐万娜·斯洛博德——伍特的情人，土里土气的塞尔维亚女人。她最后成为塞尔维亚人更多的是出于偶然，而不是出于意愿——在官方文件上，她被称作“政治上的局外人”，原因只是，她的情人包括了所有可以想象的政治人物或与政治无关的人物。所以，他们不能因为她而对伍特定罪。星期天是自由支配的时间，伍特开赛车，与我父亲交往，这都是在他自己可以支配的时间里做的事。甚至可以说，伍特的星期天活动显示了作为摩托车巡逻队领导的额外的努力——积极锻炼身体。乌斯塔沙在这一点上无法抓住戈特洛布·伍特的任何把柄。

“我们可以偷走他心爱的赛车。”比杰罗提出了这样的建议，“那样就会诱使他做出愚蠢的事来。”

“我们可以偷走那个塞尔维亚女人。”满心妒忌的芭芭嘟囔着说——我父亲说芭芭是一只爱吃醋的癞蛤蟆，“我们需要找一辆货车来装她。”

“依我看，”朱尔卡说，“伍特更喜欢那辆赛车。”

“那当然。”我父亲表示同意，“但是偷车并没有用。他有极好的军事手段把它找回来，至少有这寻找的手段。我不确定，德军是不是在意他拥有一辆赛车。”

“那么，我们就杀了他。”托多说。

“乌斯塔沙，”比杰罗说，“必须做到合法行动。”

“乌斯塔沙快让我闷死了。”托多说。

“乌斯塔沙必须做到路线正确。”比杰罗说，“伍特是一个德国人，而乌斯塔沙现在站在德国人一边。要点是，要让伍特变成一个坏德国人。”

“这不可能。”我父亲说，“他怎么都不想成为一个德国人，所以怎么可能让他成为一个坏德国人？”

“呃，”比杰罗说，“我想乌斯塔沙已经对他不感兴趣了。人们总在不断改变立场，乌斯塔沙必须与胜利者站在一边。现在这样做不像以前那么容易了。”

因为这场战争有太多的附属战争，所有的人都在改变立场。在1942年春天，全球的共产党媒体突然对切特尼克上校德拉扎·米哈伊洛维奇改变了看法。被怀疑建在俄国的自由南斯拉夫电台报道说，德拉扎·米哈伊洛维奇和他的切特尼克与德国人站在了一起。自由南斯拉夫电台——甚至BBC都转发了它的报道——说，一个铁匠的儿子是唯一的自由战士。约瑟普·布罗兹·铁托是当地抵抗组织的领导人，南斯拉夫的保卫者是共产党游击队，而不是浑身长毛的切特尼克。俄国人似乎看得更远。他们怀着非凡的乐观情绪，越过德国人，看到了南斯拉夫更关键的问题。

等战争结束，谁将领导这个国家？

“共产党人。”比杰罗·斯里夫尼察说，“这是显而易见的，真的。切特尼克在打德国人，游击队在打德国人，过不了多久，所有红军就会来到这里——打德国人。打败德国人之后，游击队和红军就会联手打切特尼克，说切特尼克是站在德国人一边的。好的宣传才是关键。”

“一个神圣的计划。”托多说。

“宣传是很重要的。”比杰罗说，“看，切特尼克打败了波斯尼亚的德国人，对吗？但是自由南斯拉夫电台说，是游击队打败的：游击队发现切特尼克穿着德国国防军的制服。”

一听到比杰罗提到制服，加夫罗和卢特沃马上换上了他们的那身制服。

“十足的傻瓜。”朱尔卡说。在厨房里，美丽的达布林卡在洗酒杯。我的父亲不敢再往她身上看。

“这样我们又回到伍特的问题上了。”比杰罗·斯里夫尼察说。

“我看不出其中有什么联系。”托多说。

“因为乌斯塔沙需要搞清楚，”比杰罗说，“伍特是一个德国人。德国人杀切特尼克－塞尔维亚人，最近又杀起了游击队。游击队杀切特尼克－塞尔维亚人，最近又杀起了德国人。乌斯塔沙杀德国人想杀的人，但是他们不杀游击队，如果他们能忍住的话。”

“我们不杀游击队？”我父亲问。

“因为，”比杰罗说，“乌斯塔沙很快就会替游击队杀德国人，因为游击队是最终的胜利者。”

“那又怎么样？”托多说。

“那么，谁是人人都想杀的人？”比杰罗问。

“塞尔维亚人！”托多说。

比杰罗·斯里夫尼察最后说：“那么必须有一个塞尔维亚人来杀死戈特洛布·伍特。因为乌斯塔沙将支持德国人的杀人比例，死了一个德国人伍特，就要杀死一百个塞尔维亚人。这样德国人就得到了安抚。当红军和游击队联手将德国人赶出南斯拉夫时——乌斯塔沙的机会来了，他们因为杀了塞尔维亚人，杀了那些卑鄙的切特尼克，就获得了好名声。于是，游击队就很高兴有乌斯塔沙这样的朋友。乌斯塔沙也很高兴，因为他们挑到了赢家。当然他们必须与戈特洛布·伍特算账。现在我问你们，那个想法怎么样？”

“那么，哪个塞尔维亚人去杀伍特？”我父亲问。

“你，”比杰罗说，“只有你才能让这一切显出是齐万娜·斯洛博德干的，她是一个正宗的塞尔维亚人。然后你也必须杀死她。这样，乌斯塔沙和德国人就会抓住其他的九十九个塞尔维亚人，杀了他们——以完成事先公布的那个比例。一百比一，明白吗？”

“比杰罗有使每一个人都高兴的本事。”托多说。

但我父亲说：“我不想去杀戈特洛布·伍特。”

朱尔卡将她的两个大腿啪的一声合在了一起。在厨房里，达布林卡打碎了一个酒杯。

“噢，上帝啊。”芭芭说。

我父亲对比杰罗说：“如果事情按照你说的那样发展，那么这场战争就要关涉伍特了，不是吗？你说过，乌斯塔沙已经对伍特不感兴趣了。”

双胞胎兄弟进来了，一身制服，神气活现地在大家面前走过。

比杰罗说，语气非常平静：“注意了，可以在一个星期天动手。看到双胞胎兄弟的制服了？你可以用纸袋装一套走。你知道，伍特总是没完没了地洗澡。注意到抽水马桶后边的水箱盖了吗？是瓷器做的，对吧？很重很重。所以，等齐万娜去取烤箱里的糕点时，你就趁伍特不备，将水箱盖砸向躺在浴缸里的伍特。应该轻而易举地将他淹死在里面。伍特侧身挂的那个枪套在哪里？挂在浴室的镜子边上，不是吗？赶紧取下枪，等齐万娜进来，就一枪崩了她。然后你就换上这套制服，打电话给德国摩托车巡逻队指挥部。不要忘了，这是星期天，军营里没有人在训练。德国指挥部以为你是伍特手下的一个驾驶员——你知道他们的名字，随便报一个就是了。注意不要用错你的不规则动词。你可以讲几个有关这个塞尔维亚女人的故事——你听说了有人要谋杀伍特，但你来得太迟了。在斯洛文尼亚和克罗地亚，有两百多万塞尔维亚人。乌斯塔沙和德国人可以在斯洛文尼格拉代茨城里抓到九十九个塞尔维亚人。然后将他们在同一天打死——我不会对此感到惊奇的。”

但是我父亲说：“我喜欢戈特洛布·伍特。”

“是的。”比杰罗说，“我也喜欢他。”

“我们都喜欢戈特洛布·伍特。”托多说，“但你喜欢我们给你的工作，对吗，弗拉特诺？”

“他当然喜欢。”比杰罗说，“你为什么不试一试制服，弗拉特诺？”

我父亲后退到厨房门口，他可以听到身后洗碗布擦酒杯的吱吱声——达布林卡快速移动的手指发出了紧张而高亢的摩擦声。

“你为什么现在不试一试这身制服？”托多说。他一把抓住了离他最近的卢特沃，把卢特沃身上的裤子一下子扒到脚踝，突然跳了起来，飞起一脚，将可怜的卢特沃踹到地上。

蹼足的芭芭用脚捅了捅还穿着制服的兄弟加夫罗，要他看看被脱得光光的卢特沃朝天仰着的脸。加夫罗真不愧是卢特沃的双胞胎兄弟，他马上把自己身上的制服脱了下来。托多将两套制服收起来，扔到厨房门口我的父亲眼前。

“你自己挑一套。”他说，“哪一套都行的。”

我父亲退进了厨房，听到温柔的达布林卡又打碎了一只酒杯，正要上前帮她的忙，达布林卡用纤细的手腕划过他的肩膀。她那少女的漂亮手指紧握着打破了的酒杯脚，用细细的玻璃尖对着我父亲的颈静脉。

“请你试一试那套制服。”她对着弗拉特诺发红的耳朵说。这是她对他讲过的第一句话，也是唯一的一句话。

第十三次动物园侦察

1967年6月6日，星期二，凌晨4:45

这里正在发生非常有趣的事。

当欧·施鲁特正在嘲笑厚皮动物馆的那些失眠症患者时，我进入了小型哺乳动物馆。里面很是吓人——都是些暴露在红外线灯光下的动物，它们以为自己生活在一天二十小时黑夜的世界里。它们都醒着，大多数在玻璃房里鬼鬼祟祟的：在各个铁笼的角落，有的蜷缩着，有的在踱着步。

我看不出这里有什么特别不对的地方！这里没有血迹，没有哪只动物看上去挨了打，或心神恍惚，或处在死亡的边缘。它们只是很警觉，很多疑，太紧张，而夜行动物在夜间的环境里理应是非常放松的。比如，就说这斑纹灵猫吧，正趴在地上喘气，两只后腿在后边展开，就像海豹的尾鳍一样。它啪啪地鞭打着尾巴，等着老鼠或疯子突然从它的铁笼关闭的后门钻进来。

我发现，这些铁笼的后门通向纵横交错的小巷道，这些小巷道连着小型哺乳动物馆迷宫每一个区块中两个相对的铁笼。小巷道更像运煤的滑道——保安必须跪着进出铁笼间的过道，查看每个铁笼门上的标签。这是一个很好的做法。一个保安，或者喂食者，或者打扫铁笼的清洁工能够沿着过道爬过去，可以根据门上的标签知道他现在来到了什么动物的铁笼边。非常聪明的做法。你不想毫无心理准备地碰到什么动物吧——你毫不在意地将头伸进铁笼里，本以为里面是一只巴西侏儒狨猴，结果却发现是一只巨大的食蚁兽，正挥舞着那巨大的弯爪要来抓你，又或者是一只傲慢无礼脾气暴躁的猫鼬。

跪在这些巷道里，你可以想象外面的世界对于这些动物来说是什么样子。我打开了蜜獾的铁笼的后门，本以为这蜜獾一定是一种小猫。但我惊奇地发现，这蜜獾实际上是一种凶猛的具有非洲－印度血统的獾类动物，毛皮光滑，爪子很长。它低声吼叫，满脸怒气。我赶紧关上了门，在关门之前我倒是从它的角度偷看了一眼外面的世界。我只看到一片漆黑，就像一个黑色的长方体，比一个洞穴的入口还黑，一片虚空，就像远处的前窗玻璃上盖了一层黑幕一样。

当我关上门，我有一个可怕的感觉：如果欧·施鲁特早就悄悄地溜回到他的窝，就会一直看着蜜獾，就会看到我突然隐约出现在蜜獾的后门，见我惊恐万状的脸快速将门关上。我从滑道里爬出来，随时准备着撞见什么——如果不是趴在那里哼哼着的欧·施鲁特，就是一只专门接受过如何经过巷道去外面偷运东西训练的猿猴。

当我再次走出这主要的迷宫的时候，我想我还是赶紧办我的正事，不想有丝毫的耽搁了。我来到了欧·施鲁特的房间，也就是这个夜间保安的临时居所。一个带渗滤器的咖啡壶，一只满是渣滓的杯子，凌乱的书桌摊着一本账簿——关于动物园所有动物的一张总表，一栏一栏列着特别的条目，表明了需要注意的事项。比如：

巨林猪长了向内生的长牙，会引起疼痛。如果痛得厉害，就给它吃含有阿司匹林的盐块（2块）。

豹猫就要生了，这几天都有可能。

婆罗洲熊狸得了罕见的疾病，最好小心一点。

袋狸快要死了。

每一只动物都有一个号码。在动物园总的平面图上，每一个铁笼按顺时针的次序标了号。

我的上帝啊。罕见的疾病！小心一点——这够了吗？婆罗洲熊狸得了不知名堂、不可治愈的疾病。袋狸快要死了！就是那样——奄奄一息了；那可是不多见的善于蹦跳的动物。好好看着它，等它一完蛋，赶紧清扫出去。

豹猫就要生了，将小宝宝生到这样的一个世界里。我的上帝啊。叫这一切都停下来。

欧·施鲁特的小窝。这台账，这脏兮兮的渗滤器，一根赶牛用的电棒挂在门内的钩子上，边上还挂着一根皮腰带。再旁边是一个杆子，杆子的一端有一个像大鱼叉一样的钩子。

我无论如何也想不出，欧·施鲁特在这里究竟在干什么。

我壮着胆子往四周看。不一会儿，我听到他又走到熊的近旁了。我听到了亚洲黑熊那著名的痛苦呻吟声，它伸出爪子想攻击他，差一点就要够着他的战靴。我意识到我失去了机会，本来我可以将安全绳往铁笼方向移动大约一英尺的。我赶紧动身，朝猴区走去。

这一次，我没有靠得太近。这一次，我看到了那家伙。狮尾狒正在那里等我，一动不动蹲在它的铁笼外露台的黑暗处——希望我能再次走近栅栏。当它看到我看到了它的时候——它看到我并没有走近它——它跳上了离它最近的一个秋千，嚎叫着在半明半暗的空中晃着，一下子落到高高的栅栏上，面对着我。它就在那里尖叫，整个猴区的那些谋划已久的猴子齐声叫了起来，这叫声让整个动物园热闹起来，所有动物都谈论起来。

欧·施鲁特来了，手电筒乱晃着。还没等他走到猴区，我就很轻易地赶在他前面跑掉了，躲到了树篱后边。

等他到了猴区，露台上就不见一只蜘蛛猴了。它们都跑进了房子里，在那里静静地荡着秋千；有那么一两次，秋千发出了砰砰声，或者是猴子的拍打声——好像一只猿猴在不断地翻滚，在拍打自己的胸脯和膝盖，大笑着，但不出声，好像在演一出无比快活的哑剧。

“你们又来这一套了！”欧·施鲁特尖声说道，“你们想干什么？”这次他不像原来那样咄咄逼人了。他又开始往后退，拿着手电筒往树梢上照去，突然又扭过头来——在他的想象中他看到了长着爪子的几个东西朝他身上猛扑过来。“什么东西在这里？”他喊道。他继续往后退，朝小型哺乳动物馆的安全地带退去，边退边喊：“你这该死的狒狒，你骗不了我！我没那么傻，不会上你的当！”

接着，他转过身，朝小型哺乳动物馆的门口跑去。他跌跌撞撞地爬上楼梯，还不忘回头看看外面。

我想：这个时候要是有那头亚洲黑熊在就好，哪怕只是它的一个影子，就在这门口——哪怕只出现一瞬间，就在欧·施鲁特爬上楼梯之前往外看的那一瞬间，那只可怕的东方熊把粗糙的爪子搭在欧·施鲁特的后脖子上——这个老家伙就会吓死，一句话也不会留下。

现在他回到了屋里。我听到他在破口大骂。接着我听到门吱嘎一声响——我现在至少知道那门是什么样子的，门都通向哪里。我又听到玻璃门移动的声音。我想：什么玻璃？我没看到过可以移动的玻璃门啊。

很快，我又听到了动物的喊声和咆哮声，这一次是一个一个叫的。我知道我必须进到小型哺乳动物馆去看看，虽然欧·施鲁特还在里面干他那肮脏的活儿。

我感到我必须冒这个险。哪怕是因为袋狸就要死了，光亮的豹猫随时就要生了。

（继续）

精选版希格弗里德·加沃特尼克传记：前史Ⅱ

斯里夫尼察家族是一个少有的具有远见的家族。将戈特洛布·伍特淹死在浴缸的计划已经得到乌斯塔沙的批准。死一个德国人，就处死一百个塞尔维亚人，这样的惩罚手段对乌斯塔沙来说也不是什么新鲜事。自从1941年年中以来，他们就开始对塞维尔亚人进行大屠杀。当然发生了不少反向屠杀的事件，但是乌斯塔沙在屠杀的数量上远远领先。像德国人一样，他们也宣布了按比例杀人的惩罚手段：死一个乌斯塔沙成员，就杀一百个塞尔维亚人。如果到1942年夏季，一切进展顺利的话，塞尔维亚人就会有一种感觉：所有斯洛文尼亚人和克罗地亚人都是乌斯塔沙恐怖分子——而对斯洛文尼亚人和克罗地亚人来说，所有的塞尔维亚人都是浑身长毛的切特尼克。混乱局势已经形成——正如比杰罗·斯里夫尼察所明智预见的那样——铁托的游击队在这乱局中变得越来越强大。从斯洛文尼格拉代茨一路到莫斯科，德国人战线拉得很长，各个环节兵力薄弱，而意大利人现在控制了南斯拉夫的达尔马提亚海岸，一心一意支持乌斯塔沙。

“伍特的问题完美解决了。”比杰罗·斯里夫尼察一边吃着一个巨大的三明治，一边说。

但是我的父亲有他自己的远见。

在8月的一个星期天——被斯里夫尼察家族称为伍特星期天——的早晨，戈特洛布·伍特在浴室里洗澡，我父亲坐在旁边。当齐万娜出去看她的烤箱时，我父亲对伍特说："我们的街对面有一辆奇怪的小轿车，伍特——非常奇怪的一大家子人在一起外出。"

"是吗？"伍特说。

我父亲拿起水箱盖，放在他的膝盖上。

"想做些运动？"伍特问。

"我本该杀了你。"我父亲说，"我本该用它砸你脑袋，将你淹死在浴缸，然后等你的女人拿着糕点进来的时候拿枪毙了她。"

"怎么回事？"伍特问。

"噢，真是乱成一团了。"

"你是切特尼克，"戈特洛布问，"还是游击队员？"

"我现在受雇于乌斯塔沙。"我父亲说。

"他们现在站在我们这一边。"伍特说。

我父亲解释说："在1930年意大利大奖赛的时候他们也站在圭多·马贾科莫一边。所以，我想他们也是不得已啊。"

"噢，上帝啊，我明白了。"伍特说，"当然，我想，对他们来说，选择站在哪一边，这决定确实难做。"他站了起来，站在浴缸里，显得非常难为情。他的无数下陷的伤疤盛满了水，这水从依然张开的伤口往下滴着。

等齐万娜·斯洛博德回到浴室，发现她的活动安排被打乱了。她把糕点丢进了洗澡水里。伍特将马桶的水箱盖放回到原处，我父亲穿上了斯里夫尼察家人给的国防军制服。伍特也穿上了制服，而哭哭啼啼的齐万娜从浴缸里捞出一块坚果面包。她并不感到有多意外。

斯里夫尼察家人也不感到多少意外。当戈特洛布·伍特独自一人走到斯玛廷大街上，悠闲地朝摩托车队的车库走去时，比杰罗·斯里夫尼察一定说了这样一句话：坐好了。因为所有斯里夫尼察的家人都坐在车里，他们等着看我父亲冲出来。

他们等着。与此同时，伍特发动了一辆600cc的三轮摩托车，把它开到了打开的门口，车头朝外，发动着停在那里。伍特把车库里所有余下的摩托车的化油器都取了下来——除了1939年大奖赛赛车之外。伍特将这些化油器都放到了这辆三轮摩托车的挎斗里——还有一个工具箱，小零件，插头，电线和各种发动机部件，一个主传动链和驱动链，斯洛文尼亚和克罗地亚地形图，以及二十四颗手榴弹。他手里握着一颗手榴弹，发动了他的那辆赛车。

戈特洛布·伍特骑着这辆去除了所有装饰的大奖赛赛车来到斯玛廷大街上的时候，斯里夫尼察一家人还坐在车里等着。他们以为伍特的摩托车一定出了麻烦，因为他们看到他弓着背骑着，一只手还紧紧贴着油箱下面——燃油线一定是松了。斯里夫尼察一家人看着伍特开上大街朝他们的方向开来，低着头，一只手在油箱下面摸索着什么。他们很有可能没有看到他将拉开了引线的手榴弹滚到了他们的小车底下。

我相信，等小车爆炸时，比杰罗·斯里夫尼察和他的不幸的一家正稳稳地坐在里面。

爆炸声使得我父亲一下子冲向斯玛廷大街，看到远处骑在摩托车上的伍特。伍特掉转车头，回到车库，坐上那辆正发动着等在那里的三轮摩托车，带上我父亲，一起出发了。

“你为什么这样干，伍特？”我父亲问。

“我等了好久了。”戈特洛布·伍特说，“我一直想着再次开车上路。”

不管伍特给出了什么理由，有一点必须明白：他们扯平了。我父亲没有将伍特淹死在浴缸里，伍特没有将我父亲抛弃。

没有人追赶他们。巴尔干第四摩托车巡逻队在星期天放假，因此找不到巡逻队员，即使有巡逻队员，他们也无法执行任务——所有的摩托车都被卸掉了化油器。

当伍特和我父亲到达德拉沃格勒的时候，他们听到了经过严格审查的消息。一个深受人们喜爱的乌斯塔沙六口之家被人杀害——他们的汽车在斯洛文尼格拉代茨的斯玛廷大街上被人炸毁。乌斯塔沙和德国军队抓住了齐万娜·斯洛博德，这个臭名昭著的塞尔维亚妓女犯下了这桩罪行。根据德国人和乌斯塔沙的宣告，但凡有一个德国人或乌斯塔沙成员被谋杀，就得有一百个塞尔维亚人被枪决。六个斯里夫尼察家人就等于六百个塞尔维亚人——齐万娜·斯洛博德和其他五百九十九个塞尔维亚人。

在德拉沃格勒，我父亲这样想：斯里夫尼察家有比杰罗、托多、加夫罗、卢特沃、芭芭、朱尔卡和达布林卡七个人。不管是谁逃脱了，那个人倒救了一百个塞尔维亚人的性命。但是我父亲不关心政治，这个想法并不令他感到安慰。

“我想一定是达布林卡没有被炸死。”我父亲对伍特说，“飞起的人里她的肉最少。”

“我表示怀疑。”伍特说，“一定是司机的肉飞起最少。他是唯一一个可能看到手榴弹滚过来的人，他牢牢抓住了方向盘——使得他没有穿过车顶飞起来。”

在德拉沃格勒潜水时，他们在小便池里进一步讨论了这个问题。

“司机会是谁？”伍特问。

“开车的一般是托多。”我父亲说，“但是飞起的肉里他的肉最多，如果你用我的理论来解释……”

“我不想要任何理论。”戈特洛布·伍特说，“再次开着摩托车上路，真是太快活了。”

第十四次动物园侦察

1967年6月6日，星期二，早上5:00

我的计划得延期。我有充足的理由！

首先，天开始亮了——好像这月亮还不够亮似的。最重要的是，我不知道该如何在不被欧·施鲁特发现的情况下进入小型哺乳动物馆。如果我在里面，而这时欧·施鲁特进来了，那情况就不同了。那样的话，我就要仔细听他的动静，弄清楚他在迷宫的哪个位置，这样我好避开他。我不喜欢这样的做法：在我还没有弄清楚他在迷宫的哪个部位，就匆匆忙忙爬上楼梯，夺门而出。

因此我决定：我要等诡计多端的狮尾狒再次出来。因为天亮了，所以我从树篱的一端能看到猴馆的外露台。等它出来，我就过去。

这很简单。我就躲在小型哺乳动物馆入口附近的儿童饮水机后面。然后，我就设法引起狒狒的注意。我要向它扔石头；我要从饮水机后面跳出来，向它做一些粗鲁无礼的手势。我知道这一定会惹它生气的。一旦它怒气冲天，欧·施鲁特就会飞也似的冲下楼梯向它奔来。当欧·施鲁特在猴馆里大展其偏执狂的举动时，我会光着脚偷偷进入小型哺乳动物馆。我会很快进入迷宫。欧·施鲁特可能出来得太快了，这次他一定会留下血淋淋的证据。即使没有发现，等他再次出现的时候，至少我是在里面了。

至少我没有发现他要放过这些动物的迹象。这个魔鬼似乎一心一意要让每一只动物忙碌起来，直到动物园开门。难怪在白天这些动物总是无精打采的。

格拉夫，也许你会想，我这样做是走极端了。如果说我这次动物园侦察还有什么不可告人的动机的话，那当然就是要揭露这个欧·施鲁特的真面目——即使我还弄不清楚他到底是什么人。

我不知道他是哪里人。二十多年前，各种各样名叫欧·施鲁特的人都有一段共同的历史。我知道欧·施鲁特走过的路，我敢肯定，如果你沿着这条路走，一定会惊奇地再次听到欧·施鲁特的故事。至少你会饶有兴趣地发现，这里有这样一个欧·施鲁特，他今天依然挂着姓名牌，依然挂着两个肩章。

哈！以前对小型哺乳动物犯下这么多的罪孽，这个欧·施鲁特在这里完蛋，也是最合适不过的了。

（继续）

精选版希格弗里德·加沃特尼克自传：前史Ⅱ

我父亲和戈特洛布·伍特在斯洛文尼亚北部山区生活了两年时间。有两次，他们感到非常寂寞，做好了旅行的安排。第一次想去奥地利，但止步于山间边界的拉德尔山口。在边境检查站，手持步枪和文件的奥地利军警检查起来非常正规和仔细。伍特认为，他们想顺利过关，必须将摩托车扔掉，于是在当天夜里，他们开着摩托车回到了斯洛文尼亚山区。第二次想去土耳其，但止步于德拉瓦河畔马里博尔的东南地区——乌斯塔沙前天晚上在这里对塞尔维亚人又进行了一次大屠杀，德拉瓦河的湾口堆满了尸体。我父亲永远不会忘记一只被岸边倒下的树木挡住去路的木筏。这只木筏上整整齐齐地堆放着层层人头，堆放者想把这些人头堆成一个金字塔——几乎是一个完美无缺的金字塔。但是靠近顶部的一个人头滑出了它本来的位置，头发缠住了其他的人头，在河风的吹拂下，这头发打着了很多张脸，有的脸看着这摇晃的头发，有的脸则往外看着别处。我父亲和戈特洛布又回到了斯洛文尼亚山间，靠近一个叫罗格拉的村子，那天晚上他们是相互枕着对方的胳膊睡觉的。

在罗格拉村，一个叫博斯法·杜德的老农民有幸坐上了这辆

600cc 三轮摩托车。为了报答摩托车的主人，他供养了他们——他为他们带来燃料和食物：他偷袭了位于维坦耶的乌斯塔沙的仓库。杜德很怕摩托车，他永远搞不明白这两个轮子怎么会立起来跑——但这个满口无牙的老农民喜欢坐在三轮摩托车里，让我父亲带着他一路颠簸地在山里转。1944 年 8 月，他最后一次偷袭失败，一个同村的村民拉着装满护根的马车，把他带回了村子。这个吓坏了的村民说，乌斯塔沙的人站在那里，用脚猛踢倒在马车底板上的杜德的头，用铲子将车里的护根都铲到他身上，护根高高地堆在他身上，几乎把他盖住，只有他的一只鞋跟露在外面，村里的每一个人都在想法子把他拉出来，好给他一个体面的安葬。但是护根太重，太湿，堆得太实，所以他们必须把护根切开来，把这护根块从马车上推下来，放入一个洞里。这个圆形的洞与切开的护根块大小一样，护根块里面就有杜德的尸体。虽然大家都看不到杜德的尸体，只看到露在外面的一只鞋跟，但驾着这臭烘烘的马车将他带回来的这个村民向大家保证，这毫无疑问就是博斯法·杜德的尸体——戈特洛布·伍特说，他认得这鞋子。

就这样，博斯法·杜德没有躺在棺材里，但躺在一堆护根中间埋了下去。他一死，就切断对逃亡的摩托车及其主人的燃料和食物的供应。我父亲和戈特洛布·伍特想，他们最好还是赶紧离开。如果管理乌斯塔沙的维坦耶仓库的人深究起博斯法·杜德偷袭的缘由，他们少不了要来“拜访”我父亲和戈特洛布的。于是他们带上博斯法·杜德留下的那些衣服，逃之夭夭了。

白天，他们穿着农民的服装，徒步侦察，靠着地形图，探出了一条路。他们把摩托车藏在灌木丛中。他们要在山间步行五英里，在各个村子里侦察有没有任何种类的小股部队。然后再走五英里到达藏摩托车的地方。到了晚上，他们就骑上摩托车出来，这次穿上国防军军装。因为白天已经侦察好了，所以他们不仅知道眼下的位置离各个村子有多远，而且大多数时间不用开车头灯行路，他们对自己的行车方向有百分之百的把握。博斯法·杜德的倒数第二次偷袭之后送来的燃料尚未用完，但是毫无疑问，他们扔掉摩托车将会更安全。他们装扮成农民，在山地里步行，可能会有一点风险。但是他们从未提及过这个方案。必须明白的一点是，巴尔干第四摩托车巡逻队队长从战场上开了小差，目的是为了能够全身心地投入摩托车事业中去，而不是为了逃避什么特别的事情——更不用说以徒步的方式来逃避了。

事实上，戈特洛布·伍特是一个不擅长步行的人。他们每天来回要走十英里路，这样的日子他们坚持不了多久。伍特的小腿里夹着板，脊柱有积水，还有小时候就落下的毛病——那个时候他总是不想学走路，总是想依赖轮子。他对我父亲承认，起先他骑的还是独轮车呢。伍特是内卡苏尔姆技术高中连续三年的独轮车比赛冠军。据他所知，他至今还保持着那个校级纪录：连续 3 小时 31 分钟不休息地平稳地骑独轮车，脚后跟或脚趾不点地。在一个家长之夜，在学校会堂的讲台上，他也表演过这项奇迹般的绝技——台下几百个疲惫的长者耷拉着脑袋，在硬板凳上坐立不安，在这 3 小时 31 分钟里，心里默默祈祷：伍特赶紧从独轮车里掉下来，快摔断他那令人厌倦的脖子。

为了在任何时间内保持适度的直立状态，戈特洛布·伍特只须在他的脊椎底下放上一个或两个轮子就行了。

他们在山间生活了很长一段时间，其间只出过一次险情。他们现在靠捕鱼来维持一日三餐，到晚上就去偷袭他们白天侦察好的那些村庄。1944 年 9 月 3 日，他们已经两天没有吃东西了，只以浆果和水度日，这时他们遇到了一支奇怪的部队。是克罗地亚人——一支衣衫褴褛的农民军，正在前去寻找米哈伊洛维奇和他的切特尼克死党，想加入他们的队伍。身穿博斯法·杜德的旧衣服的戈特洛布·伍特和我父亲，在圣阿雷山下面的山谷中受到了他们的伏击。这伏击其实就是喊叫响起，一两个棍子乱打，一杆破枪往空中放了空枪而已。这些克罗地亚人迷路了，我父亲和伍特为他们指了路，就被放过了。真是一支非常怪异的队伍——竟然想与塞尔维亚人一起干！他们显然很不情愿地卷入了由于最近游击队与乌斯塔沙的练手，导致后者对塞尔维亚人的大屠杀之中，他们目睹了塞尔维亚人是怎么受到虐待的。当然，他们的处境是非常无助的：在斯洛文尼亚，不可能存在任何举足轻重的有组织的切特尼克队伍。我父亲和伍特与他们待了一个白天和一个晚上，吃了一头抓来的牛，喝上了一种刚酿好的酒，那酒很新鲜，还是糊状的呢。我父亲告诉克罗地亚人，伍特的头挨了一枪，所以不能说话。塞尔维亚－克罗地亚人因此不管老伍特了。

克罗地亚人和德国人快要输掉这场战争了。

克罗地亚人也有一个电台，正是通过这个电台，我父亲和伍特知道了今天是9月3日——还证实了他们的猜想：今年是1944年。到了晚上，他们听到了自由南斯拉夫电台发布的一则共产党公报，事关游击队在拉扎尔瓦茨打败德国人。克罗地亚人情绪激奋地议论起来，说他们从塞尔维亚人那里听说，是切特尼克包围了拉扎尔瓦茨，所以是切特尼克打了胜仗，捕获了大约二百名德国人。克罗地亚人坚持认为，在拉扎尔瓦茨周围几英里的地方根本没有游击队的影子。这时他们当中有一个问起拉扎尔瓦茨在哪里，这些可怜的迷离迷糊的克罗地亚人又一次发出哀叹，他们彻底晕头转向了。

那天晚上，我父亲和戈特洛布·伍特得到克罗地亚人的允许离开了。他们拖着沉重的脚步来到了摩托车的藏身之处。他是这样对克罗地亚人解释的：伍特整天不能说话，给他造成了很大的痛苦，他们得找医生去。这些可怜的克罗地亚人真是不可救药，他们当中没有一个人意识到，我父亲和伍特朝着他们受到伏击时的相反方向走了。

我父亲为伍特翻译了电台广播的内容。

“米哈伊洛维奇是一个过气人物。”伍特说，“切特尼克和这些愚蠢的塞尔维亚人最大的问题是，他们不懂宣传。他们甚至没有一个纲领——甚至一句口号也没有！没有什么可以抓在手里的东西。而这些游击队，他们控制了电台，有一条简单明了不可动摇的纲领：保卫俄罗斯；共产党就是反纳粹的；切特尼克是与德国人站在一起的。这些东西是不是很管用？”“一遍遍重复，简单易行。这就是有效宣传的关键所在。”伍特说。

“我不知道你还这么懂宣传呢。”我父亲说。

“都写在《我的奋斗》里。”伍特说，“你当然得承认，阿道夫·希特勒无疑是最伟大的宣传艺术家。”

“但德国人就要输了。”我父亲说。

“输也好，赢也好，”戈特洛布·伍特说，“就看看放了多少屁吧。看看那屁放得多远！”

第十五次动物园侦察

1967年6月6日，星期二，早上5:15

欧·施鲁特做得过头了！

噢，我的任务很简单。当那只闷闷不乐的狒狒再次走到外面的时候，我沿着猴馆跑了一圈，也不想着要躲起来了——就那么一会儿——然后全速朝儿童饮水机那里冲去。我甚至不用引诱猴子发出动静。在我躲到儿童饮水机后边之前，那只老狒狒就发现了我，它拼命喊叫、喊叫、喊叫；在一阵狂乱中，它咬断了秋千的吊索。当然，不一会儿，整个动物园的动物都一起叫喊起来了。

当然，欧·施鲁特扔下饱受各种痛苦的那些小型哺乳动物，像一阵风似的冲出门外而来。

他这次真的失去了理智，这次他竟然走到了猴馆里面。我只等待了一小会儿，欧·施鲁特和猴子们在里面弄出各种声响，让我惊恐万分。那些声音从猴馆的屋顶开着的小小天窗里传出来，就像你鼓足劲往一个笛子里大吹一口气，只从你手指头按着的一个小孔里挤出尖锐的声音一样。在欧·施鲁特再次从猴馆出来之前，我快步爬上楼梯，进入了小型哺乳动物馆。

我并没有停下来看这些铁笼。我冲下离我最近的过道，向左转了一个弯，然后转到了更狭窄的右边通道——觉得进入了一个滑道，但我马上又不这样想了——最后在我觉得很安全的地方停了下来。我在这里听得到正门的动静，当时我就躲在欧·施鲁特可能经过的好几个角落的附近。这里有足够多的拐角和岔路，所以，等我听到他过来了，我还有时间考虑我的下一步行动，不会与他正面相撞。

我很快发现，我停留在土豚的温室边上了。直到我镇定下来，能够喘上一口气的时候，我才意识到这只土豚并不孤单。

一个对峙的场面出现了！在温室的一角，土豚用尾巴根支撑着身体——稳稳地靠在那里，胸前抱着一对前爪，就像抱着两只拳击手套。在它的对面，在温室的对角，一只体形很小但面露凶相的印度支那捕鱼猫正盯着它——这个讨厌的小东西，毛发竖起，背部拱得高高的。它们两个都一动不动。它们两个好像谁也没有发起主动攻击的意思，但是每一次土豚稍稍失去一点平衡，然后调整尾巴根的位置来稳住身体的时候，这只捕鱼猫就会发出嘶嘶的咆哮声，把下巴拱到满是锯木屑的地上。土豚——这只行动迟缓的老土猪——则发出鼻息声，非常低沉的鼻息声。我正在想着下一步会发生什么呢，突然听到欧·施鲁特来了。

听他的动静，他好像就在猴馆外面。他的恐吓声传了过来。“这里什么都没有，你这假惺惺的狒狒！你再耍我一次，我就让你跟着我的小美洲虎去溜一圈！我会让你叫个够！”

在我旁边，那只捕鱼猫在吼叫，假装要跳起来。土豚哼哼着，后腿僵硬，粗粗的尾巴根也绷得紧紧的。它们就这样远远地僵持着——我的上帝啊，要僵持多久？

欧·施鲁特！他在那里独自上演好戏！他在那里自娱自乐搞深夜秀！

欧·施鲁特咆哮着走进了小型哺乳动物馆。我听到他在嘲弄某只动物。然后我听到他的作战靴踩过我附近的一个拐角——就在我左边的那个通道和北边的通道之间的拐角处。我摸索着走到我左边的那个通道里，赤着脚轻轻走在冰凉的水泥地上。我等着欧·施鲁特的下一个行动。

我有两次确实看到身在迷宫中的欧·施鲁特。

一次，我蹲在一个铁笼的墙边，就在铁笼窗户底下——我想，是在透过玻璃的红外线之外，隔着整个一条过道——我看到欧·施鲁特那个老家伙向他的一个作品走去。他滑开了铁笼上的玻璃门！这就是那扇滑动的玻璃门，他妈的整个窗户的玻璃都滑动着打开了。欧·施鲁特拿出一把小钥匙，将滑动玻璃门的锁打开。这样的设计是有道理的：如果重量很大的动物死了，或者哪个凶猛的动物病了，不想出来，你就不用麻烦打开离滑道不远的那个小小的后门了——欧·施鲁特打开玻璃门，鼓动他的斗士们行动起来！如果他觉得那对峙的僵局过于平静了，他就把他的赶牛棒扔进去，让其中的一只动物兴奋起来。当然，它们看不见站在虚空中的他——他把电棒投进去。电棒从黑暗中突然向它们滚去，有那么一两次把它们惊吓得够呛。

我听到他抬高了嗓门，然后滑动着玻璃门将它关上——于是外面的抱怨声就听不见了。接着他隔着玻璃看着外面——饶有兴趣的样子——看那塔斯马尼亚的魔鬼从这边跳到那边，大叫着，好像是在火烫的煤块上奔跑——它被凶暴的蜜獾逼到了角落里。我想，欧·施鲁特看着这场景的时候心里一定很平静——他那狂乱的心终于宁静下来了，或者说是药物起作用了。

我又一次看到了欧·施鲁特。这一次，我可以安全地观察他。他走在一个滑道里，所以我可以看到一整排玻璃门后面的动物，我在等着看欧·施鲁特突然出现在哪个铁笼的后门——我知道，从那里他可以得到那些动物的视角，且不能看到前面玻璃门以外的东西。

我看他打破了一个已经持续很长时间的对峙。两只巨大的疲惫不堪的食蚁兽看上去似乎再也受不了与一只狂乱地踱着步、气喘吁吁的美洲虎——这是一只又长又矮、瘦骨嶙峋的热带小猫科动物——僵持下去了。欧·施鲁特很狡猾！他不想出现流血的场面：那样的话，欧·施鲁特的上级就会怀疑他在虐待小型哺乳动物。欧·施鲁特是一个十分小心的导演：他要让对峙双方一直僵持着，直到精疲力竭为止；他可以用它那根赶牛棒打破任何失去控制的局面。

我要对你说，我看够了。欧·施鲁特正全方位地控制着这里的一切。

动作迟缓的懒猴与狐猴交换了一下惊恐不安的眼神；马来亚树鼩被袋鼠的惊跳吓呆了。看到这样的场景我感到非常可耻：即使是垂死的袋狸也不得不忍受无袋貂滑稽可笑的乱飞。快要生宝宝的豹猫身形憔悴地躺在铁笼的一角，也不得安宁，只能听着后门外边滑道里传来的哼哼声和扭打声。

欧·施鲁特做事没有底线。

我等着。等他走到迷宫的那个尽头，我赶紧拔腿逃离这个有组织的恐怖的馆舍。

我躺在树篱边，心里想：为什么他会有这样的想法？欧·施鲁特是从哪里得到灵感，形成了这种让小型哺乳动物们相互对峙的变态习惯的？

现在，我周围越来越亮了。但我还没有一个通盘的计划。但是，我可以告诉你，我有一个对付欧·施鲁特这个老东西的计划了。

（继续）

精选版希格弗里德·加沃特尼克自传：前史Ⅱ

1944年10月14日，红军开进贝尔格莱德，而前卖国贼马尔科·麦斯奇领导着那支南斯拉夫特遣队。好了，时代变了，如果你还坚持着原来的立场，那么这场战争就难打了。

1944年10月24日，一支俄罗斯游击队惊奇地发现切特尼克正在切恰克与一支两万人的德国军队交战。与此同时，俄罗斯人与切特尼克正在联手对德国人发起钳子般的进攻。一名俄罗斯军官观察到，南斯拉夫游击队正在背后攻击切特尼克。战斗结束后，切特尼克将4500名德国战俘交给了俄罗斯人；第二天，俄罗斯人和南斯拉夫游击队一道解除了切特尼克的武装，并逮捕了他们。切特尼克的头目拉科维奇逃跑了，游击队在切恰克地区对他进行了最严密的追捕。

当这场追捕行动开始的时候，我父亲和戈特洛布·伍特依然生活在马里博尔以西的斯洛文尼亚山区。

在斯洛文尼亚山区根本没有追捕行动。德国人正在进行抵抗，乌斯塔沙在等待时机，站在路中间观望。红军已经打到斯洛文尼亚西面了，游击队的力量现在还不是最强；乌斯塔沙不再为德国人卖命了——他们不想与游击队为敌——但是现在让乌斯塔沙与德国人开战，那也是不安全的。至少在斯洛文尼亚是不安全的。

戈特洛布·伍特变得十分沮丧。他的两条腿、后背和基本的步行工具都中弹了，非常可惜，山间没有几条路可以让戈特洛布平静而自由地驾驶摩托车。到了11月，山上非常冷，摩托车需要更轻的油了。

大约在11月中旬，600cc三轮摩托车配备的无线电台开始嗡嗡作响。在此之前，我父亲和戈特洛布以为这个电台已经失灵，或者他们已经处于德国军队的广播范围以外的地区。戈特洛布偷偷听着他的电台，这两天这嗡嗡声越来越大了，但播报的好像都是一些数字密码。

不过，到了第三天，戈特洛布·伍特听出了一个熟悉的声音，那是来自巴尔干第四摩托车巡逻队队员的声音。

“那是沃尔纳！”戈特洛布·伍特说，“那个操他娘的小混混，现在坐着我原来的位置！”我父亲还来不及将可怜的伍特从电台旁推开，伍特啪的一声打开通话开关，喊了起来：“小猪！你这无能的小猪！”我父亲赶紧把他从座位上推开，抓起电台，关掉通话开关，让电台处于监听状态。这时他们听到了摩托车怠速空转，几乎就要歇火的声音。

接着听到沃尔纳小声说，或者说喘着气说：“伍特！指挥官伍特先生？”这时，伍特正趴在地上抓着草。“指挥官伍特？”那声音又响起来。

电台里传来粗糙的怠速声，这时伍特凑上来说：“听听那引擎声！完全失调了，如果你使劲加油门，它就会烧掉。”

但电台的通话开关是关闭的，沃尔纳没有机会证实他听到的话来自伍特。只听沃尔纳在电台里说：“布朗斯基，你打开电台了吗？听着，听着。”没有听到什么反应，沃尔纳又呼叫：“戈茨，听着！听着，梅茨！是指挥官，你听到他了吗？”接着他喊道：“瓦奇，你在吗，瓦奇？”接着摩托车歇火了，沃尔纳恶狠狠地骂了几声。我父亲和伍特听到他使劲踏着启动杆。

“发动机完全塞住了。”伍特说，“你听它吸气的声音。”

他们听到启动杆上下来回弹着。发动机根本没有启动的意思，结巴了两声，不响了。

“听着，你们这些杂种！”沃尔纳在电台里大叫起来，“你们应该都开着电台！”他使劲地踏着启动杆，电台里传来他气喘吁吁的声音。“你们这些浑蛋！”他尖叫着，“我听到了老伍特的声音！”

“老伍特！”伍特说，但我父亲不让他够着通话开关。

“老伍特就在这一带！”沃尔纳在电台里乱叫，“伍特，你在哪里？”

“滚开！”伍特说，他依然抓着草。

“伍特！”沃尔纳尖叫。

电台上传来另一个声音：“谁？”

“伍特！”沃尔纳说。

“伍特？在哪里？”另一个声音问。

“那是戈茨。”伍特告诉我父亲。

“布朗斯基？”沃尔纳问。

“不，我是戈茨。”戈茨说，“这个狗屁伍特是怎么回事？”

“我听到伍特的声音了。”沃尔纳说。

电台里传来第三个声音：“你们好！”

“那是梅茨。”伍特说。

“布朗斯基？”沃尔纳问。

“不，是梅茨。”梅茨说，“怎么回事？”

“伍特在这一带。”沃尔纳说。

“我没有听到他的声音。”戈茨说。

“你刚才没有打开电台！”沃尔纳尖叫，“我听到伍特了！”

“他说什么？”梅茨问。

“噢，我不知道。”沃尔纳说，“小猪，我想，是的，他说的是小猪！”

“我听他用过这个词。”梅茨说。

“是的，两年以前。”戈茨说，“我什么也没听到。”

“浑蛋！那是因为你没有打开电台！”沃尔纳大喊。

“你们好。”第四个声音说。

“布朗斯基。”伍特对我父亲说。

“瓦奇？”沃尔纳问。

“布朗斯基。”布朗斯基说。

“沃尔纳听到了伍特的声音。”梅茨说。

“沃尔纳觉得他听到了。”戈茨说。

“我听到了他，他的声音很大！”沃尔纳说。

“伍特？”布朗斯基问，“伍特，就在这一带？”

“在哪一带？我真想知道。”我父亲对戈特洛布说。

“最清楚不过了。”沃尔纳说。

“你们好。”瓦奇说。他是最后一个打开电台的。

“瓦奇？”沃尔纳问。

“是的。”瓦奇说，“出了什么事？”

“一言难尽。”戈茨说。

“浑蛋！”沃尔纳说，“我真的听到他了！”

“听到谁了？”瓦奇问。

“希特勒。”戈茨说。

“丘吉尔。”梅茨说。

“伍特！”沃尔纳尖叫道，“你就在那里，伍特，你才是小猪！快说话，伍特！”戈特洛布坐在草地上咧嘴笑着。他听着电台里的破摩托车声音，听着沃尔纳疯狂喊叫。他的朋友们一个一个关掉了电台。

接着伍特听到一个他不熟悉的声音从更远的地方传来——还带着静电声：那是一连串的数字。沃尔纳回答道：“我听到了我以前的指挥官的声音，就是伍特，那个逃兵——他就在那里。”那个人用数字回答他。“不，真的，伍特就在这里。”沃尔纳说。一个带静电声的声音从更远处传来。“用你的数字，沃尔纳指挥官。”沃尔纳开始用数字吧啦吧啦讲起来。

“沃尔纳指挥官。”戈特洛布嘲笑道。他和我父亲一直听着，听到没有信号的位置。电台噼里啪啦响着，然后就不作声了。

“你觉得他们在哪里？”我父亲说。

“我们在哪里？”伍特问。他们两个人看起地图来。他们或许在德拉瓦河和马里博尔路北面五英里的地方。

“有行动？”伍特问，“或许他们正在撤出斯洛文尼格拉代茨？往东去打俄罗斯人？北上与奥地利人会合？”

“不管怎么说，他们有行动。”我父亲说，“就在马里博尔路上。”

那个晚上，他们再次收听起电台。更多的数字，带着静电声，从远处传来。半夜之后，他们又听到了沃尔纳的声音。

“伍特？”电台里传来轻轻的呼唤声，“你能听到我吗，伍特？”

戈茨一定在电台旁，因为他说：“好了，沃尔纳，别紧张。好好睡一觉，伙计。”

“关掉你的电台。”沃尔纳脱口而出，“也许他只与我讲话。”

“那个我相信。”戈茨说。

“滚开！”沃尔纳说。接着又说：“伍特？”声音非常轻。“来吧，来吧，该死的你，伍特，来吧。”他的声音很快被数字声湮没了。

接着传来一个分辨不出是谁的带有权威口气的声音：“沃尔纳指挥官，请你使用数字。”沃尔纳一连说了一大串数字，但是没有人应答。

戈特洛布·伍特在咯咯地笑，我父亲轻声对他说：“看什么时候只有他一个人守着电台，到那时再说。当你确信只有他一个人开着电台的时候，你再与他说话。”伍特把一直处于监听状态的电台的通话开关打开了。

过了一会儿，沃尔纳又低声说起了数字，但无人应答。“巴尔干4。”沃尔纳轻声说，“巴尔干4。”无人应答。接着他抬高了声音。“你这老浑蛋，伍特。伍特，快说话。”伍特在等别人答话。但是无人应答。沃尔纳说：“伍特。你这个叛徒，伍特。胆小如鼠的浑蛋，伍特。”

这时，戈特洛布语气温柔地说：“晚安，沃尔纳指挥官。”然后迅速将通话开关关掉，只让电台处于监听状态。

“伍特！”沃尔纳说，好像喘不过气来，“伍伍伍伍伍伍伍特！”他尖叫起来。电台里传来了更多的静电声——还有刷什么东西时发出的摩擦声，还有砰砰声。沃尔纳一定是将电台从摩托车上取下了，带着它到了某个帐篷里，我父亲和伍特听到了帐篷被风刮动的声音。他们听到电台的部件刮擦声。沃尔纳一定抱着电台走出了帐篷，就像抱着一个足球静静贴着胸口，因为他的声音听上去似乎是从很远的地方传来的，好像他的嘴巴没有靠近电台的讲话孔："他就在附近，听着！你们这些浑蛋，赶紧打开电台，听他的声音！"

戈茨大声地说："沃尔纳！看在老天的分上，伙计。"

一个未知的权威人士说："沃尔纳指挥官，够了。要么使用数字，要么关掉电台，指挥官。"沃尔纳马上说数字了，说得很有节奏感。他把数字变成了音乐，在夜色中非常动听。

我父亲和伍特坐在那里打盹。不一会儿，他们醒来了，相互拥抱了一下——摸摸长了两年的胡须，笑笑——然后又打盹，一边的电台依然处于监听状态。有一次，他们听到沃尔纳在咕哝，他已经睡意蒙眬，但嘴里还在轻轻咕哝。"晚安，伍特指挥官，你这个浑蛋。"戈特洛布只是笑笑，默不作声。

天快要亮了，伍特和我父亲开着摩托车朝林慕布斯以北的方向走了四英里。然后他们将摩托车伪装起来，取下电台，沿着山脊线往北步行了四分之一英里。这时他们看到太阳正从教堂尖顶的右边升起来。他们马上支起帐篷，这里离马里博尔路不到一英里，而整条大路就在眼底。

整个白天和晚上他们就待在帐篷里，没有吃一点东西，也没有看到摩托车巡逻队在下面大路上经过。到了晚上，他们打开电台，只听有人在说着数字，但那不是沃尔纳的声音。到了第二天早上，他们听到了更大的数字声，那是戈茨的声音。快到中午的时候，只听戈茨说："沃尔纳的情况太糟糕了。"布朗斯基回应说，可怜的沃尔纳总是太紧张了。

接着传来一个正在偷听他们说话的未知身份的人的话。"戈茨指挥官，请使用你的数字。”戈茨答应了。

就在那个下午，戈特洛布发现了邋里邋遢的海涅·戈茨开着一辆不带挎斗的1938式600cc摩托车经过大路。布朗斯基紧随其后，戈特洛布从山脊上可以看到他的摩托车轮胎气打得不是那么足。

那个晚上，一支大部队穿过一片漆黑的林慕布斯城。等这支队伍的最后部分刚出城，我父亲就偷袭了林慕布斯的一家乳品店，弄回来一些牛奶和奶酪。

他们在山上又待了两天。第二支德国军队又开来了——这是一支不知身份的摩托车巡逻队。不是巴尔干第四巡逻队。他们可能是从奥地利开来的。他们在搜寻一支衣衫褴褛的部队，一支溃不成军的队伍——没有装甲设备，只有一些卡车和吉普车。他们的装备上也没有标上数字序列。有些行进的士兵没有戴头盔，很多士兵长的胡子也不像德国人的胡子。这是一个机会，我父亲和伍特决定冒这个险。他们在林慕布斯的大路上跟上了这支队伍。他们对士兵们说他们的摩托车出了问题，从巴尔干第四摩托车巡逻队掉队了。他们得到了吃的，摩托车也加上了油——他们开着摩托车进入了马里博尔路，不知道这队伍是在撤退呢，还是开往前线。

这其实无关紧要。当这支队伍的任务下达之后，戈特洛布说他和他的同伴与老部队联系上了。他们出了一点钱，把摩托车藏到了老城区一个妓女的棚子里，然后在城里打劫了一个德国军官——他们的手法很高明，穿着博斯法·杜德的旧衣服，扮成老农民的样子；接下去，他们找了一家桑拿浴场，将他们的胡子好好梳理了一下，还上了油，使胡子有了光亮。现在，他们穿上了军装——两个士兵进城找乐去了。

噢，上帝啊。在马里博尔，你还以为戈特洛布·伍特还能找到别的夜总会？这家夜总会也正是巴尔干第四摩托车巡逻队的队员最喜欢光顾的地方。

或许伍特认为他这长了两年的胡子让他变了一个人，别人不会轻易认出他来的。不管怎样，他在圣母贝内迪克特地窖里与其他士兵玩得很开心。这里有一个肚皮舞女，是土耳其人，取了一个令人生疑的南斯拉夫名字，叫加里妮娜；她的肚皮明显是动过剖宫产手术的。啤酒很淡。令人惊讶的是，这里看不大到穿着德国国防军军服的乌斯塔沙士兵。但是酒吧上方有一张放大了的照片，照片上插满了飞镖：身穿国防军军服的乌斯塔沙，在克罗地亚某地与游击队一道行进着。

我父亲十分谨慎，他一定要把变音发准确：他感到他的胡子引起了他们的怀疑。

天很晚了。我父亲跟在腿脚不很利索的伍特后面，到没有暖气的男厕所去。小便池冒着热气。这立式便池的洞口周围的瓷砖开裂了。一个男人穿着高跟鞋，裤子退到脚踝，背靠在便池的裂口处——手紧紧抓着扶手，这才没有使他倒下去。四个男人在撒尿，小便池里热气腾腾。另外有两个跟着我父亲和伍特一起进来。

八个人低头看着小便池，对着升腾的热气和恶臭，屏住呼吸，在身上摸索着，撒着尿。有一个人把香烟头扔到了便池里。

突然，一个撒尿的人大喊一声，手猛地抓着扶手，努力不让自己倒下去。

“伍特！”这个人尖叫道，戈特洛布很快转过身来，一下子尿到我父亲的腿上。他看到了邋里邋遢的海涅·戈茨一下子把扶手从铺着瓷砖的破败的墙上抓了下来，身子朝后一仰，他的裤子仍旧放在脚踝处，一屁股坐到了粪坑的小洞中。“噢，上帝啊！”海涅·戈茨呻吟了一声，马上站了起来，口袋里的零钱掉了他一身。他再次叫道：“伍特！老天啊，布朗斯基，那是伍特！醒一醒，梅茨！站在你旁边尿尿的是伍特！”

我父亲还没撒完尿呢，布朗斯基和梅茨让可怜的伍特转了个身，向后弯着他的身子按在了小便池的上面。海涅·戈茨从粪坑的小洞里爬了出来。我父亲胡乱地提上裤子。邋里邋遢的海涅·戈茨说："你！你与伍特在一起，你是谁？"戈特洛布并不看我父亲一眼，他们装作不认识的样子。

我父亲说——他的德语的每一个音节都发得非常完美："我刚刚看到这个人。你们看到了，我们两个人的胡子都很长。就是这一点相同。"

布朗斯基——或者是梅茨——说："老伍特！你好好看着他！"

"肮脏的叛徒。"海涅·戈茨说。他们当中的一个人用一只膝盖压住他的身子——用绳子捆住他——另一个人拽着他的胡子。他们把他抬进了厕所的隔间里。然后他们把他倒立起来，头朝下塞进令人窒息的粪坑里。巴尔干第四巡逻队的人非常齐心协力。新领导人海涅·戈茨——还没有来得及提裤子，裤子还在脚踝处，从脊柱到膝盖背部都粘满了粪——抓住伍特的一只脚，将可怜的戈特洛布塞进粪坑的小洞里。

我的父亲对站在冒着热气的小便池边的几个不知怎么回事的人耸耸肩，歪歪头，赶紧飞也似的跑开了。

"伍特？"一个人问，"这个伍特是谁？"

"我们只是有相同的胡子。"我父亲说，"就是这一点相同。"他又强调了一下。但我可怜的父亲几乎说不出话来了——他被这帮人的可怕行动吓得目瞪口呆——他心中极其难受，好像只有靠喊，才能将嘴里想说的话说出来。

当我的父亲悄悄地离开圣母贝内迪克特地窖的男厕所时，他只看到伍特的鞋后跟露在外面。与可怜的博斯法·杜德一样，戈特洛布·伍特被埋葬的时候也没有棺材。像博斯法·杜德一样，戈特洛布·伍特最终也落得这个下场：只有靠他的鞋后跟才让别人辨出那是他。

第十六次动物园侦察

1967年6月6日，星期二，早上5:30

我建议，我们到时就按照我现在做的那样去做。我们在傍晚时分躲在树篱后面：我们就躲在那里，一直到头班夜间保安结束工作。然后欧·施鲁特就会接班，我们先让他巡视一两圈。我们也得警惕那只狮尾狒，当然我们也可以让它为我们所用。

我无法决定，我们是否应该用高妙的手法将欧·施鲁特逼成一个胡言乱语的疯子，或者直接将他喂进著名的亚洲黑熊的嘴里——一有机会就这样做。

用后面一种方式来处理欧·施鲁特可能会有些麻烦。这头亚洲黑熊也可能想掌握那个钥匙圈，一旦落到它手里，我敢肯定，你就拿不回来了。另外，欧·施鲁特可能有时间拔出枪，打一枪。不管他这样做能不能救了他自己，席津的警察都会赶过来，他们可是竖着耳朵听着动物园的任何动静呢。

即使我们利用狮尾狒将欧·施鲁特逼疯，也不好说他最后会疯成什么样。他或许会在动物园疯跑。

这就是个麻烦。我想，我们必须在小型哺乳动物馆里干净利索地捉住他。卸了他的枪，捆住他的身体，堵住他的嘴巴——为安全起见，将这浑蛋通过滑道关到玻璃房去。

我们要把他扔进巨大的食人蚁堆里！食人蚁应该会让他安静下来。因为欧·施鲁特知道哪只动物与哪只动物配对待在一起比较好，所以，为了让食人蚁与他平安相处，他知道他必须保持安静，不能冒犯它们。但是，到那个时候，我们不让欧·施鲁特到各个馆舍转转是不公平的。我相信，印度支那捕鱼猫肯定喜欢照顾欧·施鲁特的。我相信，蜜獾和美洲山猫一定会欢迎欧·施鲁特的到访，他们一定会把他绑起来，让他活像一只等待进煎锅的鹅——嘴巴被塞住了，于是只能像鸽子那样咕咕叫，面孔埋在木屑中，说："好蜜獾，好蜜獾——呜呜呜呜！你不是一只好蜜獾吗？你不会对我有任何怨恨的，对吗，蜜獾？"

更好的办法是，我们蒙上他的眼睛，让他猜猜他现在与什么动物在一起——让呼吸沉重，呼呼作响的那只动物将它冰冷的、可以随意移动的鼻子贴在这个老家伙的耳朵边上。

欧·施鲁特，这是一报还一报。

（继续）

精选版希格弗里德·加沃特尼克自传：前史Ⅱ

我的父亲在马里博尔躲了起来。他出了很高的租金租下了老城那个妓女的屋外的隔开小间，来安全停放他的摩托车，以不让别人发现。他不信任这个妓女，因为那巫婆连名字都不肯告诉他。一天晚上，我父亲回到这个小间来过夜，顺便也看看摩托车，发现一个塞尔维亚老东西在用管子从600cc三轮摩托车的油箱里吸油。这个塞尔维亚人也不肯说出名字，但我父亲马上用塞尔维亚－克罗地亚语与他说话，这个塞尔维亚老家伙用衰老的语气说起来了。他说他的幻想破灭了：首先，是对卖国的彼得国王的幻想破灭了——米哈伊洛维奇将国王救了出来，送到了伦敦。我父亲知道塞尔维亚人一直唱的那首歌吗？不，他不知道，因为这首歌与政治有关。塞尔维亚老人为他唱了起来：

> 彼得国王，你是我们的黄金，
> 我们把你送到丘吉尔那里，让他替我们保护你……

塞尔维亚老人接着吼道：这个胆小如鼠的国王不堪英国人的欺

凌，变成了于南斯拉夫统一最有利的人物。1944年9月12日，彼得国王宣布，支持铁托元帅的人民军是南斯拉夫的最好选择。国王谴责了米哈伊洛维奇和切特尼克——称那些不愿加入游击队的人为“出卖祖国的人”。塞尔维亚老人问，彼得国王是不是知道，就在他做出出卖他的人民的行径的六天前，切特尼克不顾生命危险，在夜里为国王庆祝生日——就在灯火管制的情况下，在每一个山顶点上篝火，高歌他们对国王的热爱？

我的父亲知道这个情况吗？我父亲承认，他当时受困于山间，疲于奔命——可那不是塞尔维亚的山区。

那么，我父亲现在知道塞尔维亚人在唱什么歌吗？

我们不要铁托这个强盗——

我们要国王，虽然他不好！

那么你们就不该要他，我父亲告诉这个塞尔维亚人。但是老人在我父亲的面前唱开了：

宁要坟墓，也不做奴隶！

“不。”我父亲说，“任何东西都比坟墓好。”毫无疑问，他在想：特别是比刚刚埋葬了戈特洛布·伍特的那个新坟墓要好。

我父亲并没有因为这个老人偷他的汽油而杀了他。他与他做了一个交易。他把这辆600cc三轮摩托车的边车，还有剩下的二十三颗手榴弹都给了他，以换取塞尔维亚地下组织为他制作一份文件：一张过境证，上面有他的名字和照片，这样就能使我父亲骑着那辆摩托车赛车越过奥地利边境。他说，他要去柏林刺杀希特勒。

“你为什么不去杀铁托？”塞尔维亚人问，“你不用跑那么远。”

他们成交了。一个名叫希格弗里德·施密特的人得到了一份德军司令部签发的特别信使过境文件，这是由马里博尔的塞尔维亚地下组织制作的——他们虽然人手不足，但是工作非常高效。1944 年 12 月中旬的一个寒冷但晴朗的早晨，希格弗里德·施密特——原名叫弗拉特诺·加沃特尼克——穿过边境进入了奥地利。他骑着 1939 年的大奖赛赛车（为执行信使任务，摩托车上去掉了所有的战车的装饰），越过穆尔河，沿着现在叫作 67 号公路的路线向北逃往格拉茨市。

我情愿相信，在 1944 年 12 月的这同一个寒冷但晴朗的早晨，切特尼克的头目拉科维奇终于被游击队抓获，被押回了切恰克——他的尸体被重新处理之后，在市场广场公开展览了。

至于我父亲在那个寒冷但晴朗的清晨进入奥地利之后发生了什么，我只能猜测了。毕竟，希格弗里德·施密特能得到他的一身德国国防军的军服，他的大奖赛赛车和他的特殊文件（只有在德国控制奥地利期间才能起到特别的作用）的保护时间并不长。

一天早晨，我父亲向北往格拉茨市逃去。他不知道他在格拉茨待了多久——或者说，他不能确切地知道，他是在什么时候骑车向东北偏北方向的维也纳进发的。有一点是肯定的，他不可能在格拉茨市待很久，因为南斯拉夫游击队很快在他之后越过了奥地利边境，他们无需什么特殊证件。对于摩托车信使希格弗里德·施密特来说，维也纳也不是安全之地。1945 年 4 月 13 日，就在我父亲离开马里博尔刚刚四个月之后，在奥地利抵抗战士的帮助下，苏联军队占领了维也纳。苏联人成了这个城市的解放者，但是这支解放军干尽了强奸妇女等恶行，令人震惊。苏联人显然不认为奥地利是德国的真正受害者，他们看到了太多的奥地利士兵在俄罗斯前线为德国人作战。

不管怎么样，1945 年 4 月 13 日，希格弗里德·施密特只能转入地下活动了。

4 月 13 日，法国军队越过福拉尔贝格进入了奥地利，第二天美国军队从德国进入奥地利。大约一星期之后，英国人从意大利进入奥地利时，他们惊奇地发现，南斯拉夫游击队已经在卡林西亚和施蒂利亚两个州肆意横行了。

奥地利被彻底占领了，维也纳人都躲在家不出门了。他们听说，张开双臂去欢迎解放者，是不明智的行为。

在我父亲的记述中，并没有十分清楚地说明这一点。被人遗弃的公寓房是最好的地方——但是大家都去这样的地方，于是常常是拥挤不堪，而且不想与那个不愿丢下那该死的摩托车的傻瓜做伴。我父亲总是不能忘记，四分之一的脸斜着从信槽里看进来："没有地方可以留给士兵，你另找地方躲去吧。"

如果你有食物，他们可能会暂时让你进来，但是食物也会给你惹来杀身之祸。

我父亲不会忘记天气暖和的几个月躲在室内的日子。回想起他花了一个星期的时间努力引诱一个俄国人，想得到他的军装——因为穿着德国国防军的军装，我父亲即使有很强的语言能力，也不会那么令人信服。

他最不能忘怀的是一个夏日的晚上。在靠近老城区的一个区域，探照灯照住他和他的摩托车——咆哮的摩托车无论走到哪个小巷的尽头，他都被探照灯照得无路可逃——大奖赛赛车在Z字形的小巷内飞速穿行，本来是很难被探照灯捕获的。他记得那一定是在美景宫，躲在树丛里的士兵打出探照灯，我父亲开着赛车几乎逼近了混凝土高墙，在那里他成了一个可怜的目标，他被混凝土墙上高低不平的炸弹弹坑磨坏了手肘和膝盖。他记得有一个没有打开的喷泉；那一定是施瓦岑贝格广场。他记得，冲进了探照灯和俄罗斯人的声音的迷惑地带之后，他赶紧掉头就跑。

我父亲总是记得，坐在后座的戈特洛布·伍特总在他靛蓝色的头盔耳洞里低声耳语。我父亲按照伍特毫无差错的指示，开着摩托车跳过路沿，在靠近建筑物外墙的人行道上往前走，不时地闪开突出的门。不开车头灯，穿过越来越黑的街道，等着他看不见的墙或门把他撞个正着，打得粉碎。

我父亲总是记得走廊上的一扇很大的门，门的一边从铰链上掉下来了——他的摩托车滑向了走廊内部，这里面黑得像洞穴，冰冷如大理石。他觉得他还斗胆打开了车头灯，看到了一段盘旋而上的楼梯，至少有四个过渡平台——通向他所希望的被遗弃的公寓房。他永远不会忘记：他提起摩托车前轮登上了第一级楼梯，加速，车子颠簸着，疯一样地冲上宽而浅的大理石台阶，到达第一个过渡平台。他松开凶猛的大奖赛赛车的离合器，冲进了第一个公寓房。他睁开眼睛，关掉引擎——等待着枪声响起。然后他将车子锁上，把弹开的公寓房门关上。

他记得，探照灯从街上扫过来，照进走廊里。很多人在用俄语说话："这里没有被丢弃的摩托车。"

到了黎明时分，他发现满地的香烟和瓷器的碎片——原先一定是精美的瓷器；厨房的一角被漂得很白，发着恶臭，这次的逃难者，或者以前的住户，决定把这里改造成了厕所。橱柜当然是空空的，什么也没有。床上的垫子被小刀戳成一个一个的小洞——还有人在床上尿过尿。在一个房间——这必定是女孩的房间——的窗台上有很多只毛绒玩具，只有一只玩具的眼睛没有被抠下来。

我父亲记得：在一个城里的公寓房间里，偶尔看到地面上飘起一根鸡毛——这多么奇怪。但是，他最不能忘怀的是，一连好几天了，他看到在整条漆黑的大街上，有一样东西明亮异常。这是一个铜球，每天有那么一会儿，总能在太阳的照耀下闪闪发光。这只球被丘比特抓在手里。丘比特的半个头已经被炸掉了，但他依然像天使一样高高耸立在这个原先是保加利亚大使馆的建筑顶上——事实上，这是施温德街唯一的使馆建筑。

第十七次动物园侦察

1967年6月6日，星期二，早上5:45

格拉夫，你要知道，维也纳以前发生过一次袭击动物园事件。但是那次袭击失败了，现在成为鲜为人知的历史了。有关那次袭击的细节都不甚清楚。

似乎没有人知道，在那场战争的最后几年中发生了什么事。有那么一个时期——比如1945年初吧，俄罗斯人占领了维也纳，而其他战胜国还没有就占领条款达成协议——那时，整个城市的人饥肠辘辘，没有什么可以充饥的食物。不知道那些动物是以什么为食物的，这个没有记载。但确有记载的是，人是靠吃什么活下来的。当时的动物园没有足够的安保力量来维持这些动物的安全——其实人也顾不上动物了。

只要四个人，即使没有任何武器装备——在那个时候，任何走动的人几乎都带着武器——就可以轻而易举地将一头中等大小的羚羊带走，甚至能带走一头骆驼，或者一只小长颈鹿。

这样的事还真发生了。虽然城市警卫部队说是在保卫动物园，但偷袭动物园的事还是发生了：这样的袭击是着眼未来的——这是一种紧急状态下的粮食供应。

这是为了你、你和你——你得到了这只袋鼠的左后腿，你得到了河马的臀肉排骨：记住，你得煮很长时间才能煮烂。

不管有没有城市警卫部队的守卫，反正偷袭动物园成功了。几个大胆的饥饿不堪的人偷走了一头野生西藏牦牛。有一个人，单枪匹马偷走了整头海豹。

我想，要完成这样大规模的偷袭，必须有详尽的计划。我想，很快就会有一些组织良好的市民团体，或成队的士兵——任何一国的士兵都有可能——会认识到，在这样一个闹饥荒的城市，大规模的肉类储藏行动，是有利可图的。这只是时间问题。

但是组织良好的团体没有一个成功的。

在这个城市里，将出现一个高贵的英雄，他认为动物们已经受尽了苦难。他预见到了即将发生的一场针对动物的大屠杀，所以想了一个办法来阻止屠夫举起屠刀。没有人知道他是谁。他只留下一具残缺不全的尸体。

当然，这是因为动物们吃了他。一个晚上，他闯进动物园，将所有他能找到的动物全都放了。我想，他是在差不多打开了所有的铁笼之后，才被动物吃掉的。这些动物自然也是饥肠辘辘的。他应该想到了这一点。

他的好意适得其反。我不知道是否有动物跑出了动物园的大门，或者它们是否全部在动物园内部受到了攻击。我想，在大批暴民听说了这件事，拿起老旧的手榴弹和厨房用具冲进混乱的场地之前，动物也是吃了动物的。

细节都笼罩在迷雾中。有这么多小型哺乳动物在城里到处乱跑，谁会去准确记录它们的数量？这场混乱真是让人大开眼界。我想，俄国人在那个长夜的某个时候也投入这场混乱当中了，他们听到这巨大的喧闹声，一定以为发生了一场革命。

我相信，他们没有使用坦克或飞机，但是用上其他的装备，那是不在话下了。

我希望，吃了动物的人都会噎住，或让他的肠子痉挛，疼痛难忍。

毕竟，这不是一场动物战争。

它们应该去吃掉所有像欧·施鲁特这样的人。

（继续）

精选版希格弗里德·加沃特尼克自传：前史Ⅱ

美国人占领了萨尔茨堡省，卡普伦属于这个省。卡普伦是一个非常宁静的村子，远道来到这里的几个美国人受到宁静气氛的感染，变得非常友善。在美国人到来之前，我听到的唯一不平静的事件是，我外祖父的哥哥，就是卡普伦的邮政局局长被处以火刑。总的说来，在卡普伦的生活相对舒适，所以对于我外祖父要带家人和恩斯特·沃特泽克－特鲁默回到维也纳生活的决定，我是不能表示赞许的。至少他们应该等四国占领维也纳的方案出来之后再见机行事。

1945年初夏，我母亲就有意回到那座刚被解放的城市。此时，盟国还没有与苏联人达成明确的协议。按理说，俄国人占领维也纳的消息应该足以让他们打退堂鼓。

他们想回维也纳，与希尔克想回去寻找察恩·格兰茨的想法有关。因为战争结束了，希尔克觉得察恩一定会设法寻找她。而我的外祖母当然想回去看看她的小公寓怎么样了，她留在那里的那些瓷器怎么样了。外祖父或许想急着回去归还那十四本书——已经过期七年三个月了——那是从国际学生部的外语阅览室里借出来的，他是那个图书馆的馆长。我想不出恩斯特·沃特泽克－特鲁默回去是出于什么理由——或许是他想保护我外祖父一家人，或许是想从我外祖父的图书馆借更多的书来看。恩斯特·沃特泽克－特鲁默已经与外祖父一起生活了七年，开始意识到教育的重要性了。

不管什么原因——或许是所有这些原因综合作用的结果——总之，他们在1945年7月的头一个星期离开了卡普伦——其实这个时候回维也纳，是非常不合时宜的。

另外，察恩·格兰茨的出租车情况非常糟糕，使得外祖父的行程尤为艰难。不过，因为外祖父有着良好的政治记录，这次回维也纳之旅倒省了不少麻烦。他从抵抗组织领导人那里得到了通行证——包括证明信和签证——这个领导人知道我外祖父的哥哥的纳粹身份是一个伪装，他对邮政局局长受火刑而死向我外祖父一家人表示同情和慰问。恩斯特·沃特泽克－特鲁默也有很好的记录——主要是在泽尔姆西德国人控制的火车站一带，巧妙地制造了不少火车脱轨和纵火事件。

于是，1945 年 7 月 9 日一大早，我的外祖父带着他的家人踏上了这不可思议的返城之旅，他们一路穿过瓦砾废墟和占领军的防线，在深夜进入了维也纳。他们遇到了有关证件问题的种种麻烦——苏联人的繁文缛节比其他国家还要烦琐。

这是盟国就维也纳的分割问题达成协议的一天。美国人和英国人拿走了最好的居民区，法国人要的是商业区。俄国人很现实，有长远眼光，他们要走的是工业区，还有内城靠近外国使馆和政府部门大楼的一小块区域。俄国人占领了第四区（施温德街就在这一个区），这让我外祖父大为不安。

21 个区中有 16 个区派驻了共产党的警察局局长。在苏联人建立的雷纳临时政府中，内务部长弗朗茨·洪纳曾参加过南斯拉夫游击队与德国人作战。不过，雷纳本人是一位资深的奥地利社会主义者，他对苏联人疑似有前瞻性的区域选择产生了不祥的预感。

我的外祖父开着车经过施温德街，觉得街道比以前漆黑得多，两边房子也都紧闭着窗户，为此他也产生了深深的焦虑和不安。

沃特泽克－特鲁默说："这是一条鬼街，就像美国西部牛仔经常看到的那种鬼街。"

后座上的外祖母，自顾自地哼哼着或哀叹着。

外祖父将汽车开上人行道，开进走廊，驻扎在街对面原保加利亚大使馆的几个士兵对着他们打来探照灯。他给他们再次出示了证件，说了几句有点过时的俄语——这是他从外文书里读来的——把俄国士兵打发走了。他们没有从车子里拿东西，而是先走上旋转楼梯的第一个过渡平台，发现门的锁孔都锈住了，推了一把原本就很不结实的锁栓——门一下子弹开了。

“噢，他们还在这里撒尿，这帮杂种。”沃特泽克－特鲁默说。在黑暗中，他走到门里面几英尺的地方，小腿被一个又大又重的金属物刮了一下。“给我点光。”他说，“他们在这里放了一门大炮，或别的什么。”

外祖母脚踩在瓷器的碎片上，吱吱嘎嘎响。她轻轻地哀叹一声。外祖父打开手电筒，看到一辆破旧的、满是泥土的摩托车斜靠在一把扶手椅上，因为摩托车已经没有支架了。

没有人说话，没有人走动。从大厅里，从我母亲的房间里传来一个呼气声——一个憋了很长一口气的人终于将这口气呼出去了。这口气可以解释为最后一口绝望的气。外祖父关掉了手电筒。希尔克说：“我去对付那些士兵，行吗？”但没有一人动一步。我母亲听到她的那张旧床发出吱嘎一声响。“有人躺在我床上？”她对我外祖父说，然后挣脱开我外祖父抓着她胳膊的手，穿过大厅向她的房间走去，一路撞着了椅子和摩托车。“察恩？”她说，“噢，察恩，察恩！”在黑暗中，她很快穿过了开着的门。沃特泽克－特鲁默从我外祖父手里拿过手电筒，照亮了刚要穿过房门的希尔克。他照着她进了门。手电筒的光打到门框四周，然后照进了她的房间。

床上躺着一个黑黑的长着很长胡子的男人，嘴上涂着糊状物，好像嘴巴被塞上了棉花，口渴难耐的样子。他一动不动地坐在床中央，两只手各拿一只摩托车靴子，眼睛盯着亮光。

“不要开枪！”他大叫一声，用德语——然后用俄语，用英语，用已经不可辨认的斯拉夫语言，重复着这句话。“不要开枪！不要开枪！不要开枪！”他把摩托车靴子举过头顶挥舞着，大声喊着，但没有要威胁别人的意思。

“你有证件吗？”我外祖父问，他用的是德语。那个男人向他扔来一只皮夹子。

“证件是假的！”男人大叫，这次用的是俄语——他努力猜想着晃眼的手电筒后面的那个人的身份。

“你是希格弗里德·施密特？”我外祖父问，“一个特别信使？”

“去你的吧，信使。”沃特泽克－特鲁默说，“你来得太晚了。”

“不，我是加沃特尼克！”床上的男人说，还是用俄语——担心他们在引诱他说德语。

“但上面写着希格弗里德·施密特。”我外祖父说。

“假的！”我父亲说，“我叫弗拉特诺，弗拉特诺·施密特。”他咕哝道。接着又说：“不，我是加沃特尼克。”

“希格弗里德·加沃特尼克？”沃特泽克－特鲁默问，“你是从哪里弄来这身肮脏的国防军军装的？”

我父亲用塞尔维亚语－克罗地亚语大声吼起来。站在门口的几个人满心疑惑地看着他。我父亲高声唱道：

宁做奴隶，也不要坟墓！

“南斯拉夫人？”我外祖父说，但是我父亲并没有听见他的话。他一下子躺在了被小刀戳了很多洞的床垫上。外祖父走进房间，坐到床上，坐在他身旁。“现在好了。”外祖父说，“不要紧张。”

这时，沃特泽克－特鲁默问道：“你这是在躲避哪支军队？”

“所有的军队。”我父亲说，用德语——然后用英语、俄语，最后用塞尔维亚－克罗地亚语，“所有的军队，所有的军队，所有的军队。”

“战争妄想症患者。”沃特泽克－特鲁默宣布道。他读了外祖父的那些超期未还的书，真还记住了不少东西。

他们回到出租车去取食物和衣服，从走廊后面的内庭井泵取来水。然后他们给我父亲吃的，为他洗了澡，给他换上了沃特泽克－特鲁默的一件睡衣。沃特泽克－特鲁默睡在出租车里，充当警觉的卫兵；希尔克和我外祖母睡在主卧；我外祖父守着躺在希尔克床上的这个战争妄想症患者。到1945年7月10日凌晨3到4点，我母亲前来替我外祖父看守我父亲。

凌晨3点或4点，黎明之前，天还未亮，下起了小雨——睡在出租车里的沃特泽克－特鲁默记得很清楚。3点或4点，希尔克用手摸摸我父亲的长胡须，发现他的前额，不知怎的，与她想象中的察恩的前额一样年轻稚嫩——她注意到他的两只手也这么年轻稚嫩。弗拉特诺醒来了，一下子坐起来，坐在我母亲的那张旧床上，那张被小刀戳了很多洞的床上，眼前看到的是一位身材苗条、嘴角挂着忧伤的姑娘——与其说是鲜花，还不如说是鲜花的绿茎。只听我父亲说："达布林卡！我告诉愚蠢的伍特，没有被炸死的那个人一定就是你。"他用德语、英语、俄语，然后用塞尔维亚－克罗地亚语。

只会一种语言的希尔克用德语说："噢，你现在没事了。你在这里很安全，嘘，别说话。你回来了，你——不管你是谁。"她轻轻地把我父亲推到床上躺下，然后她自己躺在他的身上——他们俩都穿着夏天的睡衣，对他们来说，这是一个潮湿的、有点冷的、小雨淅沥沥的夜晚。

情话在悄悄地说着，用了很多种语言。雨很小，但是下得很久，雨点不断落下。不知疲倦的沃特泽克－特鲁默睡意很轻，就像这轻轻落下的雨。他记得那张旧床，那张被小刀戳了很多小洞的床发出沙沙声——他们就这样轻佻地将我带到了这个可怕的世界中。在这个令人着慌的黎明前的黑夜中，天上落着小雨。1945年7月10日凌晨3点或4点，恩斯特·沃特泽克－特鲁默的睡意比什么时候都轻。

老沃特泽克－特鲁默，无与伦比的历史学家，记下了这些难忘的细节。

第十八次动物园侦察

1967年6月6日，星期二，早上6:00

得了罕见病的熊狸正在咳嗽——这只婆罗洲熊狸步履蹒跚，得了一种它特有的不知名目的紊乱症。

欧·施鲁特正等着别的保安来接班。他用了市场上买不到的那种药品，终于让他自己平静下来。小型哺乳动物馆现在非常安静，红外线灯已经关掉，欧·施鲁特面露温存相，一副懒洋洋的样子，点上一支香烟，迎接黎明的到来——像抽着一支豪华雪茄那样吐着烟气。我看到巨大的烟圈在水禽池塘上面升起。

我知道，天快要大亮了——而且亮得这么迅速——趁天色还有点黑，我们要抓紧干完大部分的活。在天亮之前，我们得把欧·施鲁特安全地弄走，把钥匙拿到手，按照原先安排好的次序释放动物。

很显然，这里有一个大问题：打开动物的铁笼并不难，但我们该如何让这些动物走出这动物园的地面？我们如何让它们从大门口出去？如何让它们自由地走上席津的街头，引导它们往乡下的方向奔去？

格拉夫，这是问题的关键。上一次行动失败，主要问题就出在这里。这四十几头出笼的动物在动物园里面乱走，如何处理？我们不可能引导它们挨个从大门出去，或者让它们挨个进入蒂罗尔花园。如果是这样的话，席津街上的哪一个笨蛋肯定会发现逃跑的动物，他只要看到一只动物逃出去了，就马上会报警，后面的动物就出不去了。我们必须一次性让它们全都出去。

我们能期待这些动物排着队有序出去吗？

我们似乎得给这些动物分分类，让它们有秩序地行动。我们得把那些死对头留到最后出去，或许我们得让大型动物从后门出去，进入蒂罗尔花园，然后它们就能在黎明前偷偷溜过马克辛公园。

我想，我必须承认，一切得看命运的安排了。

想象一下这样的情形：几头大象在水禽池里玩水上运动；无数只放养动物在吃着小道边上的盆栽植物；所有的野猴子在戏弄斑马，四处驱散着来回伸着脖子咔嗒乱叫不知所措的长颈鹿；不少小型哺乳动物还很容易迷路。

还有小海雀，它们肯定会被别的动物踩在脚下。

当所有动物都从铁笼里出来的时候，你怎么能让它们集中注意力听你的指挥？你怎么能够说："好了，从大门出去，快点！"

有些动物甚至还不想离开动物园呢。

这就是我总是怀疑诺亚怎么竟给方舟配上跳板的一个原因。

因此，我觉得这个行动需要信念。我觉得，讨论出现混乱的可能性，是毫无意义的，因为这是一个大众心态的问题。我们要么将这种精神传达给他们，要么干脆放弃。

另外，你也不能在什么地方设限。这一次不行。

（继续）

精选版希格弗里德·加沃特尼克自传：前史Ⅱ

1945年8月2日，我母亲的怀疑得到了苏联医生的证实。她在圣斯蒂芬教堂嫁给了弗拉特诺·加沃特尼克，那是一个小型但吵闹的婚礼——我的外祖母自始至终哼哼着或哀叹着，恩斯特·沃特泽克－特鲁默一直打着喷嚏——他睡在出租车里的时候受凉感冒了。

还有别的声音：在旁边的一个圣坛，有人在拆卸东西——几个美军工程师正大汗淋漓地拆除一个未爆炸的炸弹。这颗炸弹从圣斯蒂芬教堂马赛克屋顶上掉下来，正好卡在一个风琴的风琴管中间。炸弹投下来几个月之后，风琴师心里一直很紧张，不敢高声弹琴，也弹不好曲子。

与别的婚礼一样，在婚誓环节之后，我的母亲亲吻了我的父亲，她很害羞地亲吻了我父亲刮得干干净净的脸。然后，他们笨手笨脚地走下过道，走出教堂，后面跟着几个身材魁梧的美国人，他们当中的一个人抱着一枚炸弹，就像抱着一个很重的、刚刚受洗命名的孩子。

结婚派对在格拉本新建的美国汉堡水疗馆举行。这对年轻的夫妇非常神秘。事实上，我所知道的关于他们关系的故事都是道听途说的，没有文字记载——大多是恩斯特·沃特泽克－特鲁默的说法，其实他也没有亲眼见证。恩斯特说，他听这对夫妇在公开场合讲得最多的一个故事是，希尔克希望弗拉特诺为了婚礼剃去胡子，为此他们进行了讨论。这是那种家庭问题，对他们来说也是非常私密的话题。

不过，一件事情确有文字记录。1945 年 8 月 2 日，希尔克·梅尔特由她父亲做主，出嫁了。她父亲就是那个前图书馆馆长，他借的十四本书超期七年零三个月未还。恩斯特·沃特泽克－特鲁默做了新郎的伴郎。

有文字记录的还有这件事：1945 年 8 月 2 日是波茨坦会谈的最后一天，也是杜鲁门和丘吉尔稍有失算的唯一一天。英国人和美国人到波茨坦是有备而来的——这一次他们已经看清了俄国人占领的手段和目的了：这是从巴尔干和柏林问题上看出来的。7 月 17 日以来，丘吉尔和杜鲁门一直绞尽脑汁在思考，但在波茨坦的最后一天，他们懈怠了。那是在有关战利品的问题上，俄国人在东奥地利提出了索赔要求——俄国人宣称，他们在战争中遭受到巨大的损失，德国理应赔偿。俄国人的统计数据总是令人震惊的：他们声称 1710 座城市和 7 万个村庄被毁——损失了 600 万座建筑物，使 2500 万人无家可归，更不要说对 31850 个工业基地和企业造成的破坏。将要由德国赔偿的损失可以由没收某些奥地利战利品来加以补偿。俄国人使用了含混的语言，他们在谈及奥地利的解放时所用的口气，与他们谈及奥地利必须与德国一同承担战争责任这个问题时的口气完全一样。

后来，苏联驻波茨坦经济委员会的代表I.M.梅斯基先生承认，战利品指的是任何可以转移到苏联的财产。丘吉尔和杜鲁门对这种含混的说法置之不理，他们这一次对斯大林的目标有所准备。

但是维也纳这座城市毫无准备——在波茨坦会议召开之时。维也纳被打个猝不及防，但是随后做出了不少强硬的独立姿态。

1945年9月11日，盟军理事会在苏占区的环城大道的帝国饭店召开了第一次会议，会议主席是俄国元帅科尼耶夫。

弗拉特诺也毫无准备——即使是对即将到来的家庭生活。我外祖父为弗拉特诺弄到了合法的难民身份证件，为他找了一个翻译助理的工作。这是一个肥差：为盟军理事会做详尽的会议纪要。

在盟军理事会召开第一次会议的十四天之后，维也纳举行了自德奥合并以来的第一次自由的议会选举。苏联以前的努力全部白费，奥地利共产党只得到总票数的百分之六——只得到全国125个席位中的区区4席。而社会主义党和人民党则势均力敌。

维也纳真正没有料到的是，苏联人竟然会输得如此之惨。

恩斯特·沃特泽克－特鲁默真正没有料到的是，记录显示，哈金区警察局竟然已认定他已经死亡，死亡日期是1938年3月12日——死于那场烧掉他的鸡舍的大火。我不知道，沃特泽克－特鲁默是否被哈金警察局对他如此缺乏信心的做法激怒。不管怎么样，恩斯特拒绝去找工作。在外祖父的建议下，他在外祖父的这座位于施温德街的公寓里忙碌起来：修补房子，做些改造。

在白天，整条街就是沃特泽克－特鲁默和几个女人在家，没有别人。洗衣女工责备他懒惰，只会在家游手好闲，他就反驳说："在法律上，我是一个死人了。我不工作，还有比这更好的借口吗？"

沃特泽克－特鲁默做的第一件事是，从厨房隔出一个单间做他的卧室。接下去，他在胳膊底下夹上十四本超期的书，到国际学生部的外文图书馆去还书，却发现图书馆早就关门了——已经被炸毁，洗劫一空了。于是沃特泽克－特鲁默撕掉书上的图书馆标签，重新拿回家——不能奢望新借十四本书来读了。外祖父给他弄来了几本新书，但是数量极其有限，家里能读到的，大多是外祖父和弗拉特诺拿回家做的案头作业——盟军理事会会议纪要。沃特泽克－特鲁默觉得这些文字含糊其词，索然寡味。

尽管沃特泽克－特鲁默对阅读材料感到不满意，但他还是有心做了一件大好事——为希尔克和我父亲送上了一个结婚大礼。他将1939年大奖赛赛车的所有伪装及装备都去掉，去掉了所有军车标志、电台架，擦去了显然是被机枪子弹扫过而留下的弹痕。他把它漆成黑色，弄得油光锃亮；他把它变成了一辆私人摩托车，而不再是会被俄国人轻易地当成战利品而没收的军车。他向我母亲父亲献上了这份豪华大礼——但是，即使对在盟军理事会做文字工作的翻译助理来说，燃料依然是非常昂贵的，穿越各个占领区的行程是枯燥乏味的。

就这样，沃特泽克－特鲁默为这对羞羞答答的新婚夫妇提供了一个可供他们自由行动的工具——他们可以开着摩托车去他们想去的地方，好好放松，好好聊聊，不用像在家里时那样拘谨不安了。沃特泽克－特鲁默说，这两个人之间总是那么害羞，至少在公共场合是这样，在沃特泽克－特鲁默看到他们的时候是这样。他们的谈话总在夜里进行，而恩斯特·沃特泽克－特鲁默睡在厨房的小隔间里睡意很轻，薄薄的隔板一点也不隔音。沃特泽克－特鲁默说，他们从来没有高声吵过架——他没有打过她，她也没有哭过——沃特泽克－特鲁默透过薄薄的隔板听到的从他们床上传来的沙沙声也总是那么轻柔。

半夜后，弗拉特诺常常到厨房来，吃一个三明治，喝一点酒。沃特泽克－特鲁默会从隔板后面冒出来，说："今晚吃黑香肠？有什么能配奶酪的？"他们一拍即合，一起静静地展开面包，小心地切开香肠，悄悄地吃起来。如果有白兰地，他们就会吃得更久。我父亲会谈起那个不可思议的摩托车天才，那个与他一样留着长胡子的人。到后来，等他们既有葡萄酒，又有白兰地的时候，弗拉特诺就会对沃特泽克－特鲁默说些悄悄话。“察恩·格兰茨。”我父亲会提到这个名字。“你听过这个名字吗？察恩·格兰茨是谁？”沃特泽克－特鲁默并不回答他。特鲁默说：“你说你认识一个叫伍特的人。你认识的这个伍特是什么人？”他们会一起讨论到深夜，常常一起分析苏联人资助的报纸《时代报》上的消息。比如，他们会分析1945年11月28日的报纸，上面说，一群纳粹匪徒，身穿苏联军装，在农村大肆强奸妇女，杀人放火，让苏联人蒙上不白之冤；上面还提到几起发生在市区的孤立事件。在1946年1月12日的报纸上，有文章写到一位名叫H.席恩的先生，他来自下奥地利的米斯特尔巴赫，因为散布俄国士兵洗劫他家的谣言而被苏联人逮捕。有时，他们也会讨论我父亲和我外祖父在家整理的那些文字，就是盟军理事会会议纪要。他们特别讨论了处理1946年1月16日事件的那份纪要。事件发生在美国军用火车“莫扎特”号上。这列火车在萨尔茨堡和维也纳之间运送美国士兵。美国陆军技术中士雪利·B.狄克逊，他也是一位军警，拒绝一群苏联军人上火车，其中有苏联上尉克列门耶夫和中尉萨尔尼科夫。俄国人马上要拔枪射击。技术中士雪利·B.狄克逊眼疾手快，一下子举枪朝这两个俄国军官射击。结果，克列门耶夫上尉被击毙，萨尔尼科夫中尉受伤。在盟军理事会会议上，苏联人声称他们的军人是语言不通的受害者，科尼耶夫元帅要求对快枪手雪利·B.狄克逊进行惩罚。但是军事法庭判决，狄克逊当时是在履行他的职责。

沃特泽克－特鲁默曾经看过一大堆美国西部片，有一段时间沉迷于此，他说雪利·B.狄克逊这个名字他听来耳熟。在怀俄明发生过一起水坑投毒事件，他是不是处理那个案件的警官，那个由快枪手转变而成的警官？我父亲认为，雪利这个名字一般是给女孩取的，这提醒了沃特泽克－特鲁默，让他想起了那个胸大无比的女人，一个流放犯，最后嫁给了一个柔弱的和平主义法官，她的胸最后竟然变得平坦无比。所以，他们得出结论：那个“莫扎特”号军列上的快枪手雪利·B.狄克逊实际上是一个女军人。

弗拉特诺还是不忘问沃特泽克－特鲁默：“察恩·格兰茨是谁？你一定知道他。”

但沃特泽克－特鲁默还是不回答他的问题。他说：“你还没有告诉我，你和戈特洛布·伍特到了马里博尔之后发生了什么。这个伍特在那里有女朋友吗？他为什么不与你一起来这里？”

弗拉特诺说：“你们当中，哪一个是那个神秘的雄鹰？德拉克夏·内夫太太，街对面的那个洗衣女工——他是希尔克母亲的朋友，我与她交谈过了——但为什么她什么也不说？她总是说到这只大鸟，说你们的脸很滑稽。恩斯特，那只大鸟是谁？是察恩·格兰茨吗？是他吗？这个格兰茨后来怎么样了？”

沃特泽克－特鲁默——这个无与伦比的历史学家，他记得所有的细节——他这样滔滔不绝地说开了：“好吧，好吧，我跟你说，说那么一点。在斯里夫尼察全家——除了一个人——被炸死之后，在山间的那个电台事件之后——当时博斯法·杜德已经死了，被埋葬了，我的意思是，以他特有的方式，在你躲过了巴尔干第四摩托车巡逻队的追捕，你骑着另一辆摩托车到了马里博尔之后，你在马里博尔期间，弗拉特诺——我指的是那个时期——这个戈特洛布·伍特发生了什么？”

他们就这样不停地说，不停地吃，很是快活。等我母亲从那个房间里发出沙沙声的时候，我父亲就会赶紧吃完，赶紧喝完，赶紧说完，让沃特泽克－特鲁默独自一人待在那里，去记录夜里接下来发生的事情。他还真做到了，因为他的失眠症越来越严重。或许是因为我母亲的身孕让她越来越不舒服，她在床上不断地翻来覆去，弄出很大的声响，从2月翻到了3月。恩斯特不再睡在那个隔间里了，他干脆坐在厨房的窗户边。什么时候我母亲睡不着，摇摇摆摆地走进厨房，他就给她倒上一杯牛奶；要不，他就看着底下大街上的夜间保安——每一个小时都有探照灯从对面的原保加利亚大使馆射来，每一个小时都有人挨家挨户检查这条街的每一户人家。

一个俄国军官拿着左轮手枪，走在贴近大楼的街面上——这个可怜的家伙很容易成为楼上花瓶和滚烫的意大利面条汤的袭击目标，他在检查每一个门厅的锁。一个俄国步兵机枪手在为他掩护，这个步兵走在街上离路沿不远的地方——很容易成为上面掉下来的窗户盒子的袭击目标。因为要把任何很重的东西从上面远远地扔到街上，是要下很大的决心的。机枪手在盯着各家窗户看。军官先摸一摸门框，再推门进去。对面的探照灯就落在门口的前面。这里没有实行灯火管制，但是半夜之后房间里还有灯亮着，总是会引人怀疑的，所以，沃特泽克－特鲁默只在厨房餐桌上点上一支蜡烛，把窗帘拉下来，拉到离窗台只有一英寸的地方，留出了这个空隙，沃特泽克－特鲁默就可以观察夜里俄国士兵的行动。恩斯特总是说，他有办法让施温德街太平无事：每当机枪手在他下面经过，他就对他施以魔法，诅咒他得天花，盼他走霉运，让他进入迷魂状态，或者甚至祝福他。因为他首先观察到，这个机枪手自己也非常紧张：他不是跟着探照灯的方向往前检查各家窗户，而是总回头看他身后的窗户会有什么动静——他不停地摆弄着机枪的保险栓，一会儿打开，一会儿扣上。于是，沃特泽克－特鲁默得出结论：正是他在窗户边的值守，给了这个枪手平静的心。他站在窗口，就是为了等着看早上洗衣女工德拉克夏·内夫太太突然从她的地窖小屋里跑出来——她也是一个在窗户边守夜的人——在街对面对恩斯特大叫："你觉得她的咖啡怎么样，特鲁默先生？不够高级，是吗？要让我把她的咖啡带来吗？"沃特泽克－特鲁默一般会这样回答："不，咖啡很不错，我们可以加上精美的杏仁，或者今天的配给官给我们的最好的法国白兰地。"精力充沛的德拉克夏太太说："哈哈！你需要好好睡一觉，特鲁默先生。哈哈！你就是缺觉，就是这样。”

那就是1946年2月及3月的大部分日子的情形——进入3月，德拉克夏太太不断地向沃特泽克－特鲁默问个没完：希尔克是不是马上就要生下我？在这段日子里，除了以下几件事以外，没有什么大事发生：在普劳斯尔街，在沃特泽克－特鲁默拉得只剩一英寸的严密窗帘以南两个街区的地方，一个男子因为在后半夜从窗子向外撒尿而被机枪打死（后来才知道，他家的厕所堵住了）。那边的吵闹声使得施温德街的这个机枪手警觉地来回转，不停地把机枪保险栓扳上扣下——注视着夜空，看有没有窗户盒子、厨房用具和湿湿的棉袜子飞下来。幸好没有，否则他早就开枪了。

还发生了这件事：苏联人以战利品的名义，没收了多瑙河船运公司的所有资产，为这件事，盟军理事会开了一到两次会议，争论不休。

在我声势浩大地出生之前，再也没有大事发生了。

沃特泽克－特鲁默记得，天下起了小雪；他记得，我母亲在半夜过后摇摇摆摆地走到厨房，像往常一样喝了一杯牛奶，但今天不能平静下来；他记得，我外祖父和我父亲穿好衣服，向门厅外面喊，引起了驻扎在原保加利亚大使馆里的几个俄国士兵的注意。很快，他们三个人乘坐俄国人的军车，迅速赶往苏占区的诊所。

那是1946年3月25日凌晨2点或3点。恩斯特记得，凌晨3点或4点，我外祖父打电话到公寓，告诉恩斯特和我外祖母，我出生了—— 一个男孩！9磅9盎司。我要说，考虑当时被占区的生活条件，这个头已经不小了。我外祖母点起蜡烛，拿着蜡烛从厨房走到窗帘紧闭、只剩下一英寸空隙的窗户前。她一只手拿着点着的蜡烛，一只手猛地拉起窗帘，对着街对面的朋友——就是那个洗衣女工——喊道：“德拉克夏！男孩！将近10磅！”

沃特泽克－特鲁默回忆道：他站在电话机和我外祖母之间，一下子摔倒了——他相信是这样——两手在空中乱抓，想去扑灭那蜡烛光。就在这时，探照灯打到了厨房；我外祖母好像被什么东西推了一下，向沃特泽克－特鲁默的方向倒来，但是错过了他的身体，倒在旁边了。他们俩的路径交叉了。他记得，他回头看她，她猛地倒在他身旁——她那张充满惊奇的脸上，连一滴血都没有。事实上，沃特泽克－特鲁默那时并不记得听到了机枪声，只是在他重新往厨房走，努力想扶她坐起来的时候，他才听到了。

后来，是德拉克夏·内夫太太把细节告诉了他。当时，这个机枪手刚走过我外祖母的窗户没几英尺远，他回头再看——他总是这样不断回头看那些窗户——正好看到我外祖母举着鬼一样的蜡烛，用他不懂的语言尖叫着，简直把他吓得灵魂出窍。等他开枪把她杀死之后——德拉克夏·内夫太太记得很清楚——整个街道都被探照灯照亮了，但是你看不到窗帘背后的一张张脸，因为每家的窗帘都拉到离窗台一英寸的地方。至少，在沃特泽克－特鲁默尖叫着喊出下面这句话之前，你是看不到他们的脸的。“他们杀死了梅尔特太太！她只是在向朋友通报她当上外婆了！”不一会儿，厨房用具和瓶瓶罐罐像雨点那样落到街上。这些东西是从梅尔特太太被杀的那个窗户的前面几个窗户里扔出来的。第一批扔下来的瓦罐、铅器或银器砸得很准，正砸到了机枪手的脖子，后又砸中了他的一个膝盖，他的膝盖戴着拳击手常戴的绒线织物护膝。机枪手又开枪了，扫射了三层楼的一排窗户，从阿根廷人之角开始，横扫了施温德街的半条街，一直到欧根王子大街为止。要不是俄国军官的碍事——或者说，要不是他没能活着从这条街走出来——这机枪手就会扫射整个街区。不管怎么样，等机枪手将他的上司打死在人行道上，他才停止扫射。他两只手抱着头，身体蜷缩成一个球；所有人将厨房用具都扔了下来——有些东西德拉克夏太太还能认出是谁家的，还告诉沃特泽克－特鲁默那是在哪里买的，花了多少钱，等等——这些东西将躺在原保加利亚大使馆斜对面的这个俄国机枪手埋了起来。没有一个士兵跑出来救他。

1946 年 3 月 25 日，我出生了，但我的出生笼罩着失去我外祖母的痛苦。虽然我重达 9 磅 9 盎司，我的母亲产程短，分娩顺利，但是没有人记得这些了。虽然大家还为我取名的问题争论得很厉害，但没有多少人会把这些与我出生的那个日期联系起来。关于我的名字的争论是这样的：有人提议我叫察恩，但是我父亲问："察恩是谁？"没有人回答。又有人提议我叫戈特洛布，我母亲便问："他跟你什么关系？"没有人回答。所以大家都同意我外祖父的建议，为我取名希格弗里德，对这个名字大家都没有异议——正是这个名字将我父亲带到了安全地带。没人会记得这场正儿八经的讨论。不仅因为我外祖母在我出生后没多少时间就被机枪手打死了——这件事也不会有多少人记住——而且因为，在 1946 年 3 月 25 日这一天，铁托的游击队终于抓住了切特尼克将领德拉扎·米哈伊洛维奇——这是世界上仅存的最后一个诚实、愚蠢的解放者，或者说是革命者。

第十九次动物园侦察

1967年6月6日，星期二，早上6:15

我知道，格拉夫。在你眼里，我似乎已经背离了我过去的原则。我现在明白了，有些事你是不能吹毛求疵、过于认真的。

我的意思是，你到头来总是那么武断，不是吗？弄到最后，留在动物园里的动物多，而出去的少，你那么挑剔又有什么好处呢？我当然不是在鼓吹屠杀，但我想我们应该把大型动物，粗野的动物放在最后。如果你把大一点的或危险一点的动物关在铁笼里，那这成了哪门子解放动物园？

我告诉你，我懂这些动物——它们知道这一切是怎么回事；或者说，它们会理解的，如果你给它们说清楚了的话。

我不会把这个道理应用到其他事情上，但是有一点你必须明白：一个死守原则的解放者绝不可能发动革命。

我确信，如果你让这些动物知道你是为它们所有动物好，甚至包括狮尾狒，即使我们会把它放在差不多最后的位置上——我的意思是，所有的动物都要从铁笼里放出来——它们都会一起从大门出去，这是百分之百确定的事。谁也不要厚此薄彼！

我真是这样想的——即使对待那操蛋的狮尾狒也是如此。我不会因为我的个人恩怨使我的大脑发疯。

（继续）

精选版希格弗里德·加沃特尼克自传：我的今生

我外祖母的死谁也不管。盟军理事会的会议纪要充斥了太多的事件，与这些事件相比，可以说我外祖母的死更属于偶发事件一类。比如说，很多事件显然是预谋的，是USIA——在奥地利的苏联财产管理局——所雇用的杀手所为。USIA在战利品的名义下，将四百家奥地利企业占为己有：铸工场、纺织厂、机械厂、化工厂，电器设备、玻璃和钢铁，以及一个电影制片厂。有哪个奥地利人胆敢抵抗，苏联人就雇杀手干掉他。

大多数这样的事件都属于我外祖母被杀的那一类型。俄国士兵干的是胡乱扫射、强奸和爆炸之类的事。令盟军理事会头疼的是绑架频发，这些绑架似乎是臭名昭著的本诺·布卢姆黑帮所为——这个黑帮靠走私香烟为生，同时也走私尼龙袜。为了在苏占区立稳脚跟，他们手法高明地绑架人。他们在维也纳全城伏击人，完事之后悄悄溜回苏占区——而苏联人声称他们也在搜捕这个黑帮的成员。大概一个月两次，俄国士兵就要杀一个人，说那个人就是本诺·布卢姆黑帮成员——虽然没有人见过本诺·布卢姆，不知道他长什么样，甚至不知道他到底是否存在。

于是，维也纳出现了大量的苏联人的不法行为，为此，盟军理事会就无心去处理像我外祖母被机枪打死这样的普通事件了。

沃特泽克－特鲁默一直在帮着我的外祖父。到了晚上，他一会儿睡在他在厨房的小隔间里，一会儿跑进主卧去陪我外祖父，躺在我外祖父的旁边，头挨着头，相互发泄着心中的愤怒。有时候他们的声音太高，对面的探照灯就会照到厨房的窗户上，一闪一灭的，好像在说，赶紧睡觉，不要发牢骚了。那是一个偶发事件，不要对我们阴谋报复。

但是，这里发生了太多的事件，显然不是偶发事件，所以，1946 年 6 月 28 日出台了《新控制协议》，取消了苏联人在议会的否决权。这就解散了俄国人的战利品部，而急于报复的本诺·布卢姆黑帮好像比以前更活跃了，在维也纳绑架了三分之一的反苏人士——为此，菲格尔总理在上奥地利的一次悲情的演讲中说："我们有一大批人士的名单，我们只好在这些名字后面简单地写上'失踪'两字。"

"就像察恩·格兰茨，是不是？"我父亲问，"他就是失踪了？"

恼怒的沃特泽克－特鲁默说："问你妻子。你们难道在床上只谈些夫妻之事？"

他们之间不是有什么敌意，真的不是。只是他们以前在一起已经多次谈论过这件事，多次谈论过这个人了，沃特泽克－特鲁默不想再多说了。

但是有一次他们确实将这件事说明白了——但是我不可能记得那么清楚，因为我当时还不到四个月。我想恩斯特·沃特泽克－特鲁默为我记着这件事呢，就像他记着别的大事一样。

1946 年 7 月 17 日的一个夏夜，我父亲喝得醉醺醺地回家了，嘴巴胡说个不停，他听说德拉扎·米哈伊洛维奇被游击队行刑队枪决了。

沃特泽克－特鲁默说："这个米哈伊洛维奇是怎么回事？他到底是什么人？"弗拉特诺喊道："他被抛弃了！"然后开始为沃特泽克－特鲁默描述那个恐怖的场景，那个天才的摩托车机械师在马里博尔被塞进立式粪坑的情景。弗拉特诺说的不是米哈伊洛维奇，他说的是戈特洛布·伍特，那个人与我父亲一样有过长胡须。我父亲想起那个邋里邋遢的海涅·戈茨对他的发问："你与伍特在一起，你是谁？"我父亲当时想着如何一脚将戈茨踢进粪坑，然后一把抓住布朗斯基或梅茨，或者把他们两个一起抓住，将他们打翻在小便池里，等戈特洛布挣脱开来，用他藏在身上的阿迈勒牌赛车化油器把他们的头打得粉碎。

沃特泽克－特鲁默突然明白过来，问："你是说你没有这样做？你甚至没有想过要那样去做？"

"我说我们刚见面，"我父亲告诉沃特泽克－特鲁默，"戈特洛布一个人足够对付他们了。"

"噢，他很厉害，是吗？"沃特泽克－特鲁默咆哮起来。

"好了，我现在都告诉你了，特鲁默！"我父亲说，"现在该轮到你说了，对吗？这样才公平，特鲁默。察恩·格兰茨是谁？"

沃特泽克－特鲁默盯着我父亲的眼睛，说："我觉得这信息不够对等。"

我父亲对他尖叫起来："察恩·格兰茨，你该死！"探照灯从对面照过来，扫过远近的窗户。

这时我母亲从房间里出来，她的睡衣大敞着，恩斯特·沃特泽克－特鲁默的眼睛赶紧移向别处。她问："什么事啊？谁在这里？"

"察恩·格兰茨！"我父亲对她大叫一声，"察恩·格兰茨在这里！"然后动作夸张地对着她的房间指指，说："察恩·格兰茨！有时候你在里面对着我叫他的名字——那也是最幸福的时光！"

这时，沃特泽克－特鲁默隔着厨房餐桌一拳打过去——这是砍过肉的手，这是剁过鸡肉的手——将我父亲打到了水槽边，打得他一声不吭。他的手肘猛地按在了水龙头上，自来水开始哗哗流出来。

我外祖父从主卧走出来，轻声说："噢，求求你们了，不要靠近那窗户。你们知道，这深更半夜的，是很危险的。"他看了看每一个人的脸，感到疑惑不解：他们一个个都面有怒色，眼睛向下。我外祖父又说了一句："最好不要把水龙头开得那么大。现在是夏天，你知道，这城里也许缺水。"

沃特泽克－特鲁默记得，我开始哭了起来，我母亲赶紧回房间看我。太有意思了，有时婴儿一哭，大人们就恢复理智了。我一哭，探照灯甚至也熄灭了。婴儿啼哭——那是没有问题的。

就在那个时候，这样那样的事都发生了。1946 年 7 月 17 日，德拉扎·米哈伊洛维奇以叛徒的罪名被枪决了。《纽约时报》评论说，俄国人这样做，其实等于在红场上竖起了一座米哈伊洛维奇的雕像，因为，具有讽刺意味的是——不说别的——德拉扎·米哈伊洛维奇其实是莫斯科的救星。

沃特泽克－特鲁默——他是一直在读书看报的，手里有什么，就读什么——在厨房里他想与我父亲讲和，于是说："这不是太有意思了吗？美国人尽放马后炮！"

这话当然是没错的。这方面他们与俄国人很像：他们都喜欢统计数字，对细节不感兴趣。

比如，维也纳发生了这样一件事——有人甚至目睹了：一个 29 岁的维也纳社工，名叫安娜·黑莱因，在位于美苏占领区交界处的施泰尔埃格大桥检查站，被苏联卫兵拖下火车，遭到强奸、谋杀，并弃尸铁轨。不久火车开来，她尸首分离。但是，这件事所引起的盟军理事会的反应，根本没有他们对菲格尔总理的那份七人名单的反应那么大——这七个人最近被身穿苏军军服的人谋杀。你明白了吧，他们感兴趣的是数字。菲格尔提出了一个要求，给奥地利警察配备武装，允许他们在受到身穿军服——不管哪国的军服——的人攻击的时候奋起自卫，同时也保护维也纳居民。但这个要求被延期了，因为苏联人也拿出了一份名单：从匿名的渠道他们知悉在奥地利警察内部有三千六百名“已查明身份的纳粹”。又是数字，你明白了吧。

事实上，警察局面临的是去共产党化的问题，五年来已经慢慢地这样干了。而把警察武装起来的问题——或者说，使警察有其价值——不知怎的，是一个更慢的过程了。苏联人一直在阻止他们占领区的警察局局长派出配备武装的警察力量去平息一群共产党人攻击希腊大使馆的那场骚乱，这些共产党人抗议最近处决贝洛扬尼斯和其他三名希腊共产党人的事件。事实上，这些制造骚乱的人是乘坐苏联军用卡车到达希腊大使馆的。到 1952 年 3 月 31 日——我那时刚过了 6 岁生日——这样的局面才有改变。

到后来，等骚乱平息，苏联人从他们的占领区的警察手里收走了橡胶警棍——这种警棍在平息暴乱的时候还是挺有效果的，“解除”了警察的武装，而这种所谓武装，根本不是菲格尔总理脑子里所想的要给奥地利警察配备的那种武装。

苏联人正在失去维也纳的人心，那就使他们变得不可理喻：事实上，他们到处遭遇到挫折。

1948 年 6 月，南斯拉夫共产党被开除出共产党情报局，而铁托也不需要这个拐杖了。1948 年 11 月，苏联士兵想在维也纳闹市区的瑞典桥上逮捕一个人，被愤怒的群众阻止，苏联士兵只好匆忙自卫。愤怒的群众给俄国人以重创，而这竟然发生在苏占区。

因为与南斯拉夫发生争吵，苏联人不再支持南斯拉夫对奥地利南部克恩顿州和施蒂利亚州这两个地区的领土要求，于是南斯拉夫放弃了向奥地利扩张领土的全部计划。

顺便一提，这使得一些奇怪的南斯拉夫人来到了维也纳。有人告诉我，在这些奇怪的南斯拉夫人当中，不少是乌斯塔沙成员，当他们孤立无援的时候，就卷入了奥地利 – 南斯拉夫边境上进行的阴谋和反阴谋斗争中。有迹象表明，他们受雇于本诺·布卢姆，这个黑帮依然是出色的绑架者和暴徒。即使有记录表明，到1950年3月10日，本诺·布卢姆事实上已经被清除，但该黑帮的成员马克斯·布莱尔还是成了盟军理事会当天会议的一个议题——有证据表明，该黑帮的残余分子仍在活动。

至少沃特泽克－特鲁默是这么说的，而我的历史记录都来自他。

不管怎么样，恩斯特就在现场——1953年3月5日，我差二十天就7岁了，这一天，斯大林死了。我外祖父和沃特泽克－特鲁默以他们独特的方式进行了庆祝：厨房餐桌上只有一小瓶白兰地，但他们的情绪高得很。我的父母出去了，所以关于他们的事，我只得听沃特泽克－特鲁默的说法了。不是说我总不与我父母待在一起，只是我没有参与他们的这次庆祝活动。甚至我得承认——当然在这一点上我受到了沃特泽克－特鲁默的影响——我父母的关系，在我看来，最多是非常羞涩和沉默的那种。我经常与他们一道出去——最难以忘怀的是，在阳光明媚的日子，我们一家人一起骑着大奖赛赛车兜风，我母亲的手臂抱着我父亲和我，让我的身体紧紧贴着我父亲的腹部，而我跨坐在摩托车前面，膝盖则紧紧贴着油箱。我父亲在我耳边轻轻地念叨着伍特传授给他的开车技巧。

1953年3月5日，斯大林死了。晚上，我父亲和母亲一道出去庆祝了，把我留在了家里，让我与两个老人一起坐在厨房的桌子上庆祝。我甚至记不得我母亲回家的事了，虽然那件事是非常让人感到意外的。

因为我母亲是一个人回来的，看她的样子，非常莫名其妙，而不是悲伤。她与我外祖父和沃特泽克－特鲁默（或许还有我）一道坐在桌子旁，大声地嘀咕，弗拉特诺这个人的脑子里到底在想什么？

因为她说，他们到了苏占区火车南站大街上的一家塞尔维亚餐厅——这是弗拉特诺经常光顾的一家餐厅——喝得开心，吃得高兴。

突然进来一个男人，皮肤黑黑的，满脸胡子，小小的眼睛气势逼人。但这个人很友善，我母亲对沃特泽克－特鲁默强调说。这个男人在他们的桌子边上坐了下来。

“刽子手死了！”他对他们说，用的是德语。他们与他举杯庆贺。接着，这个男人掐了一下弗拉特诺的胳膊，说了一句话，我母亲说她觉得是这样一句话：

宁要坟墓，也不做奴隶！

我父亲看上去吃了一惊，但不是非常吃惊，只那么一点，也许他觉得他自己不再有明显的南斯拉夫人的长相了——他坐在那里说着德语，身旁是一位维也纳女士。

这个男人继续说，一会儿塞尔维亚－克罗地亚语，一会儿德语。他对我母亲彬彬有礼。他两只胳膊抱着我父亲，我母亲猜想是在邀请我父亲到别的地方去喝一杯，就他们两个人。但我父亲说——用的是德语——他不想离开他的妻子，哪怕一会儿也不行，也不想去喝酒，或者去见更多的乡亲。大家都还是开开心心的，直到这个男人说了一个词，气氛就大变了。我母亲说她觉得这个词好像是：

托多。

就那个音，说了一到两遍，用塞尔维亚－克罗地亚语说的。弗拉特诺看上去吃了一惊——这次大为吃惊了。但是这个男人始终保持着微笑。

就在这时，我父亲想对我母亲说句悄悄话，不让这个男人听见——这当然是非常粗鲁的方式。他大概想说，你马上去卫生间，赶紧找一个公共电话机，立刻给沃特泽克－特鲁默打电话。这个男人始终笑着，拍了一下我父亲的后背，把头凑到了我父亲和母亲之间，这样一来，他们的悄悄话也说不成了。

就在那个时候，我母亲说，另一个男人进来了。

希尔克·梅尔特－加沃特尼克一再说，这是她一辈子见过的最胖的男人。她说，当这个大胖子进来的时候，我父亲身体往前倾，隔着桌子重重地吻了一下她的嘴；然后站起身，低头看着他自己的脚，犹豫着。这时，第一个进来的小个子男人用德语说："你的妻子非常可爱，但是她会很安全的——只要与我在一起。"弗拉特诺仰起头看着这个大胖子，走过他身边，径直出门而去。

这个大胖子——那小个子叫他托多——跟在我父亲后边，也出去了。

这个大胖子最可怕的地方，我母亲说，是他那张不对称的脸——好像一部分被咬掉或炸掉了——上面都是蓝兮兮的伤疤；有的地方高低不平的，就像粘着口香糖；有些地方又薄如银器，深深的小洞拉动着旁边的皮肤，让皮肤显得极其皱巴。

我母亲与这个小个子待了一会儿，倒没出什么事。他与我母亲一起喝了一口酒，然后说要去接弗拉特诺回来，然后就再也没有回来。我父亲也没有回来。

我母亲说，那辆赛车依然停在那家塞尔维亚餐馆的前面，于是沃特泽克－特鲁默和我外祖父一起走到那家餐厅去取车，路上碰到俄国士兵，与他们聊了几句。

"有一个大胖子，"我外祖父对俄国士兵说，"我想他的名字叫托多·斯里夫尼察。他一脸的伤疤，是在一次汽车被炸的时候受的伤。他与我的女婿在一起，或许另外还有一个男人。"但是街上看不到一个人——除了早些时候我母亲刚从这里走回家，一个俄国士兵陪着她。那是她遇见过的最有绅士风度的人，她壮着胆子请他陪她走回家。这是一个年轻的小伙子，在快到家的最后一个街区，他握住了她的手——我想，这就是他陪她走这一路最后想要的吧。

路上的俄国士兵一夜都没见过其他人。

我外祖父和特鲁默来到塞尔维亚餐馆，看到了停在外面的那辆赛车。餐馆里面，有一个歌手用塞尔维亚－克罗地亚语唱着歌。一对对男人，或者说是黑压压的一群男人坐在桌子旁，一边鼓掌，一边跟唱，非常开心。

沃特泽克－特鲁默觉得所有的塞尔维亚下流人士都在这里了。他大喊一声："托多·斯里夫尼察！"歌手停止了歌唱，她扭动了一下手。没有人责备沃特泽克－特鲁默行为粗鲁。侍应生也只是不停地摇摇头。

他们正要离开，这时外祖父说："噢，我的上帝啊，恩斯特。"他指了指独自坐在靠近门口那张桌子边上的身形巨大的男人。他正在吃小玻璃盘中的一份牛奶沙司。他们进来的时候，是从他身边经过的。

于是他们朝这个男人走去，他的脸在蜡烛光的映照下，呈现出各种颜色和形状，就如一面被压碎了一半的多棱镜。

"托多·斯里夫尼察？"沃特泽克－特鲁默问。这个大个子男人微笑了一下，站起来——看上去似乎要比外祖父和恩斯特高出整整一码。托多努力想鞠个躬，以为他像小个子那么容易鞠躬似的。

我外祖父因为不懂塞尔维亚－克罗地亚语，他只好问："弗拉特诺·加沃特尼克？"

托多的血冲上脸去，脸上的伤疤一片通红，就像霓虹灯在闪烁。他一只手拿起小玻璃盘，另一只手像勺子一样晃晃悠悠地舀起牛奶沙司，摊开手掌，颤巍巍地把牛奶沙司送到外祖父的鼻子底下，就像奉上一份难得的礼物。这时他的另一只手握成拳头，一下子砸到摊开的牛奶沙司上——啪！噗嗤！

托多·斯里夫尼察坐了下来，微笑着。一小块牛奶沙司落到了他深深的伤疤里。他使劲甩了甩手——将牛奶沙司甩到了墙上，甩到了桌子上，甩得外祖父和恩斯特全身都是，甚至落到了低垂在头顶上的灯笼上冒起了烟。到处都是牛奶沙司，托多·斯里夫尼察用手指着，微笑着。

弗拉特诺·加沃特尼克在哪里？啊，他在这里，在你的鼻子上，在这里，在头顶的灯笼上——甚至在这里！在太空中。

于是，沃特泽克－特鲁默记住了那个场景，一直记在他的脑子里，为的是好向别人解释——我父亲下落之谜与托多·斯里夫尼察那个象征性的举动密切相关。托多这个人——别的不说——是以幽默感著称的。

第二十次动物园侦察

1967年6月6日，星期二，早上6:30

真有意思。欧·施鲁特换了衣服！其实不是换，确切地说，是进行了伪装。他穿上了雨衣，挡住了姓名牌和肩章。他还特意将裤腿从作战靴里拿出来，包住靴子，这样看上去他好像穿的是普通鞋——或者，只是一双增高鞋。

天大亮了，欧·施鲁特准备下班了，等着管理员来接他的班，欧·施鲁特不是笨蛋，他会好好掩饰他的放纵行为的。欧·施鲁特不想在大庭广众之下显出暴力成瘾的本性。他有他的一套：在外表上看，一天不施加暴力，他也能过得去。

我冒着被人说成多舌狡辩之人的风险，说出下面这番话：在这个世界上想活得长，有两种方式。一种方式是，作为一个完全的自由人，与暴力做交易，无论干什么，不问原因，不问爱憎。如果不直接回答别人的问题，你就永远不会被人发现，你出于保护自己的目的在撒谎。另一种是——我实际上不知道另一种活得长的方式是什么，但这一定与不可置信的运气有关。另一种方式当然是存在的，因为活得长的总不会是欧·施鲁特这样的人。总是有本性不同的少数人活下来。

我觉得耐心也与此有关。

比如，我敢打赌，欧·施鲁特管理下的小型哺乳动物馆里肯定会有不少幸存者。如果它们有足够的耐心活下去，它们一定会最终看到它们一直逆来顺受的那个家伙。它们会拿起报纸摇头晃脑地看，脸上显出恍惚的神情；从前被人痛打过的老爪子如今扭曲着，搁在毫无力气的膝盖上——突然一阵痉挛，坐在那里好好看着电视的身体一下子从椅子上甩了出来；它们会看到，欧·施鲁特又上新闻了——它们会一眼就认出他来，已经麻木了二十多年的老伤疤又疼痛起来。它们会竭力撑起残疾变形的腿，跌跌撞撞地往电话机走去，它们的口吃毛病也突然好了，与接线员说起话来流畅自如——它们将憋了二十年的话一口气送到了话筒前。

> 没错，亲爱的弗朗茨，就是他，我看到他的照片了，看在老天的分上，赶紧给施泰因打电话——至少让他开心一点。就是欧·施鲁特，我敢保证——在一堆野生动物中间，又是踢脚，又是尖叫。他当然是它们的饲养员。当然他上的是夜班，也穿着制服。是的，上面依然挂着姓名牌——就在电视上！我得去告诉韦舍尔，他没有电话机——他的眼睛好好的，但是他没有报纸，没有电视机。你赶紧给可怜的施泰因打电话，越快越好。噢，它都等不及想听呢！

因为没有人会停止寻找失踪的人。只有那些确定无疑已经死去的人，才绝不会得到你盼望他们得到的下场。

这得靠我的信心，欧·施鲁特。得让我相信，你手下的几个小型哺乳动物甚至将会活得比你久。

（继续）

精选版希格弗里德·加沃特尼克自传：我的今生

1953年3月25日。为庆祝我的7岁生日，我母亲带我坐火车去卡普伦——这是斯大林死后二十天，我父亲像牛奶沙司一般失踪后的二十天。恩斯特·沃特泽克－特鲁默和外祖父骑着那辆摩托车赛车来卡普伦火车站接我们。因为驾驶技术不好，他们从维也纳骑到卡普伦这一路真是胆战心惊。

于是我们在卡普伦定居下来，那时这还是一个小村子：那时山上还没有建起水电站大坝，还没有建起大型的滑雪升降机，将那些吃不消的滑雪者送下山来。

我外祖父做了卡普伦的邮政局局长。沃特泽克－特鲁默做了这里的勤杂工，他负责分发邮件——在冬天，他把邮件装在粗糙的棕色邮袋里，用雪橇拖着去各处分发。没有邮件的时候，这个雪橇就成了我的玩具。我有时候会坐在放在雪橇上的邮袋上面，让恩斯特把雪橇滑过冬日陡峭的街面。我母亲做了一根带穗的红绳来捆住邮袋，用另一根尾端带着一个绒毛球的红绳拴到我的袜子帽上。

到了夏天，恩斯特·沃特泽克－特鲁默把一辆高高的两轮车挂在摩托车的后挡泥板上，用这两轮车运送邮件。如果戈特洛布·伍特看到这种情况，准会气得在坟墓里打滚——如果你能把他的葬身之地也称为坟墓的话。

我们在卡普伦过得很愉快。当然，我们现在是在美国人占领区了，能收听到萨尔茨堡的电台。到了晚上，我们就收听美国台，他们总是在那里放黑人音乐——声音饱满的女人在哀叹；喇叭变换着声调，吉他弹个没完：布鲁斯。不用沃特泽克－特鲁默的提醒，我也想得起那种音乐，真的想得起。有一次在卡普伦的恩斯小旅馆，一个美国黑人，也是一个休假的士兵，伴着电台的音乐吹着口琴，唱着歌，那声音就像大雨砸在巨大的铁桶上。那是冬天，在白雪的映衬下，他成了整个卡普伦最黑的东西。人们会情不自禁地上前摸摸他，看看他摸上去有没有黑炭的感觉。他陪着我母亲从小旅馆走回家，身后拉着坐在雪橇上的我。他唱了一两句，然后转身向我示意，我便坐在雪橇上吹响了他的口琴——我们穿过了这个 Y 形的小村庄，我想这时候已经夜深人静了。外祖父能与这个士兵用英语交谈。后来这个黑人把一本美国内战摄影集送给了沃特泽克 – 特鲁默。

其他事情，我就不怎么记得了。而恩斯特·沃特泽克 – 特鲁默的记忆有选择性，他也记不得那几年里发生过什么大事了——那时我 8 岁。到我 9 岁那年，发生了这件事：当 1955 年 9 月 19 日最后一名苏联士兵离开维也纳的时候，我外祖父得了轻度中风——他身子往后一仰，一下子倒在了松散的邮件中。邮局由小方格子的铁窗隔开，弄得跟铁笼似的，站在外面送件口的人们，看到外祖父倒下的身影也是分成了一小块一小块的方格。不过他很快就康复了。只有一样东西很奇怪：他的眉毛一下子从灰色变成了白色。这是我自己记得的又一个细节，或者是沃特泽克 – 特鲁默为我记着的——或者，更有可能的是，这是我们两个人都记得的，经过不断回忆之后综合而成的细节。

我只能记住那些最重要的事情——当然是靠我自己一个人记住的。因为沃特泽克 – 特鲁默要么觉得那些事很难记，要么至少觉得很难对我大声转述出来。

1956 年 10 月 25 日，我 10 岁半。这一天是国旗日，奥地利正式结束多国占领一周年纪念日。外祖父和恩斯特在恩斯小旅馆喝了整整九小时的酒，然后他们开始在邮局的地下室——也是我家的储藏室——收拾旧箱子。我不知道外祖父的脑子中了什么邪，他竟然发现了（或许一直在寻找）那件老鹰装——鸡毛彻底掉光了，因为猪油早就干了；盘子有点生锈，但还有点油腻，还有点光亮；但是头和嘴都完全生锈了。我外祖父将它穿在身上，反复对沃特泽克 – 特鲁默说，现在该轮到他做一回老鹰了，因为恩斯特和察恩·格兰茨都做过。穿鹰服的日子还有比国旗日更好的吗？

除了这件事之外，这个国旗日过得并不是很让人开心。至少我母亲是这样。就在两天之前，布达佩斯的街道突然发生了流血事件；幸运的是，匈牙利人至少还有一个清除了路障的逃亡路线，因为在苏联人撤出维也纳之后，奥地利官员将奥地利－匈牙利边境上的铁丝网拆除了，将雷场都清理了。这是一件好事。因为匈牙利政治警察和苏联军队将超过十七万的难民赶过了奥地利－匈牙利边境——而维也纳出于对被占区难民的同情，都将他们收留了，将他们置于鹰翼的保护之下。在国旗日，他们还源源不断涌进来。

为什么这件事让我母亲如此心神不宁？我猜想，其原因要追溯到1938年5月，那时察恩·格兰茨不是在基特塞跨过边境到了匈牙利，就是他没有越境，依然待在奥地利。如果你相信察恩去了匈牙利，那么你也许会接着想，这次他可能回来了——或许与十七万难民一道从匈牙利回来了。

我只能认为，正是因为我母亲脑子里老想着这些事，所以她对我外祖父的举动才会产生这样的反应。外祖父趾高气扬地大步走进厨房，光秃秃的老鹰头盔底下的那张嘴尖叫着：“啁啁！奥地利自由了！”

我母亲呻吟了一声。她的手指头扣进了我的身体——她刚为我织了一件毛衣，这会儿正让我穿上，看大小如何。突然，她站起身来，朝门口的那个没有鸡毛的老鹰冲去，一把抓住它，将它靠在门边上。她用膝盖顶着它的腿，提着锁子甲的下摆；她不停拽着这衣服，努力想把它的头盔摘下来。

“噢，上帝啊，察恩。”她呜咽着说。我外祖父粗暴地挣脱开她的手，自己取下了头盔。他不敢正视她的眼睛，所以转过脸去，喃喃地说：“噢，我是在邮局的地下室发现的，希尔克。噢，我真的很难过。

上帝啊，希尔克，都过去十八年了！”他依然不敢正视她的眼睛。

她的身体耷拉着，靠在门框边。你从她的脸上看不出衰老，也看不出性别——你什么也看不到。她说，那声音就像播音员：“他们源源不断地进来了。现在已经超过十七万人了。所有的匈牙利人都来维也纳了。我觉得我们应该回维也纳去——万一他在找我们呢？”

“噢，希尔克。”外祖父说，“不，噢不。维也纳我们什么也没有了。”

她依然用播音员的声音说：“伦霍夫编辑一定成功逃到了匈牙利。那是一个事实。”

外祖父想尽量站着不动，这样他身上的盘子不会嘎嘎响。但她还是听到了他发出的噪声，抬起头看着他。这时她真实的声音和面容回来了。

我母亲说：“你知道，那一次你把他留在了维也纳。你让他去取你的存折，本来他是可以与我们一道走的。”

“注意了，姑娘！”沃特泽克－特鲁默说，一只手抓住她的头发，“你得控制你自己的情绪，听到了吗？”

“你们把察恩留在了维也纳！”我母亲对着老鹰尖叫道。那只老鹰的身体在盘子底下发抖，它转身离开了她。沃特泽克－特鲁默扯了扯我母亲的头发。

“住嘴！”他喊道，“你真该死，希尔克！你的察恩本来就不用在维也纳待那么久。他没有必要开车送什么编辑去匈牙利的，对吗？你凭什么确信他确实那样做了？”

我母亲甩了一下头，挣脱开他的手，默不作声地回到我身边，继续为我试毛衣。我站在试衣服的椅子上，努力站稳不让自己失去平衡。这件毛衣尚未缝合，上面别了很多别针，我感到自己的身体像钉在十字架上。

沃特泽克－特鲁默把缩成一团的老鹰带回到邮局地下室。那天晚上很晚的时候我母亲把我弄醒——她那又冰又湿的脸在我脸上蹭来蹭去，那件只有在她准备外出时才穿的带毛领的外衣挠着我的脖子，直叫我往被子底下钻。然后她就走了。她没有留下可供别人分析的任何象征性的姿势就走了，这样我们就无从猜测她要走多久，她最终会去找谁，会与谁在一起。

她没有留下什么就走了，即使像墙上的牛奶沙司及最后能让人记住的鞋后跟那样的东西都没有留下。

我外祖父不用凭任何证据，就知道她再也不会回来了。过了不到两个星期，1956 年 11 月，卡普伦和萨尔茨堡附近的山区下起了第一场雪——这场大雪到晚上结成了冰。晚饭之后，外祖父穿上那套老鹰盔甲，拉上送邮件的雪橇——没有人看到他出门。他往冰川场走了两英里半，目标是基茨斯坦霍恩山的山顶。他身上带着手电筒。他走了好几个小时之后，沃特泽克－特鲁默才发现他不在家，从厨房餐桌边上站起身，往窗外的远山望去。他看到了微弱的光，几乎一动不动，就在去冰川的半道上，在漆黑的基茨斯坦霍恩山的山顶下面。过了一会儿，这亮光往下移动了——那雪橇一定倾斜着，因为这亮光直照着下面，跳跃着，不停拐着弯，那路线比上山的路上还要迂回：在山的下部，在冰川场的底下，有一条伐木者小道，以前老一代的滑雪者称之为“弹弓道”，有十四个很陡的 S 弯道，到村里有三又四分之一英里远。

现在有空中缆车将你送到那里，新的滑雪者将这条小道称为“自杀小道”。

外祖父让雪橇从那个弹弓道滑下来，特鲁默和我在窗口紧盯着那道不断下降的光亮。

“孩子，那就是你外祖父。”恩斯特说，“你看他是怎么下来的。”

我们看着他拐过树林中的第八九个 S 形弯道——他一定是坐直了身子，用脚在把控方向。接着他的手电光变得非常模糊，就像高速公路上的一辆辆高速行驶的车子发出的一串光带。沃特泽克－特鲁默说，他数过了，外祖父再转一个弯道，我们就看不见他了。他就要成功地转下来十四个弯道中的十个，在夜里对一个拉邮件的雪橇来说，这是一个很好的成绩了。

恩斯特告诉我，我不用一直在厨房的窗户口看着，但我一直看着，看到了很多人打着手电筒在通往基茨斯坦霍恩山顶峰的山路上爬着，一直到天亮，他们才找到了我外祖父，他撞到了一根被大雪盖住了的木头，被弹出了弹弓道。那个邮件雪橇，我不知道它是以怎么神秘的方式把控自己的方向的，竟然自己回到了村里。

事实上，把我外祖父从树林里运出来的，正是沃特泽克－特鲁默想着要找到的那个邮件雪橇。当他们找到雪橇，把它带到外祖父的身边时，沃特泽克－特鲁默将我外祖父放到雪橇上，轻松地带着他滑下山，穿过村子，来到恩斯小旅馆。在这里，恩斯特喝了四杯白兰地咖啡，等着牧师的到来。令牧师非常沮丧的是，特鲁默不愿意脱掉外祖父的这件鹰服。沃特泽克－特鲁默发誓，他一定要让外祖父按照现在的样子——穿着没有鸡毛的盔甲，戴着头盔——下葬。他辩解了几句。他说，我外祖父在不久前明确表示过，在那个叛国的红衣主教因尼策尔在 1938 年做了那样的事之后，他的身体就不能让天主教徒以他们的方式来处置了。为了平息所有的争议，沃特泽克－特鲁默说："你们还记得红衣主教因尼策尔吗？是他将维也纳出卖给希特勒的。他鼓励他的所有的教众支持希特勒。"

但是牧师说："梵蒂冈从来就没有批准过这件事。"

沃特泽克－特鲁默说："历史上，梵蒂冈从来就是以迟到的决定为时尚的。"因为他一直在读书，所以知道的东西不少。

于是他们把我叫来，让我与沃特泽克－特鲁默一起，将可怜的外祖父的盔甲上的盘子整理好，在他身边堆起雪——在棺材做好之前，他就这样冷冻着。

沃特泽克－特鲁默对我说："可能是中风引起的事故，你知道他的心脏有这样那样的毛病。不过，至少这个葬礼是我所听说过的最好的葬礼了。”

葬礼之后，我和恩斯特一道回家了。我是一个自信满满的10岁小子了。我一点都没有被家人抛弃的感觉，至少我感到有人会好好照顾我。你不可能得到比恩斯特·沃特泽克－特鲁默更好的监护人了。家庭相册的保管人——卖鸡蛋的人、邮递员、历史学家、幸存者。最后一点，他还要负责把我养大，让我长大了去理解我的家族遗产的意义。

第二十一次动物园侦察

1967年6月6日，星期二，早上6:45

6点30分刚过，打扫铁笼的清洁工就被放入了动物园。欧·施鲁特为他们打开了大门，然后他就让大门开着。他在大门口拉起一条铁链，铁链上挂着一块牌子，上面可能写着“禁止入内”——他以那种方式挂着牌子，我正好看不到上面写的字。

这几个清洁工脾气暴躁，外表邋里邋遢。他们带着随身用具进到爬行动物馆，一会儿就出来了，然后一起到了厚皮动物馆。

这时我想，如果欧·施鲁特在这个时候离开动物园，那我就可以直接从大门出去了。我想等欧·施鲁特离开的时候若无其事地走出动物园。或许我还能看看他到哪里去。

施鲁特会去吃一顿正常的早餐吗？

大概是早班的保安在门口见到了欧·施鲁特。他们之间没有几句话。或许这新到的保安在责备欧·施鲁特怎么在大晴天穿着雨衣。欧·施鲁特一转眼就消失了。他一步跨过门口的铁链就不见了，我甚至都没有看见他往哪个方向去了。

我得等新到的保安慢吞吞地、三心二意地做第一次巡查。等他终于走进小型哺乳动物馆的时候，铁笼清洁工还在厚皮动物馆里面。在我离开树篱，朝大门口走去之前，我看到这个新到班的保安打开了红外线灯。真有意思，我并不记得欧·施鲁特什么时候关掉过。我想，这一整夜的侦察真把我搞得筋疲力尽了。

当我走出动物园大门，我根本看不到欧·施鲁特的人影了。我穿过马克辛大街来到咖啡馆。我坐在靠近人行道的一张桌子旁，这时有人告诉我，咖啡馆7点才营业。

我的那位有趣的巴尔干侍应生正在往各个桌子上放烟灰缸。他一定是上早班和下午班——晚上休息，趁机编造第二天要说的狡猾的新闻。

他看着我，眼神极为狡黠。他等着我的眼神与他的眼神交会，然后眼睛侧向一边，向我表明，他注意到我的摩托车从昨天下午到现在没有挪过窝，一直停在老地方。就这件事，他向我表明，他所知道的就这些。

我突然感到紧张起来，一是想着要回到魏德霍芬去，二是想着这个操蛋的侍应生会在动物园大放生那一天认出我来。我应该伪装一下！所以我决定去把我的头发都剃光。

当这个侍应生在我的桌子上放烟灰缸的时候，他像打扑克牌那样将烟灰缸放到桌子上。我的胆子大了一些，我问他，上次解放动物园的时候，他是否在席津？那是二十多年前的事了。

他说他当时不在席津。

我说："你肯定听说过这件事。他们不知道是谁策划的。那个策划者的身份从没被确定过。"

他说："我想，不管他是谁，到头来他成了一个可怜虫。"

看到了吧？这个狡猾的操蛋货。

我问他："什么样的人会干这样的事？"

"一个疯子。"他说，"一个真正的精神病人。"

"你的意思是，"我顺着他的思路说，"一个生来有遗传缺陷的人？一个生活中充满不安全感和挫折感的人—— 一个来自破碎家庭的人？”

“当然。”他说——依然在逗着我，这个操蛋的人，“我就是这个意思，好吧。”

“一个移情的人。”我补充说。

“一个判断力错误的人。”他说。

“缺乏逻辑。”我说。

“完全没有逻辑。”侍应生说。他看着我，笑笑。他手里抱着一大堆擦得锃亮的烟灰缸，几个小小三角形的阳光光块投射到他的脸上。

那个策划解放动物园的疯子是谁，我当然有自己的看法。毕竟，在这个问题上有你自己的想法是完全合理的：这是一个没有绝对答案的问题。我能想到干这件事的一个最合适的人。至少，我听说过这个人，他应该能干成这件事——他有伟大的主意，但也有年轻人中常见的缺乏远见，正因为这个，他才被动物吃掉了。据说，他开车送一个被纳粹追捕的报纸编辑到了匈牙利；据说，他后来没有回来。但是人人都知道，那个编辑得救了，所以，可以这样推测，那个编辑可能到了匈牙利，后来又回到了奥地利——当他回来的时候，他最想见的那些人都不在了。情况很可能就是这样。这个人确实喜爱动物。我碰巧知道，他有一次对公园里看到的一只被文身的松鼠表达了强烈的关切——那个文身刻得很深，松鼠的脑子受到了影响，使得它不停地在地上转圈。

我觉得可能就是他干的，当然也可能是另一个人——比如辛利·高奇的那位满心负罪感的亲戚。

那个狡猾的巴尔干侍应生接着说：“先生，您没问题吧？”你知道，他的意思是想让我觉得我自己不行了；也许他以为我一直在用手或嘴巴做滑稽的事情吧。

你必须提防这些巴尔干侍应生。我以前知道一个这样的侍应生，他竟然在小便池里尿尿的时候认不出他的好朋友了。

但我绝不会让一个操蛋的巴尔干侍应生来耍弄我。我说：“我当然没问题。你呢？”我早就想象到了，过不了几天的那个早晨，当他抬起狡猾的眼睛，看到从马克辛大街朝他冲过来的那头稀有眼镜熊的时候，他那自鸣得意的镇定必然荡然无存；在慌乱之际，他手里的那些烟灰缸又会出现何种情形？

“我只是在想，先生，”侍应生说，“或许您想要些水喝吧？您好像头晕目眩了，或者说，魂飞魄散——就像人们说的那样。”

但我绝不允许让他占了我的便宜。我说：

宁做奴隶，也不要坟墓！

然后我说：“好了吧？那样好了吧，是吗？”

这个狡猾的家伙，像块石头一样无动于衷。他说：“您想来点什么？”

“只要咖啡。”我对他说。

“那您得等。”他说，他以为他狠狠愚弄了我一把，“我们7点才开始营业。”

“那请告诉我最近的理发店在哪里。”我说。

“但是现在差不多7点了啊。”他说。

“我要一个理发师。”我恶狠狠地对他说。

“他们也是7点才开门。”他说。

“你怎么知道我想理发？”我问他。这下他不吭声了。他指了指离马克辛大街不远的那个广场，我假装没有看到理发店门前的那个条形柱。

接着，为了让他进一步摸不着头脑，我静坐在桌子旁，一直坐到7点之后——我在笔记上乱涂乱画。我假装在画他的素描，不断抬起眼睛盯着他，使得他在服务几个早客的时候心慌意乱。

7点，动物园开门了。没有游客会这么早来的。只有一个胖胖的男子出现在售票亭里，戴着赌徒常用的绿色眼罩，神情自得，活像撒旦。在售票亭的上方，那只长颈鹿不时地探头探脑。

精选版希格弗里德·加沃特尼克自传：尾声

我在卡普伦长大，从小博览群书，因为沃特泽克－特鲁默知道书籍的价值；我也从小具有历史观，因为沃特泽克－特鲁默在我成长过程中不断灌输我历史知识——当然各处留着不少空白，直到我长得足够大了，他才全部讲给我听。

在他送我上维也纳大学之前，沃特泽克－特鲁默让我学会了骑那辆1939年的大奖赛赛车——他对我说，这辆摩托车几乎是我遗传基因中的一个元素。因此我什么也不缺：我有了天生的捣乱气质。我对这摩托车所做的第一件事，就是将那掉价的邮车拆下来。

在我想了不少关于戈特洛布·伍特的事情之后，我开始觉得，这辆大奖赛赛车对我来说，太非同寻常了，所以我不能虚度我的青春。从恩斯特那里了解到这辆车的全部来龙去脉之后，我第一次骑着它出了卡普伦。这是在1964年夏天。那年我18岁。

我骑着赛车到了内卡苏尔姆的NSU工厂，我想找他们当中的一个经理之类的人说话，这个人应该对我所继承的这辆赛车的价值略知一二。我在工厂遇到的第一个人是一个机械工，于是对他说，这是戈特洛布·伍特的摩托车，他是一个足智多谋的神秘机械师，参加了1930年意大利大奖赛。但是这位机械工从未听说过伍特，后来我终于找到的那位年轻经理也没有听说过。

“你的那个是什么东西？”他问，“拖拉机？”

“伍特。”我告诉他，“戈特洛布·伍特。他在战争中死了。”

“不是开玩笑吧？”经理问，“我听说很多人在战争中死了。”

“意大利大奖赛，1930年，”我说，“伍特是一个非常关键的人物。”

但是这个年轻的经理只记住了那几个赛车手，比如弗雷迪·哈勒尔和克劳斯·沃弗。他不知道伍特。

“去看看那东西。”他说，“你想要卖多少钱？”

当我提到这东西可能成为博物馆的珍品时——NSU有好好保存他们的老赛车的地方吗？——经理大笑起来。

“你真可以成为一个很好的销售员。”他告诉我。只是我没有告诉他，我原打算卖给他们——如果他们能有一个好地方来保存它。

他们展出的都是一些可怕的、可鄙的摩托车，高速运转的时候发出吐痰一样的声音。于是我发动了我的赛车，想象着将那些操蛋摩托车的铝制零部件都震得松松的。

我骑车回到了卡普伦，告诉沃特泽克－特鲁默，我们应该将这辆老赛车放在某个地方的储藏室里，只在出现紧急状况的时候再开它。沃特泽克－特鲁默当然同意了，因为他有他的历史观。

这之后我就去了维也纳，努力地想融入大学生活。但是我没有碰到一个有趣的人，多数人还没有我读的书多，没有人比沃特泽克－特鲁默懂得多。只有一个学生我至今记得——一个犹太小孩，业余为一个犹太秘密组织做间谍，那个组织主要的工作是追捕老纳粹分子。这个小孩失去了他的八十九位家人——他说，都失踪了——但当我问他，他是怎么知道他是属于这个家族的，他承认说，他“认领”了他们。因为，就他所知，他实际上是没有家族的。他什么人都不记得，只记得那个英国皇家空军的飞行员，是他在集中营解散之后带他飞出贝尔森地区的。他之所以“认领”这个有八十九个成员的大家族，是因为他从档案中看到，这差不多是他所知道的最大一个家族了，八十九个成员一个不剩地消失了。他说，就是为了他们，他成了这个家族的第九十个成员——唯一的幸存者，至少是名义上的。

他这个人很有趣，业余时间还学做间谍。看起来他的这个业余工作做得还是不错，他到处自我吹嘘，结果他的照片上了维也纳的报纸，因为他以一人之力，发现并逮捕了一个叫里希特·穆尔的纳粹战犯。但是那次出名让他非常紧张，那个犹太秘密组织随后解雇了他。他过去老喜欢坐在大学的地下室里。他想起了美国的“野蛮的比尔”[1]的下场，他因此从来不背对窗户或门坐着。后来我把他的事说给沃特泽克－特鲁默听，他说：“简直是一个战争妄想症患者。”这是他从书里读来的一个词。

后来我们失和了。真愚蠢。有一次我与他一起去瑞士滑雪，当我们到那里的时候，无意中听到一堆男人在我们住的酒店大堂里说塞尔维亚－克罗地亚语。后来知道这是被流放的塞尔维亚人在开会。他们当中大部分人是长相猥琐的老家伙，还有几个年轻的战士模样的人，从脸上可以看到他们充满理想主义。据说，有几个老人曾经与切特尼克将领德拉扎·米哈伊洛维奇肩并肩战斗过。

我们走进了他们的餐厅。因为年纪小，又紧张，引起了他们的怀疑。我搜肠刮肚，努力搜寻着几句好听的塞尔维亚－克罗地亚语，这时一个老家伙隔着长长的桌子恶狠狠地斜眼看着我，用德语说：“你从哪里来，小子？”我回答，没有一句谎话：“马里博尔，转道斯洛文尼格拉代茨。”几个男人放下鸡尾酒，神情严厉地问：“克罗地亚人？斯洛文尼亚人？”因为我不想让我的那位生来是塞尔维亚人的朋友难堪，我突然蹦出我唯一记得的一句塞尔维亚－克罗地亚语话：

宁做奴隶，也不要坟墓！

---

1 美国西部拓荒时期著名警长希考克（1837—1876）的绰号，他是西部第一快枪手。

沃特泽克－特鲁默后来对我说，我说的意思正好反了。这是我父亲当年临时杜撰的一句懦夫般的话，正是这句话让我惹怒了那些忠心耿耿的切特尼克。桌子那边的那个男人被深深侮辱了，他隔着那么远向我倾着身子。他只有一只手，但那只手用得出奇的灵活，他把一杯苏格兰威士忌酒一下泼到了我脸上。

我的朋友德拉古丁·斯威特怎么也无法理解这件事，他觉得我的品位太差，竟然对塞尔维亚人如此敬重的这句口号玩起了文字游戏。从此之后我就没太见过他。

我在一个叫法贝尔先生的摩托车修理铺找了一份工作，一来可以开开摩托车练练手，二来可以有机会见识各种摩托车。同时，我上大学也需要钱，而且我可能还不能按期毕业。因为我的论文被一个叫费希特博士的老师给否了。

那篇论文就是我的这份《精选版自传》，我以为里面材料足够翔实，细节足够丰富，写得很有创意。但是这位费希特先生勃然大怒，说，观点完全有偏差，历史事实不完整，写得非常轻率，而且——还没有注脚。为了平息他的怒气，我对他进行了研究。我发现费希特先生原来叫费希特斯坦，犹太人，战争期间在荷兰海岸上的一个码头上过着悲惨的生活。他只被抓住过一次，他们给他的口腔注射了某些使牙龈变坏的化学药剂，因为这药剂很新，还属于试验阶段，所以还不够安全。之后他就逃脱了。这位原名叫费希特斯坦的老先生之所以愤怒，是因为我太自命不凡，居然在对战争的草草叙述中很少提及犹太人。我试图这样解释：他应该把我的这份自传看作一种不太严格的虚构作品——比如，可以说是小说。我本来就没有打算把它写成一部历史著作。我还补充说，我觉得费希特斯坦先生秉持的是一种俄国－美国的价值判断观，因为他声称，如果不记述数百万犹太人所受的无穷苦难，就算不上一份完整的战争暴行记录。你看，又是数字。费希特，或费希特斯坦，似乎完全没有理解我的观点，但我必须承认，数据确实能概括你最重要的事实，而冷冰冰的数字又好像能使一切自动变得不那么血腥和痛苦。

这次争吵使我的大学生涯要拖延下去。也就是说，我得继续待在这里，直到我掌握了某个专门学问为止——而不是简单地向他们展示你早已学到的东西，早已完成的东西。

沃特泽克－特鲁默当然是不懂大学的。他说，他们在对什么事情发生兴趣之前一定读了太多的书，以至于以后对他们所读的任何东西都不感兴趣了。在这个问题上，他一直想不通。你要知道，自学成才的人往往是固执己见的。

恩斯特现在还是疯一样地读书。每个圣诞节我都去看他，每次都给他带去一长筒袜的书。不像大多数老年人，他读书很挑剔了：也就是说，他不再拿来什么就看什么了。我带去的书他其实不太喜欢看。他打开一本书，泛泛浏览一下，读到第十页就不读了。“这些东西我早就知道了。”他说。就把书放在一边了。

事实上，我圣诞节回家的目的，更多是为了读到他手里有的书，而不是为了给他带书，或自我标榜我给他施与了多大的恩惠。

沃特泽克－特鲁默已经退休，不做邮递员的工作了，他在这里非常受尊重。他在恩斯小旅馆有三个房间。如果他愿意抛头露面，他本人可以说是一道很吸引人的风景呢。

特鲁默的一个房间堆满了书，一个房间储藏着那辆 1939 年大奖赛赛车，一个房间放着一张床，一张餐桌——他现在一日三餐都在旅馆里吃。他可以坐在餐桌旁，可以将身子靠在餐桌上，也可以坐在这里说说话——他说他的这个习惯不能破坏，即使他现在孤身一人居住。

我每次回家，就睡在放着赛车的那个房间。我非常喜欢在这里过圣诞节。

相信我，恩斯特·沃特泽克－特鲁默每次都能告诉你一两件你从未听过的新鲜事。

第二十二次（也是最后一次）动物园侦察

1967年6月6日，星期二，早上7:30

我在席津西边不到一英里的哈特多夫－哈金小镇停了下来喝一杯咖啡。这里颇有些乡村景致了，但大多是小葡萄园。如果想看到奶牛，你还得再走一英里。

而长角羚羊在生下它第一个宝宝之前，至少还得走两英里。

这个小镇的人看到我时都吓了一跳。我刚才在席津剃了一个光头。

按照那个狡猾的侍应生的指示，我来到离马克辛大街不远的广场，成了胡格尔·富特文勒当天的第一个顾客。

"修脸还是理发？"矮小的胡格尔·富特文勒问。我看得出来，他既想给我修脸，还想给我理发，或者至少想给我理发——因为修脸收费少多了。

"修脸。"我说，"但是我要修全部。"

他像煞有介事地点点头，好像懂我的意思似的。他把白毛巾敷在我的两个脸颊上。我说："将眉毛也剃掉，好吗？"听了我这话，他就不再显得什么都在行了。

"眉毛？"胡格尔问，"你想把眉毛也剃掉？"

"全部剃掉，胡格尔。"我说，"不要那么多废话。"

"噢，好的。"他说，"我曾经在医院工作过。那些人打了架到医院来，我们不得不把他们的眉毛剃掉。"

"全部都剃掉。"我说，"请你把我整个头都剃光。"

这句话又让他不知所措了，但他努力装出毫不困惑的样子。

"你的意思是，你想理发。"他说。

"全部剃掉。"我又说了一遍，"我不想理发，我想把这个头全部剃光——剃得像我鼻根那样光滑。"他呆呆地看了看我的鼻子，好像那样能帮助他理解我的话。

“如果我要把你的头剃得光光的，”他说，“首先我得给你理发。为了剃头，我首先得把头发理得短短的。”

听他对我说话的口气，好像我是一个小孩儿或疯子，我不能再让他这样逗我了。我说：“胡格尔，只要把我的头修得光光的，你觉得该怎么做就怎么做。只是一点，不要在我头上拉出口子。我是很容易流血的，你要知道——我家族有一种血友病，所以，请你不要拉出口子，否则我坐在这里会像一只牛那样流血不止的。”

胡格尔·富特文勒假笑了一声——又开始逗我了，以为他能把得住他的手。

“你真爱笑，是不是，胡格尔？”我问。他又笑了起来。

“你真幽默。”他说，“还来得这么早！”

“有时候，”我告诉他，“我笑得大声一点，耳朵里就会流血。”他依然在那里咯咯笑，我看得出来，他这是在鄙视我。于是我换了一个话题。

“你长期在动物园附近住，胡格尔？”我问。他鼻子哼了一声。

“你见过动物大逃亡吗，胡格尔？”我问他。我在镜子里看到他顺着我的后脑勺往下拨弄着，好像在理我脖子根的头发。

“以前有过一次，你要知道。”我说。

“但动物并没有跑出来。”他说——他是知道的，这个浑蛋。

“那个时候你在这里？”我问。

“噢，那是很久以前的事了。”他说，“我不记得那时我在哪里。”

“你一直是理发师吗，胡格尔？”我问。

“我的家族就干这个，”他说，“就像你的家族爱得血友病！”他以为他自己说话很风趣呢，差一点就要把我的耳朵割下来。

“小心一点。”我说，坐在椅子里的身子僵硬了一下，“你没有割破我的皮肤吧？”这句话让他清醒了几分，他这下更加小心了。

但他给我理的头发看上去还是一个正常的发型。他说：“现在改主意还不晚。我可以就此停手。”

“剃光。”我说，面无表情地盯着镜子。他照我说的做了。

他又开始咯咯笑了。我在镜子里前后左右看了看我的头。这时第二个顾客进来了。

“啊，鲁尔先生。”胡格尔说，“我马上就给您理。”

“早上好，胡格尔。”身材魁梧的鲁尔先生说。

我从镜子前猛地转过头，盯着鲁尔先生看。

鲁尔先生稍感吃惊。我说：“这个理发师是一个笑呵呵的傻瓜。我要求修脸，他给我弄成了这样。”

胡格尔轻轻叫了一声。他手里还拿着剃刀，指关节的后面涂着剃须膏。

“要提防他，鲁尔先生。”我说，用手摸摸我那发亮的光头，“他拿着剃刀，是一个很危险的家伙。”鲁尔盯着胡格尔手里的那把剃刀。

“他疯了！”胡格尔·富特文勒喊道，“是他要我这样剃的！”他拿着剃刀挥舞着，脸涨得通红，好像也有点疯了。“他还有血友病！”他大叫道。

“今天早上胡格尔满脑子血啊血的。”我对鲁尔先生说。我付了账。

“修脸加理发！”慌乱不安的胡格尔喊道。

我转过身去，对着鲁尔先生说：“你能把这叫作理发吗？”然后我用手飞快划过我圆圆的头顶，“我只要求修脸。”

鲁尔先生看了看手表，说：“我不知道今天早上时间过得这么快。今天早上不行了，我下次再来吧，胡格尔。”

胡格尔挥动了一下剃刀，做了一个尴尬的动作，想在门口挡住鲁尔先生的去路。鲁尔先生很快地躲闪了一下，到了街上，我跟着他出去了，让胡格尔一个人站在那里，那只沾着剃膏的手在我们身后挥舞着剃刀。

我想，当那个可怜的胡格尔哪天看到那只硬毛的土豚拖着笨重的身体走过广场来洗头时，他也会是这个表情吧。

我悄悄地骑上摩托车，不让那诡计多端的巴尔干侍应生看到我的光头，赶紧戴上我的头盔，这样等他注意到我在蹬启动杆的时候，他不会注意到我的面容已经发生了很大的改变。我骑到哈特多夫－哈金就把头盔摘掉了，因为戴着头盔非常难受——这头盔戴上去有点大了，碰得我的头到处疼。胡格尔的剃头水平并不高明，在我头上割开了好几个口子。

我把头盔系在我的夹克的腰绳上，因为我不再需要戴头盔了。我的光头足够了。

然后，我喝了一杯咖啡，闻到了太阳正在催熟路那边葡萄园里的小葡萄的气味。我在找寻一个地方，我认识的一个人曾在此建造过一个养鸡场——实际上是一个实验室，在这里他造出了一只当时轰动一时的大鸟。现在这里有了这么多建筑，看上去都是新的，或者至少是重建的，我都要迷失方向了。

要找到我脑子里想象的那些房子是非常困难的，因为那个养鸡场早就被烧掉了。

这没有关系。我现在有一件重要的事情要办。

格拉夫，我已经在路上了，不要担心。我会小心的。我会走一条不为人知的新路到魏德霍芬来；我会把摩托车停在镇外，走路过来，不会穿那件夹克，我的头已经焕然一新了，没有人会认出来。我一路观察，一路思考。

格拉夫，你也不要担心——担心去意大利的事。我们要去的。也许有些人会跟着我们到意大利！

我们会看到你那操蛋的海滩，格拉夫。我们会看到大海的。

事实上，我知道在那不勒斯有一个有趣的地方。那里有一个很大的水族馆，他们在玻璃里装了不很新鲜的海水，养了很多神奇的鱼。我见过照片。这个水族馆就离港口不远。

事实上，那事很简单。我们不必远远地将鱼捞出来，让它们在水外面待过长的时间。就过一两条街，或许有一个小公园，就在海岸前面，如果我没有记错的话。那样的话，我们就可以直接将它们投进那不勒斯湾，让它们自由。

事实上，格拉夫，那比席津动物园的事件简单多了。

第三部

放熊归山

PART THREE

SETTING THEM FREE

补充说明

当然，希基的笔记本里的内容远不止这些。当然，《动物园侦察》和《自传》在原稿中并不编排在一起；现在把它们穿插排列在一起，是我的主意，因为我觉得，无论是希基的那份精选的前史记录（还那么冗长不堪），还是他那份烦人的动物园狂热侦察，要是让人一口气读完，几乎都是不可能忍受的。至少对我来说是这样：我读的时候就是不断地从这里跳到那里，没有连续地读。部分原因可能是，我是躺在特拉特姑妈的浴缸里不得已看这些文字的。我在浴缸里泡了一个星期——差不多那么长时间——好把蜜蜂的刺针泡掉。

我认为，哪怕只是出于文字风格的原因，这两份东西还是应该分开编排。当然，希基在他令人敬畏的历史与他解放动物园的计划之间建立了一些模糊的联系。不过，就我个人而言，我还是不能合理地解释其中的逻辑关系。

另外，如果只是出于文字风格的原因，我就看不出在此复制其他带有纪念意义的文字有何意义。我指的是所有那些不伦不类的诗歌和谚语。还有他所发的感慨，他记下的地址和电话号码，图书馆所借书籍应还的日期及他保存不善的书目。

我想费希特博士关于可怜的希基没有留下脚注的解释至少是对

的。他显然参考了沃特泽克－特鲁默的图书馆里的大量书籍，正如他大量参考了老目击者恩斯特的讲述。

以下是希基随手写下的一些句子：

我对布鲁克－谢波德的《德奥合并》相当满意。他真的知道问题的关键所在。

D. 马丁在《被出卖的盟友》中找到了问题的核心！

可怜的L. 阿达米克在《我的祖国》中成了一个不可救药的宣传家。

所有的信息都在斯蒂尔曼的《苏联和占领奥地利》。但是他的脚注比正文要长。

在斯托扬·普利比切维奇的《永无止境的世界》和G.E.R. 格迪的《陷落的堡垒》中，有很多令人动容的文字。

还有别的条目，但没有加入他的评论：

库尔特·冯·舒施尼格的《奥地利安魂曲》和谢里顿的《库尔特·冯·舒施尼格》。

《施密特审判协议》，特别是斯库布、米克拉斯和拉布的证词；《纽伦堡证词》，特别是戈林和赛斯－英夸特的证词。

《盟军理事会和执行委员会会议的正式记录》，1945—

1955年。

普拉梅纳茨的《关于米哈伊洛维奇的真相》。

瓦索·特里瓦诺维奇的《米哈伊洛维奇的叛国》。

齐万·克内泽维奇上校的《盟军为什么放弃了米哈伊洛维奇将军的南斯拉夫军队》。

他还大量引用了恩斯特·沃特泽克－特鲁默的话。

不过，读到这些东西是几天以后的事了。那时我受困于浴缸：泻盐，浴缸里的水每小时都在换。

当然，他们给我带来了希基所有的遗物：全都沾满了蜂蜜。我花了不少时间才把那黏在一起的笔记本一页一页分开。我不得不把笔记本悬置在我的洗澡水上面，用热气把蜂蜜化掉。过了几天，我才能清清楚楚地看到上面写的东西——我那被蜜蜂蜇过的眼睛终于消肿了，终于能睁开了。我也发烧、呕吐了——我体内的毒素实在太多了。

如果说我体内的毒素太多了，但那也没有要了希基的命的毒素多。我听到了砰的一声巨响，那是不是他倒下去，头砸到了地上的声音——没有人告诉我。这样的话，在蜜蜂群起攻之的时候他早就昏过去了？我真难以想象，他把蜂箱掀翻之后，是如何在平板底下拼命挣扎的。

他的笔记本上有这样一句：

上帝知道。或者说上帝能猜到。

当我真正静下心来开始读这些东西的时候，我可以向你保证，不少地方真让我深感心痛，比我被蜜蜂蜇过的伤口更痛。比如有这么一段：

今天我和汉内斯·格拉夫见了面，与他一起去买了一辆摩托车。他是个好人。不过，他的问题是毫无计划。

我可以告诉你，尽管洗了无数遍的澡，汉内斯·格拉夫还是毫无计划。

笔记本里还有更多令人心痛的段落：

德拉扎·米哈伊洛维奇在审判席上说："我想要很多东西……我开始的时候拥有很多东西……但是世间的大风把我和我的事业都吹跑了。"

希基，我不太明白。我觉得不是世间的大风把你吹跑了，就像你的人生和计划中有许多不合时宜的部分一样。我不相信你类比的逻辑——那只是一种暗示，或匆忙之中所下的结论，并不十分明确。

希基，把你吹跑的不是世间的大风。你自己刮起了这阵风，把你自己吹跑了。

毫无计划

蜜蜂，能授粉，会产蜜，具有社会意识（蜜蜂科的典型属和近缘属），特别是原产于欧洲的意蜂，在世界上许多地方都有养殖，目的是为产蜂蜜和蜂蜡，提供授粉服务。

蜜蜂的身体分为几个部分。

我发现，大多数蜜蜂不同程度上被捣碎和撕裂了——要是希基活着，他可能会写出这样的诗行：

在我裤子的翻边里，
在我的袜子里。
在我的内衣里，
在我的腋毛里。
这里，那里，
到处都是蜜蜂的小碎片。

希基的笔记本的螺旋活页夹上粘着蜜蜂的胸腔，浴室地板上有一对毛茸茸的后腿——我猜想，当时我躺在地板上，衣服被人剥掉了，第一次被人放进了舒适的盐水浴缸里。在希基的那件猎鸭夹克的层层褶皱和各个口袋里，到处可见蜜蜂的触角、眼睛和头部、脏兮兮的腹部和可爱的翅膀。

我也发现了不少完整的蜜蜂。我把其中一只慢慢地浸泡在浴缸里，但我想它早就死了。

汉内斯·格拉夫在浴缸里躺了好几天，将那身没有着落的肉浸泡了个透，不允许任何人来探望。特拉特太太为我护理。

我想，真是反讽啊，特拉特夫人对希基那让人吃惊的裸体如此反感，但对我的裸体安之若素。真让人感到侮辱啊，我想，但特拉特夫人找了一个年纪大的借口。

“总得有人照顾你。”她说，“你请得起医生吗？你知道，你已经欠了我不少钱。你知道，我可以做你的祖母了。对我来说，这只是一个没穿衣服的小屁蛋。”

我想：无论什么时候，都不可能有这么多光溜溜的小屁蛋给你看啊。

她每天都过来，为我端来高汤，拿来海绵；在她的眼皮底下，我肿胀的身体慢慢消肿了。

“他们喜欢你的脖子。”她说。这个残忍的老婊子回避任何我提的他们如何处置希基的问题，还有，他们是如何处理他的尸体和他的遗物的。

当然，不需要有人对我说，他已经死了。他们只是不断把他的一部分遗物带回来给我。他的夹克，他的烟斗，他的笔记本。

特拉特夫人一本正经地问："他的尸体要送到哪儿去？"

这是她在我还没看完这本笔记本之前问我的，当时我还没来得及想到他的亲戚。

后来，我看了他的笔记。我脑里子想象着一个疲惫不堪的沃特泽克－特鲁默的形象，他已经厌倦了埋葬亲人的活。以这样或那样的方式，他为一个家庭的两代人料理丧事——结局如此直截了当，一点也不含糊。这样的结局只能暗示。

希基肯定得去卡普伦，但我不能想象——有那么几天，他要躺在花丛中，与 1939 年意大利大奖赛摩托车赛车同在一个房间里。

"不管怎样，你很幸运，"特拉特夫人说，"这种东西可是很贵的，但基夫正在为他做棺材。"

"基夫？"我说，"为什么是基夫？"

"我不知道。"特拉特夫人说，"只是一个盒子——很简陋的东西。你要知道，你不付钱，就不可能得到好东西。"

我想，肯定不是你送的棺材。我问："嘉伦在哪里？"

"你这么关心她在哪里，想干什么？"特拉特姑妈问。

我的回答是不会让她满意的。我洗了这天的最后一次澡，擦干了身上的水，弓着背坐在铺着毛巾的床上，等着老特拉特那双粗糙的手朝我伸过来——这一想法不由自主地刺痛了我。她手里还拿着那个女巫用的精美的榛木棒，散发着坚果香味。

特拉特夫人又说："你管她在哪儿呢，嘉伦现在也成了你计划的一部分了吗？"

但是我告诉她："我只是想知道嘉伦在哪里，她一次也没有来看过我。"

"好吧。"好心的特拉特夫人说，"除非你穿上衣服，否则她不会来看你。"当她说到"衣服"的时候，她把那冰冷的金缕梅药剂噼啪噼啪敷在我的背上，她的手打得我喘不过气来。她用前臂抵住我的脖子，把我的头塞到我的两膝之间。她的手从我的肩膀往下按摩着，这按摩又有点掌掴的意味，把金缕梅敷在我的一只耳朵上。这时她的声音又传来，那声音好像半浸在水里，要撬开什么东西似的：好像我是一条鳗鱼，要把我从岩石下面哄骗出来，好做成最后一道炖菜。"你现在没有什么计划吗，格拉夫先生？"她打探道。

"没有。"我不假思索地说。我意识到这是自从那见鬼的蜜蜂事件之后我所想到的第一件充满希望的事情。我想起了希基曾经说过的关于计划的话。他曾经想出了一个办法，能让我们一路玩好。不要什么计划，格拉夫。不要地图，不要想着哪天到哪里，不要想着哪天回来，都不要定。我大笑起来，这笑声有点刺耳——真的，太有意思了。他觉得这应该是我们这次旅行最重要的，最了不起的要素了。真的，有意思的是，比起他的那个想法，他的解放动物园计划实在太疯狂了，那设计实在太精心了。

"我弄痛你了，格拉夫先生？"特拉特夫人说。虽然她粗糙的手起了老茧，不那么敏感了，但还是感到了我身上奇怪的颤抖。

我只是对她大声笑了起来。"没有计划，特拉特夫人！"我说，"我没有任何计划。我不会有任何计划！没有计划。操他妈的计划！操！"我对她吼道，"好像我真有那么多计划！"

"上帝啊。"老特拉特说，"我只是没话找话而已。"

"你撒谎。"我对她说。她退缩了——你可以看到她手上的那甜美的金缕梅一下子干了，消失得如此之快，就像你一松开拳头，拇指指甲下面的白色又变成了粉色。

嘉伦在哪里

等我的身体恢复到可以穿上至少是腰布那样的衣服之后，等我对特拉特夫人说尽了难听话之后——好把她气走，换个别人来护理我——嘉伦终于来护理我了。这是她第二次来护理我了。

经她许可，我向她展示了不那么隐私的部位的蜂蜇痕迹——即使做了那么长的单调乏味的治疗之后，仍然有点发红。因为，别人告诉我，在我被蜇到第三十五或第三十六次之后，我血液中的可怜抗体就消失了，于是我全身的抵抗力就变得相当低了。

“你怎么样了，格拉夫？”嘉伦问。

“我的抵抗力很弱。”我对她说。我们十分谨慎地讨论着我可怜的抗体。

她说：“你下一步准备做什么？”

“我没有计划。”我不假思索地说。她站在我的床角边，手掌合上，打开，一副漫不经心的样子。她长得太高了，那身小姑娘时候就穿的衣服已经很不合她身了，鼓鼓的肩膀，满是皱褶的袖口——这件可怕的外罩，纽扣一直扣到脖子——我敢肯定，这是老特拉特为她挑选的衣服。这老东西还在施诡计提防着我。让她见鬼去吧。

“坐下，嘉伦。”我对她说，身体往她那边靠过去。

“你的抵抗力很差。”她提醒我说，脸上显出粗俗的神色，仿佛衣服下面的这个女人是那么老，那么世故——这是她最喜欢的伪装。

“你在干什么？”我问。

“想事情。”嘉伦说。她用手拉下了下巴。好像她要让我相信，她刚刚开始思考。

“想什么？”我问。

“想你下一步该干什么。”她说。

“我没有计划。”我又说了一遍，“但我得为希基做点事情。”

“基夫做了一个漂亮的棺材。”嘉伦说。

“考虑得真周到。”我说，“你觉得他怎么样？”

“噢，基夫感到很难受。”嘉伦说。

“我的意思是，希基怎么样了？”我说，“我才不在乎基夫呢。”

“基夫很难过，真的。”她说，“他一直在问起你。”

“希基怎么样了？”我问，“他现在什么样子了？”

“我没有见过他。”她说。但当她说到“见过”这两个字时，她的肩膀颤抖了一下。我相信她偷看了一眼。

“全身浮肿吗？”我说，心里有点不快，“肿成两个我这样？”我双手捧住涂满金缕梅的光秃秃的肚子，捧出了一个大鼓包。

“基夫不让任何人见他。”嘉伦说。

“操他妈的基夫！”我说，“他安着什么心？他为什么要那样干？”

“他是个好人，格拉夫。”她说。

“他还总是见你。”我说，“我敢肯定。”

于是她把后来的事一五一十告诉了我。全身防护服的养蜂人终于把可怜的希基从拖车底板下拉了出来。他们把他送到医院，让医生看看他还有没有气。然后镇长宣布了希基的死亡。后来，基夫找他，对他说要做个棺材。

“把他送到哪里去？”嘉伦说，“基夫说这要问你。”

“送到卡普伦去。”我说，“如果基夫能与希基的死脱离干系的话。”

“这不是基夫的错，格拉夫。”她说。她还说，她觉得希基一定是疯了。于是我把这个疯狂的笔记本及他的最终的、不可思议的计划都告诉了她——还有关于欧·施鲁特和著名的亚洲黑熊的所有结论。我说我同意她的看法：可怜的希基也许在什么地方出毛病了。我在床上坐起来，把她拉下来坐在我旁边。

因为我们离得更近了，我便让她谈谈希基的死，我问她医生是怎么说他的死因的。“他的死因到底是什么？”我问，语气有点生硬。

"心脏病发作。"嘉伦说，"他可能吓得休克了。"

"或者是蜜蜂太多了。"我说，心里想说蜜蜂黏液太多，进入了他的身体，形成血栓，堵塞了他的心脏。我有点头晕目眩，于是坐直了身子。我开始浑身发痒。

"是金缕梅的缘故吗，格拉夫？"嘉伦说。

我说，我觉得至少必须马上实施一个计划——越快越好，越正式越好。棺材应该密封。只写名字，不要雕刻。把他送上开往卡普伦的火车，送到一个叫恩斯特·沃特泽克-特鲁默的人那里。他会付钱的，我敢肯定。给我拿一份电报纸来。我要在尸体到达之前给他拍份电报。

"基夫想知道你是不是想读什么书。"嘉伦说。好像我还没读够似的。

她把那块沾了金缕梅的毛巾盖在我的眼睛上，这使我更容易回答她的问题——因为我看不见她俯在我身上的样子，不会分心了。"那就给我送一本有关性方面的书吧。"我说，"我相信基夫知道到哪儿去找那种东西，如果他不太忙的话——他与希基和你瞎混了那么久。"

我拿掉脸上的毛巾，吸了一口没有香味的气，这时嘉伦已经走了，把我一个人留在房间里。我对她深感疑惑。我想到基夫可能有恋尸癖，突然觉得恐惧异常。

基夫的做法

基夫买了一本书，让嘉伦带给了我。这是一本有关性的令人肃然起敬的学术著作，两个丹麦人合作完成的一部有益于健康的作品——书名为《爱的ABZ》。

"书里有插图。"嘉伦说，她的眼睛并不看我。也许她怕我会当着她的面翻看书里的一张画。

“你已经从头到尾读过了，是吗？”我问。

“没有。”她说，语气很干脆，说完留下基夫这件古怪的礼物就走了。

事实上，这是一本非常理智、干净的书，记述的是古老的禁忌，鼓励我们去追求健康美好的乐趣。我随意一翻，就看到了一则奇怪的逸事，还配了一幅让人想入非非的画。

> 20世纪的一个晚上，一位女士醒来，感觉被推了一下。有人进出她的房间，不时拿手触碰她的身体。没有人约好要拜访她，昨晚她也是单独一人入睡的。于是她吓得昏了过去。过了很久她才苏醒过来。借着黎明的亮光，她看见她的管家（顺便说一下，他是个真正的夜游者）把可供十四个人享用的大餐放在她的床上。但当然，这种事情是很不寻常的，特别是现在很少有人雇用仆人。

基夫为什么送我这样的书？我完全被弄糊涂了。

我继续读下去，暂时摆脱了心中的某种黑暗。我把给沃特泽克－特鲁默写电报的事又往后推了推。这些让我惊心的句子让我分了神。

> 打一个痛痛快快的喷嚏是一种自然而然的、不可遏制的、正大光明的行为，但有些人害怕打喷嚏，就像他们害怕自然而然地与人性交一样。
>
> 有这样一种说法：一个人痛痛快快打喷嚏的能力与他能否得到令人满足的性高潮之间，一定存在着一种直接的关联。

这几句话对我来说太迷人了，于是我强忍着困意，一直等嘉伦回来，问问她我是否需要抹更多的金缕梅。

“你喜欢这本书吗？”她咕哝了一声。

“这本书让我的抵抗力更差了。”我说，心里感觉很愉快，也很好玩。我只等着她拿着那块散发着坚果香味的毛巾走近我。但她把毛巾递给我之后就坐到我的床脚，屁股只挨着床边，让我自己擦。她的双腿真漂亮，一只腿压在另一只腿上，上面的一只脚往上翘着——就那么一会儿——掀起了她那围裙一样的长裙。

于是我看到了她被烫伤的伤疤——两个拳头大小的伤疤在她的腿内侧，从脚踝到小腿之间，就像我坐摩托车时被烧伤那样。

“你是怎么烫伤的？”我一下子坐了起来，我的神情向她表明，我当然清楚这两个伤疤是怎么得来的。

“基夫修好了摩托车。”嘉伦说，“他在教我开车。”她看我盯着她看，继续说：“我已经开得很好了，只是启动还不怎么行。基夫说，我踏启动杆的力量不够大。”我目瞪口呆地看着她。她继续说：“刚才熄火了。我努力地踏着启动杆想把它再启动，但是摩托车一下子歪了，压在我身上了。”

“嘉伦。”我说，“后来呢，发生了什么？”

“我就是这样被烫伤的。”她说，“真的！你知道，是排气管碰到了我的腿。”

“这个混账的基夫为什么要教你开车？”

“得有人知道怎么开。”嘉伦说，“我们两个人当中得有一个人会开，这样等你带我出门的时候，当你离开的时候——如果你愿意带我走，格拉夫。”

我坐过去摸住她的手，这一次她没有跳起来走开。

“只要你愿意带我一起去，格拉夫。”她说。当我把身子使劲地向前探去，把她的头塞进我的颈弯里的时候，基夫的那本书从我的膝盖滑落到地板上。我们两个人都盯着它看。我们从对彼此产生的恍惚感中回过神来。

她还盯着地上的那本书看。我在床上一下子挺直身子，打了个很大的喷嚏，她的眼睛一下子转回到了我的脸上。

她的脸通红通红的——我知道，她把那本书转给我之前，已经读过了。谁都不会忘记书中写到的关于打喷嚏的那一部分。她迅速冲出了我的房间，这时我只想，但愿我没有吓得她放弃她原先的计划。

那真的还算不上什么计划——或者说，与我和希基原来制订的那个计划相比，这根本算不上计划。我好好想了想，我还是喜欢这个计划的，我认为它至少比我刚刚读到的那个计划要好得多——虽然不那么明确。我希望这个计划能把我的思绪从可怜的希基制订的动物园计划中摆脱出来。

不管怎么说，让嘉伦用那种方式整理我的思绪，是一件愉快的事。今天晚上我又不用起草打算拍给沃特泽克－特鲁默的电报，真是太令人高兴了。

我睡着了，做了一个懦夫的梦，梦见自己无可救药的孤独。不知在什么地方，没有野生动物，只有嘉伦和我；一直是大白天，我们让白天多长，它就多长；天气也随我们所愿；在森林里，不是在潮湿的没有一只咬人的虫子的湖岸上。这令人相信我们在不停地跳舞。跳舞的姿势，都是来自《爱的 ABZ》的那些模糊的不真切的图画。

希基现在躺在基夫做好的棺材里，不会再用他那些可怕的详尽的计划来打扰我们。所有会威胁我完美安宁生活的那些野兽，现在都在席津动物园里安然无恙，心满意足。

恩斯特·沃特泽克-特鲁默收到了什么电报

1967 年 6 月 10 日，希基躺在基夫密封好的简易棺材里，星期六晚上乘坐火车离开魏德霍芬前往卡普伦。我的电报比希基的尸体先到好几个小时，这样，恩斯特·沃特泽克－特鲁默就能接到通知，星期天中午来接站。

我草拟了几份电文。开始是这样写的：

沃特泽克－特鲁默先生／听闻您是希格弗里德·加沃特尼克的监护人／一个朋友／死于摩托车事故／本周日中午到达卡普伦／汉内斯·格拉夫／稍后致信与您／

重写后是这样的：

亲爱的沃特泽克－特鲁默先生／周日中午到达的是您的被监护人／希格弗里德·加沃特尼克／他死于摩托车事故／他是我的朋友／我将与您联系／您的／汉内斯·格拉夫／

再改，成了这样：

我亲爱的沃特泽克－特鲁默／我很遗憾地告诉您，您的被监护人和我的朋友／希格弗里德·加沃特尼克／在魏德霍芬的一次奇怪的摩托车事故中丧生／他将于周日中午到达卡普伦／我很快就会见到您／汉内斯·格拉夫／

最后的定稿是这样的：

亲爱的恩斯特·沃特泽克－特鲁默／很遗憾告诉您／我的好朋友和您的亲戚／希格弗里德·加沃特尼克／执行秘密任务过程中死于摩托车事故／细节容我后告／您会为他的工作而骄傲／致哀／汉内斯·格拉夫／

我想我再也写不出比这更好的电文了，也不敢细想该什么时候去见这位特鲁默先生，所以就这样把电报发出去了。我敢肯定，对特鲁默先生，我是很难说谎的。但是眼下，我无法面对沃特泽克－特鲁默先生举办的又一场葬礼。

我在想，特鲁默先生一定对我没有什么印象——他觉得我根本不可能理解他所遭受的那种家庭痛苦。因为希基有一件事情说对了——如果说他还有什么说对的事情的话：我和我的家人确实错过了整个战争，而奇怪的是，我对此还感到些许内疚。

我记得战争中的一件事。在萨尔茨堡，在美国完成占领的时候，我的母亲——在她那个时代她算得上是个爵士音乐家——说，她感到非常难过，萨尔茨堡现在不得不回到旧音乐的世界中去了，因为美国人把他们的黑人号角广播电台也带到萨尔茨堡来了。

我相信那是我们家在战争中唯一失去的东西。但是，即使没有这场战争，我母亲其实也不会拥有。

所以，带着我自己的那点微不足道的恐惧，我是无法平静地面对沃特泽克－特鲁默的。如果我不是这样想的，你就操我：我不愿意和希基的尸体一起去卡普伦，那是因为我相信，我的人生记录中没有足够的灾难，我无法为特鲁默点起一支蜡烛，无法分担他那可怕的葬礼职责：直接的也好，间接的也好；明确的也好，暗示的也好。我无法一一面对。

所以我把希基的后事留给了基夫去安排，我只说我很快就会去看特鲁默，但我没有计划。我不会有计划。我已经看到了，计划到头来不会有什么结果。

操蛋的希基！真正让我恼火的是，尽管他要了那么多花招，如果他有机会完成他的计划，他一定会死的。到最后，他会变得非常偏执，就像他一味窥探巴尔干侍应生和胡格尔·富特文勒的私事那样。如果他真的去突袭动物园，那两个家伙就会将他告发。他问了那么多有关另一家动物园被突袭的精明问题，无异于在犯罪前就将罪行坦白了。至少可以说，他剃成光头，是一种愚蠢的伪装。

我坚定地认为，我们绝不应该以极端的举动引起别人的注意。

如果我说我们本该到了意大利，还在海滩上玩耍了，你就操了我吧——毫无计划，就像他一开始承诺的那样。如果那不勒斯有一家水族馆，那么罗马可能就有一家动物园。最后的总结局不会是这样吧：欧洲大陆上所有动物的圈养场都被破坏了，只剩下伦敦摄政公园，他们配备了额外的饲养员，等着臭名昭著的动物园袭击者去发起攻击？

当我坐在房间的床上，望到窗外夜色中的那些连翘花的时候，我真的很怀念他——他再也不会突然在窗台上冒出头来了。我有点想坐在这里等他完成侦察任务回来。我开始想，如果他被路障挡住了去路，或者在他第一次爬上窗台之后，我想我应该与他一起离开这里。我的意思是，这是一个注定要失败的主意，而且糟糕的是，他的这个计划毫无道理可言——以为所有的野兽都会为他打开大门，甚至连食人兽也是如此，但我想我不能让他独自一个人去做这件事。我本来应该与他一道去，我的谨慎风格和无限的常识可以助他一臂之力——看看有没有什么办法能让他安全地出来，不被那些野兽的爪子抓伤，甚至在这个过程中跳到一两头羚羊身上。

那真是一种有趣的感觉，从连翘花园里梦朦朦胧胧地飘来，黄黄的，与瀑布喷射出来的水珠紧紧地粘在一起。我本想和他一起去的，原因只有一个：他显然需要有人照料。

我的意思是，冷静一想，这是一个没有头脑的、不可能完成的计划。

我马上要与嘉伦一道行动，其中原因几乎与我当初纵容希基的原因一样。不过，我不得不承认，这对我来说并没有太多好处。到目前为止，我承认，要想翻转嘉伦，就与翻转津动物园一样，似乎是不可能的。

基夫另外做的事

基夫制订了所有的计划。我不想和这件事发生任何瓜葛，嘉伦也差不多把什么都告诉他了。

1967年6月10日，星期六晚上，我还坐在床上。我在努力猜想，希基这会儿到了哪里。我不知道火车路线的方向。我不知道，躺在基夫做的棺材里的希基是不是先到萨尔茨堡，然后再向南拐，还是到了斯泰尔就马上向南拐——如果是后面这种情况，他现在应该已经向南拐了，因为斯泰尔只在魏德霍芬以西一点点的地方，而希基在一小时前就离开了。

我想象了一场非常戏剧化的比赛。希基一动不动地躺在棺材里——他是一个意志坚定的旅行者——而我不知道他们是否已经把我的电报从魏德霍芬发出了，但这是无关紧要的；到某个时候，我的电报就会追上希基，抢先一步到达恩斯小旅馆，到达沃特泽克－特鲁默的房间里。

当然，沃特泽克－特鲁默会坐在他那张可有可无的餐桌旁，与此同时，希基正赶着路朝这边来。

这时，我听到了窗户底下的藤蔓上有人爬动，抓攀的声音。我觉得我的所有蜜蜂针刺又蜇了我一遍。我看见爪子扒上了窗台。我听到了哼哼声。我从床上一跃而起，尖叫道："好吧，我跟你一起走！如果你愿意，我们把它们全都放出来！"

原来是基夫。看他那样子，他被我的叫喊声吓得不轻。我并没有上前将他拉上来，他将我这样的举动看作我对他的责备。当他把粗壮的腿甩进我的房间时，他看上去很害羞地从我身上挪开了。

"我不是有意要吓唬你。"他伤心地说，"我们已经准备好了，聪明人。"

"我为什么也要去？"我说。我发现很难相信这大块头基夫的话。

“因为他们现在把你抓了个现行。”他说，“你对税收有好处。你住得越久，你欠的钱就越多——首先是你的房费。另外还有这个事故。温迪施说你要赔偿他的蜜蜂钱，你明白的。聪明人，这钱要你出。如果你不走，你就会被他们的罚款整死。”他并不看我，只是低下他那无尾猿一样的头，摇晃着。

“嘉伦在哪儿，基夫？”

“在果园里。”基夫说，“在小镇边上的山上。”

“骑着摩托车去的？”我问。

“那辆摩托车已经以我的名义重新注册过了。”基夫说，“所以即使他们想努力找到它，也是无能为力的。你走后，我会继续留在这里。如果老特拉特来了，我就把她滞留在这儿，一直到明天早晨。这样，你早就跑得远远的了。”

“你这样做图什么，基夫？”我说。我看着他紧锁着眉毛。他的眉毛有网球那么大，这会儿好像从他的头上消失了。

“噢，聪明人。”他说，“请相信，我是真心为你好。”过了一会儿，他看着我——眼里露出一丝淡淡的凶意：“你的好姑娘在那里等着你，你赶紧走吧，不要让我来拉你，聪明人。”

“你不用拉我。”我说，然后收拾我的东西。笔记本、睡袋、头盔——都放入背包里，或绑到背包顶上。我觉得留下那件夹克已经没有什么价值了。我把希基的烟斗送给了基夫。然后我将《爱的ABZ》归还给他。

“噢，聪明人。”他说。

“这不是你的错，基夫。”我说。我腾出一只手在他的一只胳膊上轻轻掐了一下。

接着，基夫抓住我的胳肢窝，将我从城堡墙外放下去一半，这样我不用站在窗台猛地跳下去，落到花园的时候也不会弄出巨大的声响。有那么一小会儿，我还想着基夫可能不会放我走。他直接把我放下去，让我的身体离开墙壁一点点，我听得到他急促的呼吸声。我在被他吊在半空的时候，对他说："基夫，很遗憾你不认识托多·斯里夫尼察。我敢打赌，你本来是可以带上他走的。"

然后我抬头往上看，只见他对我咧着嘴，露出O形的微笑，那三重的厚厚下巴特别惹眼。

"好吧，聪明人。"基夫说，然后将我放了下去。我轻轻地落入花园里，直接钻入了连翘花丛中。我躲在花丛中，向大门口和我周围张望。我在等待院子里空无一人的时刻，等待鹅卵石上没有一点声音的时刻。

在我钻出花丛，往大路上跑去之前，我回头看了一眼我那熟悉的窗户，看到基夫紧紧贴着窗户的栅栏——他巨大的影子落到了窗户底下的整片灌木丛和花园的一角。他的影子被栅栏分割成好几块，显得比希基的影子要大得多。尽管这个大块头基夫现在对我变得如此温柔，但是我觉得，他的影子——从笼子里投射出来的影子——与希基的影子相比，更加具有暴力感，更加义无反顾。

我现在要前去找的这个嘉伦姑娘，似乎与我第一个夜晚见到的那个姑娘大不相同了。我当时轻轻地抱了抱她，然后就扔下她一个人站在瀑布的水汽中。当时我匆匆跑到希基的房间，问他为什么蹲在窗户的栅栏里面，模仿着被关在笼子里的动物。

我跌跌撞撞地走在果园的路上，脑子里尽是希基的嘈杂的唠叨声。我竭尽全力不让我的脑子里产生一丝的计划。

而这个时候，已经毫无抵抗之力的希基，离他计划行动的地方越来越远了。我想，这个时候，欧·施鲁特的巡夜还没有开始，那头著名的亚洲黑熊——这家伙一有可能就要躺下休息——正睡得与希基一样死。

但是我的想象就到此为止了。我不再慢吞吞地小跑了，我的两条腿，虽然在浴缸泡得过久，被弄得疲惫不堪了，但我还是全速跑了起来，四处寻找嘉伦。我的脑子里没有别的，只有眼前对我来说最要紧的一个想法。只有这最要紧的想法。

她会在那里吗？就在基夫说的那个地方？她能发动摩托车吗？基夫给她上过摩托车驾驶课了，她就要成为摩托车驾驶员了。问题是，当我坐在她身后的时候，我的手该往哪里放？

夜晚的感觉

手该放在哪里，这个问题我必须小心处理。这个姑娘对我的手非常害怕。她是一个非常紧张的驾驶员。嘉伦是学过一点有关摩托车的机械原理了——齿轮传动和车身倾斜什么的——但是她开得非常小心，我觉得都有点小心过头了。她常常被路上的什么东西吓得够呛——其实路上什么也没有。

“基夫没有教过我开夜车。”她说。头盔高耸在她的头上，样子很滑稽；她的辫子左右甩着，她时刻注意着路上的东西。我猜想，那些东西随时要跳起来，向我们冲来吧。

我不想增加她的紧张情绪，所以我的手放得很有分寸：贴在她的腰部——但在摩托车惯性滑行时，为了让双手休息一下，我只好把手贴在她的屁股上。她穿一件女式皮夹克，系着基夫送给她的一根旧腰带。我的手放在她腰间夹克底下，打开手掌贴在她暖和的罩衣上。我感到她肚子上的肌肉非常紧绷，所以我没有让身体往前靠她太近。

对着她的头盔的耳洞，我说——就这样一次：“嘉伦，你开摩托车开得已经很好了。”

她听了很吃惊。她转过头来，说：“什么？”她的这个动作差点让我们两个人从摩托车上摔下来。

当我们快进入小镇的时候，她的速度就慢了下来，这样我就能更容易地跟她说话了：“天马上就要黑了，我们得找个宿营地。”但是她想连夜开车，赶紧开出魏德霍芬这一带——开进东南部的山区去。那样的话，即使他们费尽力气来找我们，也很难找到我们了。

但我的想法是，她是不想与我一起过夜吧。事实上，我在纳闷，她是不是制订了一个夜间开车的计划？这样就省了我们晚上睡在一起的麻烦。我有这样的预想：只要我们两个在一起，她就得每天晚上胆战心惊地开夜车，整夜整夜地开；即使我们发现了一个好地方，想停下来歇歇脚，她也会开着摩托车兜圈子——一直到天亮为止。

但是，她接下来做的事让我大吃一惊。她在一个地方停了下来，这是我们所到过的一个最大的村镇，而且现在还不到半夜。这个大镇叫玛丽亚采尔，来此观光的游客很多。这个地方到处都是滑雪者小屋，为游客装备了夏日设施。有一个俱乐部这么晚了还在营业，不少衣着入时的年轻人在那里跳舞，非常吵闹——喧闹的摇滚音乐把各家窗户盒子里的花都震落了。

我的嘉伦在这家俱乐部的前面怠速停了下来。她眼睛盯着开着的窗户，看着一对对年轻人在外面台阶上抽烟。他们也上下打量着我们。

就在那时，我突然意识到，嘉伦·冯·圣莱昂哈德的摩托车还不曾开出魏德霍芬。对她来说，这就是城市生活，很棒的城市生活。这样的生活太吸引她了。

真的，这太令人震惊了，虽然也令人不安：连她的心里，都有一个欲望的世界。

我们很快又上路了。我壮着胆子，将手指头按到她的肚子上——也可以说，是轻轻按摩着她的肚子。我觉得她的肌肉并非那么紧张了。我透过她的头盔耳洞不那么自然地吻了她一下，她的身体稍稍后仰，靠到我的身上。

出了小镇，她把摩托车临时停在一个角落里，车头灯不停闪烁着。她竟然允许我的手指头重重地按进她的肚子，这真有点吓坏我，她当然也感觉到了我的吃惊，知道在这一刻她是占了上风的。我感到她的肚子在暗自发笑。

但她并不停下来过夜。我们一直往南开，我们经过的每一个小镇变得越来越黑。她甚至对速度很有感觉了。整个晚上没有发生什么事，这很令人称奇了，好像这世上的大风已经赶不上我们了，就像希基崇拜的切特尼克老英雄会在地狱里声称的那样——我们正飞速赶往乌有之乡。

现在，在我的脑海里，浮现出那张可有可无的、被手肘磨出痕迹的餐桌，还有俯卧在棺材里的希基。在今晚的大部分时间里，我真的没有想到过这张餐桌，没有想到过希基。只有在我们往东经过了施蒂布明的时候，我宁静的心才被打乱。

一个醉醺醺的小镇浑蛋在喷泉上撒尿，好像是有人预先安排好，专等我去抓他们的丑相似的。这个家伙并没有要躲起来的意思：也许嘉伦开摩托车的声音不像希基那样轰隆声震天，没有把那家伙吓跑。他只是呆呆地看了我们一眼，手里抓着那冷冰冰的东西。我们的车头灯一照，他便木在那里了。我们的车从他身边飞过。我们感到嘉伦的肚子收缩了一下，就那么一下。

我的脑子里浮现出了太多的东西，让我这段黑夜旅程的最后一小时非常难挨。就在天亮之前的这一小时里，轮到我看见路边不断出现奇怪的东西了——就像那天晚上，希基叫我们两个人什么也不要想，但我们看到路边冒出了各种东西——他们在监视我们。

有一次，我觉得我看见了一头很老的牛羚羊，角上满是苔藓，一动不动地站在深深的葡萄藤中间。有一次，更让我吃惊，我居然看到了一只身穿盘子做的锁子甲的老鹰，站在那边，就好像一直长在那里似的，又好像好几年前没了翅膀，从天上掉下来，扎根在地上似的。

在克里格拉赫，我们穿过米茨河。天马上就要亮了。突然一阵强风从河上吹来，把我们的摩托车吹离了道路的中心线。嘉伦猛地将车子拉回到道路中央我们这一边。大风吹着我们的后背。

我想，世间的这阵大风真是操蛋。它不是迎着你吹，顶着你吹，而是在你后边吹来，推着你往前跑，使你的速度超过了你想要的速度。或许，这风还为你把着方向。

但是我默不作声，让嘉伦产生这样的想法：她就是这摩托车的操控者。

嘉伦终于做了这件事

她的车子在塞默林山口顶上停了下来，我们好好饱餐了一顿，算是早中晚饭一块吃了。不知怎的，她还要往南开，然后往东，还要往北开一点，这样，虽然我们现在已经在魏德霍芬的东南面了，但又足够东，几乎在维也纳的正南面了，又在意大利或南斯拉夫的正北面了——但我们没有打算离开奥地利，或者说，她没有那样的计划。在讨论我们的金钱问题的时候，我对她说得很清楚，我们是毫无计划的——我们的钱可能还够我们在路上花两个星期。要说有什么打算，也就这个了。如果我们一天就吃一顿，待在乡下可以捉鱼再充当一顿——坚持露宿，不去找旅馆——我们可以撑两个星期，包括燃料加食物。这之后，我们就得打工挣钱了。

要打工，也只能在奥地利打。如果到外国，还有外国人工作许可证的问题。

这样的讨论正好能让脑子不闲着。要不是中午时分我们到了这个关口，我一切都会好好的。塞默林山口周围的教堂钟声响起，正式宣告这是正午了。

我想，当希基到达卡普伦的时候——他的大多数家人，在先后不同的时间，都到哪里去了——我看到了老态龙钟的沃特泽克－特鲁默见到了那口粗糙的棺材。

“你想再来一瓶啤酒吗，格拉夫？”嘉伦说。

我说：“他现在到那里了，我也应该在那里的。”

“好啦，格拉夫。”嘉伦说。

我的脑子里只想着一件事：特鲁默办过太多的丧事，但这最后一件丧事他一个人办不了。这就是我在旅游胜地塞默林山口的这家汽车旅馆和餐馆的想法，这个想法太让人伤心，又让人高兴。这里，旧世界的音乐阵阵飘来——听得喝着汤的我们身体发抖。

嘉伦建议我也学开摩托车，她说我们两个人都会开才好。她带着我从餐馆出来，我们的摩托车沿着弯路往西北方向走，走进了山谷。然后我们往上，爬到比塞默林山口更高的地方，来到了福伊斯。我在这里买了两瓶白葡萄酒和一块黄油。

我们在一个叫辛格林的小村庄外找到了施瓦扎河，只见黑黑的河水非常湍急，岸边种满了松树。这里有足够的训练场地，奔流的水可以用来冷却葡萄酒，可以捉些鱼，用弗赖娜·吉佩尔的平底锅来煎。我们现在远离了大路，可以过一个私密的夜晚了。

我开始沿着河岸学开摩托车——嘉伦坐在我后面说：“基夫说，首先要对挡位有感觉。”但我没有在听她的话。突然，我感到我身下的是身材魁梧的托多·斯里夫尼察，而那个见多识广的比杰罗在对我说：“前面左急转弯，弗拉特诺，我的孩子。”接着，在河岸边的小路上我一会儿上坡，一会儿下坡，嘉伦在我耳边轻轻地说着指令。但我感到是戈特洛布·伍特在开着这辆摩托车，大声而清晰地说着要领：“看到了吗？就这样！”接着，我开上了大理石台阶，我正在追捕 S. 施密特，那个在维也纳老城走街串巷的特别信使。我撞到了树根，身子一下向前滑去，滑到了油箱上，我后面可怜的嘉伦也滑了上来——我只得把我的脚趾使劲伸到后面，这样才能够着那个挡位杆。接着，我又一次看到了那条下坡的果园小路，只听希基说：“这里要换 1 挡，格拉夫。你必须换 1 挡。”

我注意到我的两个膝盖就在手把下面，紧紧夹住车身，使我永远不会从车上掉下来——一顶粘满蜂蜜、满是蜜蜂的王冠戴到了我剧痛的头上——此时我正开过我们那个尚未整理好的营地，摩托车从我们的背包上飞了过去。

“上帝啊，格拉夫。”嘉伦说，“你有点失控了。”

当她从后座上下来，走到前面的时候，或许在纳闷我为什么不关掉引擎，她一定看到了我那双梦游一般的眼睛。“噢，好了，格拉夫。下来吧。就到这里为止吧。”她说。

但我并没有听她的话。我把怠速的油门轰得越来越大——让摩托车在我身下愚蠢地尖叫——她拍了一下熄火键，把引擎关掉了。声音消失了。“你给我示范一下，”她说，“你是怎么捉鱼的，格拉夫。”

于是我给她示范了，虽然这里的河水流得太快——没有合适的河岸可以下脚，进到水里去。一条鱼被我捉住了，但很快从手里滑掉了，这样一连搞了好几次，最后我好不容易捉到了三条小鳟鱼——很轻，我一下子把它们甩到了岸上。

“呃，”我说，“稍微饿点肚子上床睡觉总是一件好事。”

“为什么？”嘉伦说。

“就喝两瓶葡萄酒。”我说，咧嘴笑笑。

但是她噘着嘴走开了，又有点神经质了。

这几条鳟鱼很不错。它们使得嘉伦打喷嚏了。一个很急的喷嚏，她赶紧用手捂住脸。我说：“哈！”

“你这哈是什么意思？”她说。

我提醒她：“打一个痛痛快快的喷嚏是一种自然而然的、不可遏制的、正大光明的行为，但有些人害怕打喷嚏……”我停下不说了，看看她有什么反应。

“格拉夫。”她说，将她的葡萄酒洒了一地。

“酒还有。”我说，“第二瓶在河水里浸着呢。”

“你什么都想到了，是吗？”她说。这一次她没有生气。

我是考虑得多了一点——这也算是一种近在眼前的计谋吧。想起希基在同一个地点，同一个时候买了两个睡袋——这两个睡袋成了一对，可以分开单独使用，也可以连在一起成为双人睡袋。

这个双人睡袋是为你而买的，嘉伦，我想。但是此时天还没有黑，我们还有一瓶葡萄酒要喝，那一瓶还浸在河水中。

我说：“嘉伦，你去河边把葡萄酒拿来，我来生火。你知道，一生火，蚊子就会少一些。”但是，感谢老天，这里没有一只蚊子。我们这里的地势很高，气温很低。

我知道天黑之后这里会更冷。看着这条几乎成冬河似的河流，我想，真想不到，即使现在是夏天，在河边上尚存一点薄冰。冷得直打战的鹿儿下到岸边来舔口水喝，然后高高抬起蹄子，使劲甩着，好像它们的脚已经变得冰冷了一样。也许变得冰冷了吧。

一切皆有可能——希基在什么地方说过。我俯身弄着火，突然身子感到一阵不舒服。

如果一切皆有可能，那么希基现在可能坐着火车不知去往何处了。他们可能会把他送到了慕尼黑或巴黎。我看到希基被直立堆放在巴黎的一个仓库里。

我想，或许沃特泽克-特鲁默的几个小房间会有麻烦。他肯定会把希基放在那个安放赛车的房间，那里肯定会点上蜡烛。一根蜡烛离那辆赛车太近了。而赛车里肯定会剩一点汽油，因为他们怕油箱生锈。我看到恩斯小旅馆爆炸了。

我在生火的时候，在看到火上升起烟的时候，在嘉伦去拿葡萄酒的时候，看到了这些东西，但是我毫无感觉。只是感到麻木，对我所看到的东西毫无反应，甚至对我扬在空中的烟灰都毫无反应。烟灰直接飘落下来，因为这会儿一丝风都没有。

我想，今夜，世间的大风已经消失。我又想，它消失了又怎么样？因为我对这么多相干不相干的事，完全麻木不仁了。

这一切都发生在烟灰在火中升起的时候，发生在嘉伦去拿酒的时候——或者似乎是这个时候。在我意识到嘉伦已经把酒拿来了——她已经喝掉了半瓶——的时候，天不知不觉已经黑了。“该把睡袋收拾一下了。”等我说这句话的时候，天已经黑了。睡袋，我说的是单数——一个睡袋。因为我早就预谋晚上要睡双人睡袋。

“我早就把它收拾好了。”嘉伦说。她说的是它，也是单数。我意识到她已经把两个睡袋合在一起了——这样就不用我来动手了。我希望她这样做，不是出于对我的怜悯。

我走到河边，把塞在牙龈里的鱼肉洗掉。然后我就爬进睡袋。嘉伦早就躺在里面，在暖睡袋了。但是她没有脱衣服。也就是说，她依然下穿灯芯绒宽松裤，上穿短上衣。但她把胸罩去掉了，我看到她正把胸罩塞到睡袋外她的夹克下面。

我想，这件小衣服才说明问题。

可是，当我滑进睡袋，躺到她身边的时候，她却说：“晚安，格拉夫。”我甚至还没有伸开两只腿！我也很谨慎，依然穿着那件惨兮兮的松松垮垮的拳击手短裤。

河水奔腾，喧闹不已。河对面青蛙在呱呱叫着——在你从来想不到的地方总会有一片沼泽。

我在想：小小的哲学学说总是自动产生的。嘉伦背对着我——抱着膝盖，全身就像一个球。“噢，嘉伦，你一定很累了。”我说，声音清亮而干脆。

“是的，太累了，晚安。”她说——声音假装很虚弱，好像一下子睡着了似的。我用肩膀顶着她穿着短上衣的温暖的后背，推了她一下——她的身子僵硬了起来。“你把衣服都脱掉了。”她责备我。

“我还穿着裤头。”我说。

“穿着什么？”嘉伦说。

“裤头。”我告诉她，“拳击手短裤。”

那一刻，我以为她会要求拿亮光来看看我那惨兮兮的裤头。那样的话，我真会羞愧而死的。她坐了起来。

她说：“今晚不是很美好吗，格拉夫？”

“噢，是的。”我说，语气很呆板。我悄悄地睡进了属于我的那部分睡袋。我看她的短上衣随风飘动着。

我记得，我等了好长时间，等她躺下来。她坐得太久了，最后我都困了。我想：或许她要把胸罩穿回去吧。

于是我让那条冬日的黑黑的河流带我去远方。我恍恍惚惚地顺流而下；我突然醒来，感觉气短，正游着泳逆流而上。但是我总能安定下来，不做任何挣扎，乖乖地让大河带我而下——经过灯火通明的城镇，河水被照得透亮；流过一个非常典型的锯木厂，河岸上堆满了沥青味很重的木头；看见了几个年轻的姑娘，她们正在河边洗衣服。然后我似乎被蒙得严严实实的，经过了陡峭的积雪的河岸。天几乎黑了，或几乎亮了，鹿儿到河边喝水来了。一头大公鹿带着一群温驯的母鹿来了。我得承认，这公鹿看上去很像羚羊，它竟敢踩在岸边薄薄的冰面上。它将自己沉重的身体慢慢蹲下去，然后轻轻地、小心地将尖尖的蹄子很有目标感地放下去。一群母鹿相互摩擦着，感到很温暖。我不再往下漂流了。我在原地踩水。

母鹿们相互摩擦身体的声音太大了，我想。但是发出声响的原来是嘉伦，她坐在我的上方——毫无疑问，她正在穿操蛋的胸罩，只有她的两条腿在我身边愚蠢地晃荡。她在睡袋里蹬自行车呢，我想。下一步呢？她会穿上她的锁子甲长裤，再上好锁。这个姑娘不想冒险了。

过了一会儿，她钻进睡袋，躺在我的旁边。我感到她的膝盖卷曲着。她轻轻地碰了碰我的手。

她脱掉了衣服！我假装睡着了。

“格拉夫？”嘉伦说。她的两只脚在我脚踝周围相互拍打着，就像两只手在鼓掌。

我歪扭着身子朝她那边靠了一靠，当然依然假装睡着了。

“你，格拉夫。”嘉伦说，“快醒来。”她的两只手从我肚子上拿开了，现在只有我们的脚还碰在一起。接着她的身子动了一动，但没有碰到我任何地方。再接着，她的身体压在了我的身体上面。是她的头发——没有编辫子，就那样蓬松着——先落到了我的身上。我们的皮肤贴在一起，感到很冷或很热。很快，我们的身体变得通红。我感到岸边的那片薄冰碎裂了，那头大公鹿掉进了水里。

嘉伦说：“快醒醒，求求你。”然后她紧紧地抱住我，让我不能动弹。

“我醒着呢。”我说，带着重重的喉音。我轻声地咕噜着，努力让我的脖子离开她的肩骨远一点，这样她就一定能听见我的话。

还没等我再说些什么，她往下面爬下去一点，吻了我的嘴巴。我嘴里又咕噜起来。她的脸贴着我的脸，我感到湿乎乎的。她趴在我身上哭起来了。

我承认，我真有点不知所措了。我说：“不要对我这样——如果你只是觉得你对不起我。”

“我没有，一点也没有。”她说——对她来说，这口气很严厉了。

“你没有？”我说，感到受了伤——我用手臂把她撑起来，一胳膊肘高的样子。她的头发盖住了她的脸，也盖住了我的脸。然后她跪在我身上，我弯曲着身体抱住她。她的身体似乎知道我马上就要贴上来了——她抓住我的肩膀，死命摇晃着，把她自己摔倒在我的身边，然后让我压倒在她的身上。

现在她大声哭了出来，我吻着她的嘴，不让她哭。我们在这操蛋的睡袋里翻滚着，好让腿有地方放。

我感到必须这样说——我说：“我爱你，嘉伦，真的爱你。”她对我也说了同样的话。

这是我感到不得不做的唯一一件事——或者说，这是从我们两个人还不能自然使用那些必要前戏中唯一想到的一件事。

她把她的头发缠绕在我的脖子上。她让我的头贴在她的胸口——她的胸很高、很薄、很脆弱，我觉得我会打破它，让我的头掉到里面去。我闭着眼睛，感受着她喉咙上的脉搏——跳得又轻又快。

就像这条冬河，带着大胆的公鹿顺流而下，而公鹿踩在脚下的那块浮冰正在融化。在岸上的母鹿们，正与它并肩跑着。

嘉伦问："这些是什么？你把这些叫作什么？"

"裤头。"我说，声音很轻。我不想打断她的脉搏声。

"好吧。"她说。她的屁股骨头戳到了我，她在我的身下转动。"我的这些东西叫小裤。"她不再流泪了，但在那里磨磨蹭蹭的。接着她说："脱掉吧。"

我想：要是有一个可怜的家伙看到这操蛋的睡袋里面就好了。

我抬头看去，看到了那头公鹿，正稳稳地站在水中——它脚下的冰块几乎不见了。

如果我弯着大拇指按到她的腰部前面，用我的手掌跟贴在她的屁股开始的地方——如果我打喷嚏，使劲地打喷嚏——那么，我的中指就会碰到，或者似乎会碰到她的脊椎。

然后她喋喋不休地说起来，好像她站在那条奔腾的冬河的中间突然说："你，格拉夫，你把我的小裤放到哪里去了？——那可是我为了这次旅行新买的。"

我把她的身体举起来，而这时她自己也直起身来。那群母鹿还在河边跟着公鹿跑着。

嘉伦说："你，格拉夫！"她的喉咙发出了短促的尖叫声，那声音来自它的脉搏的后面，越来越高了。

我看到公鹿的前蹄打碎了冰块，它的胸部先落下水去，将薄薄的冰块一分为二。它漂浮着往下流去。它经过了几个灯火通明的城镇，河水也被照得透亮。它经过了几个散发浓重沥青味的锯木厂——黑黑的河面上漂着树皮，霉味十足。它出现在河岸间，岸上白雪无瑕。它看到母鹿们在等它上岸。它用蹄子轻轻地，不慌不忙地打了一两下，将河岸上突出的薄冰打到河里。

我又感到迷惑不解了。我屏住了呼吸，因为我很久以前就不再踩水了，身体往下沉了。我的脚踩到了地毯一样柔软的河床。我一蹬脚离开河床的时候，公鹿上了岸。

我打了一个喷嚏。我浮上水面了。

嘉伦从满是锯木厂味道的睡袋中伸出两只手来，抓住我的两只耳朵，使劲摇晃着我的头。公鹿踉踉跄跄地走上河岸，头晕目眩的。嘉伦吻了我的嘴，我的脑子清醒了。公鹿现在稳稳地站在岸上了，轻快地朝温暖的母鹿跑去。

嘉伦的两只手轻轻松开了我的耳朵。我的脉搏跳得慢了，那个唯一的真实声音回到了我的耳际。

大河喧闹着奔腾向前，青蛙在那个你怎么也想不到的沼泽鸣叫。

嘉伦还做了一件事

我早早醒来了。我昨晚竟然睡着了，为此感到十分内疚。因为我知道，恩斯特·沃特泽克－特鲁默昨夜一夜未眠，胳膊肘支在餐桌上撑着头坐了一个晚上。他在餐桌旁坐着的时间甚至超过了恩斯小旅馆楼下那几台洗碗机的工作时间。

嘉伦早就醒来了。她慢慢移动着身子，在睡袋外面找她的小裤，还想把胸罩戴上——这些我都没有看见。谢天谢地，她以为我在为她感到内疚。因为她说：“格拉夫，没事，我很高兴。”然后她努力表现出十分开心的样子——但她的眼睛并没有看我：她眼里闪着光芒，羞答答地看着别处。

我说："你很高兴，是这样吧。"我说这句话是为了让她觉得我一直在想着她。这时我确实想到了她，亲吻了她，开始从睡袋里爬出来，一副很有精神的样子。

嘉伦说："等等，你的裤头就在这里。"她转过背去，这样我就不用弯着身子钻进这满是甜滋滋的沥青气味的睡袋里去穿裤头。

"睡袋里有些气味啊。"我说。

"是我的气味吗？"她说，"我身上是那种气味吗？"

"呃。"我说。我们两个人都朝周围看了看。我希望看到一只不同寻常的小动物，或者羽毛色彩非常狂野的鸟儿，这样我就可以说："上帝啊，嘉伦。快来看看这个。"因而就巧妙地转换了话题。但是我什么也没看到，只有那辆沾着露水的摩托车，还有那条被雾霭笼罩着的河。早晨的空气很寒冷。

"我们去游泳吧。"我说出一个大胆的想法。

在我为她取来胸罩之前，她不想从睡袋里出来。但她没有主动开口要我去拿。我伸出手去，在外面摸索一番，找到胸罩，高高举在手上。"啊，这个奇怪的东西是什么？"我说。

"好了，给我吧。"嘉伦说。头发盖着她的眼睛。我爬出睡袋，向河边走去，在那里等她。

上帝啊，这河水冰冷刺骨，冷得我牙龈像玻璃那样叮当作响。水流很急，差点把我那惨不忍睹的裤头剥掉冲走。嘉伦没有游动，她只是泡在水中。她的头发弄湿了，我看到她的头发非常光亮。她的耳朵很有趣——很长，甚至还带有一点尖尖的形状。她的下巴冷得发抖。她从水里爬出来的时候，胸罩里都是水。她用力拧干胸罩里的水，那样子真是好看。她似乎在拧着她的两个奶子，好让胸罩紧紧贴在胸部。她看到我在看她，就在岸上跳跃起来，背对着我，她一定感到她的小裤把她的屁股勒得太紧了。

我上了岸，因为那操蛋的裤头紧贴着我的腿，一直到我的膝盖，我只好像猿猴那样走路了。她看到我的样子，嘲笑起我的瘦瘦的身子。“我想，你得穿小一号的裤头。”她说。

我蹦跳着向她跑去，嘴巴里有意识地嘟嘟叫着，围着她来回跳着，手指着她。“看！”我喊道，“你的胸罩里有两个一先令的硬币。”

因为那就是她的两个奶头的样子，大小和颜色，都像——可爱的黄铜色，美极了。很像两个一先令的硬币，没错。

她盯着自己的奶头看了一下，然后很快从我身边跑开了。我想，嘉伦，请你笑一笑——即使是嘲笑一下你自己的身体，又何妨？人需要一点幽默的，这很重要。

“你有我可以穿的衬衣吗？”嘉伦说，口气凝重而忧郁，“我的短上衣都湿透了，我又没带毛巾。”

当我把我那件很可笑的红白相间的条纹足球衫拿给她的时候，她正用两只手捂着两个一先令的硬币——但是笑容满面，嘴角边有一绺头发，湿漉漉地贴在她的脸颊上。她用舌头将头发舔开。

“想吃早饭吗？”我说，“如果你会生火，我就骑车去辛格林买鸡蛋和咖啡。”

“我会。”她说，不知想起什么滑稽的事，她正暗自发笑呢，“先帮我弄好这个。”我走到她背后，隔着衬衣，帮她解开了胸罩。她扭动了一下身体，将湿湿的胸罩退到腰部；我站在她身后，伸出双手抱住她的身体——抱住她那湿湿的、冷冷的、硬硬的奶子。她就像一座被大水管冲洗过的雕像。

“让我弄好头发。”她说。但她并不想走开。她身子往后一仰，倒在我身上。

河水上涨了，好像要把我们淹没。原来只是刮起了大风，朝我们吹来了雾霭。我看到森林里的鹿儿，像绵羊那样温驯。森林好像被什么东西包围着，或许是四周被河围着，或者甚至被围栏围着。有一个人站在这群鹿儿的一边，像一个看护人——只是手里没有赶鹿的手杖——原来这人是希基。只听他说："坐好了，我的鹿儿。我要带你们离开这里，不要害怕。"

这时嘉伦说："你弄痛我了，格拉夫——不过痛得不厉害。"我透过她的一绺头发，在她的脖子上咬出了一个火红的圆形印记。她看到我眼里又流露出内疚的神情，认为就是因为我咬了她。

"我没事。"她说，"格拉夫，我没那么娇嫩，真的。"

我继续咬她，让她想着我露出这副奇怪的表情是因为她的缘故。她理了理湿湿的黑发，将红印子盖起来。然后我躲进森林里去换掉我那无可救药的湿裤头。

接着我开着摩托车到辛格林去买鸡蛋和咖啡。我回来的时候，她已经生起了火，木头放得太多，上面都无法搁锅了。她也把睡袋展平，往上拖到了森林里，这里可以高高俯视那条河。令我尴尬的是，我看到她把我的裤头挂在一个木头上，木头插在地里，裤头迎风飘扬，好像裤头的主人就埋在这个粗糙的标记下面。

我们大吃了一顿。我又找到了一块很大的面包——就在背包里，可能是一个多星期之前存放在里面的。加了一点油，用弗赖娜的平底锅好好煎了一煎。我一直有这样一个做法：从不把锅底洗干净。这样你就能记得你所做过的所有好菜的味道。

嘉伦继续让风吹干她的头发。她让长发垂到她的脸上，吹了一口气，将一绺头发吹走，露出她的嘴巴和鼻子。她的头发在快活地舞动着。她还嬉闹着将头发甩过来，打到我的脸上，我好几次发出假装的呻吟声，爬上森林，扑通一声扑倒在睡袋上。这比任何床单都大，比任何桌布都好——有树林环抱，松针垫在底下。柔软如水，你睡上去会陷在里面。

嘉伦在那个火堆旁忙来忙去，在河里洗了手。她又换上了灯芯绒衣服，没有那么大胆将她的小裤挂在小杆子上晾在外面，但她用那种方式使我不朽了。

我在树林中的那张大床上躺着，假装发出几声精疲力竭的哼哼声。然后我对着底下的嘉伦喊道：“你不困吗，嘉伦？我困死了，可以睡一整天。”

“要是我上来与你在一起，你就不会想睡觉了。”嘉伦说。

她这样的自信好像在要求我非采取强硬的行动不可了，于是我跑出树林，向站在河岸上的嘉伦冲去。她跑进了田地里。我从未见过一个如此能跑的女孩。那是因为女孩的生理机构不同，我想。女孩子屁股大，不管屁股上肉多肉少，特殊的生理机构迫使她们在跑动的时候，两条腿偏向一边。

另外，我冲刺起来是不知疲倦的。当她想着原路折返跑到树林里躲起来的时候，我一把抓住了她。她问我——上气不接下气，好像一直在考虑这个问题似的：“我们下一步要去哪儿？你想去哪儿？”我才不会轻易地被她这个问题糊弄的。我把她抱到了睡袋上。她又用头发把我缠住了，使得我都无法放下她来。当我就要压到她身上的时候，我发现她真的退缩了。

“嘉伦，我弄疼你了吗？”我问。她的眼睛当然没有看我。

“有一点。”她说，“我不会有事的，是吗？”

“噢，不会的。”我说，“我很抱歉。”

“噢，我疼得不厉害。”她说。大概疼得真的不厉害，因为她没有把缠着我脖子的头发解开来。

上帝啊，这是在大白天，我想。我感到有点尴尬。她下面的这句话让我吃了一惊。

“你下面没有穿裤头啊。”她说。

“我就只带了这一条。”我说，有点不好意思。

“格拉夫，你可以穿我的，你要知道，这小裤弹性很好的。”嘉伦说。

“你的小裤是蓝色的！”我说。

嘉伦说：“我带了一条绿色的，一条蓝色的，一条红色的。”

但我知道她只带了一个胸罩——我瞟过一眼她的衣箱。

“你可以穿我的足球衫。”我告诉她说。

看到那件足球衫放到了我们展开的睡袋的一边，我想起我的高中足球队里那个像疯子一样的队员。我敢肯定，他与我一样讨厌踢足球。但他在遇到极其艰难的情况时有一个特殊的本事。这极其艰难的情况就是，你跑上去想踢那个球，而对方向你跑来，也想首先得到这个球。你不知道谁会首先踢到这个球。如果是他首先踢到，那他就可能一脚踢到你的脸，或者他的脚趾会直击你的喉咙。但是我认识的这个疯子遇到这种情况就会开始大喊大叫。他不会躲开，他会直奔球而去，不是装的——他边跑边喊：“呀呀咿咿！呀呀呀咿咿咿！”他尖叫着直向对方冲去。他让别人都知道他其实心里是多么害怕，就凭这一招，他竟然把所有人都吓坏了。

因为有这个本事，他成了足球高手，我想这是肯定的。他抢到了所有人脚下的球。他这样大喊大叫的，好像要直捣机枪手的老巢，让你的锋芒顿时全无。

于是我想：这是对的。我们心中恐惧的时候，就应该大声说出来——这样没有人会将英雄与疯子混为一谈了。但英雄往往是愚蠢的。他满脑子的陈词滥调和空洞想法，他真的不在乎他是否能第一个得到那个球。现在你就这样看我吧——我就是那个疯子，我想。

嘉伦说：“格拉夫？”看到我并没有在看她，她一定觉得很尴尬吧，因为她已经准备好让我看她了。

她不是什么雕塑。她很柔软，虽然满身的骨头。有人在喊，就在河面之上：

祝福花开之前的那根绿茎！

那人一定是希基，身体俯卧着在那里说着话——在1939年大奖赛赛车旁，在烛光中，絮絮叨叨。

“你那儿为什么长毛？”嘉伦问。

总有一个你绝没有预料到的沼泽，我想。我把头迅速地埋在她两个高高的小奶子之间。这一次，我不想让什么东西来分我的心。我不再想冬河边那群操蛋的母鹿，不再想可能看护着那群母鹿的看护人希基。我想——真令人吃惊，到现在才感到吃惊——我可能会发疯。或者变得怪怪的。

这个念头真吓坏了我，我不敢闭上眼睛。我往下朝她长长的腰部看去。我看到她的盆骨在动——如果那是盆骨的话。我往上看她的脖子——看到她皮肤很薄的地方，脉搏在明显地跳动，但不敢拿手去碰。她嘴巴张开着，眼睛朝下看着我——毫无疑问，她的眼神依然流露出吃惊：我这个地方长着毛，另一个地方又不长毛。

我吻着她的嘴——我的眼睛紧靠着她的眼睛，我几乎数得清她有多少根眼睫毛了。我看到她的眼睛挤出了水，但她并没有哭，真的。

我没有看到任何不合时宜的东西——只看到她的脸和她的一头秀发。我上面的两只手完全是属于嘉伦·冯·圣莱昂哈德的，没有别的让我分心的东西，也没有别的声音，除了我耳边嘉伦的气息声。

她闭上了眼睛，我抹去了她脸颊上的一滴眼泪。她又用她惯用的手法捂住我的耳朵。我的头在嗡嗡作响。我完全知道这是什么引起的。

我打了一个喷嚏。这时她也打了一个。因为她的眼睛睁开了，十分恐惧的样子。她说：“格拉夫？”我想：不，什么问题也没有。一切都很正常。她问我：“格拉夫，你感觉到吗？我弄伤自己了吗？”

“没有，你只是打了一个喷嚏。”我轻描淡写地说。我还说：“没问题。”口气就像一个操蛋的医生。这一次，我清清楚楚听到了她的每一句话，每一次呼吸，我知道我的心思没有游离于睡袋之外。我没有发疯：我知道嘉伦和我一起待在这里，别的人，别的事，要么都死了，要么远离了我们。就在这一刻。

“有一样东西从我身体里掉出来了。”她说，“格拉夫？我想，就是掉出来了。”

“你只是打了一个喷嚏。”我说，“再说了，凡是掉出来的东西，都会回去的。”

我想：幽默感真是太重要了，嘉伦。真的很重要。现在请你微笑吧。

但是嘉伦说——她心里依然紧张，而我的心思没有游走，我听见了她的话：“格拉夫，你做这件事的时候想到其他事情了吗？你想过吗？”

“我怎么会呢？”我说。我不敢把视线从她身上移开，也不敢闭上眼睛——因为我知道，我们周围的树林里到处都是鹿儿、羚羊和放牧人，就等在那里吸引我的注意力。操他们。

嘉伦露出了微笑。她甚至笑出了声，就在我的身下。“我也什么都没想。”她说，“我的脑子现在都一片空白。”

你是一个非常健康的女孩，我想。但是你最好对我提防着点。汉内斯·格拉夫是以散漫放浪出名的。

诺亚方舟

到傍晚，嘉伦说：“你觉得那东西回来了吗？我感觉还是不在。”

“什么东西？”我问。因为她在说话，我不敢闭上眼睛。

“就是我觉得从我身上掉下去的东西。”嘉伦说，“你知道的。”

她也太担心那东西了，我想。

“是这样的，”我说，“有些女孩一辈子也不打喷嚏。你是很幸运的。”

“我还会打吗？”她问，“我老想着这个问题。”

“你当然会。”我说。

“什么时候？”嘉伦问，这次语气高兴了一点——甚至带着一点顽皮。她的那个胸罩还晾在外面，她穿着我的足球衫，身体一动，里面自然晃里晃荡的。

“汉内斯·格拉夫需要时间来恢复身体。”我说。

这不是假话，我想——我的眼睛依然闭着。我来回摇晃着头，晃到阳光照得到我的头的地方，我感觉我的眼帘从黑色变成了红色。然后又回到了黑色，感到黑色的边缘有红白相间的条纹，就像足球衫上的那种条纹。

嘉伦，请你继续对我说话，我想。

她一定在想象着我现在恢复到什么程度了——一个默不作声的神奇之物，我常常这样想自己。

我的眼睛依然闭着，我晃动着头，从黑色到红色，从红色到黑色——这是一个简单的把戏，一个光感效应——但是我的黑色的核心打开了，就像相机的快门打开了一样。这真的预先谋划好的：我只要睁开眼睛，马上与嘉伦说话，这个想象就能停止。但是我来了个折中的，为的是考验一下我自己。我的眼睛依然闭着，但是开口说话了：“关于我们下一站去哪里的问题，你自己曾经考虑过吗？”

“我一直在考虑呢。”嘉伦说。

现在，我像快门一样的眼睛睁得大大的，看着那条操蛋的冬河——就像刚开始的一场电影，片名还没有出来，人物还没有登场。请把你的想法大声说出来，嘉伦——我这样想。但是她什么也没说，或者是，她说了，但说得太迟了，我没有听到——我的心思早就飞到外面了。

这条河流向任何方向，它流经了世界上的每一个地方。但我只是一只相机眼睛，我不在这个画面中。在各个地方，到处都有一群人在岸上，手里提着小衣箱。还有各种动物——那是在方舟上。我忘了提到这一点：这是一只简易拼凑起来的木筏。木筏上，有一个人做着收集物品的工作——他穿一身老鹰服，是这个木筏的老大——他还在木筏中跑上跑下，解决发生的争吵，在猫科动物和袋熊之间横一根桨，还要将熊和尖叫不止的鸟类分开。很多人在河水中游着，想登上方舟。他们把衣箱高高举过水面。他们的孩子在往下沉。

大河带着方舟经过了一个城市。穿老鹰服的人迎接奇怪的动物上船。几头母牛在一旁生气地叫着——它们刚从屠宰场逃出来。一辆出租车开进了河里。

希基对母牛说："我非常抱歉，我们船上已经有两头母牛了。这完全是随意选定的。"

出租车依然浮在水里。无数的乘客下了车，都各自踩着水。有人付小费给司机，之后司机与他的出租车一起沉了下去。

这时，我小心翼翼地穿行在水中，头顶着我的衣箱。我的同车乘客在聊着天。

一个说："没有任何证据可以证明，这个司机就是察恩·格兰茨。"

"不管他是谁，你给他的小费也太多了。"一个妇女说。大家都笑了。

当我来到方舟边的时候，希基说："对不起，我们已经有了两个你们这样的种类了。"

我说："上帝啊，希基，幽默感真是太重要了。"

"如果你真的想跟我们一起走，格拉夫，那你就上船吧。"希基说。但是一头满脸凶相的东方熊不同意。"我的意思是，要是你真的这样想，格拉夫。"希基说，"我们不能放弃这条船。"

这时，嘉伦用她的手臂抱着我的腰，使劲往下拽。"我一直在考虑我们下一步该到哪里去。"她说。

"好的！我要与你们一起走！"我尖叫着，一下子坐起来，扑进嘉伦的怀里，扑倒在她那件晃里晃荡的足球衫上。

“格拉夫？”嘉伦说，“格拉夫，我刚才说的是，我们下一步该到哪里去。”

“我也一直在思考这个问题。”我对她说。然后紧紧抱住了她。

我的眼睛睁开了，睁得不能再大了。我数了数足球衫上的条纹。真好看，这些宽宽的条纹——从领口到奶子开始鼓起，条纹开始变皱的地方，有两条白条纹和一条红条纹；从奶子开始到她大腿上的衬衣下摆处为止，有五条红条纹和四条白条纹。我把头搁到她的衬衣下摆处。

数这些条纹，比数绵羊更易让人平静。

“或者数数海象吧，格拉夫。”希基说——不知他在什么地方。“在水里打滚呢，这些顽皮的海象。”

“好了，够了。我跟你一起走。”我说。

“你当然要跟我一起走，格拉夫。”嘉伦说。

计划

就在天黑之前，我又精力充沛了，我沿着河岸往上游方向走了很长一段路，去寻找合适的捕鱼地点。找到这个地点之后，我蹚水下去，但只走到离岸远远的、布满岩石的水塘边，我可以轻松撒到网的位置。然后我很顺利地把网收起来。这个时候嘉伦骑摩托车去辛格林买啤酒去了。

在她回来之前，我生好了火，洗干净六条鳟鱼，准备放到弗赖娜太太最喜爱的平底煎锅里煎。

我的头脑很清醒了。你脑子老想着钱的问题，这总是有好处的。这样，你就不会去想那些无用的、虚头八脑的打算。

我们会讨论下一步该去哪里。嘉伦说，我们最好去维也纳——因为我知道如何在维也纳找到工作。但是，我想，她想去维也纳的主要原因，恐怕是她有意过城市生活——过她想象的那种城市生活，因为她在玛丽亚采尔的时候匆匆瞥见城市生活的样子了。我担心的是，怕她过上城市生活就怎么也离开不了，当然我承认，维也纳是我们两个人最有可能找到工作的城市。经过一番讨论，我们得出了这样的结论：在维也纳找那操蛋的可恶工作的时候，你也得花更多的钱，要比在其他任何地方花得多多了。我们在乡下吃住两个星期的钱，到了维也纳，维持不了我们五六天——如果我们想在维也纳吃饭的话。住的问题倒是可以这样解决：每天晚上骑摩托车到郊外，在葡萄园里宿营——如果我们不怕被看家狗吃掉的话。但是在维也纳，你肯定不能捉鱼当饭吃。

另一方面，我们身处荒郊野外，那里隐藏着太多的东西——总时不时地冒出来，向我扑来。在城里，这样的白日梦就会少些，汉内斯·格拉夫可以承受没有那么多白日梦的生活。

星期天晚上，我们吃完饭，坐在那里，又讨论起这个问题。

“我一直在思考。”嘉伦说。

思考对你有好处，我想——至少，想想这样烦心的问题，对你有好处，那样的话，你就不会再去想那个打第一个喷嚏的问题了。我深信，一个人不应该老想那个问题。

“问题是，格拉夫，”她说，显得过分爱管事的样子，“按照我的理解——我们现在需要更多的钱，如果我们要花足够多的时间在维也纳找工作的话。直到我们领到第一份工资。”

“这就是问题所在。”我表示同意，“我觉得你看得很准。”

“这样的话，问题就解决了。”她说。她把赤褐色的长辫子拉到前胸，递给我看，好像小贩在给你展示他的蔬菜和水果。

“这头发真漂亮。”我说，心里感到有些纳闷。

“我要卖掉它。”嘉伦说，“能卖个好价钱，有人买去做假发。”

"卖掉？"我说。这在我看来与堕落的卖身没有区别。

"我们到郊区就能找到一个高级的美发师。"嘉伦说。

"你怎么知道做假发的事的？"我问。

"基夫告诉我的。"嘉伦说。

"那个操蛋的基夫？"我问，"他是怎么知道做假发的事的？"

"战争期间他待在巴黎。"嘉伦告诉我，"他说这是一桩大生意，即使在当时——女士们都卖头发。"

"战争期间在巴黎？"我说，"我知道，那些人是在抢人家的头发，不是在买头发。"

"有些人也许是这样。"嘉伦说，"但现在这是一个高级的生意了。真发能做成最好的假发。"

"基夫告诉你他当时在巴黎？"

"是的。"嘉伦说，"我们在讨论我的头发的时候他告诉我的。"

"噢，是吗？"我说。我努力想象基夫在巴黎的样子。那不是一个美丽的场景。我看到了一个年轻人，身壮如牛，昂首阔步——做着女士头发生意，或是与这桩生意有关的行业。那是他的业余工作。

"我们也谈起了钱的事。"嘉伦说，"就在那个时候他提到了我的头发。"

"他想买？"我问。

"当然不。"嘉伦说，"他只是说我的头发能卖个好价钱，如果我们缺钱的话。"她抚摸了一下头发，好像在抚摸一只猫。

"嘉伦，我爱你的头发。"我说。

"我没有头发了，你就不爱我了？"她问。她一下子把头发撩到头上方，露出了她的耳朵和长长的颈背。她的脸更显圆润了，她的肩膀更显纤细了，她整个人更显柔弱了。我想：操，汉内斯·格拉夫——为了你，这个女孩要剪掉她的一头秀发了。

"即使你没有一根头发，我照样爱你。"我说。但我心里想，那样我就不会爱她了。我看到了她的秃头，对着我发光；她戴着自己的头盔，头盔上有撞死的昆虫，上面有很多凹点，像桃石。我把嘉伦的辫子拿在手里。

这时希基突然从火里走出来，对我说："少废话。请给我全部剃光。"我一下子放下了嘉伦的辫子。

她一定注意到了我神游的目光，因为她对我说："格拉夫？你不是不想去维也纳，对吗？我的意思是，如果你宁愿去你以前从未去过的地方，如果你不想去看看你心里还记得的——或可能记得的——那些老东西，我也不会介意的，格拉夫。真的，如果你现在觉得维也纳不是一个好地方的话。我只是想那里赚钱容易一些——从长远来看。"

从长远来看？我想。

"你要知道，"嘉伦说，"也许到了维也纳，我们赚到了钱，就能找一个落脚的地方，室内的。只要一个房间就行，也许这是第一步。"

第一步？我想。噢，要是她心里没有一个全盘的计划，你就操我吧。

"你不想要一个这样的房间，里面放一张大床的那种？"她问，脸都涨红了。

这个女孩的计划我听上去觉得很危险——这个模模糊糊的长远计划是绝不可行的。对我们来说，这个计划有点过分了，我想。

我说："我们就去维也纳，第一步，一个人找一份工作，或我们两个人各找一份工作，这样，或许我们接下来就能干想干的事了。说不定我们还想去意大利。"我满心希望地说。

"好吧。"她说，"我觉得先得有一个放大床的房间。"

"我们走着瞧吧。"我说，"非要大床不可吗？难道你不喜欢我们的睡袋？"

"我当然喜欢。"她说，"但是你要知道，你不能一辈子睡在野外吧。"

或许你不能，我想。而且，谁说过一辈子了？

“想得实际点吧。”她说，那口气真像她那操蛋的姑妈，“过几个月天就冷了，你就不能睡在野外了，也不能在雪地里骑摩托车了。”

那倒是实话，听了让人吃惊。过几个月？在下雪之前，我得开着摩托车去南方，我想。不管你有没有计划，突然，时间的问题还是出现了。比如，明天是1967年6月12日，星期一。一个真实的时间。一个星期之前的明天，希基冒雨离开了魏德霍芬——他从倒下的马和翻倒的送奶车旁边经过，骑着摩托车奔向席津动物园。今天是星期天，希基到了卡普伦，与沃特泽克－特鲁默在一起了，他们同在恩斯小旅馆的一个房间里，一个俯卧着，一个坐着。在楼下的旅馆餐厅里，客人们在用餐。

“我们明天出发去维也纳，明天一大早就走。”我说。我想：明天也许会下雨，就像一个星期之前。

“你熟悉哪个郊区？”嘉伦问，“我们在哪里能找到一个高级美容师？”

“我熟悉一个郊区，”我说，“那个地方叫作席津。”

“那里难去吗？”她问。

“就在我们进城的路上。”我说。

“那就容易了。”她说。

“动物园就在那里。”我告诉她。她听了没说话。

“命运改变了我们的路线！”希基从火里冒出来说。

操那个神话，我想。我要一个人去干这件事。

“噢，格拉夫。”嘉伦说，语气很轻快，“快点走。我们不用去看动物园。”

“你不必去维也纳——”我说，“——如果你不去看看动物园满园的春色。”

虽然保安的第一次巡视是动物们睡觉的唯一机会，我现在看到它们都醒来了，支起耳朵在听我们说话。

但是，你们这些动物啊，你们误解了我，我想。你们对我抱着高高的期望，是没有用的。我只是过来看看。它们都醒着，透过铁栅栏往外盯着我看，好像在指责我。我大声喊道：“快去睡觉！”

“什么？”嘉伦问，“格拉夫？你想思考问题，还是有别的什么的事？我马上就去树林里，如果你想单独待一会儿——如果你不想与我说话。”

但是我在想：为了我，你要卖掉你的头发，看在上天的分上，再也不要做别的过分的事了。在她正要站起来离开我的时候，我一把拽住了她。我把头弯到她的膝盖处，而她一把掀起足球衫，把我的头包在里面，我的脸贴到了她那都是肋骨的温暖的肚子上。她紧紧抱着了我；我感到她全身的小脉搏都在跳动。

我想：汉内斯·格拉夫，请打起你松松垮垮的精神。不管怎么样，这个女孩都经不起失望的打击了。

更多的计划

刚走过席津这个郊区的哈特多夫－哈金镇，我们就找到了一个叫奥雷斯提克·西尔泰什的一流美发师。他是希腊裔匈牙利人，或者是匈牙利裔希腊人。他告诉我们，他父亲叫佐尔坦·西尔泰什，他母亲叫尼塔萨·帕帕达图，年轻时是个大美人，她现在正坐在理发店里最好的那把椅子——她的宝座——里注视着我们。

“我父亲不在。”奥雷斯提克说。我想，你父亲出去不是单单为吃午饭吧。顺便说一句，这个从前的大美人尼塔萨·帕帕达图摇晃着她那头光亮亮的黑发，把她黑色长裙上闪亮的珠宝弄得沙沙响；V字领开得很低，珠光宝气的华服遮不住深深的乳沟，那不见下垂、大如屁股的奶子，在里面膨胀着。从前的大美人，一点不假。

嘉伦问："你们买头发吗？"

"我们为什么要买？"老尼塔萨说，"我们没有必要买——你看这地上都是头发。"

但是这地方没有头发，真的。这里收拾得很漂亮——你一推开门，一股淡淡的可人的香水味便扑面而来。但当你越靠近尼塔萨，你就越感到一股麝香的味道。整个地面上只有尼塔萨的椅子下面有一些头发，好像她坐在那宝座上，没有人敢上前去打扫似的。

"这个女孩的意思是，想卖头发给我们做假发，妈妈。"奥雷斯提克说，"是的，我们当然买的。"他摸了摸嘉伦的辫子，然后轻轻弹了一下，看这辫子摇晃起来是什么样子。"噢，太可爱了，真的。"奥雷斯提克说。

"我也这样认为。"我说。

"年轻人的头发是最好的。"他说。

"但这是红头发。"尼塔萨说。她很吃惊。

"红头发更好卖了！"我大声说。奥雷斯提克还在抚摸着嘉伦的辫子。

"多少钱？"嘉伦问。她见多识广，像软木塞那样强硬。

奥雷斯提克看着她的辫子考虑着。他自己的头发也很茂密，干净，发亮，就像水边又湿又黑的锯齿草。我走到橱窗，看一排排杵在长杆子上的模特头。每一个头都戴着假发和项链，鼻子朝天仰着，但没有鼻孔。

"200先令。"奥雷斯提克说，"之后我免费给她修剪头发——她要什么样的发型都行。"

"350先令。"我说，"你橱窗里的假发都700先令起价。"

"好吧。"奥雷斯提克说，"你要知道，我用头发做一个假发，要费很大工夫的。而她的头发只能做一个假发。"

“那就300先令。”我说。

“250先令。”尼塔萨说，“我再免费给她打两个耳洞。”

“给她打耳洞？”我问。

“我妈妈是打耳洞的。”奥雷斯提克说，“到现在为止，你打了多少只耳朵了，妈妈？”

也许她把耳朵都收到她的抽屉里去了，我想。

“噢，我很久以前就数不清了。”老尼塔萨说，然后她看看嘉伦，“250先令，加上你的两个耳洞，怎么样？”

“格拉夫，”嘉伦说，“我一直想打——特别是我现在到城里了。”

“看在上帝的分上，”我悄悄对她说，“不要在这里打。你会吃亏的。”然后我对奥雷斯提克说，“300先令，不打耳洞。”

“之后你还修剪我的头发？”嘉伦问，“行吗？”她把辫子甩过肩膀，那辫子好像是耍蛇人手里的蛇，在戏弄着奥雷斯提克。

“行。”他说。

那个昔日大美人尼塔萨·帕帕达图往地上啐了一口。“软蛋！”她对儿子说，“就像你那可怜的父亲，你也没有脊梁骨。”她在那个宝座上挺直了身体，用手使劲拍拍自己的脊梁骨——尼塔萨有脊梁骨的，没错。她怒气冲冲地对着我们鼓脸，她那令人称奇的乳沟一会儿撑开得很大，一会儿又收缩得很紧。撑开了，又收缩。

“妈妈，求你了。”奥雷斯提克说。

奥雷斯提克把我的嘉伦领到那把次一等的空座位上坐下来，这时尼塔萨倒成了排遣我痛苦的不错对象。奥雷斯提克无限兴奋地解开嘉伦的辫子，然后梳理她的头发——一头秀发簌簌地全部松开了，散落在椅背上，甚至快拖到了座位下——看到这里，我心里就有说不出的痛苦。然后奥雷斯提克一下子把那头发举过她头顶，很有力、很自信地往上梳着拽着，好像在他剪下它之前希望它再长一两英寸似的。我坐在嘉伦的正后面，所以，我看不见嘉伦镜子里的脸，谢天谢地；当奥雷斯提克抓起马尾巴一样的头发，从发根——好像是从发根开始的——一刀剪下去的时候，我不敢看她的眼睛。我斜眼看着镜子，正好往下看到了镜中尼塔萨的迷人乳沟。

奥雷斯提克啪啪地打着红褐色的马尾巴；这时我突然打了一个寒战，好像我刚刚目睹了一个人头落地，嘉伦把两只手压在头顶上。油头粉面的奥雷斯提克将嘉伦的头发放到窗台的垫子上，走回来，在嘉伦的身边左右跳跃着——他的剃刀刮过她的耳朵，刮到了她的颈背——那脖子真长，现在上面什么头发都没有了。

“好了！你想怎么理？”他问，“要刘海吗，还是不要？”

“不要刘海。”嘉伦说。他稍微剪了一下，留下足够的头发，可以往后梳；他修饰了她的前额，将两边的头发拢到她耳后；后脑勺上的头发仍是很厚很密，但是脖子后边已经剪得很短了；在发根附近，那红褐色更有光亮了。

“不要削薄。”他说，“上面就留着厚厚的头发，这样好看。”然后他抓起一把头发，好像要把它扯下来似的。“噢，像皮毛一样密！”他兴奋地喊道。嘉伦只是默默地盯着她崭新的额头，她不时地偷偷瞄一眼她的头的两边，看到耳朵的样子，很吃惊。

我想，正是这来回转动的转椅，使得我心里非常不快。我正想：这还不算那么糟糕，真的；幸亏她脸颊上的颧骨和下巴很好看，幸亏她裸露的脖子这么好看，她剪去长发后就没有那么难看，不至于感到羞耻。这时奥雷斯提克开始转动转椅，对嘉伦做最后的修饰。

“看到了吧？”他不无骄傲地说，“怎么样？好好看看。”他把她转动得更快了，于是她的新发式在镜子中闪过，一下子闪回到我的眼前，接着我在镜子中又看到她的后背——好像我们突然来到了一家真正的理发店，很多顾客坐在转动的转椅上被弄得头晕目眩，还有疯子一样的理发师，听坐在最高级的那把理发椅上的那个会算命的老女人发号施令：太有意思了。我让眼睛休息一下。

然后，他给她洗头——我不知道我看了多久，只觉得一直看着转椅里的这些顾客转着转着就成了光头——把她的头塞进一个很大的外面是铬合金的干发器里。她坐在那里，他让她的头往后仰，朝向我，我看到这个嗡嗡作响的圆顶在闪着亮光。

“我只要求修脸，”有人在说话，“你能把这叫作理发？”不知怎的，尼塔萨的乳沟往四处延展开了，映在了嘉伦的那个圆形的干发器的背面。

“你想给耳朵打洞吗？”尼塔萨问我，“我知道，男人一般只喜欢打一个耳朵。”

“在这个国家不是这样的，妈妈。”奥雷斯提克说。

那个小个子的胡格尔·富特文勒，手里拿着一面理发师工会的旗子，正斜眼睨视着橱窗里戴假发的模特。他说：“他是一个疯子！他想让我做假发！”

噢，我要走了，我想——就是因为这个干发器把这个房间弄得雾气腾腾的，太不利于健康了。

尼塔萨·西尔泰什拉了拉衣服，让挤在一块的两个奶子松开些，然后从薄薄的嘴唇里喷出一口气，往下吹向她的乳沟。

接着，我问奥雷斯提克：“你待了很久了吗——在这个国家里？还是战后才来这里？”

“战前战后都来过。”老尼塔萨说，“他的父亲佐尔坦带着我们经常穿梭于匈牙利和奥地利之间。匈牙利——一个糟糕透顶的地方。”

“我父亲不在了。”奥雷斯提克提醒我说。

“那个浑身长毛的邋遢家伙。”尼塔萨说。

“妈妈，求你了。”奥雷斯提克说。

“我真不该离开希腊。”昔日的大美人帕帕达图说。

“噢，是的，我们在这里待了一段时间了。”奥雷斯提克对我说。他将嘉伦那弄干了的、收缩了的头从闪着光亮的圆顶里提了出来。他为她梳着头——好像有点发怒的样子——让她把头往后仰着。从我这里看过去，这是一个奇怪的角度。我看着嘉伦坐着的那把倾斜的椅子的后背：除了她高高的鼻梁之外，我看不到她的更多的脸。另外，我看到了歪歪斜斜地反映在干发器上的那个东西——她的两只变大了的耳朵。

当她听到我问奥雷斯提克的那句话之后，那两只耳朵一下子涨红了。“那么，在那个人闯进动物园的时候，你就住在这里？”我问。

“哈！他被动物吃了！”尼塔萨说。

“是的，他被吃掉了。”我说。

“但那时我们不在这里，妈妈。”奥雷斯提克说。

“我们不在吗？”她说。

“我们在匈牙利。”奥雷斯提克说。

“但你显然是听说过这件事的。”我说。

“当所有这些事发生的时候，我们在匈牙利。”他说。

“还发生了其他什么事？”我问。

“我怎么知道？”他说，“我们那时在匈牙利。”

“那时我们一定跟着那个浑身长毛的邋遢男人受苦受难呢。”尼塔萨说。

“都好了。”奥雷斯提克说。嘉伦紧张不安地摸了摸她自己的头顶。

“我们要付250先令。”尼塔萨说。

“300。”我说。

“300。”奥雷斯提克说，“妈妈，做人要厚道。”

“软蛋！”她的鼻子哼了一声。与那个浑身长毛的邋遢家伙一样的软蛋，毫无疑问。这个被诅咒的可怜的佐尔坦·西尔泰什听到她的话，一定会在坟墓里打滚的——如果他有坟墓的话，如果他还在那里的话，如果躺在坟墓里的人会打滚的话。

“一切皆有可能！”希基叫道——那声音好像从那个闪闪发亮的

干发器圆顶下传来，或者是从基夫打造的那个棺材里传来——那棺材与1939年大奖赛赛车放在一起。

我看了一下手表。时间又成了我生命的一部分。现在差不多是午餐时间。1967年6月12日，星期一。如果现在我们马上离开这里，一切都还算得上是严格按计划进行的：将摩托车停在马克辛大街附近的广场边上、去那个巴尔干侍应生工作的咖啡馆、下午去那个动物园。

我们一定会发现和一个星期前的星期一希基写在笔记本上的那些同样的情况。

“我喜欢你的新发型，嘉伦。”我说。她有点不好意思，但又竭力显出一丝自豪。她的头发紧紧贴在头上，就像短尾猫的毛一样。

她竭力表现出无所谓的样子——说话前也不好好想想该说什么话。她很高兴地问我：“现在什么计划？”这句话迫使我混乱的大脑不得不承认——即使只对着我自己承认——我确实有一个计划。

动物们的雷达是怎么发现我又进来了

我沿着马克辛大街开过很长一段距离，将摩托车停在马克辛公园的对面。

“这就是那个动物园吗？”嘉伦说。

“不是。”我说，“还有一两个街区，在广场那边。”

“那我们为什么把车停在这么远的地方？”她问。

“噢，散步多开心啊。”我告诉她。她对着侧边后视镜摆弄着她的新发型，紧紧按着两只耳朵，想把耳朵弄平些。趁着这工夫，我把我们的行李、睡袋和其他东西从车上取下来，把它们捆成一团，再把头盔用带子绑在顶上。然后我爬到马克辛公园的树篱深处，将这一团东西藏起来。

“你为什么要把东西拿下来？”嘉伦问。

“我不想叫被人偷了去。”我说。

“但我们去去就来，是吗，格拉夫？”

“现在，人人都是小偷。”我说。我不让她看到我衬衣和夹克底下夹着一个笔记本。

这只是常识而已。如果有一个现成的指导手册对你手头上的事有帮助，你当然会带上它。

“噢，这里真好。”嘉伦说。

我们经过了蒂罗尔花园。“我们马上要走一英里的路，那里尽是苔藓和蕨类植物，你可以把鞋子脱掉。”我说。

“这里真像乡下。”嘉伦说，显得非常失望。等我们走到广场的时候，她对头顶上迷宫一样的电车电线产生了很大的兴趣。“这是你说的那个咖啡馆？”她问。

当然是。但我们现在是在广场靠近动物园的一侧，从这里我看不清哪一个是巴尔干侍应生——那里有很多穿白色工作服的人在走来走去。

我们正准备走到那边去，这时我听到一只大型猫科动物在我们身后咆哮，这一声咆哮引发了整个动物园的骚动。

“那是什么在叫？”嘉伦问。

“狮子。”我说，“或者是老虎、豹、美洲狮——也可能是美洲虎、印度豹或黑豹。”

“上帝啊。”嘉伦说，“你说猫不就完了吗？一只大猫。”

但是我突然有点不耐烦，不想去找那个操蛋的巴尔干侍应生了。我知道那家伙太狡猾，我想他可能会让我泄露我的秘密。于是我说：“动物园里面有一家更好的店，叫作啤酒花园，比这家咖啡馆好多了。”

也许这个弯转得太快，她适应不了，也许我的行动过于急促了，因为只听嘉伦说：“格拉夫，你现在没事吧？真的没事吧？你觉得你应该回到这里来吗？”

我只好拉着她走，我不敢看她的眼睛。我想，等她的戒心全部放下时，我才敢看她。我想，等时机成熟，我一定会把我的计划告诉她。

“就是这里。”我说，“席津动物园。”

还是石头做的大门，依然由一个戴着赌徒的绿色眼罩的男人把门验票。从他的售票亭的上方望去，依然可以看到长颈鹿的头若隐若现。

“噢，格拉夫！”嘉伦叫了起来，“噢，看看这家伙！真漂亮！”

“注意看它的下巴。”我说，“都是被围栏刮破的。”

“噢，你看它的动作！”嘉伦说。她并没有注意到这可怜的长颈鹿的下巴都烂了，就是因为它被囚禁在这里的缘故。“噢，这里有什么？”她问，飞快地向海象池跑去。

这里真的有什么？我想。她太开心了，我真看不得她站在那个整天打嗝的庞然大物黏糊糊的澡盆边时摇摆着身体的高兴样。

“它会说话吗？”嘉伦问。我的眼前突然闪过一张新的尖尖的脸。“你会说话吗？”她问海象，“格卢姆夫！”她叫了一声。这只海象为鱼儿献起殷勤来可是一把老手，这时摇晃着鼓鼓的脑袋，为她打起嗝来。

“噗罗普！”海象说。

“它说话了！”嘉伦叫了起来。

它说的话比我还多，我想。

我感觉这个笔记本黏糊糊地贴着我的肚子，我一动，它就擦着我的身体。关于动物园侦察的那几页纸紧紧地贴着我，好像我吞下了整个笔记本。这些纸，碎成了纸屑，都塞进了我的肚子里。

“噢！”嘉伦说——这是一声空洞的慨叹。她看看四周，看接下来还有什么动物。

我想：汉内斯·格拉夫啊，请你马上治好你的胃病。这个动物园是寻开心的地方。除了开心，没有别的。

离我不到十英尺的地方是一个铁制的垃圾筐。我用手关节敲着我的肚子。我迈出了轻轻的一步——我的第一步。这时，长颈鹿好像有动静了。

它开始慢慢跑动起来，然后跳着跑动着，长长的脖子弯下来，头落到了围栏的上方，就像一根活动的天线，一种雷达。

我的上帝啊，它认出我来了，我想。

“出了什么事？”嘉伦问。

长颈鹿咔嗒咔嗒兴奋地叫起来。海象把头探出池塘的边沿，就在那一刻，它突然将整个身体立了起来，瞪着眼睛看着我。我听到了整个动物园的围栏和铁笼传来的震荡声。我在这里出现的消息，我对那个垃圾筐所做的事，很快在动物中间传开了。我听到了有半个动物园远的地方传来的亚洲黑熊的咆哮声，击打栅栏的声音。

“出了什么事？”嘉伦又问。

“肯定有什么东西惊吓到了一只动物。”我答道，心里想，完了。

“噗罗普！”海象说，又站起身来。

噗罗普你个鬼，我想。

“噗罗普！”它又叫了一声，使劲往上伸着脖子想起来，同时想看见我。而那头慢慢跑动着的长颈鹿慢慢将脖子伸向我。

“啤酒花园在哪里？”嘉伦问。这个操蛋的心急鬼。

快到我的嘉伦急于想看的那家啤酒花园的时候，那头可怕的亚洲黑熊突然一声吼，让动物园里所有动物的耳朵都要震聋。

“上帝啊，那是什么？”嘉伦问。

“噗罗普！”没完没了打着嗝的海象又叫了一声，“那是我们的头儿，可怕的头儿。那就是他。”

“噗罗普！”海象说，它有些疲倦了，“你不会忘记欧·施鲁特吧？”

嘉伦扯着我的胳膊。“快走，格拉夫。”她说。

我跌跌撞撞地、几乎是半失明地朝啤酒花园走去。此时，我再次看到了那个疯子——我高中时的足球队友。足球就在这条小径上，而前方，那头著名的亚洲黑熊，正全速奔来。它心里是绝对忘不了欧·施鲁特，现在看来要踩上我一两脚了：它就要第一个得到那个球了。

接着，我们经过了猴子区；我的眼睛被飞速奔来的操蛋的黑熊弄得迷迷糊糊的。我开始在喉咙里发出低沉的喊声。“啊啊咿咿，啊啊咿咿。”我轻声叫道。“啊啊啊咿咿咿！”我尖叫起来。

“格拉夫！”嘉伦说，“你怎么了？”

“啊啊啊咿咿咿！啊啊啊咿咿咿！”一两只猴子叫了起来——它们可是模仿的高手。

嘉伦大笑起来。很显然，她的戒心现在是完全放下了。她比我想象的更容易受到伤害了——受到我那不可避免的意外惊喜的伤害。

“格拉夫，我真不知道。”她抓着我的胳膊说，“你原来还懂得与猴子交谈啊。”

但是我想：事实显然是，它们懂得如何与我交谈。而且把我变成了它们中的一员。

清理沟渠的时候我掉进峡谷

几头稀有眼镜熊坐直了身子，四处张望，发现我安坐在啤酒花园，身边还带了一个新伙伴。嘉伦的头显出棕色葡萄酒的那种鲜艳光亮，没有头发的脖子显得苍白，在阳光的直射下，尤显刺眼。她坐在那把“仙山露”大阳伞的边沿之外，还与我们的桌子隔着一段距离——这样，她就可以带着某种敬畏之情，从远处观察我，就可以把我看得更清楚了。

“你的意思是，你一直在想着做这件事？”她问，“这么说，你骗了我，让我跟着你到了这里。”

"不，我没有骗你。"我说，"绝对没有骗你，真的。我连自己都弄不清，我是什么时候发觉我要干这件事的。"

"你的意思是，"嘉伦说，"整个晚上你都要这样偷偷摸摸地在动物园里转？你要把它们都放出来？是你告诉过我，这种想法是极其疯狂的！你这样说过，但又那样做了，格拉夫。你说过，他居然产生这样的想法，真是不可思议。"

"不，不是那样。"我说。那本操蛋的笔记本在衬衣下面往上钻，顶住了我的肚子，就像一头吃饱了的野兽，我无法让它安静下来。"不是这样的，真的。"我说，"我的意思是，是的，我觉得这个想法是很疯狂——我觉得他失去理智了，真的。不过，我的意思是，我认为应该用一个适当的方式来实施这个想法。从根本上来说，我以为，这样做才有道理。"

"格拉夫，你也疯了。"她说。

"不，我没有疯。"我坚持我的看法，"一点都不疯，真的。我只是想，我们得有一个合理的办法来实施它。我认为，他的错误就在于，他居然想把它们全都放出去。这样做是不对的。嘉伦，你要知道，我们这样干才对：合理地挑选动物。我当然认为，想把它们全部都放出去，你不是一个疯子才怪。我觉得，那是无法实施的。"

"格拉夫，"她说，"格拉夫，你说起话来都像他了。很像，真的。越来越像了，我发现。你的说话口气听上去就像他在说话。"

"我从没发现有这回事。"我说，"再说了，像又怎么样？我的意思是，他做得有点过头了——这样的话别人从没有说过。但是我们必须从适当的角度来看这个问题，我想。我的意思是，嘉伦，让我们从一个新的角度来看。这个想法是很有趣的，如果我们以恰当的'品位'来实施它。"

"噢，有趣，是的。"嘉伦说，"以适当的'品位'，不错。所有这些可爱的动物会出来咬人，还相互咬。那很有趣，一定的。那也真

有品位，格拉夫，我必须承认。“

“合理选择，嘉伦。”我一再这样说。我不会受她的引诱，去跟她吵架的。

“噢，你真的疯了，格拉夫。”她说，“你肯定疯了。”她站起身来。“在这里我多一分钟都待不下去。”她说。

我说：“噢，好的。那你想去哪儿？”

“噢，格拉夫。”嘉伦说，“我们已经在吵架了。”她用手抓着两只耳朵——毫无疑问在想，我就是现在她的耳朵两边光光的没有头发遮挡的原因所在。我走到桌子那边，在她旁边蹲下来；她低头蜷缩着身子，手捂着鼻子抽噎起来。

“嘉伦。”我说，“请你好好想想——就想一分钟也好。”

“我想与你一起去商店购物，或做别的什么事。”她说，“我从来没有逛过商店。”

“嘉伦。”我说，“就几只动物，真的。就这几只温驯型的动物。只是吓唬一下欧·施鲁特。”但她只是摇头。

“你甚至没有想过我。”她说，“你只是骗我！”她说话声音很轻，但是语气激烈，动作夸张。“你骗了我！我上了当。”她指责我，挥动着两个尖尖的胳膊肘，样子很可笑。

“噢，操。”我说。

“你疯狂又小气。”她说。

“好吧。”我说，“操，我就是这样的人。”然后我也轻声说，语气激烈，动作夸张：“希基死了，嘉伦，可我从来没有把他当回事——哪件事我们甚至都没有好好谈论过。”听上去这不是我要表达的意思，真的，所以，我换了一种说法：“我真的不了解他。这是真心话，我一点也不了解他。”但这样的话说下去也得不出什么有逻辑的结论。于是我说：“开始的时候，一切是轻松自在，有趣可笑——就那样随意而行，没有什么特定的目的地。我们的关系从来没有很密切，真的——或者说很正经。我们还只是刚开始。”我发现，这样说，我也得不出什么结论。于是我就不说了。

“哪一个人会对像希基这样的人当回事啊？”嘉伦说。

“我喜欢他，你这个婊子。”我说，“那是他的主意，是很疯狂，也许吧。我也很疯狂，也许。”

这时，她抓起我的一只手，偷偷摸摸地放到她的足球衬衣下面，按在她火热的、坚硬的肚子上。她坐回到椅子上，依然按着我的手。“噢，不，你不疯狂，真的不疯狂。”她说，“我觉得你不疯狂，格拉夫。但我也不是婊子，对吗？”

“不是。”我说，“你不是婊子。对不起，我不该那样说。”她就这样一直抓着我的手按在她的肚子上，好像在给我算命似的。

一切皆有可能。

“那我们以后怎么办？”她问。

“我打算先把这件事办完。”我说。

“那之后呢？”嘉伦问。

“你想干什么就干什么。”我说，我真是这么想的，“我们去意大利。你见过大海吗？”

“没有，从没见过。”她说，“真的吗？我想干什么就——”

“你想干什么就干什么。”我说，“不过，我先要在这里把这件事干完。”

她坐在那里，看她那样子，对我真他妈的信任——我的手放在她怀里真是舒服。

稀有眼镜熊这会儿也安定下来了。它们以其特有的方式倒在地上，或靠在栅栏上，或相互拥着，好像它们对这次行动的结果不再感兴趣了，就像对我们过于容易地解决了这场争吵不感兴趣了一样。

噢，不要再吵架了——它们的叹息声好像在表示这样的意思。不要再吵架了。我们知道。在这么小的地方，吵架是不明智的。你会发现，这里没有别人。它们非常被动地相互拥抱着。

我想：这很奇怪。这不对劲。这是不当的气氛。我要把这个想法恢复到它恰如其分的云雀般轻盈的地步。但是我发现了太多的选择，对希基或嘉伦来说都是不公平的。

对待释放动物的态度还不正确。这就是我要彻底解决的问题——我甚至说过这样的话。希基不会赞成这个计划中的不幸腔调：这样的微不足道的、妥协的姿态。

几只“大猫”在咆哮。我想：对不起，大猫们，我来这里不是为了你们。我只是为了那几只无害的小动物。所以，笔记本里提出这样的警告：

大多数决定是虎头蛇尾的。

很奇怪的是，到最后来看，这句话好像没有什么价值，至少在我将这个计划进行修改了之后——现在的方案是“汉内斯·格拉夫的合理选择”。当我隔着桌子看着嘉伦的时候，那似乎成了唯一重要的东西。嘉伦至少还是配得上一点点理智的。

稀有眼镜熊感到无奈和悲哀，但还是接受了现实。它们再次发出叹气声：至少，我们必须好好相处。

但还是有一只动物反对他们。著名的亚洲黑熊可不吃妥协那一套。

我想——心里相当吃惊：啊，它们都各不相同的——这些动物！就像人类一样，它们的悲惨历史表明，它们是各不相同的，也是不平等——甚至天生就不是这样的。

关于这一点，这个笔记本是这样说的：

多么不完整。多么滑稽。多么简单。另外，多么令人遗憾。

我从桌子旁站起身来。在啤酒花园的服务柜台的那一面墙上，挂着一面很旧的不知从什么地方翻出来的哈哈镜。如果看腻了动物，你就可以撩起裙子，看看面目全非的灯笼裤和大腿的片段。非常有意思。我在这镜子里看了看自己——或者说只看到一部分自己，被切割成好几个非常怪异的片段，里面还有别人，别的东西。毫不相干的椅子的腿，不成对的鞋子。在这个奇怪的镜子里，我基本上没有了人形。我身体的各个部位都分散到各处了。

与此同时，贴在我肚子上的这本汗津津的笔记本变成了另一样东西：一块硬物，一块代表了彻底疯狂的硬物。

“噢，看哪。”我对嘉伦——或者对任何人——说，“什么东西都成不了一体了。”

她和我一起站在镜子前。在镜子里，她的身体照样也是散架的，与我比好不了多少，但是她更容易被辨认出来——更容易与椅子和其他人分辨开来。因为在镜子里她身体的各个部位都显得很漂亮：宽大的薄薄的嘴巴，长长的毛茸茸的喉部；那件鼓鼓的足球衬衣上显出的一个奶子和另外半个奶子之间的褶皱。她大笑起来。但是我没有笑。

她问：“我们如何开始行动？”她突然这样声音轻柔地问我，那口气还是真他妈的急切，当然饱含对我的信任，“我们要在黑夜里放它们出来吗？我们怎么处理那个保安？”我还在镜子里看着自己散落各处的身体。只听她又说，竭力模仿着神秘的口气：“不要再为东西分心了，格拉夫。我们是不是赶紧离开这里，好好研究一下我们的计划？”

我看着她在镜子里的嘴巴，好像在自顾自说话似的。我甚至弄不清她是不是在引诱我，她是不是一本正经的。我斜眼看着镜子。这操蛋的镜子！我找不到我的头了。

根据指示行动

时间很容易被磨蹭。我们在动物园里各处闲逛，一直到傍晚时分。我们找到了围住多种类动物的长长的围栏边上的那个树篱。希基说得没错，待在这个树篱后面确实是很舒服的。我给嘉伦指了指那个小型哺乳动物馆，我自己也注意了一下里面那扇紧闭的门，那个房间就是保安的窝，然后我们就躲在树篱后面，听铁笼清洁工和扫地工呼唤游荡的动物。事实上，在我们躲进这树篱之前，已经把整个动物园观察得差不多了。

看到那头羚羊在棚子里思考着问题，我大为失望。它或许在思考旅行的计划？嘉伦没有看到它，也没有看到它的那个可怕的气球。

没有什么比躲在这里更轻松的事了，我们甚至感到非常开心——紧靠着那个围栏，透过树篱底部六角形的洞观察着那些慢条斯理地走动着的各色羚羊和它们形形色色的亲戚。但是，直到天色完全黑下来，我才彻底放松下来。

8点半左右，天完全黑了，动物们昏昏睡去——呼吸声更均匀了，它们在无意识当中发出的声响听了让人舒服。一只爪子扑打了一下水盆，不知哪个动物短暂地抱怨了一声。整个动物园都在打盹了。

我知道，9点差一刻的时候，保安又要巡视动物园。我想按照希基所说的那样去做：当保安开始巡视的时候，我们就跑到水禽池塘边上。

跑到那里一点也不费事。我的手指头扒到池塘的边沿上。几只睡梦中的鸭子游过，缩着头，拖着脚蹼。在睡梦中，一只脚蹼会不时地划一下水。鸭子会在毫无知觉的情况下游动起来，就像靠一支船桨划水的划船。它会撞到池塘的边沿，醒来，与水泥墙吵几句，转身，打盹，划动脚蹼，继续睡去。噢，第一班保安的巡视节奏真是太好了。

嘉伦的心跳还不如我手掌上脉搏轻轻的一跳，好像她身体里的小精灵在她胸脯苍白的皮肤上吹了一口气。

“真安静啊。”嘉伦说，“舒普什么时候来？”

“施鲁特。”我说。我的话惊醒了一只鸭子，它像青蛙那样叫起来。

“他什么时候到这里来？”嘉伦问。

“这一会儿还不会来。”我说。我看到那漫不经心的头班保安在伸着懒腰，打着哈欠——从小型哺乳动物馆门口射出来的白色灯光正好打在他身上。

“这是那个好保安？”嘉伦问。

“是的。”我说。我立刻对他产生了好感。我看着他在动物园各处巡视，给他的那些好朋友轻轻地甩着舌头，发出咯咯的响声：爱打拳的澳大利亚动物，他特别珍爱的斑马们。

“是他将红什么灯关掉的？”嘉伦问。

“红外线灯。”我说，“是的，这个保安是不错的。”

当他小心翼翼地走过厚皮动物馆——为的是尽量不吵醒里面的任何一只厚皮动物——的时候，我们赶紧跑回树篱，在围栏边上舒服地躺下来，伸出去的腿看上去像剪刀似的。我们各自枕着对方的胳膊肘躺在树篱底下。

嘉伦问：“这个保安在11点要进行另一趟巡视吗？”

“11点差一刻。”我说。

“那好吧。”她说，轻轻地咬了一下我的脸颊，“11点，11点差一刻。有区别吗？”

“细节。”我说，“细节就是区别。”我当然知道，细节对于任何一个严密的计划有多重要。当然，我更知道，必须有一个计划。

我正在制订一个计划。像任何一个严密的计划一样，我正在计划急事急办。这第一个要急办的，就是欧·施鲁特——抓住他，把他关起来。至于之后的事，我得承认，我还没有具体地想过。在树篱下，我又平静下来，嘉伦似乎对我这种虎头蛇尾的做法也没有多少意见，所以，至少在良心上我对她没有多少亏欠的。

在保安结束11点差一刻的那趟巡视之后，整个动物园一片沉睡，我开始摆弄嘉伦茂密的头发——拍拍她的后脑勺，用这样那样的策略打她的头——因为我想，我们的这个树篱边上的窝太舒服了，这里的时光不能虚度，不能干坐着什么也不做。

但她一扭头甩开了我的手。她透过树篱下面的小洞指着围栏那边，指着那些睡着了的多种类动物，它们一层叠一层地挤在豢养场的中央。“他不在那里，格拉夫。”她说。我想：真的，解放动物这桩事我们干得已经太过头了。

我甚至感到自己很愚蠢，但是过了一会儿我就不这样想了。嘉伦突然用她非常紧张不安的动作爬到我身上，我以为她改变主意了。但是她说，语气非常温柔：“格拉夫，你不觉得这里太舒服了吗？你为什么还要想着干这干那？”她又令人讨厌地咬起我的脸颊。但我是没那么好骗的。

我承认，我是有点戒备心的。我退回到树篱下。她在我身后轻声说：“格拉夫？”但我不管她，只顾自己爬到树篱底下，躲进了树篱的灌木丛中。她找不见我了，于是大喊一声：“格拉夫！”

在猴子区传来了棍棒猛烈击打的声音，某只长蹄子的庞大动物咔嗒咔嗒地来回踱着步。一两只大猫在清嗓子。嘉伦说：“好了，格拉夫。算了吧，这只是一个想法而已。”

“你一直在这样想，对吗？”我说，从密密的树篱里往外望，“你来这里，就是为了说服我放弃这个计划。”

“噢，格拉夫！”她说。这时豢养场里剩下的几只动物站起身来，慢慢地朝对面的围栏那边跑去。

“嘉伦，别说话！”我轻轻地说，声音有些沙哑。

“噢，格拉夫。”她轻声地回应我。我可以听见她急促地喘着气，好像要准备呜咽的样子。“格拉夫，”她说，“我甚至都不知道你想干什么。真的，我无法想象你为什么要这样干。”

我想，说真的，我也不知道。当你与我一样清醒理智的时候，你是很难做出任何决定的。当你从来没有期待过会有这样的东西——像救兵，像沼泽——的时候，决定就不期而至了。

我突然意识到，整个动物园的动物现在都醒了——我想，不是因为嘉伦那个轻轻的喊声。我的意思是，它们真的醒着。就在我们周围，有不少动物稳稳地蹲着，一动不动；有的一只脚抬起，用三只脚立着；在猴子区，猴子们在焦虑地荡着秋千，那秋千吱嘎吱嘎直响。我看了一下手表，意识到我刚才太漫不经心了。现在已经过了半夜了。我没有听到保安换岗的铃声，但头班保安已经走了。整个动物园已经准备迎接新保安的到来。我听到我们的树篱边的场地上有脚步声响起。我看到了他的战靴，裤脚塞在里面。那根短棍干净利索地塞在缝在左靴的那个护套里。

没有时间向嘉伦发出警告了。我看到了她紧贴在围栏边上的剪影，她的两只手捂着耳朵。我看到了她嘴巴大开的侧影。谢天谢地，她也看到他了。

他从我们身边经过，手电光乱晃了一两下，突然一脚踏空，踉跄起来，他腋下夹着的钥匙圈叮当乱响。这时我壮着胆子，透过树篱底下的缝隙，往那个小道望去：只见他趾高气扬地走着，就像一个机器人。他的头和肩章正好高过树篱顶端在夜空中拉出的一条水平线。他在小道上以军人的姿态转了一个弯。我等着，听到那串钥匙的叮当声在空荡荡的啤酒花园响起。

“格拉夫？”嘉伦又轻声喊起来，语气像一个同案犯那样紧张，“那个人就是舒普吗？”

“他叫施鲁特。”我说。那个幽灵就是老东西欧·施鲁特，我想。

他一出现，动物园立刻就有了反应。著名的亚洲黑熊发出一声愤怒的夜吼，各个池塘回声不绝。嘉伦沿着树篱飞快地跑回到我这边。在这第二阶段的动物园侦察过程中，我紧紧拉着她，再也不让她离开我一步了。现在离可怜的希基得出那个不可理喻的结论，已经过去一个星期了。在席津的这个动物游乐场，每一种动物都玩着自己的游戏，扮演着不同的角色，谁也看不惯谁，大家相处很不愉快。在这里我正在做出决定：虎头蛇尾的高潮、没有高潮或者这样的高潮——著名的亚洲黑熊要求的那种愤怒而不可理喻，但确定无误的高潮。

急事急办

欧·施鲁特做完第一轮巡视之后，回到小型哺乳动物馆，打开了红外线灯。

“格拉夫，”嘉伦说，“我们赶快离开这里吧。”我按住她，让她一动不动地待在树篱后。一束紫色的光线透过树篱底部，一直照到围栏边上，在六角形的电线圈上反射过来。

当第一阵抱怨声从小型哺乳动物馆传到我们耳朵里的时候，嘉伦禁不住对我说：“求你了，格拉夫。我们快报警吧。”就在这一刻，我想：为什么不呢？这样事情就会变得多么简单。

但是我说：“我们在这里，这如何解释呢？”

“他们会理解的，格拉夫。”她说。他们是不会理解的——虽然我不能绝对肯定这一点，但我没有继续往下想。我对这个计划所做的改变已经够虎头蛇尾了。

另外，我记得，如果我们真的理解希基的那个绝对计划的话，那么，应该是先有释放动物的想法，后来才出现了欧·施鲁特的问题。

欧·施鲁特只是一个附加的项目。不过他正巧成了任何一个全盘计划中的第一个问题。

“欧·施鲁特成了首先要解决的一个问题。”我对嘉伦说。再次认真考虑了这个计划之后，我带嘉伦到猴子区去。在我们经过这个区域的时候，我站到了儿童饮水机的后面。

狮尾狒没有看见我。与希基在这里的那个晚上不一样，现在的狒狒对什么都没有防备心。我向猴子区的那个角落挥挥手，嘉伦于是就开始了秋千平台外灌木丛中的行动。我听到她摇动着灌木丛，发出女孩子浅浅的呻吟声，这呻吟声带着不体面的色情意味。但是，在雄性狒狒——它的胸膛红得可厉害——听来这声音不见得不体面，突然之间它在平台的栅栏之间来回快跑，从小型哺乳动物馆门口射出的血色的灯光不时打到它身上。

过了一会儿，我就见不到这个灵长类老家伙了。我只听到它呼哧呼哧地从一个秋千跳到另一个秋千，感觉好像很生气的样子。它利用这些秋千将自己从一个露台荡到另一个露台。嘉伦待在那里肯定害怕极了，以为那家伙会一下子穿过栅栏抓到她。

秋千晃荡着，撞到墙上，发出哐当声。狮尾狒痛苦地叫着。它的叫声像狗吠，又像乌鸦叫——好像所有动物的声音都压缩成一个声音，让这个操蛋的狒狒叫了出来。

当然，整个动物园的动物都叫了起来。嘉伦悄悄地跑离灌木丛。我看到了她，看到了她那漂亮的长腿在欧·施鲁特的那个“研究中心”的门口对着的那条小道上闪过，门口射出的灯光依然像血一样紫。

接着我就看到那个老东西欧·施鲁特了。他的脸上满是伤疤，就像一个外皮被磨得很薄的气球。他带着哭腔自言自语地走过我身边，他的手电对着狮尾狒的角落照去，于是我蹲到他身后，然后朝相反方向跑去，跑进了小型哺乳动物馆，悄无声息地躲在他的办公室门后。

我环视了一下四周：墙上挂着鱼叉那样的钩子，电棒，还有动物园的动物名册在桌子上打开着。

熊狸还是生着罕见的疾病；美洲豹猫还在待产；巨林猪依然忍受着内生齿的痛苦。但是谁也没有顾得上快要死的袋狸——要么已经死了，要么比原来好一点了。

极有可能已经死了吧，我想。就在我这样想的时候，我听到欧·施鲁特诅咒狮尾狒的声音，他的音调与猴子一样尖，他的钥匙圈敲在露台的栅栏上犹如铜锣响。

我拿起电棒，等待着施鲁特恶狠狠的脚步声从迷宫的过道上传来。

等欧·施鲁特走进他的房间，我立刻站在他身后，一下子从他打开了的枪套里抓过他的那把左轮手枪。他转过身，面对我，一只手想去抓靴子里的短棍，我用电棍打他的脸，一下子打着了他的鼻梁。他身子往后一仰，眼睛一下子什么也看不见了。他朝我猛地扔来手电筒，手电筒砸中了我的胸。正当他要抓着那根短棍的时候，我用电棍打着了他湿湿的嘴唇。这下好像打得他够呛。他旋转了一下身子，绊了一脚，倒了下去，一屁股坐在了地上，两只胳膊护着头，口里噗噗响，好像在啐口水——好像想把牙龈上被电麻的感觉吐干净似的。

"欧·施鲁特，"我说，"如果你再睁开眼睛，我就要用电棍把你的眼窝电出来，再用你的那把枪把你的胳膊肘打掉。"我咔咔地把枪栓保险打开又关上，让他知道我手里是真拿着枪的。

"你是谁？"他问，那声音听上去让人毛骨悚然。

"欧·施鲁特。"我说。我用了假声，听上去比我自己的原声更深沉，更年老——我努力让我的声音变得非常衰老。"我终于找到你了，你这个老东西。"我压低声音说。

"你是谁？"他问，把手从眼睛上拿开。我拿着电棒轻轻打到他的手指尖上。他吼叫起来。不一会儿，他屏住呼吸，我也屏住呼吸。房间里一片死寂。在迷宫里的小型哺乳动物们也一声不敢吭。

"都这么久了，欧·施鲁特。"我说，那声音听上去足够老朽。

"谁？"他问，声音有点呼哧呼哧的。"齐克尔？"他又问。他用手指使劲按着眼睛，按得满是污斑的指关节都发白了。

我低沉而含糊地笑了一声。

"那么是贝因伯格？"他问。我屏住呼吸不理他。"你是谁？"他尖叫起来。

“你最好的报应，”我说，语气中带着一丝得意，“你最终的下场。”

“最终的？”欧·施鲁特说。

“站起来。”我说。他站了起来。我从他的左靴一把拔出短棍，用短棍向上顶着他的下巴。“闭上眼睛，施鲁特。”我说，“你要听这个会打人的棒棒的指挥。再让我看到你乱动，这根棒棒就不留情面了。还是照老打法打。”我最后加了这一句，虽然我不知道那老的打法是怎么样的，但我想他听了会觉得耳熟的——让他回忆回忆他惯用的老打法。

“齐克尔！”他说，“你是齐克尔，对吗？”我没有回答他，只是拽着他穿过房门，来到迷宫中。“是齐克尔吗？”他尖叫。我轻轻打了打他的头。

“请安静。”我说，然后用短棍拍打了他的一只耳朵。

“齐克尔，那是陈年旧账了。”他说。我默不作声。我带着他穿过过道。我在寻找铁笼。

动物园里那个最大的玻璃房空空荡荡的。这是巨大的食蚁兽的家——但食蚁兽都不见了，被施鲁特派去执行恐怖任务了。我在几排铁笼后面找到了一个滑道。我打开滑道的门，将欧·施鲁特推进去。

“你要干什么？”他问，双手使劲抓着滑道边，“这里的不少动物是很凶恶的。”

我不理他，只管推着他往前走，一直走到一扇门前，只见门上写着：“食蚁兽，一对。”我颇费了一番周折才把他塞进这个像陷阱一样的铁笼里——他就趴在锯木屑中，手捂着眼睛和喉部。发现没有动物攻击他，他就坐了起来，乖乖地让我把他捆成一团——用他那根厚厚的有很多搭扣的弹药带来捆。我将他的双手双脚反绑起来，结结实实地捆在他的屁股后面，然后让他脸朝下，倒在锯木屑中。

“把眼睛闭上，施鲁特。”我说。

“对不起，齐克尔。”他痛苦地哼起来，“真的，那个时候对你我都是可怕的，你要知道。”我不理他。他又说：“求你了，齐克尔，是你吗？”

他还在这样问我。这时我后退着从滑道里爬出来，将门锁上。他可以整夜在那里喊了，只要玻璃房的前门不滑开，没有人会听得见他的喊声。他的喊声听上去会是闷闷的，与他的那些受到不公正待遇的邻居的声音一样。

到了外面的通道上，我停下来看他待在红外线灯下的样子。他看着空荡荡的玻璃——他一定知道我站在那里看着他。他脸上的伤疤像脉搏一样加速跳动起来，就在这一刻，我倒对他心生怜悯起来。但是在过道对面，我发现了新的悲哀。快要生小宝宝的美洲豹猫对强加给它的那个伙伴很是警觉。这个伙伴就是受到惊吓的袋熊，属于粗毛袋熊，一种类似熊的小动物，长着啮齿动物一样的鼻子；也可以说是一种巨型的仓鼠，看上去像多齿熊的发育不全的幼崽。

还是要急事急办，我想。我赶紧跑到进小型哺乳动物馆门边的过道。

“嘉伦！”我大喊一声。所有的动物都答应了——又是跺脚，又是喊叫，那声响比我的喊声大多了。“警报解除！”我又喊道。猴子们跟着我模仿了一句。我几乎听到了大猫们咕噜咕噜的叫声。

我对嘉伦说：“美洲豹猫马上就要做妈妈了。”嘉伦是一个很好的帮手，但是她对这个精细的活——也就是，如何将欧·施鲁特手下的这些不幸的动物进行分类——不甚上心。她甚至在关着欧·施鲁特的铁笼前停了脚，盯着他看了一会儿。她的眼睛流露出最大的憎恨，带着一种恐惧不已的神情，死死盯着这面只能看进去而不能看出来的玻璃。与此同时，欧·施鲁特这个老东西扑通一下倒在锯木屑中，紧张不安地等着伙伴的到来。

当即将做妈的美洲豹猫将自己安顿在草床上放松下来的时候，嘉伦的警觉心又回来了。“格拉夫？”她说，“你现在要把这些动物进行分类，难道不觉得太不合逻辑了吗？因为它们现在都在相互恐吓，甚至相互伤害，如果你把它们分类弄到一块，那不就要真的相互伤害起来了？”

“我说过，我不准备把它们全都放掉。”我告诉她。这也算再次提醒我自己——对这种做法我其实有点失望。

嘉伦离开小型哺乳动物馆，沿着小道为我去巡查了，看看我们的动静是否引来了别人的关注。这时我又想到：我不应该叫欧·施鲁特独自一人待在铁笼里。我们把食蚁兽分别从蜜獾和灵猫的铁笼里弄了出来，但是没有找到合适的地方。于是，在打开滑道的小门之前，我要让欧·施鲁特知道，什么动物就要回家来了。

食蚁兽很长，从鼻子到尾巴尖有七英尺，这七英尺中，尾巴差不多占五分之二，鼻子占五分之二，毛发占五分之一——且不说它的身体部分。

欧·施鲁特当然从特别的哼哼声中就分辨出食蚁兽来了——它们伸出长长的鼻子疑惑不解地探进铁笼，然后我使劲一推，把它们推进了它们本来的家里。它们站在铁笼的一边，非常厌恶地看着另一边那个入侵者欧·施鲁特。它们看到——我这样猜想的——施鲁特手里没有大鱼叉，也没有电棒，又被五花大绑的，缩成了一团，于是它们一点也不怕他。它们刨起了地上的锯木屑，对着他哼叫了几声，然后围着他转起圈来。不过，食蚁兽并不捕食肉类，对吃人并不感兴趣，它们喜欢吃昆虫。这时欧·施鲁特喊起来：“不要！我不是有意到这里来的。我会给你们腾地方的。请不要以为我会害你们，噢，不会的，先生！”接着他小声说，换了一种腔调：“这里不是很舒服吗？你们不觉得吗？噢，我觉得很舒服。”但它们还是围着他不停地转圈，还不时地伸出长长的舌头舔舔他的面颊，感觉一下他有多害怕。

等我走开之后，他可能会这样说：“你们回来了。在蜜獾和灵猫那里过得不错吧？都是闹着玩的，我希望你们知道，也是为了运动——我想你们需要运动。你们毫发未伤地回来了，不是吗？”有一点我可以肯定：食蚁兽不会吃他，不会拿重重的尾巴抽打他，也不会用爪子抓他，不会像它们抓树干，或抓厚厚的树根那样来抓他。

我想：我本来是可以将他与中国捕鱼猫放在一起的。欧·施鲁特，要是你不老实的话，我就会那样干。

我从小型哺乳动物馆出来，心里又盘算了一遍：什么样的动物算是安全的动物？我该挑选出哪几种为数不多的安全动物？我看到门外的嘉伦看上去极为恐慌不安。当我走进真正的夜色之中时，我听到了动物园里的嘈杂之声。大猫们发出哗啦哗啦声，就像驳船行驶在多瑙河上，猴子们手抓着铁栅栏，发出很大的撞击声。鸟儿叽叽喳喳的，在为我唱着赞歌。压过所有这一切的，是著名的亚洲黑熊发出的低沉单调的咆哮声。

等我从小型哺乳馆出来，在动物园露面的时候——这个动物园已经完全处于我的掌控之下——所有的动物都对我欢呼起来。所有的动物。每一种不同的动物，每一种操蛋的动物，都在等待着汉内斯·格拉夫的决定。

我又回到了这个不合理的现实世界

“格拉夫，”嘉伦说，“动物园里如此闹腾，一定会有人听到的。”我心里在纳闷：动物园里是否以前也有过这样闹哄哄的夜晚？安静惯了的郊区居民是否会在床上辗转反侧，轻声抱怨：今晚的动物真是不安分？但是我想，像今天晚上这样闹哄哄的情形，动物园以前一定不会有。它们不停地跺脚，摇晃栅栏，发疯似的痛苦吼叫。那些操蛋的灵长目动物尤其闹腾。

我让红外线灯一直开着，因为现在我不想让哪个动物睡觉，它们必须随时准备走。但我想让欧·施鲁特一直待在黑暗中——你可能会这样说。我在小型哺乳动物馆外面的小径上待了一会儿，借着里面射出来的紫色灯光，费劲地读着钥匙圈上每一把钥匙的标签。我找到了猴子馆的钥匙。我顺着外边露台的边沿走过去，一张张枯萎的面露凶相的脸从栅栏中探出来，哭叫着让我进来。我不敢打开头顶的灯，害怕动物园外的路人会发现里面的异样，马上报警。我打着欧·施鲁特的手电筒，一个铁笼一个铁笼地检查过来，看到一双双漆黑的皮革状的手紧抓着栅栏。我仔细地读着各种猴子的名称标签。

普通猴：大叫猴、狮尾猴、长鼻猴、猕猴、蜘蛛猴、松鼠猴、绒毛猴——都是些小猴，于是我把它们都放了。

接着是龇牙低吼的狒狒：面带微笑、毛发如雪的北非狒狒，以及生就一副狗脸的狒狒；还有我的那只红胸脯的雄狒狒——现在已经忘了它的痛苦。还有南非大狒狒，这是体形最大的狒狒——或许我不应该将这 120 磅重的雄性大家伙放出去。

接着是长臂猿，这里有一大群。还有黑猩猩，总共有六只——其中一只大腹便便，推搡着别的黑猩猩，咬着一只蜘蛛猴的尾巴。接着我经过了一只重达 200 磅的雄猩猩，一只重达四分之一吨、来自几内亚湾的低地大猩猩，真有些不好意思的感觉。它们真想不到会有这种事。它们等我快走到门口的时候才大声喊叫起来，既愤怒又妒忌。那只雄猩猩扯下秋千绳下面的轮胎，把它塞进栅栏，压得如自行车轮胎那样扁。低地大猩猩一下子将水盘折起来，像折一个信封似的。

我释放的那些灵长类动物可不安生，简直是操蛋的忘恩负义之徒。我听到从啤酒花园传来砸东西的声音：那些家伙拿起桌上的烟灰缸往地上猛砸。

“格拉夫，”嘉伦说，“你要么赶紧让它们平静下来，要么赶紧让我们出去。”

“这些羚羊类动物是非常安全的，”我说，“它们可以吸引猴子们的注意力。”于是我赶紧往羚羊场奔去——这羚羊场从猴子馆一直延伸到澳大利亚动物的小王国——一下子放掉了北非髯羊、西里伯岛水牛和旋角羚；让长颈羚、南非长角羚和印度野牛获得了自由。其实对于那操蛋的印度野牛我应该更慎重一些。它是世界上最高大的野生公牛。我看到了它的标牌，但是没有看到躲在黑暗中的那个家伙本身。那家伙站着的时候肩膀高度为六英尺四英寸，我还以为那黑乎乎的家伙是一头小山羊呢。当它轰隆隆地从我身边冲出围栏大门的时候，嘉伦大叫道：“这是什么，格拉夫？”它从她身边跑过，踏坏了树篱，将她吓得什么也看不见了。“那是什么，格拉夫？”嘉伦大叫。她站在正焦急等待的一群斑马旁边，一动不动。“你答应过的，格拉夫！”嘉伦喊道。

“是我的错！”我喊道，“你赶紧把那些斑马放掉！”这时，我马上把全身光亮亮的黑斑羚和身上到处是肉瘤的西伯利亚羱羊放掉，然后去挑选别的动物。

动物园还是没有静下来的意思。大象发出了尖锐刺耳的叫声，与池塘里水禽的吵架声交响着。

一头大象能有什么危害？我想。我当然只放一头。我可以挑选温驯的一头大象。

于是我朝厚皮动物馆走去，驱散了聚在一起好像在密谋着什么的几只长臂猿——它们哆哆嗦嗦地聚在大型吵闹猫科动物馆旁边。我走过静静的河马馆，河马馆静得叫人感到奇怪，我只能猜想：河马们潜在水下，对动物园发生的一切一无所知。这样也好，我想——否则它的嘴巴散发着植物恶臭，叫人受不了。

在厚皮动物馆，几头大象在左右摇晃，抬起脚链，用鼻子相互撞击着对方的身体。我挑选了一头年老的、体形很大的、耳朵被咬过的非洲象。我用钥匙为它打开了锁链。它很和善，我必须牵着它的鼻子领着它从厚皮动物馆的门口出来。它勉强能穿门而出，它的出现驱散了正在那里密谋的几只长臂猿。这头大象很明显有点耳聋，它在里面的时候看上去很温驯，只是因为它没有听见外头的喧嚣。但是，一等它走到了外面，它的象鼻一下子挣脱了我的手，步伐稳健地侧身小跑起来。它越跑越快，踩坏了灌木丛，踏扁了沿着小径一路修建的铁栏杆。

我想：上帝啊，请你不要让嘉伦看到这头大象。这时，我又听到一阵砸烟灰缸的声音——那些诡计多端的猴子不知道在啤酒花园玩儿什么游戏了。

接着，我经过了那些高高的、有屏风挡着的废墟，巨大的猛禽在此栖息。我想：不能放你们走。你们会把小一点的猴子吃掉的。但转眼又想：不过，你们至少能让它们安静下来。

我继续朝前走，回到了小型哺乳动物馆。我要好好整理一下我的思绪，同时看看欧·施鲁特与食蚁兽一起相处得怎么样了。我在台阶上遇到了嘉伦。她正蹲在那里，紫色光线照着她。

“我看到了一头大象，格拉夫。”嘉伦说，“我想马上离开这里。”

“就一头大象而已。”我说。我冲进去，看到欧·施鲁特乱糟糟地倒在一个角落里，眼睛沾满了锯木屑，眼泪直流。那几只巨大的食蚁兽快活地坐在玻璃房的中心，用舌头舔着长鼻子，静静地看着欧·施鲁特。

这样下去不行，我想——必须让欧·施鲁特动起来。我又爬回到滑道，引诱着，或用电棒赶着，将食蚁兽弄出了玻璃房。在打开滑道的小门前，我告诉施鲁特，如果让我看到他用眼睛看着我，我就要将中国捕鱼猫带进来。

当然，我没有这样做。我将食蚁兽换成了蜜獾——这家伙脾气不好，老低声吼叫，一团椭圆形的毛和四只爪子都像獾。我相信，它一定对欧·施鲁特有着难以忘怀的记忆。但是这头蜜獾太小了，我知道它无法对欧·施鲁特发起全面的攻击——即使施鲁特处于这种被绑被捆的境地。

我猛地打开滑道门，对着施鲁特喊道："小蜜獾来了！"将这个胖乎乎的小家伙推了进去。我从玻璃前门看着施鲁特和蜜獾。施鲁特和蜜獾各在一个角落，相互表示着敬意。但当蜜獾看清了施鲁特所处的情形之后，它马上趾高气扬地走到玻璃笼子的中央。

我在这个迷宫的各处升起玻璃房的前门，将那些很有理性的小动物放了出来。这时我与嘉伦又起了争执。

"你不能将快要做妈妈的美洲豹猫放掉。"她说。

"我当然不会放掉她。"我说。我给她展示了我应有的理智：将懒散的树懒和阴沉的袋熊放掉，但不放那只又瘦又矮、深褐色的美洲山猫；我还放掉了行动敏捷的长鼻浣熊。

当然，食蚁兽成了烦人的家伙：它们只顾自己坐在通道里看着蜜獾和欧·施鲁特，把交通全堵塞了。

嘉伦说："求求你了，格拉夫。我们现在还不能走吗？"

我说："我们得把它们集中起来，把它们统统赶到动物园的一个门口去。"然后我放掉了猫鼬——嘉伦不同意放它。我还放掉了那只动作慢吞吞的、不太情愿出去的懒猴和那只尾巴绕成圈的狐猴。在挑选动物方面，我现在越来越感到理性了。

让你看看我有多理性吧：我没有放掉那只可怜的熊狸，就是那只婆罗洲熊狸，为的是不让别的动物传染上它的罕见病。

我站在袋狸原先住的那个空空荡荡的玻璃房前，默默地鞠了一躬：它早就投奔自由世界去了。

当我摆脱了唠唠叨叨的嘉伦，再次出现在外面的台阶上的时候，我碰到了一群我并没有放掉的动物。它们现在不对我欢呼了。它们变得很专横，内心燃烧着妒忌的怒火。无所不在的长臂猿们坐在最下面的一个台阶上，耸着肩膀，朝地上吐着口水。当我走到小径上的时候，它们喋喋不休地指责我。它们向我扔石头，我扔了回去。我将钥匙圈扔向一只长臂猿。那家伙一下子跳到小径护栏，翻身躲进了灌木丛中。接着，它们向我扔来了各种杂草、树枝和土块。

“你们自由了，可以走了！”我尖叫道，“你们为什么还不走？要求不能过分！”回答我的喊声的，是一阵听上去好像是彻底摧毁了啤酒花园的打砸声。我快步跑向那里，只见满地都是被砸坏的烟灰缸的碎玻璃。这肯定是灵长类动物所为，只有它们才能干出这样的破坏之事：这接近于人类能干出的令人震惊的大破坏。它们砸碎了那面老式的哈哈镜，啤酒花园的露台上到处是大块的玻璃碎片。我低头看着破碎的哈哈镜，看到自己的滑稽影像若隐若现。

“再放走一种动物，我就大功告成了。”我说。我走到发着恶臭的稀有眼镜熊的铁笼前。我打开铁笼的时候，它们正躲在一个池子后边——它们在这个池子里喝水，也在这里泡澡。我只得大喊着让它们出去。它们肩挨着肩从里面走出来，低着头，就像被鞭打过的狗。它们绕着圈走过被毁坏了的啤酒花园，相互挨得太近，撞到了啤酒花园的大阳伞，撞到了嘶嘶乱叫的猴子。

这就够了，我想。够了，肯定够了。在我迂回地走过一个个熊的铁笼——它们都在里面咆哮——的时候，我听到了嘉伦的尖叫声。施鲁特不见了！我想。我眯起眼，透过铁笼的角落，朝黑黑的小径和小型哺乳动物馆看去，看到了一个人一样的背影，几乎是四肢着地快速跑动着，在猴子馆那边转了一个弯，后面跟着的身影与他一样，只是胸膛没有那么宽厚。原来是那只猩猩和低地大猩猩一道逃了出来。

我想：真是操蛋，这两个家伙是怎么逃出来的？这时我还看到，跟在它们身后的是那头非洲大象，侧着身慢慢跑着，巨大模糊的身影犹如一个大房子，它的象鼻上挂着铁笼的一面栅栏——这长方形的巨大铁栅栏已经变形得不成样子了。

非洲象猛地把这面栅栏扔向小径，栅栏砸到水泥地上发出叮当一声巨响，就像圣斯蒂芬教堂的大钟突然脱落，从尖塔直接掉下来，砸到了中央圣坛背后的风琴管上。

所有跑动的动物都停了下来。我站在那里努力屏住呼吸。整个动物园如教堂一般静止了，一个新希望带来了一片寂静。我慢慢地往前走去，经过了北极熊、棕色熊和北美灰熊的铁笼，然后走上一条小径。附近有著名的亚洲黑熊，它站在铁笼里好似一个杀手。我不得不跳过这头东方熊的安全绳，猛地撞到手腕那样粗的栅栏条上，撞到了这头可怕的熊的铁笼门。这时在我的小径的前面，隐隐约约出现了大象的模糊身影。它从我的身边经过，向前方冲去。它穿过啤酒花园，将几顶大阳伞捣个稀巴烂，它那巨大的象足将掉在地上的哈哈镜片碾得粉碎。正当我站起身想离开的时候，著名的亚洲黑熊从栅栏里伸出爪子，一把抓住了我的胸膛，将我贴着栅栏从后面紧紧抱住我。我吸了一口气，紧紧屏住，不敢呼气。我背对着它，可以感受到它嘴里呼出的臭气吹乱了我的头发。我让自己平静下来，心想：它很快意识到，它的头太大，伸不过栅栏的间隙，所以就无法吃我，这样它就会用它的利爪抓破我的肚子，先吃我的内脏。但是我想象的事情并没有发生。它一把将我的身体转了过来面对它：它的头大如水牛头。我壮着胆子直视它的眼睛。我发现它正注视着套在我肩膀上的钥匙圈。

“噢，不行！”我对它说。它紧紧抱住了我，我与它胸贴着胸，栅栏条磨痛了我的肋骨。我感到它的爪子使劲挤压着我的脊椎骨。“你就压扁我吧。”我对它咕哝了一句，“你不要盯着那个钥匙圈了，因为我是不会放你出去的。”它对着我的脸咆哮起来。吼声如此之大，简直要把我的鼻孔掀掉，我几乎要窒息了。“绝对不行！”我厉声尖叫道，“一个人必须有底线！”

这时，嘉伦也尖叫起来。我想：不好，大象把欧·施鲁特放了！或者是，那个浑身雄性气的猩猩把我的嘉伦抓住了——真的，那是它所能抓到的最好的东西了。

我伸手去抓钥匙圈。亚洲黑熊稍微松了松爪子，让我的后背能往外移动了一点。我胡乱摸索着钥匙，在黑暗中找寻着我觉得或许标记为“永不使用！”的那把钥匙。但这把钥匙的标记是“亚洲熊”，就这么轻描淡写的三个字。我将钥匙放入锁孔。这头熊抱住我，简直不敢相信这是真的。我感到铁门一下子朝我弹过来，我与熊一道被推到了铁栅栏外面。在这一刻，它还是死死挤压着我，真的不相信它已经自由了。接着它放开了我，我们两个扑通一下都趴到了地上。

我想：现在它就要在门口打转，将我一口吃掉了。这时我们两个都听到了大猫的吼声，吼声短促，但比以前明显高声，好像——至少是这样吧——它们的铁笼门也被打开了。接着我就听到几只可怕的大猫在我近旁咕噜咕噜地响着。大猫们已经摆脱了铁笼，来回走着。我从门口后退着爬去。那只东方熊没有注意到我。很奇怪的是，它蹲在那里一动不动，时而抬起鼻子，流着口水，身体两侧又长又粗的毛在不停颤抖。

著名的亚洲黑熊在思考！我想。或者说，在密谋着什么。

我没有再多等一秒——怕它做出可怕的决定。我绕着它那打开了的铁笼，快速跑回到小径上，经过池塘，跑进小型哺乳动物馆。我发现，我那可怜的嘉伦正蜷缩在靠近门口的迷宫过道里，顺着满是血污的小径看过去，看着一头老虎正蹲在一头很大的羚羊身上。在红外线照射下，老虎身上的条纹呈现出深红色和黑色，而这头羚羊则是黄褐色的，胸脯厚实，羚羊角呈螺旋状。羚羊的身上流出了一团肠子，那形状犹如大脑，它的后蹄被弄弯了，或者说被翻起，压在它的大腿底下，而大腿上摊着它那谁也不会搞错的、令人眼熟的蛋蛋——那大小如同排球。

“噢，希基，是羚羊。”我说。

“是老虎。”嘉伦说，她的语气比冬河还要冰冷，“再说我不是希基。”

我问：“你尖叫了？”语气同样冰冷。

"噢，你听到了？"她说，口气里带着一种疯子的那种高兴劲，"不管发生什么，我都能挺过去的，没有你照样行。"

"那些猴子到哪里去了？"我问。她坐在那里一动不动，面无任何表情。我就不再问她了。

迷宫里传来一个很沉闷的声音——有人在说着人的名字。我走过去。只见欧·施鲁特靠着玻璃墙直挺挺地站着，蜜獾发出奇怪而低沉的叫声在戏弄他，得意扬扬地待在玻璃笼子的中央。欧·施鲁特这个老东西不断叫着不同的名字，或者说是对着这些名字在发问。

"是齐克尔？"他叫道，"是贝因伯格？穆费尔？布兰代斯？施默林？弗里登？"他一个名字一个名字说过来，说过一个忘掉一个。

我回到了嘉伦的身边，刚好听到那最后一个震耳欲聋的响声——著名的亚洲黑熊的决定性的吼声。它已经适应了自由带给它的惊喜，终于做出了决定。动物园的其他动物都发出了歇斯底里的叫声，好像这头熊是一个格里芬怪兽[1]，它们更怕传说中的它，而不是现实中的它——它们都知道它一直记恨着辛利·高奇，这种记恨把它的脑子都弄坏了。

"你把这头熊也放了啊。"嘉伦说。

"没有！"我说，"我的意思是，我是被迫的。它不让我走。我只得与它做了个交易。"她紧盯着我看，好像不认识我，就像不认识那头倒地而死的羚羊一样——她确实没有见过它活蹦乱跳的美好样子。

"噢，格拉夫。"她低声说。她的眼睛变得模糊起来。

我从小型哺乳动物馆的门口望出去，看到亚洲黑熊正爬上楼梯——一次爬四个台阶——向这里奔来。嘉伦整个人麻木了，当它向我们冲来，在我们身边跑过，轰隆隆地穿过迷宫的时候，她都没有退缩一下。当它看到欧·施鲁特的时候，便停了下来，默默地看着他。

1 希腊神话中形为半狮半鹫的怪兽。

他嘴巴里嘟囔着："温斯特姆？博特韦勒？施努勒？斯坦加滕？弗兰克？小弗里希？"

我想：你为什么不念叨念叨伍特、加沃特尼克、梅尔特、沃特泽克－特鲁默这些人的名字呢？或者念叨念叨我——从来没有计划的汉内斯·格拉夫呢？

著名的亚洲黑熊发现了他要找的人，于是就在玻璃房前门边坐下来，不知怎么办才好。它用一只爪子在厚达一英尺的玻璃上满怀希望地拍打了一两下，那拍打的方式很奇异，就像小鸟啄食似的。欧·施鲁特停止了嘟囔。"外面是谁？"他问，"我知道是齐克尔！"亚洲黑熊再也不能继续忍受欧·施鲁特对它大喊大叫。它突然跳了起来，砰的一声撞到了玻璃上。退回去，继续撞。然后坐下来，一副不知所措的样子。

欧·施鲁特喊道："快说！你是谁？我知道你就在外面！"亚洲黑熊开始吼叫起来。外面的喧嚣声在迷宫中产生了回响，显得越发嘈杂。欧·施鲁特猛地向后倒在锯木屑中，滚了几下，快滚到蜜獾的身上。蜜獾赶紧起身，往后退了几步躲开了他。他们俩争吵起来，就在滑道的门口，就在黑熊近距离的吼叫声中——这种吼叫声是席津动物园的所有动物再熟悉不过的了。

欧·施鲁特尖叫道："不！你不能进来！不要让它进来！它不能进来！永远不行！不！求求你！齐克尔？贝因伯格？弗兰克？施努勒？施默林？小弗里希？求求你！"

我连忙拉着嘉伦跑出了门——这吼声似乎在后面推了我们一把。动物园里尽是疲于逃命的动物。它们毫无疑问都听到了黑熊愤怒的吼叫，没有哪只动物敢挑战黑熊。大猫不敢，大象不敢，不知跑到哪里去了的猴子更不敢——它们好像跑到大门口去了，别的动物也往那个方向跑了。它们好像被组织起来了。所有动物都聚在一起了。亚洲黑熊出来了——谁也不想与这个毫无理性的家伙做伴。

当我和嘉伦跑到检票亭边，正要往大门跑去的时候，我看到动物园外面有一排排的手电光打过来，让人感到头晕目眩。我还听到了模模糊糊的人声，有一群人在外面等待着。我看到一大批动物，长蹄子的，长脚蹼的，长着爪子的，一个接着一个奔跑着，把水禽池塘的水溅得到处都是，把夜色弄得飞舞起来——所有的动物都朝后门奔去，这个后门通向蒂罗尔花园。花园里到处是苔藓和蕨类植物，是通向马克辛公园道的一条很好的捷径。

大门口出现了堵塞的情况——原来是大象强行经过这里，堵住了大门，只留下身下的一个小孔可供别的动物出去，但是它自己被卡在了那里。大象设法跳过了大门的一个铰链，但大门的底角还是固定在那里，底部的铰链摇晃着，整个大门一下子横着倒下来，堵在了门口。

嘉伦和我偷偷地从被困住的但乱动不已的大象边上跑过，穿过了一个聚集在一起的猴子群。

在蒂罗尔花园也聚集了很多人，大多是黎明前起来的市民，人数超过了警察——这些郊区居民身穿睡衣，打着闪眼的手电筒。在混乱之中他们并没有注意到我们。我们从那些家庭主妇身边轻轻挤过去——她们叫起来声音比猴子还要尖。

当我们赶到马克辛公园那个又大又黑的灌木丛的时候，在这一片混乱之中，我的脑海中才清晰出现这个行动可能带来的结果的感觉。透过灌木丛，我看到了那些躲藏在公园里的人。不知姓名的男人们手拿古老的武器：壁炉用的三头叉、鹤嘴锄，以及闪闪发亮的木锯；草耙子、雪橇，以及新月形的镰刀。人们的吵闹声已经盖过了亚洲黑熊的吼叫声——这些声音都离我远去了。

我拉着嘉伦走到尽可能远的地方，停了下来。嘉伦坐在公园的石凳上抽泣起来，我跪在她面前。我看到那些躲在暗处的人似乎身穿制服，上了年纪，腹中空空。他们是顽固的食肉者，这些年来，一到晚上他们就在席津动物园周围的公园里转悠。自从察恩·格兰茨——或者是别人，不管是谁——被动物吃掉之后，他们总是这样。

我听到了一两声枪响。有鸟儿和猴子在栖息的树林摇晃起来。公园的长椅上不光有我们俩，还有一只长臂猿舒舒服服地安坐在那里，有滋有味地嚼着糖纸。

我对嘉伦说：“你与这只长臂猿一起待在这里不要动，答应我，好吗？”她的脸显得很平静，或者说是麻木，就像这狼吞虎咽的灵长类动物的脸。

我向马克辛大街跑去，沿着人行道边界寻找着那辆摩托车，找到了那个灌木丛，找到了藏在那里的捆成一团的帆布背包。

天依然黑着，街边的房子都点起了灯，开着车灯的汽车飞驰而过。从出租车下来的客人手里都拿着各种东西：棍棒、扫把、拖把，以及烤羊肉串的工具。他们走进了震天的战斗号角之中。他们有很多年没有听到这样的喧嚣了。

我把背包绑在摩托车上，沿着马克辛大街开下去，大声喊叫着嘉伦。我不知道在这一片喧闹声中嘉伦会不会听到我的喊叫——绿色的大众牌警车就在我身后的马克辛广场鸣叫着警笛。在蒂罗尔花园的树梢上，闪过警车的蓝色光带。人们蜂拥进入马克辛公园，动物们鱼贯而出。

我看到了嘉伦站在人行道上，好像在等公共汽车，就像平时她在这个时间等公共汽车一样。她神情麻木地登上摩托车，坐到我身后。她的身体轻微碰到了一头西伯利亚羱羊，它正像山羊似的、瞎了眼一样跌跌撞撞在人行道上走着　它的很大 ·块皮被撕开了，耷拉在肩膀上，那伤口看上去是被锄头砍的。

我竖着耳朵，想听到它的声音——亚洲黑熊的声音，想听听它最后的绝望或满足的吼叫。但是人声嘈杂，我无法听到它的声音——连亚洲黑熊的吼叫都被湮没了。

嘉伦坐在我身后，就像一个木偶。我开到了车来车往的马克辛大街上。警察在巡查马克辛公园。我看到了警用宝马摩托车来回跳动着的车头灯和白如珍珠的整流罩。车头灯光在灌木丛来回穿行，意在赶跑人群。在不断逼近的车头灯光中，我看到一只灰色的大雄袋鼠在打一个男人，这个男人丢掉了园丁的大剪刀。这把大剪刀现在被控制在大雄袋鼠那猎手般的爪子中，在草丛中闪着光亮。

我在郊外开了五个街区，还能看到赶往动物园的人群。在沃特曼巷的巷口，我看到一头雪豹舔着一只爪子，直喘粗气。在萨拉热窝广场，我看到五个成功抓到猎物的猎手，他们蹲下身子想躲开我的车头灯光，以为我是警察。他们身后藏着一头已经被拖了一路、满是血污、毫无抵抗之力的印度野牛。这头野牛站立的时候足有六英尺四英寸高。

一群矮壮的斑马悄无声息地穿过草地，在灌木丛中迂回前进。它们善于移动，骗过了三个猎人：一个拿着大网，两个抬着一个大锯子。这些斑马走到了人行道上，就在我的前面，它们的蹄子在鹅卵石地面上擦出了火花，被自己蹄子发出的咔嗒声所惊吓。它们迂回着穿行于停泊的汽车之间，穿过远处的人行道，沿着狭窄的沃尔特小巷跑去。这里它们迎头遇到了警用摩托车的车头灯，只好转头回去，再次穿过马克辛大街，再次被赶进了马克辛公园。

我和嘉伦接着就来到了拉因茨郊区，来到了偏僻的医院区域。我们一连经过了老人院、伤残人士院和城市医院：泛光灯下的草地，荒凉的米黄色灰泥墙面。在阳台上，很多把轮椅在闪着光。在草地上，老人、病人和残疾人听着动物园传来的喧闹声，就像乡下人看着遭受轰炸的城市火光冲天的情景。

我让摩托车低速空挡怠速，在这里待了一会儿，与他们一起听，一起看，等待着那只聪明的动物出现——它已经越过了最难的障碍，随时都会出现在这里的。也许，还等待着那只绝美的长臂猿，它会翻着筋斗来到医院，护士们全都会围上去，阳台上的轮椅都会向它扔去。最后它被橡皮呼吸管缠住，被听诊器勒住，抓住了它，医院的所有员工和病人都会骄傲地说，他们都有功劳。

但是没有一只动物跑得这么远。嘉伦的身体重重地靠在我的后背，我可以感觉到她的头贴着我的脖子，在不停地摇晃。我掉转车头，开过了医院，朝郊区西边的乡下开去。嘉伦湿湿的面颊滑过我的脸颊，她的双手紧紧抓着我的衬衣，她的牙龈狠狠地咬着我的肩膀。

我并不在意她咬我，倒是希望她咬得更狠一些，咬得我更痛一些。我的车速时快时慢：开得快一点，就可以迅速甩开身后的嘈杂声；开得慢一点，是为了让那些成功逃脱的动物——如果有的话——能够追上我，在我的车前灯光里奔跑，为我做片刻的向导——我会很高兴地信任这个向导。

但是没有一只动物追上我，也没有别的车子朝我的方向开。我见到的所有车子都是从我对面开过来的。私家汽车及农民的马车——上面带着的各种工具和武器叮当作响。在这黑乎乎的凌晨，人们急切地赶往发生灾难的地区。

每看到一次对面的车头灯光，我就想起一次中学时足球场上的情景。我被踢得惨败，每一次都是如此。

制订新计划

天刚蒙蒙亮的时候，我们出了城，来到了多瑙河北面、克洛斯特新堡南面的乡村。这里还能看得到僧侣。

我不知道我什么时候开下了路基，我不知道已经在沟渠里坐了多久。这时我看到乡下人疲惫不堪地回来了，看完了席津公园的城市胜景，兴奋劲也过去了，大多数是坐着卡车和马车回来的。有几个粗野的年轻农民对着嘉伦吹起了口哨，嘉伦坐在马路另一边，身体蜷成一个球。

我们没有说话。我想：我不应该让她一个人待在那里胡思乱想。但是我没什么话好讲，所以就让这马路两边保持片刻的宁静吧。这时农民们陆续回来了。

于是我想：我们这样待在这里，会让人觉得形迹可疑。虽然欧·施鲁特从来没有看过我们一眼，他的脑子或许不可能再清楚了，但是还有那个巴尔干侍应生，以及那个叫胡格尔·富特文勒的理发师，他们可能会告发那辆破摩托车，告发那个谈论动物园的疯子。

我想：他们肯定发现了欧·施鲁特，胸上别着名牌，肩章扣得好好的。那情景才有意思。

还不止这些，那是肯定的。因为我看到了，在我们身边经过的最后一辆皮卡的后部装了一堆东西，用防雨布盖着，那防雨布从后挡板处垂了下来。我看到突出的一条腿和一只蹄子；我认出了这东西从后腿的跗关节到小腿的部位有红白相间的条纹，红中带棕，白如奶油。上天保护了这从前的中非羚羊——羚羊中最英俊的一类——免受任何邪恶的毒手的侵害，现在却要被人吃掉，它的骨架将被装饰在农民粗鄙的居所里。后代的猎手将这样发问：这羚羊是奥地利土生土长的吗?

噢，是的。第一头羚羊是由到达奥地利的一艘奴隶船带来的。

现在灭绝了?

噢，是的。他们是破坏者——特别对花园危害很大。很多狗被羚羊角捅伤了。

被羚羊捅伤?

噢，是的。

但是羚羊长着一张多么清瘦温驯的脸啊。

噢，是的。实际上它身体很肥，吃起来味道很好。

你说羚羊?

噢，是的。

这个车队的最后一辆车从我们身边开过之后，我觉得我应该带着嘉伦离开这里。她坐在马路的那一边，她的眼睛从我的肩膀上方看过去，或者说穿过我的胸膛看着远方。但我不能面对她。我朝下看了看我的裤腿，发现袜子上粘着一小块皮毛。

我想：噢，对不起，希基。你不只是不合常理。你大错特错了。

嘉伦穿过马路，走到了摩托车边，站在捆成一堆的帆布背包前。过了一会儿，她开始取出自己的东西。

没错，她刚才一个人待着，想得确实有点过头了。

因为我没有别的好说，只能说："你打算怎么办？"她张了张嘴，并不说话。于是我说："你想干什么，我们就去干什么。"但是她很快取出了她的东西。她把那件女士皮夹克叠成一个包。我看到她把那件蓝色的丝裤塞在皮夹克的一只袖子里。那情景真让我伤心。

我想：她会把那件足球衬衣还给我吧。但是她根本没有脱下那件衬衣的意思。至少，她没有在我面前做出那样的动作。

"你要去哪里？"我问。

"维也纳。"她说，"我能要回我的头发钱吗？"

"去维也纳？"我问。

"你难道不想回去，在报纸上读到今天发生的大事？"她问，"你难道不想知道，后来究竟发生了什么？你难道对这些细节不感兴趣吗，格拉夫？"

她的话并不能打动我。我依然无动于衷。死了多少只动物，我毫无兴趣，这是肯定无疑的。连那头羚羊都死了，没有必要去得到动物死亡的全部数据了。

我说："我真的不明白。你为什么非要去维也纳不可？"

"因为，"她说，"到了那里，我就能想起那是你不愿意与我一道来的一个城市。"

我突然感到有些恼怒。我对她说："你不会再打喷嚏了，我希望你知道这一点。"她听了这话，只是盯着我看。"你不会打喷嚏了。"

我说，“不管谁得到了你。”

“那是我的头发。”她说，“请你把我的头发钱给我。”我给了她。她拿起这笔钱，好像拿起一个令人生疑的诱饵，好像担心我会碰她似的。

“你究竟要去哪里，格拉夫？”嘉伦问，她的口气轻快而冰冷，好像那明亮又清冽的晴空。但是我不能让她嘲笑我。

我说，口气非常严肃：“去卡普伦。”她的目光移向别处。“等我回来的时候，”我说，“我去哪里找你？”

“如果你回来……”她说，眼睛依然看着别处。

“我会回来的。”我说，“那时你在哪里？”

“噢，我很喜欢动物园。”她说，又是那种轻快而冰冷的口气，“我想我会经常去动物园，你可以在那里找到我，当你决定再试一次的话——用一个新的办法。”

我不想接着她的话头说下去。于是我说：“我要去卡普伦住一些日子，我知道我想再见到你。”

“你的意思是，等你飞黄腾达了？”她说，嘲讽的口气带着一丝甜蜜，“等你大功告成了？”我知道，我不是那样的人，与我相处你不应该采取这种错误的态度。干什么你都不能匆匆行事，甚至希基的笔记本里明确说过：

这些数字，不管你怎么加，总数都是一样的。

还是爱指手画脚，一如既往。还是半真半假，一如既往。

我说：“嘉伦，对不起。我不会忘记你。”

“那就与我一起去维也纳，格拉夫。”她说。我觉得她的语气中有一种不知从何而来的坚定。

“我得去卡普伦。”我说。

“那你怎么能找到我？”她问——那是我问过的问题。她的语气又变得自然、温柔、厚重。这是一个真诚的问题。

我说：“你到了维也纳，会听到一个地名，叫卡伦博格。登上任何一辆去格瑞金的电车，再坐公共汽车穿越维也纳森林。每星期三晚上去。”我说，“那里可以观赏多瑙河的景色，也可以俯瞰维也纳全貌。”

“你会在某个星期三来，我猜。”她说。

“你每个星期三都要去。”我说。这个要求对她来说过分了一点。对此，她首先表了个态。

她说：“也许吧。”她的口气里依然是一丝欢快和冰冷。

“我把你带到克洛斯特新堡的公共汽车站吧。”我说，“第一个城外的电车站是在约瑟夫多夫。”

“我不想让你骑车带我。”嘉伦说，“我想走路。”

我感觉这一轮我又输了。我说：“好吧。你的腿很壮实，我知道。走路不会伤到你。”

“你说的是星期四？”她问。

“星期三。”我很快地说，“任何一个星期三晚上。”

“你会来的？”她问。

“那当然。”我说。她开始走了。我说：“星期三。”

“也许。”她说，迈开两条强壮的腿走了。

为了让气氛活跃一点，我说：“我会一直看着你美丽的背影，到看不见你为止。”

她转过身来，看着我，但并不微笑。“不会是最后一次长久的注视吧？”她说，“说不定就是呢？”

“不。”我说。我说得很快，这时她的嘴角差不多露出了一丝微笑。她离我越来越远，我一直看着她走到道路的转弯处。

我在她身后大喊：“星期三！”

“也许吧。”她喊道，语气有点莫名其妙。她没有转过身看我。

“一定要来！”我又大喊一声。她不见了。

我坐在路边沟渠里，等着她一路走到克洛斯特新堡。我并不想骑着摩托车在路上超过她。

在我周围，晨色越来越浓了。田地被修整得很好的树篱和围栏分割成一块块的，一片田园风光。分界线将玉米地与母牛分开；太阳下各家农户的田地的界线井然有序，一点不会弄错。所有的母牛系着铃铛，所有的绵羊耳朵都有凹槽。

所有人都有名字，人人可以去想去的那个地方。

风越刮越大了，刮起路边的尘土吹到我的脸上。我看着摩托车顶着风，立在支架上的车身在颤动。我看到装在手把上的后视镜映照出了不知是路边哪块铺着柏油的碎石地，还有紧贴地面长着的一朵花的花瓣。我往摩托车后面看去。我弄不清到底是哪一朵花照在了后视镜里，也不知道到底是哪一块铺着柏油的碎石地。

事情的结果比以前好不到哪里去。

那应该不会让我吃惊的，我知道。你这操蛋的一栏里的数字总能得出一个总数的，但这些数字相互是毫不相干的。这些数字都是你酿事付出的代价。它们之间毫不相干，就像一支牙膏与你第一次抚摸那温暖坚挺的奶子之间毫不相干一样。

嘉伦已经到克洛斯特新堡了。那里还有修道院。僧侣们在那里酿酒。

嘉伦——她可能会在某个星期三到卡伦博格来与我会面——现在已经变成与托多·斯里夫尼察甩到墙上的牛奶沙司一样性质的东西了，它被溅得到处都是——就看你怎么解释了。

祝贺你们，所有的幸存者！

我想：汉内斯·格拉夫太拘泥于小节，太没有打算了，他竟然无法从路边沟渠里站起身，骑上那野兽一般的摩托车，离开这貌似井然有序的乡下。

说起井然有序，那些我将要经过的城镇也是如此。但愿我能起身出发就好。

计划很简单。穿过克洛斯特新堡、科尼格施泰滕、居德瑙和米滕多夫；穿过汉肯菲尔德或者阿斯佩尔霍芬、佩尔施灵、博腾布伦和小圣海恩；到达阿姆施泰滕这个大一点的城镇，往西开三小时到高速——到了这里你可以超过那操蛋的风速了。接着还需一小时才能穿过小小的洛弗农场，到达萨尔茨堡南面；我知道在菲尔特有一个可以吃饭的地方。在卡普伦的晚饭后喝咖啡，和在那张磨损得很厉害的厨房餐桌的另一边——第二双胳膊肘，说说话。现在至少有话要说了。一些无须说出的话，疯疯癫癫的话，抓住了什么也不怕的沃特泽克－特鲁默的注意力。我想：毫无疑问的是，恩斯特·沃特泽克－特鲁默经历了足够多的毫无意义的活动，他心里是深有同感的。

但是，我同时还想：我是不会从路边沟渠里站起身来的。或者说，如果我站起身来了，我也就没有必要匆匆赶往卡普伦了。

让坟头的土堆上长些小草吧，我总是这样说。小草是个好东西，它不会伤害你的，希基。

没错，我朝卡普伦的方向前进了。但是我必须慢慢地爬上去，你也许会说：我要让自己更加熟悉我准备送给沃特泽克－特鲁默的这个操蛋的纪念品。

让我死一般呆坐在路边沟渠里的原因是，我的想法无一是激动人心的，而这次旅行好像也无需一个让人兴奋的计划。

我想：我得习惯于新的情况了。汉内斯·格拉夫总是被人看作是无精打采的。人们说，假如你什么也不干，就会产生更好的结果——还有比这更糟糕的事吗？要是你没有插手那令人不快的计划，所有的小型哺乳动物就会过得更好。

我再次观察了我周围这不可改变的乡村——可以被命名，可以被控制。马路下边的牧场有三个白色围栏和一个棕色围栏，关着九头母牛，一头公羊，由一只狗看守着。马路上边的牧场建起了一堵石墙，一道荆棘树篱，一道铁丝围栏，还有作为后方分界线的一片森林，养了一匹马，六头带有斑点的奶牛——另外，可以想象，在后面的森林里有一头公牛。但是没有羚羊，这是肯定的。

穿过马路就是森林，古老的风穿过森林，吹得松针沙沙响。

接着，森林里警觉的看羊狗对着马路叫了起来。我想：一定是有人走过来了。我坐上了摩托车——心想：不管有没有准备好，我还是离开这里为好，因为呆坐在这里，别人看了会觉得我很愚蠢。

狗叫得更厉害了。它对着一个穿行于整洁的森林中常有人走的一条小径的人狂吠，也许这个人常常在这个时间，年复一年地，走过这条小径——年复一年地，这只狗总是这样狂吠。甩着尾巴，为主人效劳。我在想：这狗下一步会怎么做——在这个农人的妻子或女儿从森林里走出，来到大路的那一刻。它不应看见我懒散无力，形迹可疑的样子。

我使劲蹬着启动杆，但是我的两条腿软如海绵，我靴子的后跟怎么也控制不了变速杆。我忘了打开油门。我歪着身子，嗅着化油器，让我的脑子充塞着令人眩晕的气味。我使了最大的力气把摩托车扶正，车子晃晃悠悠的，一会儿朝前，一会儿朝后走了几步。

我想：有人——不管是谁——将看见我这个样子，我只是这个风景中一个不守常规的小点。有人会引着狗向我狂吠。或许那只狗真是朝我在狂吠。只是它从牧羊的经验中养成了一个疯狂的习惯：它并不对着人狂吠，却看着那个人过来的相反方向狂吠。

现在这狗叫得更凶了。我想：不管你是不是在对着我狂吠，在此之前你怎么不这样做呢？只能说你就是这样一种狗：动不动就对毫不起眼的东西汪汪乱叫。

这狗变得狂暴起来。它猛地跑起来，围着羊群转，将羊群圈在一个越来越小的圈子里。它已经疯掉了，我想。我是非常了解这种病症的。这只牧羊狗要吃它看管的羊了！

这是我所见过的行为最没有理性的狗。

我摇摇晃晃骑着摩托车，眼睛还注视着这条狗。这时，一对稀有眼镜熊，肩并肩地，跌跌撞撞地从森林里跑出来，怒气冲冲地穿过马路，离我不到二十码远。那只狗马上平躺在地上，爪子展开，耳朵紧贴着脑袋。

但稀有眼镜熊不是在寻找羊群，也不是在寻找狗——或许也不是在寻找旁边田地里的母牛和森林里的公牛。它们俩现在紧靠在一起，稳步地跑着。它们跑过我刚才坐的沟渠，翻过围栏，跑进了牧羊狗的领地。牧羊狗在挤成一团的羊群旁叫了一声。两头熊继续前进。它们跑动的速度并非不合理，甚至真的可以说不急不忙。它们朝这片田地最边缘的森林跑去——更有可能的是，它们还会继续向前跑。不知疲倦的稀有眼镜熊，跑起来样子真好看。它们要跑回到厄瓜多尔的安第斯山脉去，或者至少跑回到阿尔卑斯山去。

它们跑到田野尽头的时候，停了下来，转过头来看着我。我想对着它们挥手，但是不敢。我想让它们继续往前跑。如果它们挥手回应我，或大喊“你好！”“谢谢你！”“操！”这样的话，我就不会相信它们真的站在那里。它们只是稍微停了一会儿，继续往前跑去。它们肩并肩地跑进了森林。

谢天谢地，它们成功逃脱，最后没有落得那种牛奶沙司式的下场——太多的结局都是牛奶沙司式的。

我突然不敢在那里久留了。我想：接着要是那著名的亚洲熊来了呢？或者甚至是长臂猿来了呢？或者是希基骑着羚羊来了呢？它们是席津动物园仅剩的灵与肉了。如果是那样的话，那对稀有眼镜熊给我的那份小小心意就要被破坏殆尽了。那也会使我不再相信它们了。

这一次我一脚就发动了摩托车。摩托车在我身下痛苦地、不那么规则地怠速运转起来。我的身体依然在晃动。即使如此，我也不能继续待在这里了。要是继续待着，可能会等到眼镜熊再次从我身边经过，这一次后面会跟着那些暂时逃离动物园的动物。跟着弗拉特诺·加沃特尼克，他骑着 1939 年的那一辆大奖赛赛车，将戈特洛布·伍特抛在了身后。还跟着其他经过挑选的一些哺乳动物。

我神情紧张地往田野尽头的森林望去，很高兴地看到稀有眼镜熊已经不见了——这时的牧场已经不再与原来一样了，至少在那一刻很不一样了。母牛烦躁不安起来，羊群依然听从那只气喘吁吁的狗的指挥。一样小东西被无害地打断了——我当然不是暗示，这使得事情变得他妈的大有希望了。只是我能够真诚地想象，我下次——某个星期三——再来这里的情形。我会遇到这个地方的人，他会告诉我：克洛斯特新堡出现了熊。

真的？

噢，是的。熊。

它们伤人了吗？

这些熊不会伤人的。它们是很奇怪的熊。

稀有眼镜熊？

呃，这我不知道。

它们繁殖后代了吗？

这我也不知道。但是它们相互很友好，你要知道。

噢，是的，我知道。

这就是我应该知道的小事。知道了这个，我身下的摩托车就可以开动了。我听到摩托车的怠速声越来越顺畅了，当然还时有突兀的地方。我的两条腿夹住这头老野兽的两边，我稳稳地坐定了，它现在正等着我发号施令呢。接着，我在脑海里一一区分了摩托车的各个部件，我对记住它们的名称有了一些信心。我把右手把称作油门——我把油门调大；我把左手把称作离合器——我紧紧捏住了离合器。甚至我的右脚都能顺利应对挡位了，一下子找到了第一挡——但这也算不上是多么了不起的右脚。

要点是，一切都很顺利。噢，没错，在那一会儿，我必须小心行事，眼睛必须紧紧盯着这些机械设施。但是，至少在那一刻，一切都运转正常。我的眼睛也运转正常。我没有再看到熊，但是我看到了它们穿过田野小径时踏倒的小草。明天小草就会在原地长起来，只有那警觉的狗和我会记得这些小草。它会比我先忘掉它们，这是肯定的。

我承认，我必须对席津动物园死伤的动物负责——甚至必须对欧·施鲁特的脑袋瓜负责，他真是疯了，不断咕哝着别人的名字，不断吼叫着。没错，我要向恩斯特·沃特泽克－特鲁默述说。这个无与伦比的历史学家，所有细节的记录者。他一定能成为一个绝好的倾听者。

于是我用左手扶着离合器把手，用右手控制着油门和前刹车。我换了挡，在开过路边的砂砾路面时保持了恰当的平衡。我开得很稳，提挡加速，顶着大风开去。我并不惊慌。我侧身开过弯道。我始终开在路拱上，我开得越来越快。我真的让风都后退了。当然了，至少在那一刻，没有哪个大风能将我吹出这个世界之外。

当然了，希基，我要让你坟头的土堆上长出一些小草。

当然了，嘉伦，我会找一个星期三去看你。

当然了，我期待听到稀有眼镜熊的好消息。